Kim Stone

1

Silent Scream

킴스톤 시리즈 1

소리 없는 비명

앤절라 마슨즈 지음 | 강동혁 옮김

일러두기

주석은 모두 옮긴이주입니다.

내 배우자인 줄리 포스터에게 이 책을 헌정한다.
그녀는 한 번도 나에 대한 믿음을 그치거나
내가 꿈을 잊도록 내버려 두지 않았다.

차례

프롤로그

라울리 리지스, 블랙컨트리
2004

새로 쌓인 흙더미 주위에 다섯 사람이 오각형을 이루고 섰다. 그게 무덤이라는 걸 아는 사람은 그들뿐이었다. 얼음과 눈으로 뒤덮인 땅을 파내는 일은 돌에 조각을 새기는 것처럼 힘겨웠다. 모두가 번갈아 작업했다.

어른 크기의 구덩이였다면 시간이 더 걸렸을 것이다.

삽이 이 손에서 저 손으로 전달됐다. 몇몇은 망설이고 머뭇거렸지만 다른 사람들은 좀 더 확신에 차 있었다. 아무도 저항하거나 입을 열지는 않았다. 죽은 이가 결백하다는 건 모두 알고 있었지만 어쨌든 맹세는 이루어졌다. 비밀은 묻힐 것이다.

다섯 사람이 흙더미로 고개를 숙였다. 흙은 벌써 서리가 끼어 번들거렸다. 그 흙에 덮여 있을 시신이 마음속에 그려졌다. 첫 눈송이가 무덤에 내려앉을 때 모두가 몸을 떨었다. 그리고 다들 흩어졌다. 오각형의 꼭짓점들은 발자국에 밟히더니 새로 내린 차가운 눈 속에 묻혔다.

그걸로 끝이었다.

1

블랙컨트리
현재

설명할 수는 없었다. 하지만 테레사 와이어트는 오늘 밤이 자기 인생
의 마지막 밤이 될 것만 같았다. 텔레비전을 끄자 집 안이 고요해졌다.
일과를 마치고 잠자리에 드는 매일 저녁의 일상적인 침묵이 아니었다.

심야 뉴스를 틀어 놓기는 했지만 그녀 자신도 뭘 보겠다고 그런 건지
알 수 없었다. 저녁 뉴스에서 이미 발표가 났으니까. 기적처럼 마지막
순간에 집행 유예라도 선고되기를 바라는 걸까.

처음 그 청원이 이루어진 2년 전부터 그녀는 죽을 날만 기다리는 사형
수가 된 기분이었다. 이따금 운명이라는 간수가 찾아와 그녀를 전기의
자로 데려가고 또 안전한 감옥으로 돌려놓았다. 하지만 이번은 마지막
이었다. 테레사는 더 이상 이의 제기도, 지연도 없으리라는 걸 알고 있
었다.

그녀는 다른 사람들도 뉴스를 보았는지 궁금했다. 다들 같은 기분일
까? 이게 후회가 아니라 자기 보존의 욕구라는 걸 그들은 인정할까? 테
레사 와이어트가 좀 더 괜찮은 사람이었다면 이기적인 걱정에 파묻힌
양심이 조금이라도 드러났을지 모른다. 하지만 아니었다.

그녀는 계획대로 하지 않았으면 인생을 망쳤을 거라며 마음을 다잡

았다. 계획에 따르지 않았더라면 사람들은 테레사 와이어트라는 이름을 부를 때마다 존경심이 아닌 혐오감을 담았을 것이다. 당시에 신고가 들어갔다면 진지한 조사가 이뤄졌을 테니까. 제보자는 거짓말쟁이였지만 믿을 만한 구석도 있었다. 하지만 그 일은 영원히 묻혔다. 다행스럽게도.

테레사 와이어트는 크레스트우드를 떠난 이후 지금까지 그 아이와 비슷한 걸음걸이나 머리 색깔, 갸웃거리는 머리만 봐도 가끔 가슴이 철렁했다. 그녀는 우울한 마음을 떨쳐 내려고 자리에서 일어났다. 부엌으로 가서 하나씩밖에 없는 접시와 와인 잔을 식기세척기에 넣었다. 내보낼 개도, 들일 고양이도 없었다. 한밤중 누가 들어오지 못하게 마지막으로 자물쇠들을 확인했을 뿐.

그녀는 한 번 더 흠칫했다. 안전 점검을 해 봐야 아무 의미가 없을 거라는 느낌이 또다시 들었다. 그 무엇도 과거를 막을 수는 없다는 느낌. 테레사는 애써 그 생각을 떨쳐 버렸다. 두려워할 만한 건 아무것도 없었다. 모두가 맹세했고 그 맹세는 10년간 단단히 지켜져 왔다. 진실을 아는 사람은 오로지 다섯뿐이었다.

그녀는 긴장감 때문에 바로 잠들지 못하리라는 걸 알면서도 오전 7시에 직원회의를 소집해 놓았다. 결코 지각해서는 안 되는 회의였다. 그녀는 욕실로 들어가 물을 틀고 라벤더 향이 들어간 입욕제를 아낌없이 풀었다. 향기가 곧바로 욕실을 가득 채웠다. 오랫동안 목욕을 하면 와인도 한 잔 마셨으니 분명 잠이 올 것이다.

그녀는 취침용 가운과 새틴 파자마를 빨래 바구니 위에 깔끔하게 개놓고 욕조에 들어갔다. 눈을 감고 몸을 감싸 오는 물에 자신을 내맡겼다. 불안이 서서히 잦아들었다. 그녀는 혼자 미소 지었다. *그래, 그저 신경이 과민해졌던 것뿐이야.*

테레사는 자신의 인생이 두 부분으로 나뉘었다고 생각했다. 그녀가 크레스트우드 이전(Before Crestwood)이라는 의미에서 B.C.라 부르는 37년은 마법처럼 환상적인 세월이었다. 당시의 그녀는 야심 찬 비혼 여성이었다. 인생의 모든 결정을 혼자 내렸다. 그 누구의 명령에도 따르지 않았다. 하지만 그 이후의 세월은 달랐다. 어디를 가든 공포의 그림자가 그녀를 따라다녔다. 그녀의 모든 행동을 지배하고 결정에 영향을 미쳤다.

테레사 와이어트는 양심이란 잡힐까 봐 두려운 마음에 불과하다는 얘기를 읽은 적이 있었다. 아무리 테레사지만 혼자 있을 때만큼은 그 말이 사실이라는 걸 인정했다. 그 정도의 정직함은 그녀에게도 있었다. 어쨌든 그들의 비밀은 안전했다. 그래야만 했다.

갑자기 유리가 깨지는 듯한 와장창 소리가 들렸다. 먼 데서 들리는 소리가 아니었다. 주방 문의 유리가 깨진 것 같았다.

테레사는 꼼짝도 하지 않고 다른 소리가 들리는지 신경을 곤두세웠다. 그 소리를 듣고 놀랄 사람은 그녀뿐이었다. 가장 가까운 이웃집도 60미터나 떨어져 있었다. 그나마도 이 집은 높이 6미터짜리 편백나무 울타리에 둘러싸여 있었고.

집안의 고요한 공기가 더욱 진하게 그녀를 감쌌다. 소음 뒤에 이어진 침묵에는 살기가 가득했다.

아마 누가 별 생각 없이 창문을 깬 걸 거야. 세인트 조세프 학생 두어 명이 내 주소를 알게 된 걸지도 몰라. 제발 그런 것이었으면.

피가 솟구친 듯 관자놀이가 욱신거렸다. 그녀는 귀가 먹먹해서 침을 삼켰다. 몸이 이제는 혼자가 아니라는 느낌에 반응하기 시작했다. 그녀는 자세를 바꾸어 앉으려 했다. 물이 욕조에서 움직이면서 요란한 소리가 났다. 매끈한 욕조 옆면을 짚은 손이 미끄러지는 바람에 몸 오른쪽이 다시 물에 잠겼다.

아래층에서 어떤 소리가 들렸다. 누군가 생각 없이 창문을 깬 것일지 모른다는 희미한 희망마저 사라졌다. 테레사는 시간이 없다는 걸 알아차렸다. 다른 세상에서라면 몸의 근육이 눈앞의 위협에 반응했을지도 모르지만, 여기서는 몸과 정신이 모두 피할 수 없는 운명에 꽁꽁 묶인 듯 움직이지 않았다. 사실 그녀는 숨을 곳이 없다는 걸 알고 있었다.

계단 삐걱거리는 소리가 들렸다. 그녀는 잠깐 눈을 감고 몸을 진정시키려 애썼다. 그동안 내내 머릿속을 떠나지 않던 공포와 마침내 마주하자 왠지 자유로운 기분마저 들었다.

그녀는 눈을 떴다. 문에서 서늘한 공기가 욕실로 들어오는 게 느껴졌다. 들어온 형체는 그림자처럼 검고 특색이 없었다. 두꺼운 검은색 플리스가 긴 외투로 덮여 있고 그 밑으로 카고 팬츠가 보였다. 모직 방한모가 얼굴을 가리고 있었다.

'왜 나야?'

테레사는 마음속으로 분노했다. 가장 약한 고리는 그녀가 아니었다. 그녀는 고개를 저었다.

"난 맹세를 깨지 않았어."

그녀가 말했다. 거의 들리지도 않는 목소리였다. 몸이 죽을 준비를 하면서 모든 감각이 차단되기 시작했다.

검은 형체가 두 걸음 다가왔다. 테레사는 그자가 누구인지 알 수 있을 만한 단서를 찾아보았지만 그런 건 없었다. 저 사람은 그들 넷 중 한 명일 수밖에 없었다. 테레사의 몸이 말을 듣지 않았다. 소변이 두 다리 사이에서 흘러나와 향을 첨가한 물 사이로 퍼졌다.

"맹세해…. 나는 말한 적이…."

테레사는 몸을 세워 앉으면서 말끝을 흐렸다. 거품 때문에 욕조가 미끄러웠다. 살려 달라고 빌 최선의 방법을 생각하느라 호흡이 짧고 날카롭게, 그리고 거칠게 끊어졌다. 안 돼, 그녀는 죽고 싶지 않았다. 아직 때가 아니었다. 준비되지 않았다. 하고 싶은 일이 많았다. 문득 물이 흘러넘쳐 폐를 파티 풍선처럼 부풀리는 모습이 그려졌다. 그녀는 애원하듯 손을 뻗으며 마침내 목소리를 되찾았다.

"제발…. 제발…. 안 돼…. 난 죽기 싫어…."

상대는 욕조로 몸을 숙이고 장갑 낀 손을 그녀의 양쪽 가슴에 댔다. 테레사는 물속으로 그녀의 몸을 밀어 넣는 힘을 느끼고 일어나 앉으려고 애썼다. 설명하려는 노력이라도 해 봐야 했다. 하지만 상대의 손이 가하는 힘은 점점 세지기만 했다. 그녀는 다시 한번 무기력한 자세에서 몸을 일으키려 해 봤지만 소용없었다. 중력과 힘 차이 때문에 도저히 맞서 싸울 수 없었다.

물이 얼굴 주변을 액자처럼 두르자 그녀가 다시금 입을 열었다. 마지막으로 애쓰는 그녀의 입술 사이로 작은 흐느낌이 새어 나왔다.

"정말이야…."

말은 중간에 가로막혔다. 테레사는 자기 코에서 물거품이 빠져나와 수면에 닿는 걸 보았다. 그녀의 머리카락이 얼굴 주변을 헤엄쳐 다녔다.

수막 반대편에서 상대의 형체가 어른거렸다.

테레사의 몸이 산소 결핍에 반응하기 시작했다. 테레사는 내면에서 치솟는 공포를 잠재우려 했다. 그녀가 두 팔을 버둥거리자 장갑 낀 손이 아주 잠깐 그녀의 가슴뼈에서 떨어져 나갔다. 그녀는 간신히 고개를 물 위로 들고 자신을 꿰뚫어 보는 듯한 차가운 두 눈을 더 가까이에서 보았다. 상대를 알아본 테레사의 마지막 숨결이 서서히 잦아들었다.

그녀가 혼란에 빠진 짧은 순간, 공격자는 다시 자세를 잡았다. 두 손이 테레사의 몸을 수면 아래로 억지로 집어넣고 꽉 붙들었다. 테레사는 의식이 스러져 가는 와중에도 믿을 수가 없었다. 그녀의 공범들은 누굴 두려워해야 할지 결코 상상하지 못할 것이다.

2

킴 스톤은 그녀의 오토바이 가와사키 닌자*를 빙 돌아가 아이팟 볼륨을 조절했다. 스피커가 비발디 〈사계〉 중 여름 콘체르토의 낭랑한 선율에 맞춰 춤을 추며 그녀가 가장 좋아하는 대목인 '폭풍'이라는 이름의 피날레로 달려가고 있었다.

킴은 소켓 렌치를 작업대에 올려놓고 굴러다니는 걸레로 두 손을 닦

---

* 1984년부터 출시된 스포츠 모터사이클. '괴물'이라는 별명으로도 불린다.

았다. 그녀는 지난 7개월 동안 복원 중이던 트라이엄프 썬더버드*를 뚫어지게 바라보며, 왜 오늘 밤에는 이 녀석에게 집중이 되지 않는지 의아해졌다.

킴은 손목시계를 힐끗 보았다. 밤 11시가 거의 다 됐다. 다른 팀원들은 지금쯤 비틀거리며 '더 도그'를 나서고 있을 것이다. 킴은 술을 마시지 않았다. 술집이야 팀원들과 함께 갈 때도 있었지만, 그건 자신에게 술집에 갈 만한 자격이 있다는 생각이 들 때뿐이었다.

그녀는 소켓 렌치를 다시 들고 트라이엄프 옆에 놓아둔 무릎 방석에 다시 꿇어앉았다. 이번 일은 축하할 만한 일이 아니었다. 오토바이 배 속으로 손을 넣어 크랭크축 뒤쪽을 더듬어 찾는 동안에도 겁에 질린 로라 예이츠의 얼굴이 눈앞을 떠다녔다. 킴은 소켓 헤드 볼트를 너트 위에 놓고 렌치를 앞뒤로 움직여 가며 돌렸다.

테렌스 헌트는 강간 세 건으로 유죄 판결을 받았으니 오랫동안 사회에서 격리될 것이다.

"충분히 오랫동안이라고는 할 수 없지." 킴은 혼잣말을 했다.

네 번째 피해자가 있었으니까.

킴은 다시 렌치를 돌렸지만 도무지 너트가 조여지지 않았다. 그녀는 이미 베어링, 스프로킷, 구면 워셔, 로터를 조립해 놓았다. 너트가 마지막 퍼즐 조각인데, 이 빌어먹을 게 로킹 워셔에 조여지지 않으려 들었다.

킴은 너트가 알아서 움직이기를 바라는 듯 그걸 말없이 빤히 바라보았다. 역시나 아무 일도 일어나지 않았다. 그녀는 소켓 렌치 손잡이를

* 1949년에서 1966년까지 영국에서 출시되었던 트라이엄프 사의 오토바이.

화난 눈으로 쏘아보며 온 힘을 다해 한 차례 더 밀었다. 나사 이가 나가고 너트가 헛돌았다.

"빌어먹을." 그녀는 씩씩거리며 렌치를 차고 저쪽으로 던져 버렸다.

로라 예이츠가 벌벌 떨면서 증언한 끔찍한 이야기에 따르면, 그녀는 교회 뒤로 끌려가 두 시간 반 동안 반복적으로 잔인하게 성폭행을 당했다. 다들 로라가 앉기조차 힘들어하는 걸 두 눈으로 직접 보았다. 성폭행 후 석 달이 지났을 때였다. 그 열아홉 살 소녀는 다른 피해자들의 유죄 평결이 하나하나 낭독되는 내내 방청석에 앉아 있었다. 그렇게 그녀의 차례가 되었다. 그리고 로라의 인생을 영원히 바꿔 놓을 두 글자가 울려 퍼졌다.

무죄.

이유? 로라가 술을 두어 잔 마셨기 때문이었다. 술을 마셨으니까 몸 뒤쪽에서 앞쪽까지 이어진 상처를 열한 바늘이나 꿰매야 했고 갈비뼈는 부러졌으며 눈에도 멍이 들었지만 모두 잊어버리라는 것이다. 이 모든 일은 그 애가 자초한 게 틀림없으니까. 망할 술 몇 잔을 마셨다는 이유만으로 말이다.

킴은 자기도 모르게 분노로 두 손을 떨었다. 팀원들은 넷 중 셋이 유죄면 나쁘지 않다고 생각했다. 그래, 나쁘지는 않았다. 하지만 충분하지도 않았다. 킴에게는 그랬다.

킴은 오토바이의 상한 부분을 자세히 보려고 몸을 숙였다. 그 빌어먹을 나사를 구하는 데 거의 6주가 걸렸다. 킴은 소켓을 원래 자리로 풀어 놓고 엄지와 검지로 다시 렌치를 돌렸다.

그때 핸드폰이 울리기 시작했다. 그녀는 너트를 떨어뜨리고 벌떡 일어섰다. 자정이 다 된 시각에 전화라니, 좋은 소식일 리 없었다.

"스톤 경위입니다."

"시체가 나왔습니다, 경위님."

그럼 그렇지. 달리 뭐가 있겠는가?

"어디입니까?"

"스타워브리지의 해글리 가입니다."

킴이 아는 동네였다. 이웃 지역인 웨스트머시아와의 경계선에 있는 곳이었다.

"브라이언트 경사님도 호출해야 할까요, 경위님?"

킴은 움찔했다. 그녀는 '님'이라는 호칭이 싫었다. 나이는 서른넷이었 지만, 누가 자신을 '님'이라고 높여 부르는 건 여전히 익숙하지 않았다. 동료 브라이언트가 '더 도그' 밖에서 비틀비틀 택시에 오르는 그림이 떠 올랐다.

"아뇨, 이 건은 내가 알아서 처리하겠습니다." 그녀는 그렇게 말하고 전화를 끊었다.

킴은 잠시 멈추어 아이팟 소리를 줄였다. 진짜인지 상상인지는 모르 지만, 킴은 로라 예이츠의 눈에서 분명히 비난의 눈빛을 보았다. 그리고 이제는 그만 그 눈빛을 잊어야 한다는 걸 알고 있었다. 하지만 도저히 그럴 수 없었다.

킴은 사법 제도를 믿었지만, 사람을 지키라고 만들어진 그 사법 제도 가 누군가에겐 늘 실망을 안겨 줬다는 걸 오래전부터 알고 있었다. 알면 서도 로라 예이츠에게 자신을 믿어 달라고, 자신이 대표하는 시스템도 믿어 달라고 했다. 로라가 실망했다는 느낌은 사라지지 않았다. 그 아이는 킴에게도, 킴이 대표하는 시스템에도 실망해 버렸다.

3

전화를 받고 4분 뒤, 킴은 10년 된 골프 GTI를 몰고 진입로를 나섰다. 도로에 얼음이 끼었을 때나 닌자를 타고 질주하는 게 반사회적 행동으로 비칠 때만 타는 자동차였다.

오일, 윤활유, 먼지로 얼룩진 찢어진 청바지는 검은 면바지와 흰색 민무늬 티셔츠로 갈아입었다. 두 발에는 이제 굽 0.5센티미터짜리 검은색 페이턴트 부츠를 신고 있었다. 검은 단발머리는 별로 관리할 필요가 없었다. 손가락으로 빠르게 빗질만 하면 끝이었다. 어차피 그녀의 고객은 이런 건 신경 쓰지 않을 테니까.

그녀는 이리저리 틈새를 누벼 가며 자동차를 몰았다. 자동차라는 거추장스러운 기계를 통제하자니 이질감이 들었다. 소형차인데도 주차된 다른 차들 사이를 지날 때면 거리가 얼마나 되는지 신경을 써야만 했다. 쇳덩이가 너무 많아 번거롭게 느껴졌다.

목적지에서 1.5킬로미터쯤 떨어진 곳에 접어들자 무언가 타는 냄새가 환기구를 타고 들어왔다. 차를 몰아갈수록 냄새가 심해졌다. 800미터쯤 떨어진 곳에 이르자 비뚜름한 연기 기둥이 클렌트 언덕 위까지 뻗어 가는 게 보였다. 킴은 400미터쯤 떨어진 곳에 이르러서야 바로 그곳이 자신의 목적지라는 걸 알아차렸다.

런던 경찰청에 이어 두 번째로 규모가 큰 웨스트미들랜드 경찰청은 거의 260만 명에 이르는 주민들을 관리했는데, 그 관할 구역인 블랙컨트리는 버밍엄 북서쪽에 있었으며 빅토리아 시대쯤에는 영국에서 가장 산업화가 진전된 지역이 되었다. 블랙컨트리라는 이름은 이 지역의 석탄층이 노출돼 있어 검은 흙이 넓게 나타났기 때문에 붙은 것이었다. 이곳의 9미터짜리 석탄층은 영국 전역에서 가장 두꺼웠다. 지금은 블랙컨트리의 실업률이 전국에서 세 번째로 높았다. 반사회적 행동과 더불어 경범죄도 증가하는 추세였다.

범죄 현장은 스타워브리지와 해글리를 연결하는 주요 도로에서 막 벗어난 곳에 있었다. 해글리는 보통 강력 범죄가 일어나는 곳이 아니었다. 도로와 가장 가까운 집들은 좌우 대칭으로 설계된 신축 주택들이었다. 새하얀 로마식 기둥이 반짝거렸고 창문에는 검은색 납으로 창틀을 해 넣었다. 그러나 더 깊은 골목으로 들어가면 주택 사이 거리가 먼 낡은 건물들이 나왔다.

킴은 경찰 통제선에 다다라 소방차 두 대 사이에 차를 대고, 출입 통제 테이프를 지키고 있던 경찰관에게 아무 말 없이 신분증을 휙 보여 주었다. 경찰관은 고개를 끄덕인 후 킴이 지나갈 수 있도록 테이프를 들어 올렸다.

"무슨 일입니까?" 그녀는 처음으로 눈에 띈 소방관에게 물었다.

소방관은 부지 가장자리에 있는 침엽수의 타고 남은 잔해를 가리켰다. "저기서 불이 나서 거의 모든 나무로 번졌습니다. 우리가 도착하기도 전에요."

킴은 부지 경계를 이루고 있는 나무 열세 그루 중 집과 가장 가까운 두 그루만 아무 손상을 입지 않았다는 걸 알아차렸다.

"시신은 발견했습니까?"

소방관은 땅에 앉아 경찰관과 이야기하고 있는 다른 소방관을 가리켰다. "저분이 발견했어요. 마을 사람들이 거의 모두 나와서 소동을 지켜봤는데, 이 집만 계속 어두웠다고 합니다. 이웃 주민들 덕분에 검은색 레인지로버가 피해자 차량이고 피해자는 혼자 산다는 걸 확인할 수 있었습니다."

킴은 고개를 끄덕이고 땅에 앉아 있던 소방관에게 다가갔다. 그는 창백해 보였으며 오른손을 눈에 띄게 떨고 있었다. 어떤 훈련을 받은 사람에게든 시체를 본다는 건 결코 유쾌한 일이 아니었다.

"현장에 손을 대셨습니까?" 그녀가 물었다.

그는 잠시 생각하더니 고개를 저었다. "욕실 문이 열려 있었지만 들어가진 않았습니다."

킴은 현관에서 잠시 멈춰 왼쪽의 종이 박스로 손을 뻗었다. 그녀는 파란색 비닐 덧신을 꺼내 신고 한 번에 두 계단씩 올라 욕실에 들어갔다.

법의학자 키츠가 곧장 눈에 들어왔다. 그는 머리가 완전히 벗어진 왜소한 인물로, 콧수염과 턱 밑에서 한 점으로 모이는 턱수염이 특징적이었다. 8년 전, 킴이 참관한 첫 부검을 집도한 사람이 바로 그였다.

"여어, 형사 양반." 키츠가 킴을 돌아보며 말했다. "브라이언트는?"

"브라이언트를 왜 나한테 찾습니까? 우리 둘이 뭐 엉덩이라도 붙어 있습니까?"

"그건 아니지만, 브라이언트 없는 스톤 경위는 소스 없는 고기 요리

같거든. 영 퍽퍽하기만 하니….”

“키츠, 지금처럼 늦은 밤에 그런 농담을 들으면 제가 재미있어 하겠습니까?”

“말은 바로 해야지, 자네 유머 감각은 시간과 상관없이 별로야.”

어떻게 맞받아칠 수 없을까? 킴은 키츠에게 검은 바지에 공들여 잡아 놓은 주름이 별로 똑바르지 않다거나 셔츠 목깃이 닳아 빠졌다고, 심지어 코트 뒤쪽에 튄 핏자국이나 닦으라고 쏘아붙일 수도 있었다. 하지만 지금 당장은 둘 사이에 놓인 벌거벗은 시신에 관심을 쏟아야 했다.

흰 가운을 입은 두 사람이 이리저리 물을 튀겨 대고 있었다. 킴은 물을 밟고 미끄러지지 않으려고 애쓰며 조심스럽게 천천히 욕조로 다가 갔다. 여성의 시신이 일부 물에 잠긴 채 누워 있었다. 두 눈은 뜨여 있고, 염색한 금발이 물속에 부채처럼 펼쳐져 그녀의 얼굴 주변을 감싸고 있었다. 시신이 떠오르면서 가슴 끄트머리도 수면 위로 올라왔다.

킴은 이 여성이 40대 중반이지만 자기 관리를 잘한 사람이라고 추측했다. 팔의 위쪽은 탱탱하게 보였지만 물속으로 살이 늘어져 있었다. 다리는 깎은 자국 없이 매끈하게 면도해 놓았고 발톱은 연한 핑크색으로 칠해진 상태였다. 바닥에 흘러넘친 물의 양을 보면 이곳에서 몸싸움이 벌어진 듯했다. 여자는 살려고 몸부림쳤다.

그때 쿵쾅거리며 계단을 오르는 발소리가 들렸다.

“스톤 경위, 이렇게 반가울 데가.”

킴은 그 목소리를 알아듣고 고개를 저었다. 상대방의 인사말에서는 비웃음이 뚝뚝 떨어졌다.

“워튼 경위, 나야말로.”

둘은 몇 차례 함께 일한 적이 있었다. 물론, 킴은 그때마다 한 번도 경멸감을 감추지 않았다. 워튼은 최대한 빨리 승진만 하고 싶어 하는 직업 경찰이었다. 점수를 올리는 데에만 관심이 있을 뿐 사건을 해결하는 데에는 아무 흥미가 없었다.

워튼에게 인생 최대의 굴욕은 킴이 자기보다 먼저 경위가 된 사건이었다. 킴이 때 이른 승진을 한 것을 계기로 그는 소속 경찰서를 웨스트 머시아로 옮겼다. 경쟁이 덜 치열한, 비교적 작은 경찰서였다.

"여기까지 무슨 일이야? 너도 이게 웨스트머시아 사건인 건 알 텐데?"

"글쎄, 너도 이 사건이 관할 구역 경계에서 벌어졌고 내가 먼저 물었다는 건 알 텐데?"

킴은 무의식적으로 욕조 앞으로 나섰다. 피해자에겐 벌거벗은 몸을 훑어보는 호기심 어린 눈길 따위 필요하지 않았다.

"이건 내 건이야, 스톤."

킴은 고개를 젓고 팔짱을 꼈다. "양보할 생각 없어, 워튼." 그녀는 고개를 한쪽으로 기울였다. "평소처럼 합동 수사로 해도 되고. 대신 내가 먼저 왔으니 내가 지휘해."

야위고 고집 센 워튼의 얼굴이 붉으락푸르락했다. 킴의 지휘를 따른다니? 그러느니 워튼은 차라리 녹슨 숟가락으로 눈알을 파내는 쪽을 택할 것이었다.

킴은 머리끝부터 발끝까지 그를 훑어보았다. "첫 지시는, 범죄 현장에 들어올 때는 알맞은 보호 장비를 착용하라는 거야."

워튼은 덧신을 신은 킴의 발을 내려다본 뒤 아무 보호 장비를 착용하지 않은 자기 발을 보았다. 뭐든 서두를수록 늦어지는 법이다.

킴은 목소리를 낮추었다. "이 사건을 엿 먹이기 대회로 만들진 말자, 워튼."

워튼은 킴에게 경멸 가득한 눈길을 던지더니 쿵쿵대며 욕실을 나섰다.

"이기셨네." 키츠가 조용히 말했다.

"뭘 이깁니까?"

키츠의 두 눈이 즐거워하며 춤추는 듯했다. "엿 먹이기 대회 말이야."

킴은 고개를 끄덕였다. 그녀도 알고 있었다.

"아직 피해자를 욕조에서 꺼낼 수는 없는 겁니까?"

"꺼내야지. 가슴뼈 클로즈업 사진만 몇 장 더 찍고."

키츠의 말에 법의학팀 경찰관이 자동차 배기구처럼 긴 렌즈가 달린 카메라를 여자의 가슴에 거누었다. 킴은 더 가까이 몸을 숙이고 피해자를 살펴보았다. 피해자는 양쪽 가슴 위에 하나씩 알 수 없는 자국이 나 있었다.

"누른 겁니까?"

"그럴 거야. 예비 검사에서는 다른 부상이 보이지 않았거든. 부검해 보고 더 말해 줄게."

"얼마나 지났는지는 추측할 수 있고요?"

간에 탐침을 꽂은 흔적이 전혀 보이지 않았으므로 킴은 자기가 도착하기 전 키츠가 항문 체온계를 사용했을 거라고 생각했다. 킴은 시신의 체온이 사망 후 첫 한 시간 동안 1.5도 떨어진다는 걸 알고 있었다. 그 이후로 시신의 체온은 보통 시간당 1.0~1.5도씩 떨어진다. 그녀는 이 수치가 다른 여러 가지 요소에 영향을 받는다는 것도 알고 있었다. 피해자가 알몸이고 차게 식은 물속에 잠겨 있는 지금은 특히 변동이 심할 터였다.

키츠는 어깨를 으쓱했다. "나중에 더 계산해 보겠지만 그래도 두 시간 이상은 안 지났을 거야."

"언제쯤이면 결과를 알 수…."

"안락의자에서 잠들었다가 돌아가신 아흔여섯 살 숙녀분이랑 아직 팔에 바늘을 꽂고 있는 스물여섯 살짜리 남자애가 하나 있는데."

"그럼 급한 부검은 없는 거 아닙니까?"

키츠가 손목시계를 확인했다. "정오 쯤에 괜찮겠나?"

"여덟 시요." 그녀가 맞받아쳤다.

"열 시. 그 이상은 못 당겨." 그가 툴툴댔다. "나도 사람이야. 가끔 쉬어야 한다고."

"아주 좋습니다." 그녀가 말했다. 킴도 원래 열 시를 생각했다. 그 정도면 팀원들에게 사건을 브리핑하고 임무를 배정할 여유가 있을 것이다.

계단에서 더 많은 발소리가 들렸다. 헉헉대는 숨소리도 섞여 있었다.

"트레비스 경사." 그녀가 돌아보지도 않고 말했다. "뭐 좀 알아냈습니까?"

"근처를 탐문하는 중입니다. 처음 사건을 접수한 경찰관이 이웃 주민 두어 명을 소집했습니다. 그 사람들 말로는 처음 본 장면이 소방차들이 들어오는 모습이었다고 하더군요. 신고 전화는 지나가던 오토바이 운전자가 했습니다."

킴은 몸을 돌려 고개를 끄덕였다. 최초로 신고를 접수한 경찰관은 과학수사팀을 위해 범죄 현장을 확보하고 잠재적인 목격자들을 모아들이는 작업을 훌륭히 해냈다. 그러나 주택들은 길에서도 멀었고 서로서로 300평가량씩 떨어져 있었다. 이웃집을 엿보기에 좋은 동네는 아니었다.

"계속해 보십시오." 그녀가 말했다.

"진입 지점은 뒷문의 깨진 유리창입니다. 하지만 소방관은 앞문 자물쇠도 열려 있었다고 진술했습니다."

"흠…. 알겠습니다."

킴은 고맙다는 뜻으로 고개를 끄덕이고 계단을 내려갔다.

기술자 두 명이 보였다. 한 명은 복도를 살펴보는 중이었고 다른 한 명은 지문을 찾느라 뒷문에 가루를 뿌리고 있었다. 명품 핸드백이 부엌 조리대에 놓여 있었다. 킴은 금색 모노그램으로 된 걸쇠가 무슨 뜻인지 전혀 알 수 없었다. 그녀는 한 번도 핸드백을 사용해 본 적이 없었다. 하지만 비싸 보이는 가방이긴 했다. 세 번째 기술자가 옆방 응접실에서 들어와 핸드백을 고갯짓으로 가리켰다. "가져간 건 없습니다. 신용 카드, 현금, 다 그대로예요."

킴은 고개를 끄덕이고 집 밖으로 향했다. 문간에서 덧신을 벗어 두 번째 상자에 넣었다. 모든 보호 장비는 현장에서 옮겨 미세 증거가 남아 있는지 검사해야 했다.

킴은 몸을 숙이고 경찰 통제선을 지났다. 소방차 한 대만 불씨가 남아 있는지 확인하느라 아직 떠나지 않고 있었다. 불은 영악해서 불씨 하나라도 놓치면 몇 분 안에 이곳 전체가 화염에 휩싸일 수 있었다.

킴은 자동차 근처에 서서 눈앞에 펼쳐진 장면을 좀 더 큰 그림으로 훑어보았다. 테레사 와이어트는 혼자 살았다. 범인은 아무것도 가져가거나 손대지 않은 것으로 보였다. 살인자는 시신이 아무리 빨라 봐야 다음 날 아침에나 발견되리라는 걸 알고 안전하게 떠날 수 있었다. 그런데도 불을 질러 경찰의 관심을 끌었다.

이제 킴이 해야 할 일은 그 이유를 알아내는 것뿐이었다.

4

오전 7시 30분, 킴은 닌자를 헤일조웬 경찰서에 세웠다. 소규모 상업 지구와 전문 대학이 있는 마을을 원형 도로가 감싸고 있었고, 경찰서는 그 도로와 약간 떨어진 곳에 있었다. 경범죄 법원과는 손 내밀면 닿을 만한 거리였다. 오가기에는 편했지만 출장비는 절대 청구할 수 없었다.

4층짜리 경찰서 건물은 정부 건물들이 보통 그렇듯 납세의 의무를 성실히 다하는 시민들에게 민망할 정도로 칙칙하고 매력이 없었다. 킴은 수사관 사무실로 가는 내내 누구에게도 아침 인사를 건네지 않았다. 그녀에게 인사하는 사람도 없었다. 킴은 자기가 차갑고 사회성이 떨어지며 감정이 없는 인간으로 유명하다는 걸 알고 있었다. 나쁠 건 없었다. 덕분에 따분한 잡담을 피할 수 있었으니까.

킴은 평소처럼 누구보다 먼저 수사관 사무실에 들어가 커피 머신을 켰다. 사무실에는 책상 네 대가 둘씩 서로를 마주 보고 있었다. 서류 보관함과 컴퓨터 모니터가 딸린 책상들은 서로 똑 닮아 있었다.

그중 세 책상에는 정해진 주인이 있었지만 넷째 책상은 몇 달 전 부서 규모가 축소된 이후로 쭉 비어 있었다. 킴은 전용 사무실에 들어가기보다는 주로 그 빈 책상에 걸터앉았다. 문에 킴의 이름이 적혀 있는 공간은 흔히 어항이라고 불렸다. 석고 보드와 유리로 구획해 놓은, 사무실 오른쪽 위의 구역이었다. 킴은 그곳을 가끔 개인 성과 지도, 전문용어로는 '참교육'을 위해 사용했다.

"좋은 아침입니다, 대장." 스테이시 우드 순경이 슬쩍 자리에 앉으며 소리쳤다. 그녀는 영국인과 나이지리아인의 혼혈이었지만 한 번도 영국 바깥에 나가 본 적이 없었다. 붙임머리를 덧붙였던 그녀는 이제 검은색 잔 곱슬머리를 두피에 가깝도록 짧게 자르고 있었다. 부드러운 캐러멜색 피부가 머리 스타일과 잘 어울렸다.

스테이시의 업무 공간은 잘 정돈되어 있고 깨끗했다. 이름표를 붙인 서류 보관함에 들어 있지 않은 물건은 전부 그녀의 책상 위쪽 모서리를 따라 세심하게 쌓여 있었다.

브라이언트 경사가 그리 늦지 않게 들어오며 어항을 슬쩍 들여다보고 "좋은 아침이요, 대장."이라고 웅얼거렸다. 키 180센티미터인 그는 어머니가 주일 학교에 보내려고 옷을 차려입힌 것처럼 티 하나 없이 깔끔한 모습이었지만, 사무실에 들어오자마자 정장 재킷을 벗어 의자 등받이에 걸쳐 두었다. 오늘이 끝날 때쯤에는 넥타이가 두어 뼘 흘러내리고 셔츠 맨 위 단추가 풀리고 소매가 팔꿈치 바로 아래까지 말려 올라가게 될 터였다.

브라이언트가 킴의 책상을 힐끗 보는 모습이 눈에 들어왔다. 커피 잔이 있는지 확인하는 것이었다. 그녀가 이미 커피를 갖다 놓은 걸 본 그는 "세계 최고의 택시 기사"라는 이름이 붙은 자기 머그잔을 채웠다. 그의 열아홉 살짜리 딸이 준 선물이었다.

브라이언트가 파일을 정리하는 방식은 다른 사람이 절대 이해할 수 없었다. 하지만 킴이 서류를 요청하면 브라이언트는 늘 몇 초 만에 그 서류를 가져왔다. 그의 책상 위에는 브라이언트가 25번째 결혼기념일에 아내와 함께 찍은 사진이 액자에 들어 있었다. 딸 사진은 그의 지갑에 모셔져 있었다.

킴의 팀원 중 셋째인 케빈 도슨 경사는 특별한 사람의 사진은 한 장도 책상에 올려놓지 않았다. 가장 사랑하는 사람의 사진을 놓았다면 그는 아마 업무시간 내내 자기 사진을 마주 보고 있어야 했을 것이다.

"늦어서 죄송합니다, 대장." 케빈이 스테이시 맞은편 자리에 슬쩍 앉으며 소리쳤다. 이걸로 킴의 팀이 완성되었다.

공식적으로는 케빈도 늦은 게 아니었다. 근무 시간은 오전 8시 정각에야 시작됐으니까. 하지만 킴은 모두가 일찍 브리핑을 들으러 오는 편을 좋아했다. 새로운 사건이 시작될 때는 특히 그랬다. 근무 시간표를 철저히 지키는 건 킴의 취향이 아니었다. 그런 점이 못마땅한 사람은 킴의 팀에 머무는 시간이 아주 짧았다.

"야, 스테이시. 커피 좀 타 줄래?" 케빈이 핸드폰을 확인하며 물었다.

"당연히 타 주지, 케빈. 이렇게 타 주면 어때? 우유에 설탕 두 스푼 넣어서 네 무릎에 쏟는 거야." 그녀는 블랙컨트리 억양이 강하게 섞인 말투로 간드러지게 말했다.

"스테이시, 커피 마실래?" 케빈은 스테이시가 손가락 하나 까딱하지 않으리라는 걸 아주 잘 알았기에 자리에서 일어나며 물었다. "밤새 흑마법사들이랑 싸우느라 피곤할 텐데." 그는 스테이시가 온라인 게임 〈월드 오브 워크래프트〉에 중독돼 있다는 얘기를 끌고 오며 빈정거렸다.

"그게 말이지, 케빈. 내가 어제 어떤 사제한테서 어른 남자를 돌대가리로 만들 수 있는 강력한 마법을 배웠거든. …근데 나보다 먼저 너한테 손을 쓴 사람이 있나 보다."

케빈은 배를 쥐고 과장되게 웃는 시늉을 했다.

"대장." 브라이언트가 어깨너머로 소리쳤다. "애들 또 싸워요." 그는 둘에게 다시 고개를 돌리며 손가락을 흔들었다. "너희, 엄마한테 죽었다."

킴은 눈알을 굴려 대며 남는 책상에 앉았다. 이젠 정말 시작하고 싶었다. "좋습니다, 브라이언트. 진술서 나눠 주세요. 케빈, 칠판."

케빈은 마커를 들고서, 뒤쪽 벽면 전체를 차지하고 있는 화이트보드 옆에 섰다. 브라이언트가 서류를 나눠 주는 동안 킴은 이른 아침에 있었던 일을 전부 전했다.

"피해자는 테레사 와이어트, 47세로 대단히 존경받는 스타워브리지의 사립 학교 교장입니다. 결혼도 안 했고 아이도 없어요. 안락하지만 사치스럽지는 않게 살았고 우리가 아는 한에서는 원한이 있는 사람도 없었습니다."

케빈은 '피해자'라는 제목 아래에 글머리 기호를 달아 가며 메모했다.

브라이언트의 전화가 울렸다. 그는 별다른 말도 하지 않고 수화기를 내려놓더니 킴에게 고갯짓했다. "대장, 경감님이 올라오라는데요."

그녀는 못 들은 체했다. "케빈, 두 번째 제목으로 '범죄'를 달아. 흉기도 없고, 도난당한 물품도 없고, 지금까지는 법의학 증거나 단서도 없습니다. 다음, '동기'. 사람들이 보통 살해당하는 건 과거에 저지른 일이나 현재 저지르고 있는 일, 아니면 앞으로 저지를 일 때문입니다. 그런데 우리가 아는 한 피해자는 어떤 위험 행동에도 가담한 적이 없습니다."

"어⋯. 대장, 경감님이 보자고 하신다니까요."

킴은 새로 내린 커피를 한 모금 마셨다. "장담하는데, 브라이언트. 경감님은 커피를 마신 다음의 내 모습을 더 좋아할 겁니다. 케빈, 부검은 열 시야. 스테이시, 피해자에 대해 알아낼 수 있는 건 전부 알아내도록. 브라이언트, 학교에 연락해서 우리가 간다고 해 주세요."

"대장…."

킴은 커피를 다 마셨다. "그만 좀 불러요, 진짜 엄마도 아니고. 갈 겁니다."

그녀는 한 번에 두 계단씩 4층으로 올라가 가볍게 문을 노크하고 사무실로 들어갔다.

우드워드 경감은 50대 중반의 체격이 좋은 남자였다. 혼혈인 그는 피부가 갈색이었고, 머리카락 한 올 없는 머리까지 온몸이 매끄러웠다. 검은 바지와 흰 셔츠는 산뜻했고 모두 칼같이 주름이 잡혀 있었다. 코끝에 독서용 안경을 걸치고 있었지만 그걸로는 두 눈의 피로를 감추지 못했다.

그는 손짓해 킴을 들이고 의자를 가리켰다. 덕분에 경감의 자동차 모형 수집품들이 들어 있는 유리 장식장 전체가 킴의 시야에 들어왔다. 아래쪽 선반에는 고르고 고른 정통 영국 자동차들이 놓여 있었고, 위쪽 선반에는 오랜 세월에 걸쳐 사용된 경찰차의 역사가 전시되어 있었다. 1940년대에 사용되던 MG TC부터 포드 앵글리아, 블랙 마리아, 중앙에 자랑스럽게 자리 잡은 재규어 XJ40까지 모두 다.

장식장 오른편으로 벽에 단단히 고정해 둔 것은 영국 전 총리 토니 블레어와 악수하는 우디의 사진이었다. 그 오른쪽에는 아프가니스탄으로 파견되기 직전, 정식 제복을 입고 있는 우디의 맏아들 패트릭의 사진이 있었다. 그로부터 15개월 후, 패트릭은 정확히 같은 옷을 입고 땅에 묻혔다.

우디는 통화를 끝내고 즉시 책상 귀퉁이에서 스트레스 볼을 집어 들었다. 그의 오른손이 말랑말랑한 공을 쥐었다 놓았다 했다. 생각해 보면,

우디는 킴이 근처에 있을 때 그 스트레스 볼로 손을 뻗는 일이 많았다.

"지금까지 알아낸 건?"

"별로 없습니다, 경감님. 겨우 수사 개요를 짜고 있는데 절 호출하셔서요."

스트레스 볼을 쥔 그의 손마디가 하얗게 변했다. 하지만 그는 킴의 빈정거림을 못 들은 체했다. 킴의 시선은 우디의 오른쪽 귀 너머로 흘러갔다. 창틀에 그가 현재 작업하고 있는 모형이 있었다. 롤스로이스 팬텀인데 며칠째 진도가 나가지 않고 있었다.

"워튼 경위와 마주쳤다던데?"

뒷말하는 주둥이들이 벌써 바쁘게 떠들어 댄 모양이었다. "시체 앞에서 인사 좀 나눴죠."

저 모형은 뭔가 잘못돼 보였다. 휠베이스가 너무 긴 듯했다.

우디는 스트레스 볼을 더 꽉 쥐었다. "워튼의 경감이 연락했네. 이미 자넬 상대로 공식 항의를 제기했어. 자기네 쪽에 사건을 달라는군."

킴은 눈알을 굴렸다. 족제비 같은 놈, 혼자서는 싸울 줄도 모르는 건가? 그녀는 손을 뻗어 롤스로이스를 집어 들고 실수를 고쳐 놓고 싶은 충동을 애써 눌러 참았다. 슬쩍 시선을 돌리던 킴은 지휘관과 눈을 마주쳤다. "그렇다고 넘겨주시진 않을 거 아닙니까, 경감님?"

우디는 오랫동안 킴에게서 눈을 돌리지 않았다. "그래, 스톤. 넘겨주진 않을 거야. 자네 인사기록에 남은 공식 항의가 별로 좋아 보이지 않더라도 말이지. 솔직히 말해서, 자네한테 들어온 항의가 하도 많아 좀 지치는군." 그는 왼손으로 스트레스 볼을 옮겨 쥐었다. "아무튼, 난 이번 사건에 자네가 누구랑 함께할지 궁금하네."

킴은 새로 사귈 절친을 고르라고 요구받는 어린애가 된 것 같았다. 지난번 인사 고과에서 킴에게 개선이 강력히 요구된 부분은 오직 한 영역뿐이었다. 다른 사람들과 잘 지내기.

"제가 고를 수 있습니까?"

"누굴 선택하겠나?"

"브라이언트요."

희미한 미소가 우디의 입꼬리에 맴돌았다. "그럼 좋아, 자네의 선택권을 존중하지."

그러니까 선택권은 전혀 없는 셈이었다. 우디에게 브라이언트는 일종의 보험이었다. 이웃 경찰서가 킴의 뒤에서 코를 킁킁대고 있으니 우디는 위험을 감수하지 않을 생각인 것이다. 그는 책임감 있는 어른이 킴을 돌봐 주길 바랐다. 킴은 상관에게 롤스로이스의 뒷바퀴 축을 분해하는 데 쓰일 기나긴 시간을 아껴 줄 조언을 건네려다 말고 생각을 바꿨다.

"또 하실 말씀은?"

우디는 스트레스 볼을 다시 내려놓고 안경을 벗었다. "계속 소식 전하도록."

"당연하죠."

"아, 그리고 스톤…."

킴은 문간에서 돌아섰다. "가끔은 팀원들 잠 좀 재워. 다들 자네처럼 USB로 충전되는 건 아니니까."

킴은 우디가 그 주옥같은 말 한 마디를 떠올리기까지 얼마나 걸렸을지 궁금해하며 그의 사무실을 떠났다.

5

킴은 안내 직원인 코트니를 따라 세인트 조세프 고등학교의 복도를 지났다. 목적지는 교장 대행의 사무실이었다. 코트니를 따라 걸으며, 킴은 10센티미터짜리 하이힐을 신고도 민첩하게 움직이는 여자의 능력에 감탄했다.

교실을 연달아 지나던 브라이언트가 한숨을 쉬었다. "학창 시절이라…. 인생의 황금기 아닙니까?"

"아닙니다."

그들은 3층의 긴 복도로 들어선 후 명패가 떼어지고 문에 색 바랜 사각형 틀만 붙어 있는 사무실로 안내되었다. 책상에 앉아 있던 남자가 일어섰다. 비싼 정장에 광택이 나는 근사한 하늘색 넥타이를 매고 있었다. 생기 없는 검은색 머리카락을 보니 최근에 염색한 듯했다.

그는 책상 너머로 손을 내밀었다. 킴은 고개를 돌려 벽에 붙은 것들을 살펴보았다. 테레사 와이어트의 이름으로 된 자격증이나 기록들은 이미 사라지고 없었다. 브라이언트가 교장 대행이 내민 손을 잡았다.

"저희 요청에 응해 주셔서 감사합니다, 화이트하우스 선생님."

"그쪽은 교감인 걸로 알고 있는데요." 킴이 지적했다.

화이트하우스는 고개를 끄덕이고 앉았다. "제가 교장 대행 역할을 할 예정입니다. 수사에 어떤 도움이라도 드릴 수 있다면…"

"아, 당연히 도와주시게 될 겁니다." 킴이 말을 끊었다. 화이트하우스의 태도에는 어딘지 솔직하지 않은 구석이 있었다. 너무 연습을 많이 해 본 것 같달까. 그가 이미 테레사 와이어트의 사무실로 자기 짐을 옮겨놓고 그녀가 존재했던 모든 흔적을 제거했다는 사실은 아무리 잘 봐줘도 불쾌했다. 테레사가 죽은 지 열두 시간도 채 지나지 않았는데. 킴은 화이트하우스의 이력서가 이미 업데이트되었을 거라고 생각했다.

"교직원 전원의 명단을 주시면 좋겠습니다. 이름순으로 저희와 얘기할 수 있게 준비해 주십시오."

아래턱에 힘이 들어가는 걸 보니 화이트하우스는 지시를 받는 데 그렇게 익숙하지 않은 듯했다. 모든 여자에게 그런 걸까, 아니면 킴한테만 그런 걸까. 킴은 잠시 의문이 들었다.

화이트하우스는 시선을 내렸다. "물론입니다. 코트니를 통해 즉시 준비하도록 하겠습니다. 복도를 따라가시다 보면 방을 하나 비워 놨습니다. 심문하시기엔 충분할 겁니다."

킴은 주변을 둘러보고 고개를 저었다. "아뇨, 그냥 여기서 해도 괜찮을 것 같습니다."

화이트하우스는 대답하려고 입을 열었지만, 최소한의 염치는 있는지 죽은 지 얼마 되지도 않은 전임 교장의 사무실에서 형사들을 쫓아내지는 못했다. 그는 책상 위에서 소지품 몇 가지를 챙겨 문으로 향했다. "코트니가 잠시 후에 올 겁니다."

교장 대행이 문을 닫고 나가자 브라이언트가 낄낄거렸다.

"왜요?" 킴은 책상 뒤 의자에 앉으며 물었다.

"아니에요, 대장."

그는 의자 하나를 책상 옆으로 가져와 앉았다. 킴은 심문 대상자들이 앉을 남은 의자의 위치를 살폈다.

"저건 약간 뒤로 옮겨 주세요."

브라이언트는 의자를 문과 더 가깝게 옮겼다. 의자가 덩그러니 놓인 곳은 몸을 기대거나 받칠 게 전혀 없는 자리였다. 이제 킴은 심문 대상자들의 몸짓을 하나하나 관찰할 수 있을 것이다.

문을 가볍게 두드리는 소리가 났다. 둘은 동시에 "들어오세요."라고 소리쳤다.

코트니가 종이 한 장을 들고, 미소를 간신히 참는 표정으로 들어왔다. 보아하니 화이트하우스 교감은 별로 인기가 없는 모양이었다.

"애들링턴 씨가 밖에서 형사님들이 준비되시길 기다리고 있어요."

킴이 고개를 끄덕였다. "들여보내 주십시오."

"다른 것 좀 가져다드려도 괜찮을까요? 커피라든지, 차라든지요."

"물론입니다. 둘 다 커피로 부탁드립니다."

킴은 코트니가 문을 나설 때에야 기억이 나 덧붙였다. "고맙습니다, 코트니."

코트니는 고개를 끄덕이고 첫 번째 심문 대상자에게 문을 열어 주었다.

6

열두 번의 똑같은 대화를 거친 오후 4시 15분경, 킴의 머리가 책상에 부딪혔다. 두개골이 나무에 부딪히는 쿵 소리엔 어딘지 만족스러운 구석이 있었다.

"알았다!" 브라이언트가 말했다. "지금 시체 안치소에 계신 그분은 살아 있는 성인이셨나 봐요."

그는 주머니에서 멘톨이 들어간 목감기 사탕 한 팩을 꺼냈다. 킴이 헤아린 게 맞다면 그게 다섯 번째 상자였다. 2년 전, 브라이언트는 흉부 감염으로 진찰을 받았다가 의사에게서 하루에 담배 서른 개비를 피우는 습관을 고치라는 지시를 받았다. 그때부터 브라이언트는 거친 기침을 그치려고 쉴 새 없이 그 사탕을 먹어 댔다. 흡연은 사라졌지만 대신 목감기 사탕 중독이 남았다.

"그거 진짜 끊어요."

"날이 날이라서요, 대장."

닳고 닳은 흡연자들이 그러듯 그는 스트레스를 받거나 지루할 때면 더욱 목감기 사탕을 탐닉했다.

"다음은 누굽니까?"

브라이언트가 명단을 보았다. "조안나 웨이드, 영문학 교사네요."

문이 열리자 킴은 눈을 돌렸다. 딱 맞는 검은 셔츠에 라일락 색깔 실크 스커트를 입은 여자가 들어왔다. 긴 금발을 포니테일로 묶고 있어 강한 사각턱과 화장을 거의 하지 않은 얼굴이 두드러졌다. 그녀는 손을 내밀지도 않고 자리에 앉아 오른쪽 발목을 왼쪽 발목에 얹었다. 두 손은 단정히 무릎에 놓였다.

"시간 낭비는 하지 않겠습니다, 웨이드 부인. 몇 가지 질문만 드리죠."

"'씨'라고 하세요."

"예?"

"웨이드 씨라고요, 형사님. 웨이드 부인이 아니라. 하지만 조안나라 부르시면 더 좋겠네요."

목소리는 낮았고 북부 억양이 살짝 실린 절도 있는 말투였다.

"알겠습니다, 웨이드 씨. 와이어트 교장과는 얼마나 알고 지내셨습니까?"

교사는 미소를 지었다. "거의 3년 전에 와이어트 교장 선생님이 저를 고용하셨죠."

"두 분은 직장에서 관계가 어땠습니까?"

웨이드 선생은 킴에게 시선을 고정하고 머리를 살짝 갸웃했다. "그냥 바로 취조하시는 거예요, 형사님? 앞뒤 다 자르고?"

킴은 빈정거리는 말을 모른 체하고 시선을 맞받아쳤다.

"질문에 대답해 주시겠습니까?"

"알았어요. 직장에서의 관계는 합리적이었어요. 좋을 때도 있고 나쁠 때도 있었지만. 사람들 사이에서는 대부분 일어나는 일이라고 생각하는데요. 테레사는 아주 집중력이 강한 교장이었어요. 믿음에서나 신념에서나 엄격했죠."

"어떤 식으로 말씀입니까?"

"테레사가 직접 아이들을 가르쳤던 시절 이후로 교육 방법이 많이 바뀌었거든요. 미래가 창창한 어린아이들의 머릿속에 지식을 주입하려면 창의력이 필요할 때가 많아요. 우린 모두 변화하는 문화에 적응하려 했지만, 테레사는 학생을 가르치는 유일한 방법은 조용히, 규율에 따라 책을 읽히는 것뿐이라고 믿었고 다른 방법을 시도하는 사람이라면 누구한테든 적당히 조언을 해 줬어요."

조안나가 말하는 모습을 보며 킴은 그녀의 몸짓이 개방적이고 정직하다고 평가했다. 이 여자가 브라이언트를 단 한 번도 곁눈질하지 않는다는 것도 눈에 띄는 점이었다.

"예를 들자면?"

"두어 달 전에 제가 가르치는 학생 중 한 명이 숙제를 냈는데, 글의 절반이 문자 메시지나 페이스북에서 흔하게 쓰는 약어로 되어 있었어요. 저는 학생 스물세 명을 모두 사물함으로 보내서 핸드폰을 가져오게 했죠. 그런 다음, 10분간 적절한 구두점까지 포함해서 정확하고 문법에 맞는 영어로 문자를 보내게 했어요. 이 과정은 아이들한테 완전히 낯설게 느껴졌고, 다들 핵심을 파악했죠."

"핵심이 뭐였습니까?"

"상황에 따라 적절한 의사소통 방법이 따로 있다는 거요. 그다음부터는 그런 일이 한 번도 일어나지 않았어요."

"테레사가 그 일을 못마땅하게 여겼다는 겁니까?"

웨이드 선생은 고개를 끄덕였다. "못마땅하게 여긴 정도가 아니었죠. 교장 선생님은 그 학생에게 방과 후 벌칙을 주어야 한다고 했어요. 그랬으면 교훈을 더 명확하게 전달할 수 있었을 거라고요. 제가 감히 이의를 제기하니까 테레사는 제 인사 기록에 명령 불복종이라는 메모를 남기더군요."

"이 학교의 다른 교직원들이 한 얘기와는 꽤 다른데요, 웨이드 씨."

여자는 어깨를 으쓱했다. "제가 딴 사람들 의견을 대신 말할 수는 없죠. 하지만 이 학교엔 이미 발전을 포기한 선생님들도 계신다는 얘길 하고 싶네요. 학생의 정신에 다가가는 그분들의 방법은 더 이상 통하지 않아요. 다들 퇴직할 때까지 제자리 헤엄이나 치고 있는 셈이죠. 별 영감을 받지도 못하고, 아이들에게 영감을 주지도 못하면서 가만히 있는 걸로 만족하는 거예요. 하지만 전 그렇지 않거든요." 이번에도 그녀는 머리를 갸웃했다. 작은 미소가 그녀의 입꼬리를 끌어 올렸다. "요즘 청소년들한테 영어라는 언어의 아름다움과 절묘함을 제대로 감상하는 방법을 가르친다는 건 정말 어려운 과제예요. 하지만 전 도전 앞에서 주춤거리거나 도망쳐서는 안 된다고 굳게 믿고 있어요. 형사님은요?"

브라이언트가 기침했다. 킴은 조안나에게 작은 미소를 돌려주었다. 똑같은 대답만 들려주던 열두 명을 취조하고 나니, 이 여자의 자신감과 열린 대화 태도가 한 줄기 산뜻한 바람처럼 느껴졌다. 대놓고 킴에게 수작을 걸어오는 것도 재미있었다.

킴은 물러나 앉았다. "인간 대 인간으로 본 테레사에 대해선 하실 말씀 없습니까?"

"최근 작고하신 분을 위해 아껴 놓은, 정치적으로 올바른 묘비명을 규정대로 읊어 주길 바라시는지…. 아니면 솔직하게 말해도 될까요?"

"정직하게 해 주시면 감사하겠습니다."

웨이드 선생은 다시 다리를 꼬았다. "교장으로서 테레사는 추진력이 강하고 집중력도 있는 사람이었어요. 사적으로는, 꽤 이기적인 사람이었던 것 같아요. 교장 선생님 책상을 보면 아시겠지만, 그분한테 중요한 물건이나 사람 사진은 한 장도 없어요. 교직원들을 여기에 여덟 시, 아홉 시까지 잡아 두면서도 별생각이 없었고요. 교장 선생님은 아주 많은 시간을 스파에서 보냈어요. 명품 옷을 사고 값비싼 휴가를 예약하곤 했죠."

브라이언트가 두어 가지 메모를 남겼다.

"수사에 도움이 될 만한 게 또 있습니까?"

여자는 고개를 저었다.

"시간 내주셔서 감사합니다, 웨이드 씨."

여자는 앞으로 나와 앉았다. "알리바이가 필요하실까 봐 드리는 말씀인데요, 형사님. 저는 당시에 요가를 하느라 리버티 헬스클럽에 있었어요. 근육을 푸는 데 아주 훌륭한 운동이죠. 형사님도 관심이 있으실까 봐 드리는 말씀이지만, 전 매주 목요일 밤에 그곳에 가요."

킴은 그녀와 시선을 마주쳤다. 맑고 푸른 두 눈에서 도전 의식이 반짝였다. 그녀는 느긋하게 책상으로 걸어와 명함을 내밀었다. 킴은 손을 내미는 것밖에 선택의 여지가 없었다. 여자는 킴의 손바닥에 명함을 놓으며 그 접촉을 악수로 이어 갔다. 손길이 서늘하고 단단했다. 손을 빼면서도 그녀의 손가락은 킴의 손바닥에 잠시 머물렀다.

"여기 제 번호예요. 제가 더 도움을 드릴 수 있다면 언제든지 전화 주세요."

"감사합니다, 웨이드 씨. 벌써 큰 도움을 주셨습니다."

"세상에, 대장." 문이 닫히자 브라이언트가 말했다. "꼭 책 보고 배워야 저 신호를 읽어 낼 수 있는 건 아니잖아요."

킴이 어깨를 으쓱했다. "그런 눈치는 배우는 게 아니라 타고나는 겁니다." 그녀는 재킷 주머니에 명함을 넣었다. "또 있습니까?"

"아뇨, 저분이 마지막입니다."

그들은 기꺼이 일어섰다. "오늘은 끝입니다. 집에 가서 쉬세요." 킴이 말했다.

킴은 앞으로 휴식이 절실해질 거라는 예감이 들었다.

7

"좋습니다. 다들 충분히 쉬고 사랑하는 사람들에게 작별의 입맞춤을 했길 바랍니다."

"네, 당분간 우리에게 사회생활이란 없겠죠." 케빈이 신음했다. "스테이시는 그래도 달라질 게 없겠지만, 진짜 인생을 살아가는 우리들은 사정이 다르니까요."

킴은 일단 못 들은 체했다. "그 빌어먹을 놈들은 이 사건을 이번 주말까지 해결하길 바라고 있습니다."

다들 '그 빌어먹을 놈들'이 간부들이라는 걸 알고 있었다. 그리고 '빌어먹을'이라는 부분은 그녀의 기분에 따라 바뀌기도 했다.

케빈은 한숨을 쉬었다. "살인범이 그 소식을 못 들었으면 어쩌죠, 대장?" 그는 핸드폰을 확인하며 물었다.

"그럼 다음 주 금요일에 내가 널 체포해야지. 장담하는데, 진짜 그렇게 할 수 있어."

케빈이 웃었다. 킴은 계속 진지하게 말했다. "계속 성질 긁어 봐, 케빈. 농담이 아니게 될 테니까. 아무튼, 부검에서는 뭐가 나왔어?"

케빈은 공책을 꺼냈다. "폐에 물이 가득 차 있었어요, 확실한 익사죠. 가슴 바로 위에 멍 자국이 두 개 있고요. 성폭행 흔적은 없지만 확신하긴 어렵습니다."

"다른 건?"

"아, 저녁으로 치킨 코르마를 먹었습니다."

"훌륭하네, 덕분에 사건이 아주 잘 풀리겠어."

케빈은 어깨를 으쓱했다. "그걸로 알아낼 수 있는 건 별로 없을 것 같은데요, 대장."

"브라이언트?"

브라이언트가 종이를 뒤적였다. 하지만 킴은 그게 단순한 시늉일 뿐 모든 정보가 이미 그의 머릿속에 들어 있다는 걸 알고 있었다.

"어제 해당 지역을 다시 조사했는데 이웃 중 뭘 보거나 들은 사람은 아무도 없습니다. 두어 사람이 오며 가며 피해자를 알고 지내긴 했지만, 피해자가 아침에 커피 마시면서 사람 사귀는 스타일은 아니었나 봅니다. 그렇게 사교적인 사람이 아니었어요."

"아, 이제 알겠네. 그게 동기이겠군요. 테레사는 공동체 의식이 부족해서 살해당한 겁니다."

"그보다 못한 이유로도 살인은 일어납니다, 대장." 킴도 브라이언트의 대답에 일리가 있다는 걸 인정해야 했다. 석 달 전에 그들이 수사한 사건 중에는 남자 간호사가 맥주 두 캔과 주머니에 든 푼돈 때문에 살해당한 사건도 있었다.

"다른 건?"

브라이언트가 다른 종이를 집었다. "법의학 팀에서는 아직 아무 얘기도 없습니다. 발자국은 확실히 없고, 섬유 분석은 이제 막 시작했다네요."

킴은 로카르의 교환 법칙을 떠올렸다. 로카르의 교환 법칙이란, 범죄자는 현장에 무언가를 가져오고 현장에서 무언가를 가져간다는 이론이었다. 그 '무엇'은 머리카락에서부터 단순한 섬유 조각에 이르기까지 무엇이든 될 수 있었다. 요령은 그 무언가를 찾아내는 데 있었다. 소방관 여덟 사람에게 짓밟히고 물이 흥건한 현장에서 미세 증거가 저절로 나오지는 않을 테니까.

"지문은?"

브라이언트가 고개를 저었다. "없었어요. 게다가 우리 모두 알다시피 흉기는 두 손이었으니, 어딘가의 나무 덤불에서 발견될 가능성은 적겠죠."

"있잖아요, 대장. 이런 건 CSI에서도 수사한 적이 없어요." 스테이시가 말했다. "핸드폰에서 건질 것도 전혀 없더라고요. 받은 전화, 건 전화 다 세인트 조세프 고등학교나 동네 식당과 주고받은 거예요. 연락처 목록도 그렇게 길지 않았어요."

"친구도, 가족도 전혀 없고?"

"굳이 연락하고 지냈던 사람은 없어요. 피해자 집의 유선전화 사용 기록도 요청했고, 피해자 노트북 컴퓨터도 이리 오고 있긴 한데…. 아마 거기에 뭔가 있겠죠."

킴은 끙 소리를 냈다. "그러니까 기본적으로, 수사 시작한 지 36시간 만에 아주 골치 아프게 된 거네. 이 여자에 대해서는 아는 게 아무것도 없다는 거잖아."

브라이언트가 일어섰다. "잠깐만요, 대장." 그러더니 그는 사무실을 나섰다.

킴은 눈알을 굴려 댔다. "브라이언트가 화장 고치고 오는 동안 우리는 정리를 좀 해 보자." 그녀는 전날에 비해 늘어난 정보가 거의 없는 화이트보드를 응시했다.

"야심 차고 성실한 40대 후반 여성이 있다. 딱히 사교적이거나 인기가 많진 않았던 것으로 보여. 혼자 살았고, 반려동물이나 연락하고 지내는 가족도 없었고. 어떤 위험 활동에도 참여하지 않았고, 뭐가 됐든 취미나 관심사도 없는 것으로 보여."

"꼭 그렇지는 않을지도 모릅니다." 브라이언트가 자리에 앉으며 말했다. "얼마 전에 정부 승인이 떨어져서, 곧 라울리 리지스 어딘가에서 고고학 발굴 작업이 시작될 예정인데요. 피해자가 그 발굴에 상당히 관심을 보였던 것 같아요."

"어떻게 알아낸 겁니까?"

"방금 코트니랑 얘기했습니다."

"코트니?"

"어제 하루 종일 우리한테 커피 타 준 코트니요. 제가 코트니더러 피해자가 지난 몇 주 동안 평소랑 다른 사람하고 얘기를 나눈 적이 있는지 물어봤거든요. 지금은 코트니한테 우스터 대학교의 밀튼 교수 번호를 알아봐 달라고 부탁해 놓은 상태입니다."

"저도 지역 뉴스에서 그 얘기를 봤어요." 스테이시가 말했다. "그 밀튼이라는 교수가 발굴 허가를 얻으려고 아주 오랫동안 애썼더라고요. 옛날에 보육원이 있던 자리인데, 보육원에 불이 나면서부터는 그냥 공터였어요. 하지만 금화가 묻혀 있다는 소문이 있죠. 밀튼 교수가 거의 2년 동안 반대 의견에 맞서 싸우다가 이번 주에 결국 허가를 받아 냈다던데요. 법정 싸움이 오래 이어지면서 전국 뉴스에까지 났어요."

이제야 킴은 슬슬 흥분되기 시작했다. 피해자가 지역에서 벌어지는 활동에 관심을 보였다는 사실이 살인 사건에 대한 직접적인 단서라고

하기는 어렵겠지만, 최소한 10분 전보다는 많은 정보를 손에 쥐게 된 셈이었다.

"좋아, 너희 둘은 발굴 현장을 계속 파 봐. 땅 파라는 얘긴 아니고. 썰렁했다면 미안하다. 브라이언트는 가서 슈퍼 카에 시동 거세요."

케빈이 무겁게 한숨을 쉬었다. 킴은 재킷을 집어 들고 케빈의 책상에 잠시 멈추었다. "스테이시, 지금 화장실 가고 싶지 않아?"

"아뇨, 대장. 괜찮은…."

"스테이시, 좀 나가 있어."

사교술이니 외교력 같은 건 시간이 남아도는 사람이 발명한 것이다. 킴이 생각하기에 그녀에게는 어울리지 않는 짓이었다.

"케빈, 잠깐 핸드폰 내려놓고 들어. 요즘 힘든 건 알겠지만, 네가 자초한 일이잖아. 보름만 더 거시기를 잘 건사했으면 엄마 집에 빌붙어 사는 대신 지금쯤 여자 친구 품에 안겨 딸바보로 살고 있었겠지."

킴에게 팀원들을 세심하게 대하는 친절함 따위는 없었다. 시민을 상대하기 위해 세심함을 끌어내는 것만도 충분히 힘들었다.

"남자들끼리 파티하다가 멍청하게 취해서 저지른 실수였다고요…."

"케빈, 기분 나빠하지 말고 들어. 그건 네 문제지 내 문제가 아냐. 하지만 네 뜻대로 되지 않을 때마다 삐치는 짓 그만두지 않으면, 이 사무실에 주인 없는 책상이 하나 더 생기게 될 거야. 알았어?"

그녀는 케빈을 뚫어지게 바라보았다. 케빈은 침을 꿀꺽 삼키고 고개를 끄덕였다. 킴은 다른 말 없이 사무실을 나서 계단을 내려갔다. 케빈은 재능 있는 형사였지만, 정말이지 아슬아슬하게 줄타기를 하고 있었다.

8

킴은 며칠 만에 다시 교육 기관을 방문했다. 교육받는 사람들 특유의 순진한 기대감이 이곳에도 감돌았다.

킴이 물러서자 브라이언트가 대신 안내 데스크로 갔다. 킴 오른쪽에 선 남자 여럿이 핸드폰으로 뭔가 보며 웃고 있었다. 그중 한 명이 킴에게 고개를 돌렸다. 그의 시선은 킴의 전신을 훑다가 그녀의 가슴에 잠시 머물렀다. 그는 고개를 살짝 기울이며 미소 지었다.

킴은 그의 행동을 그대로 따라 했다. 스키니진과 브이넥 티셔츠, 저스틴 비버 헤어스타일이 눈에 들어왔다. 킴은 그와 눈을 마주치고 대답으로 미소를 지었다. "꿈 깨라."

그는 즉시 일행에게로 돌아서며, 친구들이 방금의 대화를 듣지 못했기를 기도했다.

"여긴 뭔가 이상하네요." 브라이언트가 말했다. "교수님 좀 보자니까 안내직원이 혼란스러워하는 표정이더라고요. 누가 올 거라고는 하는데, 그 교수일 것 같진 않습니다."

갑자기 남학생들이 홍해처럼 갈라졌다. 하이힐을 신고도 키가 120센티미터쯤 되는 여자가 부산스럽게 다가왔다. 체구는 작았지만, 그 무엇에도 속도를 늦추지 않고 총알처럼 움직였다. 그녀의 예리한 눈이 근처를 훑다가 두 사람에게 멈추었다.

"제기랄, 숨으세요." 그녀의 저돌적인 태도에 브라이언트가 말했다.

"형사님들이신가요?" 그녀가 손을 내밀며 말했다.

애플블라썸 향이 킴의 코를 날카롭게 찔렀다. 여자는 하얘져 가는 뻑뻑한 곱슬머리를 짤막하게 대롱거리며 데임 에드나•한테서 빼앗아 온 것처럼 보이는 안경을 코에 얹어 놓고 있었다.

브라이언트는 그녀와 악수했지만, 킴은 손을 내밀지 않았다. "성함이?"

"피어슨입니다. 밀튼 교수님 조교예요."

그래 뭐, 밀튼 교수는 너무 바빠 그들을 만날 수 없는 게 분명했다. 조교에게서 알아낼 수 있는 게 아무것도 없다면 억지로라도 끌고 나와야겠지만.

"밀튼 교수님이 작업 중이던 프로젝트에 대해서 몇 가지 질문해도 될까요?" 브라이언트가 물었다.

"빨리 해 주세요." 그녀가 대답했다. 좀 조용히 얘기하자며 다른 곳에 가자는 제안은 없었다. 이 여자도 시간을 조금밖에 내주지 않을 작정인 듯했다.

"교수님은 고고학 발굴에 관심이 있으셨죠?"

피어슨은 고개를 끄덕였다. "네, 며칠 전에 정부 허가가 났어요."

"정확히 뭘 찾으시는 거죠?" 브라이언트가 물었다.

"값진 금화죠, 형사님."

킴이 눈썹을 치켜올렸다. "라울리 리지스 외곽의 공터에서요?"

피어슨은 철모르는 아이를 타이르듯 한숨을 쉬었다. "코앞의 현장이 얼마나 풍요로운 곳인지 모르시나 보네요. 스태퍼드셔의 감춰진 보물

• 오스트레일리아의 코미디언 배리 험프리가 만들어낸 코믹한 캐릭터로, 연보라색 머리카락에 커다란 삼각 안경을 쓰고 있다.

애기, 한 번도 못 들어 보셨나요?"

킴은 브라이언트를 보았다. 둘 다 고개를 저었다. 피어슨은 군이 경멸감을 감추지도 않았다. 학계에 속하지 않은 사람들에게 무슨 교양을 기대하겠느냐는 투였다.

"우리 시대의 가장 중요한 발견 중 하나가 몇 년 전 리치필드 현장에서 이루어졌어요. 3,500개가 넘는 금화에 300만 파운드 넘는 가격이 책정됐죠. 기원전 31년까지 거슬러 올라가는 데나리우스 은화 무더기도 스토크 온 트렌트에서 발견됐고요."

킴은 흥미를 느꼈다. "그 돈은 누구한테 갑니까?"

"글쎄요, 우스터서 브레든 힐에서 이루어진 최근 발견을 예로 들어 보죠. 어떤 남자가 금속 탐지기를 가지고 금화를 포함한 로마 시대 금덩이들을 찾아냈어요. 그 사람과 농장주가 둘 다 150만 달러 넘게 받았죠."

"밀튼 교수님은 왜 라울리 리지스에 뭔가 있다고 생각하게 된 거죠?"

피어슨은 어깨를 으쓱했다. "지역 전설 때문에요. 그 지역에서 벌어진 전투에 대한 신화가 있거든요."

"교수님이 최근 테레사 와이어트라는 여자한테서 전화를 받은 적이 있습니까?"

여자는 잠시 생각했다. "네, 그런 것 같아요. 그 여자가 몇 번 전화를 해서, 밀튼 교수님과 이야기하겠다고 고집을 부렸어요. 어느 날 오후 늦게 교수님이 다시 전화를 거셨던 것 같네요."

그래, 이 정도면 충분했다. 여기에 뭔가 있었다. 킴은 더 이상 꼭두각시와 이야기하는 것으로 만족할 수 없었다. 꼭두각시의 주인을 만나 자세한 이야기를 들어 볼 차례였다.

"피어슨 씨. 도와주신 건 감사하지만, 교수님이 얼마나 바쁘신지는 몰라도 즉시 저희와 이야기를 해 주셔야겠습니다."

피어슨은 어리둥절해 하더니 화난 표정이 되었다. "이젠 제가 질문을 드려야겠는데요, 형사님. 당신들은 서로 얘기를 안 하나요?"

"무슨 말씀이신지?" 브라이언트가 물었다.

"뭐, 분명히 실종 수사대에서 나오신 건 아닌가 보네요. 그랬으면 알았을 테니까."

"뭘 말입니까?"

그녀는 헛기침을 하고 팔짱을 꼈다. "48시간도 넘게 밀튼 교수님을 보거나 그분 소식을 들은 사람이 아무도 없다는 뜻이에요."

9

니콜라 애덤슨은 온몸을 휩쓸어 오는 불길한 예감에 눈을 감으며 펜트하우스 아파트 자물쇠에 열쇠를 집어넣었다. 조심스럽게 열쇠를 돌렸는데도 소리가 복도에 메아리쳤다. 새벽 2시 30분에는 대부분 그렇지만 말이다.

4C호에 사는 마이라 다운스가 금방이라도 나와 이 모든 소음을 내는 사람이 누군지 확인하려 들 것이었다. 니콜라가 보기에 퇴직 회계사인 그 여자는 꼭 현관에 기대어 자는 것만 같았다. 예상했던 대로, 다운스의

집 걸쇠가 빠지는 익숙한 소리가 들렸다. 하지만 니콜라는 이웃 감시 위원회에게 발각당하기 전에 무사히 자기 아파트로 몸을 숨길 수 있었다.

불을 켜기 전부터 니콜라는 집이 뭔가 달라졌다고 느꼈다. 그녀의 집은 점령당했다, 침입자가 있었다. 이 공간은 아직 그녀의 것이었지만 모든 걸 나눠 써야만 했다. 또다시.

니콜라는 신발을 벗고 라운지를 조용히 가로질러 부엌으로 향했다. 남는 방에 손님이 와 있었지만 그녀는 평소처럼 일상을 유지하려 노력했다.

그녀는 냉장고에서 라자냐를 꺼내 전자레인지에 넣었다. 일을 하면 언제나 배가 고파졌다. 이게 그녀의 습관이었다. 클럽에서 돌아온 다음 샤워를 하는 동안 음식을 데워 놓고, 레드 와인 한 잔을 곁들여 먹은 뒤 잠자리에 드는 것.

집을 나눠 써야 한다고 그 습관마저 바꿀 생각은 없었다. 그러면서도 그녀는 발꿈치를 들고 욕실로 향했다. 피곤했다. 굳이 말다툼을 하고 싶은 기분이 아니었다.

일단 욕실에 들어가자 니콜라는 안도의 한숨이 나왔다. 문을 하나하나 닫을 때마다 전투라도 치른 것 같은 기분이었다. 적보다 빠르게 달리면서 방을 하나하나 통과해야 하는 컴퓨터 게임 속 캐릭터가 된 듯한 기분.

그녀는 옷가지를 벗어 샤워 부스 옆에 쌓아 두며 이건 불공평하다고 혼잣말했다. 온도 조절기를 다시 맞춰야 했다. 짜증이 났다. 1주일 전까지만 해도 이런 조절은 필요 없었다. 조절기는 그녀가 놔둔 자리에 그대로 있었을 테니까.

그녀는 눈을 감고 얼굴을 들어 김이 나는 물을 맞았다. 살갗에 닿는 물줄기가 기분 좋게 느껴졌다. 그녀는 샤워기를 등지고 목을 뒤로 젖혔다. 몇 초 만에 초강력 샤워기가 그녀의 긴 금발을 흠뻑 적셨다. 그녀는 뒤쪽의 금속 선반으로 손을 뻗었지만 빈 공간만 잡혔다. 빌어먹을 샴푸 병이 또 바닥에 놓여 있었다.

그녀는 아래로 손을 뻗어 병을 집어 들었다. 너무 꽉 짜는 바람에 샴푸 줄기가 샤워 부스 유리로 날아갔다. 이번에도 그녀는 짜증을 삼켰다. 공간을 나눠 쓴다고 해서 이렇게까지 힘들어야 하는 건 아니지 않나? 하지만 힘들어서 욕이 나올 지경이었다. 그녀는 평생 그렇게 무언가를 나눠 써야만 했다.

어깨에서 긴장감이 느껴졌다. 오늘 밤은 별로 기분 좋은 밤이 아니었다.

니콜라는 20세가 되자마자 록스버러에 취직해 5년간 일했다. 그곳에서의 모든 순간을 사랑했다. 사람들이 그녀의 직업을 더럽다거나 격 떨어진다고 생각해도 상관없었다. 그녀는 춤추는 걸 아주 좋아했고 몸매를 뽐내는 것도 즐겼다. 남자들은 그녀를 보려고 엄청나게 많은 돈을 냈다. 스트립쇼는 하지 않았고 신체 접촉도 없었다. 록스버러는 그런 클럽이 아니었다. 버밍엄 중심부에는 다른 클럽들도 있었는데, 그런 클럽에서 일하는 댄서라면 누구나 록스버러에서 일하는 게 꿈이었다. 니콜라에게는 그곳만이 일할 만한 클럽이었고.

그녀는 서른 살이 되어 다른 관심사가 생기면 댄서 생활을 정리할 생각이었다. 은행 잔고가 그 계획을 뒷받침해 줄 것이다. 지난 5년간 그녀는 클럽에서 가장 인기가 좋은 댄서였다. 밤마다 비공개 공연 요청을 평균 세 건씩 받았는데, 공연 한 번에 200파운드였으므로 코웃음 칠 만한 계획은 아니었다.

니콜라는 몇몇 페미니스트들에게 자기가 적그리스도나 다름없다는 걸 알고 있었다. 하지만 그런 사람들한테는 가운뎃손가락이나 들어 주고 싶은 생각이었다. 그녀에게 여성 해방이란 선택할 권리를 얻어 내는 문제였다. 그리고 그녀는 춤추기를 선택했다. 돈이 필요한, 골 빈 마약 중독자라서가 아니라 춤추는 것이 즐거웠기 때문에. 어렸을 때도 그녀는 공연을 즐겼다. 그녀는 온 힘을 기울여 눈에 띄는 개성과 독특함을 만들어 냈다.

하지만 오늘 밤 공연은 만족스럽지 않았다. 고객들이 불만을 제기한 건 아니었다. 고급 샴페인인 크리스탈이 흘러넘쳤고 마지막 고객은 돔 페리뇽 두 병을 주문해 사장을 아주 기쁘게 만들었다. 그러나 니콜라는 알고 있었다. 오늘 밤 그녀의 마음은 일에만 온전히 가 있지 않았다. 자신을, 몸과 마음을 온전히 공연에 내주는 그 기분이 들지 않았다. 그녀에게 이건 주연상과 조연상의 차이 같은 것이었다.

그녀는 머리에서 컨디셔너를 씻어 내고 샤워 부스에서 나왔다. 수건으로 몸을 닦고 가운으로 감싸며 살갗에 닿는 따뜻한 섬유의 느낌을 즐겼다. 그녀는 허리에 띠를 묶고 욕실에서 나왔다.

그녀는 우뚝 멈추었다. 잠시 잊고 있었다. 아주 잠깐.

"베스구나." 그녀가 숨죽여 말했다.

"아님 누구겠어?"

니콜라는 부엌으로 향했다. "나 때문에 깼으면 미안해." 그녀는 전자레인지에서 라자냐를 꺼내며 말했다. 그녀는 접시 두 개를 꺼내고 음식을 반으로 나눴다. 한 접시는 자기 자리에, 다른 접시는 맞은편에 두었다.

"난 배 안 고픈데." 베스가 말했다.

니콜라는 베스의 심한 블랙컨트리 사투리에 움찔하지 않으려 애썼다. 사투리는 니콜라도 극복하려고 무진 애를 썼던 습관이었다. 어린 시절에는 둘 다 그 사투리를 썼지만, 니콜라와 달리 베스는 변화하려는 노력을 전혀 기울이지 않았다.

"뭣 좀 먹었어?" 니콜라는 그렇게 묻고 속으로 자신을 나무랐다. 아무리 나이를 먹어도 쌍둥이 중 언니 노릇을 하는 이 습관은 떨칠 수 없는 걸까? 그래 봐야 겨우 몇 분 언니인데.

"넌 내가 여기 있는 게 싫지?"

니콜라는 라자냐를 내려다보았다. 갑자기 식욕이 사라졌다. 동생의 직설적인 질문은 놀랍지도 않았다. 거짓말을 해 봐야 소용없었다. 베스는 니콜라 자신만큼이나 그녀를 잘 알았다.

"네가 여기 있는 게 싫은 건 아냐, 그냥 너무 오랜만이어서 그래."

"그게 누구 잘못인데요, 언니?"

니콜라는 침을 삼키고 접시를 싱크대로 가져갔다. 감히 베스를 보지는 못했다. 그 비난과 상처를 마주 볼 수가 없었다.

"내일은 계획 있어?" 그녀는 분위기가 살벌해지는 게 싫어서 화제를 돌렸다.

"당연하지. 넌 내일 밤에도 일해?"

니콜라는 아무 말도 하지 않았다. 베스가 그녀의 생활 방식을 싫어하는 건 분명했다. "왜 그런 식으로 질 떨어지게 살아?"

"좋아서 하는 일이야." 니콜라가 변명했다. 목소리가 한 옥타브나 올라가다니, 싫었다.

"넌 사회학 학위도 있잖아. 그럴 거면 쓸데없이 학위는 왜 땄어?"

"적어도 난 학위라도 있지." 니콜라는 마주 쏘아붙이고 즉시 후회했다. 둘 사이의 침묵에 전류가 흐르는 듯했다.

"글쎄, 그 꿈은 네가 나한테서 빼앗아 간 거 아닌가?"

베스는 둘의 사이가 멀어진 걸 니콜라 탓으로 돌렸다. 니콜라도 그건 알고 있었지만, 감히 그 이유를 묻지는 못했다. 니콜라는 싱크대를 꽉 잡고 뚫어지게 들여다보았다. "왜 돌아왔어?"

베스가 무겁게 한숨을 쉬었다. "그럼 어디로 갈까?"

니콜라는 조용히 고개를 끄덕였다. 둘 사이의 기류가 진정됐다.

"전부 다시 시작될 거야, 그치?" 베스가 조용히 물었다.

니콜라에게 동생의 목소리는 연약하게만 들렸다. 그래서 가슴이 아팠다. 어떤 연결은 깨지지 않는다. 눈앞의 더러운 접시가 흐리게 보였다. 동생 없이 지낸 몇 년의 세월이 그녀를 짓눌러 왔다.

"이번엔 날 어떻게 지켜 줄 거야, 언니?"

니콜라는 눈을 비비고 돌아서며 쌍둥이 동생을 잡으려고 손을 뻗었지만 침실 문은 이미 닫혀 있었다. 니콜라는 두 번째 접시 내용물을 비웠다. 그녀는 닫힌 방문을 보며 조용히 말했다.

"베스, 무슨 이유로 날 싫어하는지는 모르겠지만 미안해. 너무, 너무 미안해."

10

오전 7시, 킴은 묘비 앞에 서서 가죽 재킷을 꽉 여몄다. 라울리 언덕 정상이었다. 이곳에 파우크 레인 묘지가 있었다. 바람이 사방에서 울부짖었다. 토요일이었다. 킴은 새로운 사건이 있든 없든 토요일이면 항상 가족을 위한 시간을 냈다.

묘비에는 크리스마스 선물 흔적이 남아 있었다. 죄책감을 떠안고 혼자만 살아남은 가족이 남긴 것이었다. 시들어 잔가지만 남은 화환과 궂은 날씨에 시달린 탓에 생기를 잃고 시든 포인세티아. 서리 한 겹이 그 짙은 제비꽃색 돌 위에서 반짝거렸다.

킴은 이 자리를 표시하는 간소한 나무 십자가를 발견한 뒤로 아르바이트를 하며 번 돈을 최대한 모아 이 묘비를 샀다. 킴이 열여덟 살 생일을 맞아 성인이 되고 나서 겨우 이틀 만이었다.

킴은 널찍이 간격을 두고 있는 금색 글자를 응시했다. 그 시절 킴의 형편으로는 그게 할 수 있는 전부였다. 이름 하나와 날짜 두 개. 평소처럼 그녀는 새겨진 두 연도 사이의 차이에 충격을 받았다. 찰나라고밖에 할 수 없는 짧은 시간.

그녀는 손가락에 입을 맞추고 차가운 돌에 굳게 갖다 댔다. "잘 자, 마이키. 푹 자."

눈물이 두 눈을 찔러 왔지만 킴은 눌러 참았다. 그건 마이키의 연약하고 망가진 몸에서 마지막 숨결이 떠나기 직전에 그녀가 한 말이었다.

킴은 그 기억을 상자 속에 안전히 다시 넣어 놓고 헬멧을 쓴 다음 가와

사키 닌자를 끌고 출구로 향했다. 묘지 안에서 1400cc짜리 엔진이 포효하도록 시동을 거는 건 뭔가 예의 없는 짓이었다. 1미터쯤 벗어난 곳에서 그녀는 시동을 걸었다.

언덕 맨 아래에서 그녀는 "임대" 표지판이 넘쳐나는 공장 부지에 접어들었다. 그곳은 이 지역 산업이 쇠퇴해 가는 모습을 극명하게 보여 주었다. 전화를 걸기에 적당한 인적 드문 곳이기도 했고.

킴은 핸드폰을 꺼냈다. 마이키의 무덤 근처에서는 결코 할 수 없는 대화였다. 킴은 마이키의 마지막 안식처가 악에 오염되도록 내버려 두지 않을 생각이었다. 지금까지도 그녀는 마이키를 보호해야 했다.

신호음 세 번 만에 상대가 전화를 받았다.

"테일러 간호사 부탁합니다."

몇 초 동안 아무 소리도 나지 않더니 익숙한 목소리가 들렸다.

"전화 바꿨습니다."

"안녕하세요, 릴리. 킴 스톤입니다."

간호사의 목소리는 따스했다. "안녕, 킴. 소식 들으니 정말 좋구나. 오늘은 전화할 거라고 생각했어."

간호사는 매번 똑같은 얘기를 했다. 아직은 저 대사가 바뀐 적이 한 번도 없었다. 킴은 지난 16년간 매달 25일에 이 전화를 걸었다.

"그 사람은 잘 있나요?"

"크리스마스는 조용히 보내셨어. 합창단 위문 공연을 재미있어하시는 것 같…"

"폭력적인 사건은요?"

"아니, 이제 그런 일이 일어나지 않은 지도 꽤 됐단다. 약물 치료도 안정적이고."

"다른 건요?"

"어제도 네 얘기를 물어보셨어. 날짜 개념은 없으시지만 네가 전화할 때를 아시는 것만 같아." 간호사는 잠시 말을 멈추었다. "너도 알겠지만, 언제든 오고 싶으면…."

"시간 내주셔서 감사합니다, 릴리."

킴은 한 번도 병문안을 가지 않았고 앞으로도 절대 가지 않을 생각이었다. 킴이 여섯 살 때부터 그랜틀리 정신 병원은 어머니의 집이었고, 지금까지도 그녀가 속한 곳이었다.

"네가 전화했었다고 말씀드릴게."

킴은 다시 고맙다고 말한 뒤 '종료' 버튼을 눌렀다. 간호사는 킴이 다달이 전화를 거는 이유가 어머니의 안부를 확인하기 위해서라고 생각했다. 킴도 굳이 아니라고 말한 적은 없었다. 진짜 이유가, 그 사악한 살인자가 아직 철창에 안전하게 갇혀 있는지 확인하기 위해서라는 건 오직 킴만이 알았다.

11

"자, 업데이트 시간입니다. 케빈, 실종 팀에서 알아낸 건?"

"밀튼 교수는 얼마 전에 세 번째로 이혼했어요. 그 유명 PD 사이먼 코웰[•]이라도 되는 건지, 전 부인들이 좋은 말밖에 할 말이 없다네요. 낳은 아이는 한 명도 없지만 다섯 아이의 새아버지이고요. 눈에 띄는 원한 관계는 없습니다."

"언제 실종됐어?"

"밀튼 교수가 마지막으로 목격된 게 수요일이에요. 교수가 목요일 아침에도 나타나지 않으니까 조교가 신고했고요. 밀튼 교수는 어떤 가족과도 연락을 하지 않고 지냈습니다. 아주 이상한 점이죠."

"예전에도 이런 적이 있었을 거라고 추측할 만한 단서는?"

케빈은 고개를 저었다. "전 부인들 얘기를 들어 보면 꼭 간디의 환생 같은 사람이던데요. 점잖고, 온순하고." 케빈은 메모를 보았다. "최근 이혼한 전 부인이 화요일 오후에 밀튼 교수와 이야기를 나눴는데, 밀튼 교수는 드디어 발굴 허가를 받게 돼서 흥분하고 있었대요."

"발굴 건에 대해서는 제가 알아보는 중이었는데요, 대장." 스테이시가 말했다. "밀튼 교수가 처음 발굴 허가 신청을 한 건 2년 전이었어요. 이 프로젝트에 대한 반대 의견이 환경, 정치, 문화 등등 각종 영역에서 스무 건 넘게 제기됐고요. 관련해서 더 알아낸 건 아직 없어요."

"계속 찾아봐, 스테이시. 브라이언트, 피해자가 교수와 대화를 나눈 게 정확히 언제인지 압니까?"

브라이언트는 종이를 내밀었다. "코트니가 전화 기록을 팩스로 보내 줬습니다. 둘은 수요일 다섯 시 삼십 분 즈음에 12분간 통화했습니다."

[•] 〈아메리칸 아이돌〉, 〈브리티시 갓 탤런트〉 등 오디션 프로그램의 심사위원으로 유명하다. 여러 여성과 스캔들이 있었다.

킴은 팔짱을 꼈다. "좋아, 그럼 지금까지 우리가 알고 있는 건 피해자가 수요일 오후 대학교수와 짧은 대화를 나눴는데, 그중 한 명은 죽고 나머지 한 명은 실종됐다는 것뿐이네요."

문에서 노크 소리가 났다. 순경 한 명이 문간에 서 있었다.

"뭡니까?" 킴이 꾸짖듯 말했다. 그녀는 브리핑 중 방해받는 걸 무척 싫어했다.

"경위님, 안내 데스크에 경위님과 이야기하고 싶다는 어떤 남자가 와 있습니다."

킴은 미친 사람 보듯 순경을 보았다.

"저도 압니다, 경위님. 하지만 그 사람이 경위님하고만 이야기하겠다고 고집을 피워서요. 자기 말로는 교수라는데…."

킴은 이미 의자에서 일어나 있었다. "브라이언트, 같이 가죠." 그녀가 문에 멈춰서 말했다. "스테이시, 이 지역에 관해서 찾을 수 있는 건 전부 찾아봐."

그녀는 밖으로 나가 계단을 내려갔다. 브라이언트가 가까스로 그녀와 걸음을 맞췄다.

안내 데스크에서 한 남자가 킴에게 인사를 건넸다. 턱수염 전체가 회색이고 감전이라도 된 듯 머리카락이 철사처럼 삐죽삐죽 솟아 있는 사람이었다.

"밀튼 교수님?"

그는 두 손을 비틀어 대다 말고 악수하려고 내밀었다. 킴은 잠시 그 손을 잡았다 놓았다.

"이쪽으로 와 주시죠."

킴은 복도를 가로질러 그를 1번 조사실로 안내했다.

"브라이언트, 실종 수사대에서 더 이상 시간을 낭비하지 않게 연락 한 통 해 주십시오. 뭘 좀 가져다드릴까요?"

"달콤한 차 한 잔이요."

브라이언트는 고개를 끄덕이더니 문을 닫고 나갔다.

"아주 많은 사람들이 교수님을 걱정하고 있습니다."

일부러 나무란 건 아니었지만, 킴은 사람들이 경찰의 시간을 낭비하는 걸 아주 싫어했다. 그러지 않아도 인력은 이미 부족했다.

그는 알았다는 뜻으로 고개를 끄덕였다. "죄송합니다, 형사님. 어째야 할지 몰라서요. 몇 시간 전에야 피어슨 씨랑 얘기를 했는데, 피어슨 씨가 형사님들이 다녀가셨다는 얘기를 하더군요. 그러면서 저한테 형사님이라면 믿을 수 있다고 했습니다."

그 심술쟁이 할망구가 그런 의견을 냈다니 놀라운 일이었다.

"어디 가셨던 겁니까?" 입 안에 맴돌던 말은 그게 아니었지만, 킴은 브라이언트가 옆에 있었더라면 하지 말라고 주의를 줬을 만한 질문을 던지고 말았다. 이 남자는 확실히 떨고 있었고 그의 두 손은 마치 자석처럼 서로 붙어 있었다.

"바머스요. 호텔에 있었습니다. 어디로든 떠나야만 했어요."

"하지만 수요일만 해도 기분이 아주 좋으셨다면서요. 피어슨 씨가 말해 줬습니다."

그가 고개를 끄덕이는데 브라이언트가 취조실에 들어왔다. 두 손에 일회용 컵 세 개를 삼각형 모양으로 들고 있었다. 그는 자리에 앉아 컵 하나를 교수 쪽으로 밀어 놓았다.

킴이 말을 이었다. "그날 테레사 와이어트라는 여성과 얘기하셨습니까?"

밀튼 교수는 혼란스러운 표정이었다. "네, 피어슨 씨가 형사님들이 그 질문을 던졌다고 하더군요. 하지만 그 이후 저한테 일어난 일이 그 문제와 무슨 상관인지는 잘 모르겠습니다."

킴은 이후 밀튼 교수에게 무슨 일이 일어났는지 전혀 몰랐다. 그저 테레사 와이어트가 결국 죽었다는 것만 알고 있었을 뿐.

"테레사 와이어트가 왜 전화했는지 얘기해 주실 수 있습니까?"

"당연하죠. 테레사 와이어트는 이 프로젝트에서 자원봉사자를 받아 주는지 물었습니다."

"그래서 뭐라고 하셨습니까?"

그는 고개를 저었다. "안 된다고 했지요. 저는 최소한 대학교 1학년 과정을 수료한 자원봉사자들만 받습니다. 와이어트 씨는 고고학이라는 주제에 관심을 표현했지만 관련 과정을 수료한 적은 한 번도 없었습니다. 2월 말, 프로젝트가 시작되기 전까지 공부해서 자격을 딸 수 없다는 것도 확실했고요."

킴은 기운이 빠졌다. 이건 살인자의 정체를 밝히는 데 도움이 되는 단서가 아니었다. 둘은 전혀 해롭지 않은 대화만을 나누었다.

"다른 건 없습니까?" 브라이언트가 물었다.

교수는 잠시 말을 멈추었다. "발굴을 어디에서부터 시작할 건지 묻기는 했어요. 대화 맥락으로 볼 때 약간 이상하다고 느꼈죠."

킴의 생각도 그랬다. 그건 좀 이상했다. "그다음엔 어떻게 됐습니까?" 그녀는 앞서 그가 했던 말을 떠올리고 물었다.

밀튼 교수는 침을 꿀꺽 삼켰다. "직장에서 돌아왔는데, 테스가 평소처럼 저를 반겨 주지 않더군요."

킴은 브라이언트를 보았다. 테스라니? 케빈은 교수가 이혼해서 혼자 살고 있다고 말했는데 말이다.

"보통 테스는 부엌에 있는 자기 물그릇 옆에서 자지만, 제가 자물쇠에 열쇠를 꽂는 그 순간 다가오거든요. 꼬리를 치면서."

아, 그러면 말이 됐다.

"하지만 수요일은 아니었어요. 제가 부엌으로 가면서 테스를 불렀는데 오지 않더군요. 자기 침대 옆에 있는 걸 제가 발견했습니다." 그는 침을 삼켰다. "바닥에서 몸부림치고 있었어요. 눈에 유리막이 낀 것처럼 뭔가를 응시하고 있었고요. 몇 초 동안 쪽지는 보지도 못했습니다. 저는 녀석을 들어 올려 최대한 빨리 동물병원으로 데려갔지만 너무 늦었어요. 제가 병원에 도착했을 때쯤엔 녀석이 눈을 감았습니다." 그는 오른쪽 눈을 닦아 냈다.

킴이 쪽지에 대해 물으려고 입을 열었지만 브라이언트가 말을 잘랐다.

"정말 유감입니다, 교수님. 테스가 원래 아팠나요?"

밀튼 교수는 고개를 저었다. "전혀 아니었어요. 겨우 네 살이었는데요. 수의사는 진찰조차 안 해 보더군요. 숨결에서 부동액 냄새가 난다고요. 개들은 부동액 맛이 달아서 부동액을 아주 좋아한다네요. 누가 테스의 물그릇에 부동액을 부어 놔서 테스가 잔뜩 마신 겁니다."

"쪽지가 있었다고 하셨죠?" 브라이언트가 부드럽게 물었다.

교수의 눈이 붉어졌다. "네, 그 개자식이 테스의 귀에 쪽지를 스테이플러로 박아 놨습니다."

킴이 움찔했다. "뭐라고 적혀 있었는지 기억나십니까?"

그는 재킷으로 손을 집어넣었다. "여기 가지고 있어요. 나중에 수의사가 떼어 줬거든요."

킴은 쪽지를 받아들었다. 법의학적으로는 이제 쓸모가 없을 것이다. 교수도, 수의사도 쪽지를 만졌으니까. 그녀는 쪽지를 펴 탁자 위에 놓았다. 흰 종이에 단순한 검은색 글씨로 쓴 쪽지는 다음과 같은 내용이었다.

발굴 계획을 중단하지 않으면 다음 차례는 아내 3호가 될 거다.

"전 집으로 돌아가지도 않았어요. 인정하기는 부끄럽지만 겁이 났거든요. 지금도 그렇습니다. 누가 이런 짓을 했을까요, 형사님?" 교수는 남은 차를 모두 마셨다. "저는 대체 어떻게 해야 할까요?"

"피어슨 씨한테 가십시오." 킴이 제안했다. 그녀는 교수 이야기를 했을 때 피어슨이 지었던 표정을 보았다. 그 불도그 같은 여자라면 어느 누구도 교수에게 가까이 가지 못하게 할 것이다.

킴이 일어나 쪽지를 챙기는 동안 브라이언트는 교수와 악수하고, 어디든 그가 가고 싶어 하는 곳으로 태워다 주겠다고 제안했다. 킴은 쪽지를 쥐고 사무실로 돌아갔다. 벌레가 우글거리는 무지막지한 깡통이 있는데 방금 그 캔을 딸 도구를 손에 넣은 것 같은 기분이었다.

"좋아, 케빈. 커피를 새로 좀 내려야겠다. 스테이시, 발굴지에 관해서 알아낸 건?"

"발굴지는 크기가 약 1,200평쯤 되고, 라울리 화장터 바로 옆이에요. 50년대 중반에 세워진 공영 주택 부지 끝에 있고요. 택지 개발 전에는 강철 공장이 있던 자리예요."

브라이언트가 핸드폰으로 통화하며 사무실에 들어왔다. "고마워요, 코트니. 정말 큰 도움이 되었습니다." 브라이언트는 자신에게 꽂힌 세 사람의 호기심 어린 눈길을 보고 물었다. "왜들 그러십니까?"

"코트니라니?" 킴이 물었다. "이거 제가 경사님 아내에게 알려 드려야 하는 문제입니까?"

브라이언트는 정장 재킷을 벗으며 낄낄거렸다. "제 결혼 생활에는 아무 문제 없습니다, 대장. 아내가 직접 확인해 준 내용이에요. 아무튼, 코트니는 실연당한 조안나의 마음을 달래 주는 중입니다. 요전번에 대장한테 들이대던 영어 선생 말이죠."

케빈은 눈이 휘둥그레져 돌아보았다. "진짜예요, 대장?"

"까불지 마라." 그녀는 브라이언트에게 눈을 돌렸다. "전화는 왜?"

브라이언트가 눈썹을 치켜떴다. "과거, 현재, 미래는 모두 연결된다는 대장의 논리에 따라서 제가 코트니한테 테레사 와이어트의 고용 기록에 접근할 수 있는지 물어봤거든요. 팩스로 보내 주겠답니다."

"코트니한테 크리스마스 파티 초대장이라도 보내 줘야겠군요. 절차대로라면 영장을 받고 진행했어야 하는 건데, 덕분에 시간을 엄청나게 절약했네요."

킴은 발굴 현장을 떠올려 보다가 스테이시에게 눈을 돌렸다. "그런데 잠깐, 화장터 바로 옆에 있는 그 공터 말하는 거야? 장 서는 곳?"

스테이시가 모니터를 돌려놓고 손가락으로 짚었다. 구글어스 이미지가 화면을 가득 채웠다. "보세요. 길가에 울타리로 막아 놓은 곳이 있지만, 나머지는 그냥 버려진 땅이에요."

킴의 배 속이 주체할 수 없이 요동쳤다. 모든 감각이 경보를 울렸다.

"스테이시, 크레스트우드라는 이름으로 찾을 수 있는 건 전부 찾아서 가져와. 전화 걸 데가 몇 군데 생겼어."

킴은 자리에 앉으며 심호흡을 했다. 퍼즐 몇 조각이 제자리로 스르륵 미끄러져 들어오기 시작했다. 살면서 처음으로, 그녀는 자기가 틀렸기를 바랐다.

12

톰 커티스는 돌아누워 창문을 등졌다. 보통은 햇빛이 들어도 여덟 시간을 내리 자는 데 아무 방해가 되지 않았다. 요양원에서 여덟 시간 교대 근무를 마친 뒤에 자는 것이니까. 근무는 사람 진을 잔뜩 빼놓았다. 뚱뚱하고 나이 든 사람들을 일으켜 침대에 눕히고 침과 궁둥이를 닦아주는 일이라니.

그는 이미 두 차례 내부 감사를 피했다. 하지만 세 번째인 이번 내부 감사에서는 더 많은 문제가 밝혀질지 모른다는 생각이 들었다. 마사 브라운의 딸은 1주일에 딱 한 번만 들렀지만, 일단 들르면 분명 멍 자국을 발견할 것이다.

다른 직원들은 모르는 체했다. 가끔 인내심을 잃는 건 어쩔 수 없는 일이었다. 톰은 팀의 유일한 남자였고, 야간 근무를 하러 가 보면 힘든 일이 아직 처리되지 않고 남아 있는 경우가 많았다. 이의 제기 같은 걸할 힘 따위는 없었다. 건강 검진 기록을 솔직하게 작성했다면 그는 아예일자리를 얻지 못했을 테니까.

하지만 지금 그가 깨어 있는 건 양심의 가책 때문이 아니었다. 그는자기가 돌보는 늙은이들에게 아무 동정심을 느끼지 못했고, 그 늙은이들의 가족들이 불쾌감을 느낀다면야 누구든지 데려가서 똥 묻은 궁둥이를 직접 닦아 보라 할 생각이었다.

그가 잠들지 못하는 건 계속 울려 대는 핸드폰 때문이었다. 전원을 꺼버려도 머릿속에서 계속 벨 소리가 울렸다.

그는 몸을 돌려 천장을 보고 누웠다. 아내와 딸이 이미 집을 떠난 게다행스러웠다. 오늘은 어두운 하루가 될 테니까.

바로 오늘이 지난 2년 7개월 19일에 종지부를 찍게 될 모양이었다.술을 마시고 싶은 충동이 압도적으로 강해지는 게 바로 이런 날이었다.술을 마시지 않고 맨정신을 유지한다는 게 목숨까지 걸어야 할 일인가싶어지는 것도 이런 날이었고.

요리 학교를 떠날 때만 해도 그는 자신의 미래가 늙은이들 기저귀를갈아 주는 일로 점철될 거라고는 상상하지 못했다. 졸업했을 때만 해도,그는 노인 환자들을 침대에 눕히고 다시 일으키며 자기 목을 감아 오는그들의 늙고 탄력 없는 살을 느끼게 될 거라고는 예상할 수 없었다. 마지막 숨을 들이마시는, 병환으로 이미 몸이 굳어 가는 사람들에게 손으로 밥을 한 술 한 술 떠먹이게 될 거라고는 꿈도 꾸지 못했고.

스물세 살, 그는 심장 마비가 오는 바람에 레스토랑에 취직할 수 없는처지가 됐다. 장시간 스트레스를 받으며 일한다는 건 허혈성 심장 질환이 있는 사람의 수명에 별로 좋지 않았으니 말이다. 한때는 버밍엄 워터에지의 프랑스 레스토랑에서 고급 요리를 서빙했는데, 다음 순간에는 쓸모없는 애새끼들에게 칠면조 햄버거와 냉동 감자튀김이나 마련해 주게 되었다.

그는 오랜 세월 아내에게 알코올 중독을 숨겼다. 그는 거짓말과 속임수의 달인이 되었다. 두 번째 심장 마비로 쓰러진 날, 의사가 다음번 술자리는 아마 생애 마지막 술자리가 될 거라고 조언하는 바람에 거짓말이 밝혀지고 말았다.

그는 그날 이후 술을 한 잔도 마시지 않았다.

그는 방 건너편으로 가 핸드폰을 켰다. 핸드폰은 즉시 울리기 시작했다. 그는 전화를 받지 않으려고 종료 버튼을 누르며, 사흘 동안 걸려 온 부재중 전화 57통의 목록을 보았다. 모르는 번호였고 화면에 이름이 뜨지도 않았지만 톰은 전화를 거는 사람이 누구인지 알고 있었다.

테레사에게 전화를 걸었다면 그자도 더 기분 좋은 시간을 보냈을 텐데. 그녀는 누군가에게 입을 열었다가 살해당한 게 틀림없었다.

발굴 승인 때문에 모두 초조해진 모양이라는 생각이 들었지만 확인 전화를 걸 필요는 없었다. 그는 그 빌어먹을 비밀을 지킬 생각이었다. 모두가 그의 비밀을 지켜 주었듯이. 그들은 맹세를 했다. 그는 다른 사람들이 자신을 이 기만적 사슬의 약한 고리라고 생각한다는 걸 알고 있었지만 아직 약해지지 않고 있었다.

특히 우울한 날에는 누구에게라도 말하고 싶은 유혹이 느껴지기도 했다. 이 독극물을 떨쳐 버리고만 싶었다. 하지만 그런 생각들은 술을 마셔 침묵시킬 수 있었다.

매일 그렇듯 오늘도 마음이 과거로 여행을 떠났다. 빌어먹을, 거절했어야 했는데. 나머지 사람들과 싸우는 한이 있더라도 거절했어야 했다. 그때 침묵을 선택한 대가를 치르다 보니 그가 저지른 잘못은 너무도 사소하게 보였다.

한번은 정신을 차리고 보니 올드힐 경찰서 앞이었다. 그는 세 시간 반 동안 그곳에 머물며 양심의 꼬리를 쫓아다녔다. 일어섰다가 앉았다가 어슬렁거리고는 다시 앉았다. 그는 울다가 일어섰다. 그리고 떠나 버렸다.

진실을 말할 정도로 강한 사람이었다면 그는 아내를 잃었을지도 몰랐다. 그가 이 사건에서 어떤 역할을 했는지 알았다면 아내는 여성으로서도 어머니로서도 역겨움을 느꼈을 것이다. 무엇보다 나쁜 건, 톰 자신도 아내를 탓할 수 없으리라는 점이었다.

그는 이불을 젖혀 버렸다. 자려고 해 봤자 의미가 없었다. 완전히 깨 버렸다. 그는 아래층으로 내려갔다. 커피가 필요했다. 진할수록 좋았다.

그는 부엌으로 갔다가 식탁에서 우뚝 멈춰 섰다. 조니 워커 블루 한 병과 쪽지 한 장이 그를 기다리고 있었다.

금빛이 도는 갈색 액체를 보는 것만으로도 입에서 침이 말랐다. 40도짜리 술은 한 병에 100파운드도 넘는 비싼 물건이었다. 오래된 몰트그레인 위스키 중 최고에 속하는 술로, 블렌드 위스키 세계의 결정체라 할 수 있었다. 그의 몸이 반응하기 시작했다. 꼭 크리스마스 아침을 바라보는 것만 같은 기분이었다. 그는 억지로 눈길을 떼고 쪽지로 손을 뻗었다.

네 방법대로 할 수도, 내 방법대로 할 수도 있지만
어쨌든 이루어질 일이야. 즐겨.

그는 의자에 주저앉았다. 두 눈은 가장 친한 친구이자 최악의 적에게서 떠나지 않았다.

술을 보낸 사람이 원하는 건 분명했다. 그가 죽는 것. 공포와 함께 안도감도 찾아왔다. 그는 이번 생이 됐든, 다음 생이 됐든 언젠가 심판의 날이 오리라는 걸 진작에 알고 있었다.

톰이 병마개를 열자 술의 향이 즉시 코에 닿았다. 그는 술을 마시면 죽으리라는 걸 알고 있었다. 딱 한 모금 같은 건 없었다. 그는 알코올 중독자였으니까. 일단 술에 입을 댄다면 한 병 전체를 마셔 버릴 테고, 그러면 죽게 될 것이다.

그가 이런 방식으로 죽기를 택한다면 다른 사람들은 괴로워할 필요가 전혀 없었다. 아내는 그의 의지가 약해졌다고만 생각할 테니 괜찮을 것이다. 운만 따라 준다면 그가 예전에 저지른 짓을 영영 모를 수도 있었다. 딸도 그 일에 관해 전혀 알 필요가 없었다.

그는 천천히 병을 들어 첫 모금을 꿀꺽 삼켰다. 다시 술병을 입으로 가져가기까지 겨우 1초밖에 걸리지 않았다. 이번에는 가슴이 타는 듯한 느낌을 견디지 못할 정도가 될 때까지 멈추지 않았다.

효과는 즉각적이었다. 2년 넘게 술을 끊으면서 몸의 내성이 떨어졌기에 알코올은 즉시 혈관 전체를 지지며 뇌까지 타고 올라갔다. 그는 한 모금을 더 마시고 미소 지었다. 이거라면 죽는 방법으로는 괜찮았다.

그는 다시 한 모금 마시고 낄낄거렸다. 더는 늙은이들을 목욕시키지 않아도 된다. 더러운 기저귀도 이제는 없다. 침을 닦아 줄 필요도 없다.

그는 술병을 입에 가져다 대고 술을 반이나 비웠다. 몸에 불이 붙은 듯 황홀해졌다. 가장 좋아하는 축구팀이 상대방을 묵사발로 만들어 버리는 걸 지켜보는 것만 같았다. 더는 그가 저지른 일을 감출 필요가 없었다. 더는 두려워할 필요도 없었다. 그는 바른 선택을 했다.

눈물이 두 뺨으로 흘러내렸다. 마음속은 기쁘고 평화로웠지만 몸이 그의 뜻을 따라 주지 않았다.

두 눈이 여섯 살 생일에 더들리 동물원에서 염소들에게 먹이를 주던 딸 사진에 머물자 입에 가져다 대던 술병이 잠시 멈추었다. 그는 눈을 가늘게 뜨고 사진을 보았다. 딸애의 얼굴에 떠오른 찡그린 표정도, 그 눈에 깃든 의구심도 무엇 때문이었는지 기억나지 않았다.

"아가, 미안하다." 그가 사진에 대고 말했다. "그때 딱 한 번이었어, 맹세한다."

그녀의 표정은 바뀌지 않았다. *정말이에요?*

그는 그 비난을 가로막느라 눈을 감았지만, 딸의 표정은 아직도 눈앞을 떠돌고 있었다.

"한 번 이상일지도 모르지. 하지만 그게 내 잘못은 아니었어, 아가. 걔가 먼저 날 유혹했어. 날 가지고 놀았다. 나도 어쩔 수 없었어. 내 잘못이 아니야."

하지만 아빠 어른이었잖아요?

톰은 아이가 퍼붓는 혐오를 막느라 눈을 감았다. 눈물 한 방울이 억지로 길을 뚫고 나와 그의 뺨에 미끄러졌다.

"부디 이해해다오. 걔는 열다섯도 더 먹은 나이였어. 영리했고 사람을 잘 조종해서, 난 그냥 항복했을 뿐이야. 내 잘못이 아니었다. 걔가 나를 유혹했고 나는 맞서 싸울 수가 없었어."

걘 그냥 어린애였어요.

톰은 고통을 줄여 보고자 자기 머리카락을 쥐어뜯었다. "알아, 알아, 하지만 그냥 어린애는 아니었어. 자기가 원하는 걸 얻을 줄 아는, 영악한 애였지."

그렇더라도 그다음에 아빠가 한 일은 용서할 수 없는 짓이에요. 아빠, 난 아빠가 싫어요.

이제 그는 온몸으로 울고 있었다. 다시는 아름다운 딸을 볼 수 없을 것이다. 에이미가 자라 아가씨가 되는 걸 지켜볼 수도 없고 남자애들로부터 그녀를 지켜 줄 수도 없게 된다. 그 부드러운 두 뺨에 다시 입을 맞추거나 자기 손을 잡은 그 작은 손을 느껴 볼 수도 없을 것이다.

머리가 앞으로 처지고 눈물이 두 다리로 떨어졌다. 흐려진 시야에 자기 두 발이 들어왔다. 에이미가 아버지의 날 선물로 준 슬리퍼에 시선이 머물렀다. 자신이 가장 좋아하는 캐릭터인 호머 심슨의 얼굴이 모노그램으로 새겨져 있었다.

아냐, 그의 마음이 비명을 질렀다. 다른 길이 틀림없이 있을 것이다. 죽고 싶지 않았다. 가족을 잃고 싶지 않았다. 그는 가족들을 이해시켜야 했다.

어쩌면 자수할 수 있을지도 모른다. 그가 저지른 짓을 인정하는 것이다. 그가 혼자 벌인 일도 아니지 않은가. 그는 심지어 결정권도 없었다. 그냥 너무 어리고 겁에 질려서 장단을 맞췄을 뿐이었다. 그는 약하고 멍청했지만, 빌어먹을, 살인자는 아니었다. 물론 처벌을 받게 되겠지만, 딸이 자라는 모습을 지켜볼 수만 있다면 그것도 감수할 만한 일이었다.

톰은 눈물을 닦고 술병에 초점을 맞추었다. 술은 반쯤 비어 있었다. 세상에. 그는 너무 늦은 게 아니기를 기도했다.

탁자에 다시 술병을 내려놓은 그 순간이었다. 그는 누가 자기 머리카락을 잡고 뒤로 당기는 걸 느꼈다. 무슨 일이 벌어지는 건지 이해해 보려 애쓰는 와중에 술병이 바닥에 떨어졌다. 그는 왼쪽 귀밑에 차가운 금속이 닿는 것을 느꼈다. 누군가의 팔이 그의 목을 죄었다. 그는 몸을 돌려 보려 했지만 칼날 끝이 살갗을 찢고 있었다.

장갑 낀 손이 턱 밑으로, 왼쪽에서 오른쪽으로 움직이는 것이 보였다.

그것이 톰 커티스가 본 마지막 장면이었다.

13

킴은 세 번째 통화를 마치고 수화기를 내려놓았다. 그녀는 자기가 틀렸기를 바랐다. 앞으로 하려는 일도 그저 높으신 분들의 시간을 낭비하는 쓸모없는 일이 되었으면 좋겠다고 생각했다. 그녀가 틀렸다면, 우디가 잡아 죽이려 든다 해도 기쁘게 받아들일 것이다. 이번만큼은 그녀의 생각이 맞아도 별로 만족스럽지 않을 것 같았다.

누군가는 그 부지가 발굴되는 걸 원치 않았다.

"뭐 나온 거 있어, 스테이시?" 킴이 낡은 책상 모서리에 걸터앉아 물었다.

"편한 자리에 앉으시는 게 좋겠는데요, 대장. 지금 있는 건물은 1940년대에 지어진 더 큰 시설의 일부예요. 당시에는 그 건물이 전쟁

후 복귀한, 정신적 문제가 있는 군인들을 수용하기 위한 시설로 설계됐어요. 신체적 장애가 있는 사람들은 지역의 여러 병원으로 보내지고 정신적 문제가 있는 사람들 중에서도 최악의 경우만 크레스트우드로 보내졌죠. 사실, 거긴 사회로 절대 복귀해서는 안 되는 군인들을 수용하는 보안이 철저한 시설이었어요. 그러니까 '끄기' 버튼이 달리지 않은 살인 기계들을 수용해 둔 곳이었다는 얘기에요. 70년대 후반에는 수용자 35명 전원이 자살하거나 자연사했어요. 이후로는 건물이 소년원으로 사용됐고요."

킴은 움찔했다. 소년원이라니, 온갖 함축적 의미가 들어 있는 낡은 단어였다.

"계속해 봐."

"80년대에는 학대나 추행과 관련된 진짜로 끔찍한 이야기들이 나왔어요. 조사가 이루어졌지만 기소가 이루어진 적은 없었고요. 90년대 초반쯤에는 건물이 여자아이들을 수용하는 보육원으로 바뀌었지만, 계속 비행 청소년 수용 시설로 알려졌어요. 예산이 줄고 건물 보수 작업이 이루어지면서, 크레스트우드는 2000년대에 접어들어 서서히 문을 닫기 시작했고 2004년에 불이 나면서 완전히 비어 버렸어요."

"다친 사람은?"

스테이시는 고개를 저었다. "헤드라인만 봤을 땐 다친 사람은 없었어요."

"좋아. 케빈, 스테이시. 직원 명단을 모아 봐. 내가 보고 싶은 건…."

갑자기 팩스가 오는 바람에 킴은 입을 다물었다. 그들은 모두 그게 무슨 팩스인지, 무슨 내용이 담겨 있을지 알고 있었다. 브라이언트가 서류로 손을 뻗어 재빨리 읽었다. 그는 스테이시의 책상 뒤에 서서 그녀에게 테레사 와이어트의 이력서를 건네주었다.

"여기 있습니다, 친구들. 출발점이 나온 것 같네요."

가능성이 보이기 시작하면서 그들은 모두 눈길을 주고받았다. 아무도 입을 열지 않았다.

그리고 그때, 전화벨이 울렸다.

14

"세상에, 대장! 속도 좀 줄여요. 이건 가와사키 골드윙이 아니라고요."

"알려 줘서 고맙습니다. 근데 그런 오토바이는 없어요."

"그 사람을 구하기엔 이미 너무 늦었다는 거, 알긴 아시는 거죠?"

킴은 호박색 가로등에 다가가며 속도를 늦추었지만 생각을 바꾸어 페드모어 가의 가로등들을 더욱 빠르게 지나쳤다. 그녀는 메리힐 쇼핑센터를 따라 나 있는 도로의 차량들을 이리저리 비집고 나아갔다.

"이 차에 사이렌이 없다는 것도 아시고요?"

"아, 브라이언트. 그만 좀 합시다. 아직 내 차 타다가 죽은 적도 없잖습니까?" 그녀는 브라이언트를 힐끗 곁눈질했다. "그보다는 왼팔 상처를 더 걱정해야 할 겁니다." 그녀는 브리핑을 하던 도중 브라이언트의 셔츠 소매 너머로 상처를 발견했다.

"그냥 긁힌 거예요."

"어젯밤 럭비 연습이라도 했습니까?"

그가 고개를 끄덕였다.

"진짜 그것 좀 그만두십시오. 럭비를 하기엔 너무 늙었든지 느린 거니까. 어느 쪽이든 부상을 당할 겁니다."

"고마운 말씀이네요, 대장."

"매번 더 심한 부상을 입는 걸 보면 확실히 그만둘 때가 된 거죠."

그녀는 다음 가로등 옆에 대강 차를 세웠다. 그제야 브라이언트는 꽉 잡고 있던 조수석 손잡이를 놓았다.

"그럴 수는 없어요, 대장. 럭비는 저의 '양기'이거든요."

"럭비가 뭐라고요?"

"저의 '양기'요. 균형 말이에요. 우리 마님이 매주 같이 사교댄스 수업을 들어야 한대서요. 음양의 조화를 이루려면 럭비를 해야 합니다."

킴은 뒤따르는 자동차들의 경적을 무시하고 안쪽 차선에서 다음 교통섬으로 끼어들었다.

"그러니까 무도회장을 깡충거리고 다닌 다음에, 다른 털보 남자들을 끌어안는 걸로 음양의 조화를 맞춘다는 겁니까?"

"끌어안는 게 아니라 스크럼이라는 겁니다, 대장."

"나쁘다는 건 아닙니다. 정말로요." 그녀는 눈을 돌려 그를 보며 억지로 미소를 눌러 참았다. "이해가 안 가는 건, 대체 왜 그런 정보를 자발적으로 나한테 주느냐는 겁니다. 나한테 그런 소리를 하는 게 실수라는 건 분명 알았을 거 아닙니까?"

브라이언트는 좌석에 다시 머리를 기대며 눈을 감고 신음했다. "그러게요, 이제야 알겠네요." 그는 킴에게 시선을 돌렸다. "우리끼리의 비밀로 하죠, 대장. 네?"

킴은 고개를 저었다. "내가 지킬 수 없는 약속은 안 해서요." 그녀가 정직하게 대답했다.

"아무튼, 아까 전화는 누구한테 거신 거예요?" 브라이언트가 화제를 바꾸어 물었다.

"밀튼 교수요."

"왜요?"

"밀튼 씨가 피어슨 씨한테 안전하게 도착했는지 확인하려고 했습니다."

"헛소리." 브라이언트가 기침 소리에 슬쩍 비난을 섞어서 말했다.

자동차들이 슬슬 움직이기 시작하자 킴은 앞차를 따라갔다. 차선 세 개가 둘로 줄어들면서 앞차가 브레이크를 밟자 그녀도 그렇게 했다. 브라이언트가 손잡이를 꽉 잡았다.

"그래서, 지금까지 피해자에 대해 밝혀진 건 뭡니까?"

"30대 후반 남성입니다. 목이 베였어요. 자살일 수도 있고 사고일 수도 있겠네요."

킴은 눈알을 굴려 댔다. 제정신을 유지하려면 블랙 유머도 할 줄 알아야 하지만, 그것도 때를 가려야 하는 게 아닐까.

"이제 어느 쪽으로 가야 합니까?"

"학교를 지나자마자 좌회전하면 현장이 보일 겁니다."

킴이 끼익 소리를 내며 모퉁이를 도는 바람에 브라이언트는 조수석에 쾅 부딪혔다. 킴은 언덕을 따라 올라가다가 경찰 통제선에서 핸드 브레이크를 홱 당겼다.

네모난 현관이 전실까지 이어져 있었고, 전실에서는 여자 경찰 한 사람이 소파에 앉아 제정신이 아닌 다른 여성을 달래고 있었다. 킴은 탁 트인 거실 겸 부엌으로 곧장 들어갔다.

"얼어죽을." 그녀가 숨죽여 말했다.

"그렇게 춥지는 않던데." 키츠가 말했다.

문제의 남자는 아직도 거실 의자에 앉아 있었다. 팔다리가 헝겊 인형처럼 늘어진 모습이었다. 머리가 뒤로 젖겨 나가, 정수리가 거의 어깻죽지 사이에 놓여 있었다. 킴은 즉시 만화의 한 장면이 떠올랐다.

거의 불가능해 보이는 각도였다. 물리적 법칙에 따르면 남자는 바닥으로 쓰러졌어야 하지만, 의자 윗부분에 걸쳐 있는 목덜미 때문에 제자리를 유지하고 있었다. 뒤통수가 고리처럼 걸려 있었던 것이다.

벌어진 상처에서 칼에 찢긴 노란색 지방 조직이 드러났다. 피가 반대쪽 벽으로 솟구치고 가슴을 적시면서 섬뜩한 턱받이 모양을 만들었다. 티셔츠와 운동복 바지가 붉게 젖어 있었다. 피비린내 때문에 현기증이 날 것 같았다.

"얼어죽을." 브라이언트가 뒤쪽에서 말했다.

키츠가 고개를 저었다. "둘 중 한 명은 대사를 좀 바꿔야겠네."

킴은 키츠 말을 못 들은 체하고 범죄 현장을 머릿속에 새겨 넣었다. 그녀는 시체를 내려다보고 섰다. 남자의 두 눈은 휘둥그렇게 뜨여 있었다. 얼굴에는 아래쪽에서 벌어진 일에 대한 공포가 새겨져 있었다.

그녀는 바닥에 놓인 빈 위스키 병을 보았다. "이 시간에 술을 마신 겁니까?" 그녀가 물었다.

"반 정도는 이 사람 몸속에 있고, 다른 반은 카펫에 있는 것 같아. 웬 낭비냐고. 조니워커 블루라면 한 병에 100파운드도 넘는데."

"브라이언트, 가서….."

"지금 바로 가겠습니다."

브라이언트는 몸을 돌려 라운지로 돌아갔다. 제정신이 아닌 여성을 다루는 솜씨는 브라이언트가 킴보다 훨씬 나았다. 킴이 함께 있으면 사람들은 보통 더 많이 울었다.

킴은 시체 주위를 돌며 사방에서 범죄 현장을 살폈다. 겉으로 보기에 이 공간은 흐트러진 구석이 전혀 없었고, 몸싸움도 없었던 걸로 보였다. 흰색 가운을 입은 사람이 그녀의 주변을 맴돌았다.

"형사 양반, 여기 이 키건이라는 친구가 너무 예의가 발라서 자네한테 비켜 달라고 못 하는 모양이야. 근데 난 아니거든." 키츠가 말했다. "저 친구 일 좀 하게 물러서."

킴은 키츠를 쏘아보았지만 그쯤에서 그만두기로 했다. 키츠의 오른쪽 바지 끝이 땅에 질질 끌린다고 면박을 주고 싶었지만, 망할 최소한의 예의 때문에 큰 소리로 그걸 지적하지는 못했다.

키건은 디지털 사진을 찍은 뒤 일회용 사진기를 꺼내 같은 작업을 반복했다.

"위층에 지갑이 있는 걸로 봐서 강도는 아니야." 키츠가 킴 옆에 서서 말했다.

킴은 이미 그럴 거라고 추측하고 있었다.

"칼의 종류는?"

"나라면 보통 빵을 써는 데 쓰는, 플라스틱 손잡이가 달린 18센티미터짜리 부엌칼이라고 할 것 같군."

"예비 조사로는 자세한 모양을 알 수 없지 않습니까?"

키츠는 어깨를 으쓱했다. "피에 젖은 저 싱크대 안에 있던 칼일지도 모르지."

"제기랄, 자기 집 빵칼로 살해당했다고요?"

"형사 양반, 너무 성급한 결론을 내리고 싶지는 않지만," 그는 목소리를 낮추고 킴에게 몸을 기울였다. "나라면 자살보다는 살인에 한 번 걸어 보겠어."

킴은 눈알을 굴렸다. 그래, 오늘은 모두가 코미디언이다 이거지.

"침입 방법은요?"

"고양이가 드나들 수 있도록 안마당 쪽 문을 열어 뒀더군."

"가정 보안 캠페인이 이렇게 성공을 거두다니 기분이 좋네요."

킴은 파티오 문*으로 다가갔다. 기술자가 밖에 서서 손잡이에 지문 감식용 가루를 뿌리고 있었다. 그녀는 근처를 꼼꼼히 살폈다.

킴의 눈길이 잠깐 멈추었다. 그녀는 이내 몸을 웅크렸다. 뒤쪽 정원을 보니 자갈과 판석이 섞여 있고 그 둘레에는 깔끔한 울타리가 세워져 있었다.

"키츠, 지금 팀원 중 테레사 와이어트의 집에도 갔던 사람이 누굽니까?"

키츠는 현장에 나와 있는 기술자들을 힐끗 보았다. "나밖에 없을 거 같은데."

그럼 킴까지 둘뿐이었다.

"오늘도 그날과 같은 신발을 신고 계세요?"

"형사 양반, 내 신발은…."

---

* 정원이나 발코니로 통하는, 미닫이로 된 큰 유리문.

"키츠, 대답이나 해요."

키츠는 잠시 말을 멈추고 킴에게 다가왔다. "아니, 그때랑은 다른 신발을 신었네."

킴도 마찬가지였다.

"보세요." 그녀가 손가락으로 어딘가를 가리켰다.

키츠는 눈을 가늘게 뜨고 2.5센티미터가 될 듯 말 듯한 물체를 바라보았다.

"솔잎이로군." 그가 말했다.

이 발견의 의미를 눈치챈 두 사람의 시선이 마주쳤다.

"위스키는 좀 알쏭달쏭한데요, 대장." 브라이언트가 옆으로 다가와 말했다. "우리 피해자는 재활 치료 중이던 알코올 중독자입니다. 2년 넘게 술을 끊은 상태였대요. 아내 말로는 오늘 아침만 해도 술병이 집에 없었고, 남편이 그런 차림으로는 절대 집을 나서지 않았을 거랍니다. 그리고 지갑에 있는 돈도 아내가 집을 나서면서 봤을 때랑 액수가 똑같대요. 아내가 요즘도 계속 확인해 왔다고 합니다."

킴은 일어나 장비 가방에서 증거 표지를 꺼냈다. "살인자가 왜 위스키를 가져왔을까요?"

브라이언트는 어깨를 으쓱했다. "모르겠네요. 근데 피해자는 허혈성 심장 질환이 있어서, 위스키만으로도 충분했을 거랍니다."

킴은 어리둥절해졌다. 왠지는 모르겠지만 살인자는 톰 커티스에게 치명적이리라는 걸 알고 술을 가져왔으면서도 그의 목을 잘라 버리다시피 했다. 말이 되지 않았다.

"그냥 술병만 갖다 놓고 현장을 떠나면 됐는데 그걸로는 충분하지 않았다? 왜지?"

"미친놈이 어떤 메시지를 보내고 싶었던 걸까요?"

"범인은 피해자의 심장 질환을 알고 있었지만, 개인적으로 좀 더 손을 대고 싶었거나…. 그냥 피해자를 더 쉽게 제압할 도구로 술을 사용했을지 모릅니다."

브라이언트가 고개를 젓는데 킴의 핸드폰이 울렸다.

"스톤입니다."

"대장, 피해자 이름이 뭐라고 하셨죠?"

"톰 커티스. 왜?"

그녀는 케빈의 목소리에 깃든 숨찬 기색을 알아듣고 물었다. 곧 듣게 될 말이 무엇인지 알았기에 가슴이 철렁했다.

"못 믿으시겠지만 10년 전 크레스트우드 보육원에 수석 조리사가 있었어요. 그 사람 이름이 톰 커티스였습니다."

15

"경찰서까지는 제가 운전하게 해 주셔서 정말 감사합니다, 대장. 지금 제가 롤러코스터를 또 한 번 탈 만한 상태가 아니거든요."

"네, 뭐. 근데 이게 〈드라이빙 미스 데이지〉*도 아니고, 다음 주말 전에는 꼭 서에 돌아가고 싶네요."

브라이언트는 헤일조웬으로 방향을 틀었다. 킴이 핸드폰을 꺼냈다. 그녀는 앞서 통화했던 번호에 다시 전화를 걸었다.

"밀튼 교수님. 네…. 안녕하세요. 전에 했던 얘기 말인데, 모두 준비됐습니까?"

"여기저기 전화를 좀 걸어 놨습니다. 요청하신 도움을 드릴 수 있을 것 같아요."

"그건 감사합니다만, 이젠 이 사건과 관련된 두 번째 시체가 나온 것 같아서요. 속도를 내 주시는 게 대단히 중요합니다."

밀튼 교수가 헉하고 숨을 들이쉬는 소리가 들렸다. "그렇게 하겠습니다, 형사님."

그녀는 고맙다는 인사를 전하고 전화를 끊었다.

"무슨 일이에요?"

"신경 끄고 운전이나 하십시오."

브라이언트가 주차장에 들어섰다. 킴은 건물에 들어서자마자 즉시 4층으로 향했다. 우디와 잠깐 만날 약속을 잡아 놓은 터였다. 킴은 우디의 방문을 노크한 뒤 들어오라는 말이 들리기도 전에 들어갔다.

"스톤, 제대로 된 용건이 있어야 할 거야. 나는 지금 한창…."

"경감님, 테레사 와이어트 사건이 처음 생각보다 많이 복잡합니다."

"어떤 면에서?"

• 영국의 코미디 영화로, 운전을 잘 못하는 주인공 미스 데이지가 등장한다.

킴은 심호흡을 했다. "살해당한 날에 피해자가 밀튼 교수라는 사람한테 전화를 걸었습니다. 그 교수는 라울리 리지스에 있는 어느 부지에 대해 막 발굴 허가를 받은 상태였죠. 처음에 테레사는 프로젝트에 참여하게 해달라고 요청했다가 거절당했고, 그 이후로도 문제의 지역에 상당한 관심을 보였더군요."

"그 부지가 어떤 곳이길래?"

"옛 보육원 부지입니다."

"화장터 옆 부지 말인가?"

킴이 고개를 끄덕였다. "테레사 와이어트와 톰 커티스가 모두 그 보육원의 직원이었습니다. 부지 발굴 허가를 받은 지 며칠 만에 교수는 살해 협박을 당했습니다. 교수가 기르던 개를 누가 죽였어요. 크레스트우드의 옛 직원 둘이 살해당했고요."

우디는 킴 뒤쪽 벽의 한 점을 뚫어지게 바라보았다. 벌써 신문 기사 헤드라인이 보이는 모양이었다.

"경감님, 누군가는 그 부지를 건드리는 걸 원치 않고 있습니다."

"스톤, 너무 서두르지 말게. 이런 일에는 정치적인 문제가 아주 많이 얽혀 있어."

"내일 부지에 발굴 장비를 반입할 겁니다."

우디의 아래턱에 힘이 들어갔다. "스톤, 그게 불가능하다는 건 자네도 알 텐데. 그렇게 하려면 거쳐야 하는 절차가 엄청나게 많아."

"외람된 말씀입니다만, 경감님, 그건 경감님 문제지 제 문제는 아닙니다. 이 사건이 얼마나 빨리 진행되고 있는지 생각해 보면 그렇게 오래 기다리는 건 사치입니다."

우디는 잠시 그녀의 말을 생각해보았다. "내일 아침이 밝자마자 현장으로 가되 발굴은 하지 말도록. 나한테서 확인이 떨어지기 전까지는 삽한 자루도 땅에 대면 안 돼."

킴은 아무 말도 하지 않았다.

"스톤, 알겠나?"

"물론입니다, 경감님. 말씀대로 하겠습니다."

그녀는 일어나 사무실을 떠났다.

16

베스 애덤슨은 고요한 복도에 갑작스럽게 울려 퍼진 소음을 듣고 욕설을 내뱉었다. 그녀가 지팡이를 짚을 때마다 엘리베이터와 타일 바닥 사이의 금속 배전관이 철컹거렸다.

그녀는 복도를 따라 걸으며 아파트 열쇠를 찾았다. 한 손으로 열쇠 꾸러미에서 현관 키를 골라내 보려 했다. 그러다 꾸러미 전체가 바닥에 떨어졌다. 금속끼리 부딪치며 큰 소리가 났다.

그녀는 허리를 숙여 열쇠 꾸러미를 다시 집으며 욕을 했다. 무릎에서 허벅지까지 통증이 쑥 올라왔다. 그녀는 열쇠 꾸러미를 집었지만, 그보다 먼저 늙은 여자의 문에서 빗장이 미끄러지는 소리가 들렸다. 베스는 허리를 펴면서 이웃의 열린 문 사이로 훈훈한 공기가 훅 끼쳐 오는 걸 느겼다.

"뭐 문제라도 있어요?" 이웃 여자가 물었다. 걱정하는 기색은 전혀 없었다. 그저 나무라는 투일 뿐.

마이라 다운스는 둘레에 털이 들어간 슬리퍼를 신었을 때 키가 약 150센티미터쯤 되는 여자였다. 양쪽 맨발의 피부가 건조하게 일어나 있었다. 베스는 그 여자가 입고 있는 잠옷 덕분에 그녀의 흉한 몸이 모두 가려져 있다는 게 다행스러웠다. 여자의 풍만한 가슴은 팔짱을 낀 퉁퉁한 두 팔 때문에 개의 귀처럼 납작하게 눌려 있고 주름진 얼굴은 불쾌하게 구겨져 있었다.

베스는 그녀를 똑바로 마주 보았다. 니콜라는 이 늙은 여자를 두려워할지 몰라도 그녀는 아니었다.

"아뇨, 다운스 씨. 그냥 방금 남자 셋한테 강간당하고 돈을 털렸을 뿐이에요. 어쨌든 걱정해 주셔서 고맙네요."

여자가 씩씩댔다. "자는 사람들도 있잖아요."

"문에 기대고 있으면 잠이 퍽 잘 오겠네요."

여자의 얼굴이 말벌을 씹는 불도그처럼 일그러졌다.

"이봐요, 댁이 와서 살기 전까지 우리 층은 부끄러울 거 하나 없는 공간이었어요. 그런데 이제는 하루 종일 말다툼하는 소리며 소음이…."

"다운스 씨. 지금은 열 시 반이고, 전 그냥 열쇠를 떨어뜨린 거예요. 쌍, 열 좀 내지 말지?"

여자의 얼굴이 붉어졌다. "그…. 그…. 얼마나 머물 생각이죠?"

그래, 그녀가 이곳에 머무는 걸 원하지 않는 주민이 한 명 더 나타났다. 염병 재수가 없네.

"아마 당분간은 지낼 것 같은데요. 니콜라가 세입자 명단에 저를 올려 준다고 해서."

여자의 얼굴에 공포가 자리 잡는 걸 보니 거짓말한 보람이 있었다.

"아, 아니, 안 되지. 안 돼. 이 문제는 내가 그쪽 언니랑 좀 얘기를 해 봐야…."

이 늙다리의 오지랖이 정말로 신경을 긁기 시작했다.

"씨발, 대체 뭐가 문젠데 그래요?"

"나처럼 혼자 사는 사람은 오밤중에 큰 소리가 나면 무서워, 아가씨."

"허이구, 누가 들어오기라도 할까 봐? 자물쇠 세 개에 도어 록까지 달려 있잖아요." 베스는 그녀를 위아래로 훑어보았다. "그리고 솔직히, 별로 무서워할 것도 없을 것 같은데."

다운스 씨는 문에서 물러났다. "그쪽하고는 상대를 못 하겠네. 니콜라랑 얘기할게요. 그쪽보단 훨씬 경우가 있는 사람이니까."

누가 그걸 모를까 봐.

베스는 문이 닫힐 때까지 늙은 여자를 노려보았고 여자는 결국 문을 닫았다. 베스는 입꼬리가 올라가는 걸 굳이 참지 않았다. 이 짧은 대화가 오늘 밤의 하이라이트였다.

베스는 몇 차례 더 열쇠를 짤랑거린 다음에야 아파트에 들어갔다. 지팡이를 소파 끄트머리에 내려놓고 앉아 무릎을 문질렀다. 한기 때문에 무릎이 죽을 것처럼 아팠다. 그녀는 소파 가장자리에 놓아둔 슬리퍼로 손을 뻗었다. 고동색 가죽으로 된 슬리퍼 윗부분은 부드럽고 매끄러웠다. 털도 화려하고 따뜻했다.

그녀는 굽이 납작한 부츠를 벗고 두 발을 값비싼 신 안에 편안하게 넣었다. 그녀의 물건은 아니었지만 니콜라라면 신경 쓰지 않을 것이다. 그들은 언제나 물건을 나누어 썼다. 쌍둥이들은 원래 그렇게 하니까.

그녀는 일어나 무릎의 통증을 털어 내고 니콜라의 방문을 가볍게 두드렸다. 대답이 없었다. 그럼 그렇지. 창녀인지 언니인지 모를 인간은 집에 없을 게 뻔했다. 돈을 받고 춤추며 몸을 내보이느라 나가 있는 것이다.

그녀는 문을 열고 들어갔다. 평소처럼 방을 들여다본 그녀는 숨이 멎었다. 어린 시절, 크레스트우드에 나란히 누워 있을 때 그들이 꿈꾸던 바로 그 방이었다.

그들은 방에 분홍색 이불과 베개를 맞춰 넣기로 했었다. 침대에는 햇빛 가리개를 두르고 아름다운 레이스로 캐노피를 고정할 생각이었다. 그들은 〈나니아 연대기〉에 나오는 것처럼 마법이 가득한 옷장을 꿈꾸었다. 옷장 속 선반에는 봉제 인형과 스노 볼이 가득할 거라고, 두 침대의 머리판에는 꼬마전구가 드리워져 있을 거라고 믿었다. 그들의 상상 속 침실은 마법적이고 밝고 그들이 소유한 물건으로 가득 차 있었다. 그렇게 그들은 벽에 그림자를 드리우다가 어느새 잠들게 될 것이라 생각했다.

베스는 방 안쪽으로 더 들어갔다. 그녀의 손이 벽난로 위 선반을 따라가다가 끝에 있는 갈색 곰 인형에 머물렀다. 인형은 한 개뿐이었다. 그녀는 드레스룸 문을 열고 안으로 들어갔다.

니콜라의 옷과 속옷, 신발이 잘 개어져 색깔에 맞게 정리되어 있었다. 서랍 두 개는 보석류 전용이었다. 그중 한 서랍에는 처음 살 때 담겨 있던 상자에 그대로 들어 있는, 비싸고 깨지기 쉬운 보석들이 보관되어 있었다. 까르띠에 하나, 디비어스 둘이 눈에 들어왔다.

두 번째 서랍에는 더 대담하고 묵직한 보석들이 들어 있었다. 베스는 그게 일할 때 쓰는 보석들이라고 추측했다. 그녀는 재빨리 서랍을 닫고 더 깊은 곳을 뒤졌다. 일하는 언니 모습은 떠올리고 싶지 않았다.

화장대가 옷장과 신발장 사이에 놓여 있었다. 꼬마전구 한 줄이 거울 둘레를 장식했다.

베스는 침실로 돌아와 기둥이 네 개 달린 침대에 앉았다. 그곳은 그들이 계획했던 그대로였다. 공주에게나 어울릴 법한 방이었다. 영원히, 언제까지나 함께 살자고 맹세했던 바로 그곳. 그들이 꿈꿔 왔던 바로 그 방.

하지만 침대는 하나뿐이었다. 모든 걸 다 가진 언니를 위한, 단 하나의 침대.

베스는 니콜라가 가진 것들에 화가 났다. 하지만 더 화가 나는 것은 자신이 저지른 짓을 인정하지 않으려는 언니의 태도였다. 니콜라는 한심할 만큼 과거를 거부하고 있었다. 그 모습이 시간이 지날수록 베스의 분노를 자극했다.

니콜라가 아무리 사과해도 그 일을 되돌릴 수는 없었다. 니콜라의 행동은 자매가 같이 살 수 있는 모든 기회를 박살 냈다. 그런데도 그녀는 계속 그 사실을 모른 체했다.

네가 날 왜 싫어하는지 모르겠어. 내가 무슨 짓을 했다는 거니? 내가 너한테 무슨 상처를 줬는지 정말 모르겠단 말이야. 거부는 계속해서 이어졌다.

니콜라가 아무리 부정해도 베스는 진실을 알고 있었다. 마음속 깊은 곳에서는 니콜라도 알고 있을 것이다.

17

"젠장, 브라이언트. 가만히 좀 있죠?"

브라이언트는 연신 짝다리를 바꿔 짚었다. 밤사이 기온은 영하 3도로 떨어졌고, 땅에는 아직도 신발 밑창을 뚫고 뼛속까지 스며드는 얼음장이 끼어 있었다. 브라이언트는 오그린 손에 따뜻한 숨을 불어넣었다. "티타늄으로 만들어지지 않은 우리 같은 사람한테는 거시기가 얼어붙을 만큼 추운 날이거든요?"

"거시기 얘기할 거면 거시기 달린 사람처럼 구시죠?" 킴은 발굴 현장 가장자리로 걸어가며 말했다.

보육원 부지는 축구장 정도 크기였다. 부지는 북쪽까지 완만한 경사를 이루며 높아졌는데, 그 북쪽에는 나무들이 한 줄로 심겨 있어 공동 주택 쪽에서는 보육원이 보이지 않았다. 부지 서쪽에는 도로가 있어서 라울리 리지스 화장터와 이곳을 갈라놓았다. 도로와 가장 가까운 부지의 남쪽 경계선에는 버스 정류장과 가로등이 있고 그 너머로 커다란 건물의 잔해가 보였다. 그 건물의 2층이 도로 반대편에 한 줄로 늘어선, 베란다 딸린 집들을 내려다보고 있었다. 하지만 건물 주변에는 대략 2미터 높이의 울타리가 둘러져 있어 1층은 보이지 않았다.

그녀는 서쪽을 힐끗 보고 고개를 저었다. 창문을 내다보면 죽은 자들을 위한 땅이 보인다니, 버려지고 학대당하고 방치당한 아이들에게 얼마나 위안이 되는 일인가. 가끔 시스템의 무심함은 경악스러울 정도였다. 보육원 자리를 정하려는 당국에게 이곳은 그냥 비어 있는 건물일 뿐이었고, 중요한 건 그뿐이었다.

킴은 한숨을 쉬고 마이키의 무덤에 조용히 입맞춤을 보냈다. 안개의 장막이 세상과 마이키의 무덤이 있는 좁디좁은 땅을 갈라놓고 있었다.

볼보 자동차 한 대가 발굴 현장 맨 꼭대기의 흙길에 접어들었다. 킴은 차에서 내리는 밀튼 교수와 다른 두 남자에게로 다가갔다.

"형사님, 다시 만나 뵈어서 반갑습니다."

킴은 전날 이후 현저히 달라진 교수의 태도를 눈치챘다. 그는 두 뺨이 발그레했고 눈이 반짝였다. 걸음걸이도 씩씩하고 결단력 있어 보였다. 피어슨 씨가 딱 하룻밤 돌봐 주고 나서 이렇게 되다니, 그녀에게 의사 자리라도 알아보라고 해야 할 판이었다.

브라이언트가 킴 옆에 나타나자 교수는 동료들을 돌아보았다. "이쪽은 대런 브라운과 칼 뉴튼입니다. 제 발굴을 도와주기로 약속한 자원봉사자들이죠. 이분들이 장비를 작동시켜 주실 겁니다."

킴은 밀튼 교수의 수고를 생각해볼 때 그에게 비밀을 실토해야 한다는 의무감이 들었다.

"이게 그냥 직감에 따른 수사인 건 아시죠, 교수님? 저 밑에 아무것도 없을지도 모릅니다."

교수의 눈은 진지했고 목소리는 낮았다. "하지만 혹시라도 있으면요, 형사님? 저는 2년 동안 이 부지를 발굴하려 애써 왔는데, 누군가가 기를 쓰고 저를 가로막으려 했습니다. 저도 그 이유를 알고 싶어요."

교수가 이해해 준다니 다행이었다.

복스홀 아스트라 한 대가 교수의 자동차 옆에 멈춰 섰다. 약간 뚱뚱한 50대 남자가 차에서 내렸다. 키가 크고 머리카락이 빨간색인 여자가 그 뒤를 따랐다. 킴이 보기에 여자는 20대 후반처럼 보였다.

"데이비드, 와 줘서 고맙습니다." 킴이 말했다.

"안 오면 어쩌겠습니까, 형님." 그는 반쯤 미소 지으며 말했다.

"밀튼 교수님, 이쪽은 매튜스 박사님입니다."

두 남자가 악수했다. 킴은 데이비드 매튜스 박사를 만난 적이 있었다. 카디프 대학교가 사우스웨일스 경찰서와 힘을 합쳐 글래모건 대학교에 만든 영국 유일의 경찰 과학 센터에서였다.

그곳은 경찰과 관련된 연구와 훈련을 전문적으로 하는 기관이었다. 매튜스 박사는 글래모건 경찰 과학 센터의 자문위원으로서 대학 내에 범죄 현장 조사 기관을 설립하는 데 대단히 중요한 역할을 했다. 킴은 2년 전 그곳에서 열리는 세미나에 참석해 범죄 현장에서 쌓은 그녀만의 경험을 바탕으로 시나리오 트레이닝을 개선할 방안들을 두어 가지 제안했고, 그 때문에 주말 내내 그곳에 머물렀다.

"이쪽은 세리스 휴입니다. 대단히 자질이 뛰어난 고고학자로, 방금 법의학 학위 과정을 마쳤습니다."

킴은 그녀에게 고개를 까딱했다.

"좋습니다. 두 분 모두 알아 두셔야 할 것은, 아직 우리가 이 현장에 대한 전적인 권한을 확보하지 못했다는 겁니다. 저희 경감님이 형식을 따지시는 분이라 서류가 제대로 갖춰지기 전까지는 아무것도 건드리면 안 된다는군요. 뭔가 있다는 의심이 조금이라도 들면 알려 주십시오."

데이비드 매튜스가 앞으로 나섰다. "이런 말도 안 되는 짓에 우리가 들일 수 있는 시간은 세 시간뿐입니다. 그때까지 아무것도 발견되지 않으면 저는 갈 겁니다."

킴은 고개를 끄덕였다. 킴의 시간 이틀에 매튜스의 시간 세 시간이라. 그래, 엄청나게 공평했다.

매튜스가 말을 이었다. "세리스와 제가 부지 맨 위쪽 구역을 구획하고 흙을 분석하기 시작할 겁니다."

킴은 세리스 쪽으로 고개를 까딱했다. 그녀는 불붙은 듯한 빨간 머리카락을 네모난 턱선 바로 아래까지 자른 매끄러운 단발머리를 하고 있었다. 옅은 푸른색 두 눈은 상대방을 꿰뚫어 보는 듯했다. 타고난 미인은 아니지만 흥미가 가고 관심이 생기는 얼굴이었다.

세리스는 미소도 짓지 않고 킴에게 알았다는 표시를 해 보이더니 부지 맨 위쪽 경계선으로 향하는 데이비드를 따라갔다. 흰색 에스코트 밴이 흙길의 마지막 공간을 차지했다. 한 여자가 뒷문을 열었다. 김이 나는 주전자와 포일로 싼 꾸러미들이 차 안에 들어 있었다.

브라이언트가 킥킥 웃었다. "대장이 이런 배려를 하셨을 리는 없고…. 제 상상력이 이분을 만들어 낸 걸까요?"

"아뇨, 진짜 사람입니다. 시작하기 전에 다들 따뜻한 음료를 마시고 베이컨 샌드위치를 먹도록 하십시오."

브라이언트가 미소 지었다. "그게 말입니다, 대장. 가끔은…."

킴은 무너져 가는 건물이 있는 곳을 향해 언덕을 내려가고 있었기에 브라이언트의 나머지 말을 듣지 못했다.

킴은 울타리가 쳐진 둘레로 갔지만 접근할 만한 지점이 없었다. 건물 정면은 도로 건너편의 집들을 마주 보고 있었다. 엿보는 눈이 너무 많았다. 그녀는 뒤쪽으로 돌아가 취약한 지점을 찾기 시작했다.

울타리는 널빤지를 서로 덧대어 놓은 평범한 구조물이 아니었다. 널빤지 하나하나가 화물 운반대에나 쓰이는 강하고 두꺼운 나무로 만들어져, 위아래의 널빤지와 평평하게 놓여 있었다. 하나에 20센티미터 정도 되는 널빤지 사이로 가느다란 햇빛이 간신히 비어져 나왔다.

그녀는 긴 나무 울타리 기둥 하나를 밀어 보았다. 땅속에서 썩은 기둥 뿌리가 앞뒤로 움직였다.

"꿈도 꾸지 마세요, 대장." 브라이언트가 그녀에게 따뜻한 음료를 내밀며 말했다. 킴은 음료를 왼손으로 받아 들고 기둥들을 따라가며 계속 살펴보았다. 다음 두 기둥은 단단했지만 네 번째 기둥은 앞뒤로 흔들렸다.

"매튜스 박사님은 어떻게 데려오셨어요? 못살게 굴어서?"

"못살게 군다는 게 무슨 뜻인지 제대로 정의해 보십시오." 그녀는 다음 기둥을 밀며 말했다.

"아마 저는 모르는 게 최선일 것 같은데요. 그래야 저는 모르는 일이라고 잡아뗄 때도 그럴싸해 보일 테고, 여러 가지로."

"현장에 법의 고고학자가 나와 있어서 나쁠 게 없잖습니까."

"당연히 그렇죠. 지금 우리에게는 누구한테든 지시를 내릴 권한이 없다는 점만 빼면요."

킴은 어깨를 으쓱했다.

"파 봤는데 아무것도 없으면 어쩌죠?"

"그럼 집에 가서 차나 마시면 됩니다. 하지만 뭔가 있다면 한 발 나아가게 되는 거죠. 매튜스 박사는 전적으로 이 일에 적합한…."

"아, 저도 알아요. 방금 그 사람이 저한테 자기 학력 전체를 읊어 줬거든요. 근데 우디가 서류가 마련되기 전까지는 아무것도 건드리지 말라고 했잖아요."

"그럴 줄 알았습니다. 이젠 경사님도 규칙부터 따지겠다는 겁니까?"

"그저 대장 목숨을 지켜 주려는 것뿐입니다."

"내 목숨은 멀쩡합니다. 경사님 주머니에 들어 있는 내 베이컨 빵을 훔쳐먹을 생각이라면, 나보다 경사님 목숨을 걱정하는 게 나을 거고요."

"어떻게 아셨어요?"

킴은 고개를 저었다. 어떻게 알았냐고? 브라이언트는 원래 킴에게 샌드위치를 가져다줄 만한 사람이었다. 그녀가 손도 대지 않으리라는 걸 알더라도. 그녀는 울타리에서 물러나 커피 잔을 비웠다. "아무튼, 그보다 중요한 건 이걸 넘어갈 거냐, 뚫고 갈 거냐 하는 겁니다."

브라이언트가 신음했다. "그냥 두고 가는 건요?"

"제가 드린 선택지 중에서 고르십시오."

"우린 여기 들어갈 권한이 없어요."

"도와주든지 그냥 놔두든지 하세요. 좋으실 대로."

킴이 빈 잔을 땅에 내려놓자 브라이언트가 무겁게 한숨을 쉬었다.

"뚫고 가면 어린애들이 이 구역에 드나들 수 있는 틈새가 생겨요."

"그럼 넘어갑시다." 킴은 그렇게 말하고, 단단한 울타리 기둥 사이의 널빤지 가운데로 향했다. 그녀는 허벅지 높이의 널빤지 중 하나를 노려 발길질을 했다. 널빤지가 갈라졌다. 그녀가 다시 걷어차자 널빤지는 아예 반으로 부러졌다. 그녀는 아래쪽의 고정된 널빤지를 계단처럼 쓸 수 있도록 부러진 널빤지를 안쪽으로 밀었다.

킴은 단번에 왼쪽 장화의 신발코를 널빤지 위에 올려놓고, 브라이언트의 어깨를 짚어 몸을 위로 띄웠다. 그녀는 왼쪽의 흔들리지 않는 기둥을 잡고 오른쪽 다리를 울타리 위로 넘긴 뒤 반대편 틈새에 집어넣었다.

울타리 맨 윗부분을 두 다리 사이에 끼고 앉은 채로 잠시 균형을 잡다가 왼쪽 다리를 울타리 위로 넘겨 틈새에 마저 집어넣었다. 그녀는 뒤쪽으로 뛰어내리며 무릎을 굽혀 충격을 흡수했다.

건물 주변의 풀은 키도 크고 가시투성이였다. 킴은 1층에 보이는 유일하게 깨진 창문으로 풀밭을 헤치고 나아갔다. 울타리가 높아 아래쪽 창문들은 무사했지만 위쪽 유리는 전부 박살 나 있었다. 킴은 철로 된 회색 쓰레기통을 힐끗 보고는 뚜껑을 들어 망가진 창틀을 아예 깨 버렸다.

"대체 뭘 하시는 겁니까?" 브라이언트가 소리쳤다.

킴은 못 들은 체하고 다른 유리 조각을 두어 개 더 쳐낸 뒤 쓰레기통을 가져와 뒤집어 놓고 그 위에 올라섰다. 그녀는 조심스럽게 몸을 구부리고 깨진 창문을 넘어, 상판을 합성수지로 만든 조리대에 내려섰다. 조리대는 싱크대 두 개가 있는 곳에서만 잠깐 끊길 뿐 벽 둘레 전체를 따라 늘어서 있었다.

안을 들여다보니 화재로 손상된 주방 벽이 보였다. 킴은 화재가 이곳에서 처음 시작됐다는 기사를 읽은 적이 있었다. 복도로 이어지는 문 근처의 벽이 가장 검었다. 거미줄이 커튼처럼 늘어져 주방을 구석구석 장식하고 있었다.

건물 안쪽 어딘가에서 물이 똑똑 떨어지는 소리가 났다. 수도 공급은 진작에 차단되었을 것이다. 그녀는 지붕이 화재로 손상된 후 시간이 지나면서 뼈대를 드러냈고, 거기에 빗물이 고였다가 떨어지는 것이라고 추측했다.

문간에 서 보니 복도가 건물을 따라 길게 이어지며 건물을 두 부분으로 나누고 있었다. 오른쪽 벽은 아주 옅은 황갈색으로 칠해져 있었다.

얇은 먼지막이 군데군데 보였지만 불길이 닿지는 않은 듯했다.

왼쪽에는 위층을 받치고 있는 나무 기둥이 검게 드러나 있었다. 문틀이 그슬려 있고, 페인트는 벽의 낮은 부분에만 군데군데 남아 있었다. 노출된 전선이 기둥 사이에 걸려 있었다. 떨어진 천장 타일과 잔해가 복도 바닥을 어지럽혔다. 피해는 건물 가장자리로 갈수록 심해지는 듯했다.

킴은 주방으로 물러나 피해 정도를 다시 살폈다. 문과 가장 가까운 조리대는 그슬린 나무가 떨어지면서 생긴 대리석 같은 무늬로 얼룩덜룩했다. 냉장고와 냉동고의 문이 떨어져 경첩에 매달려 있었지만, 6구짜리 가스레인지와 가장 가까운 구역은 재가 살짝 덮여 있을 뿐이었다.

그녀는 가스레인지와 가장 가까운 조리대의 보관장 문을 열었다. 쥐똥이 선반으로 떨어졌다. 문 안쪽에 A4용지 한 장이 압정으로 꽂혀 있었다. 표와 글자가 아직도 보였다. 표의 왼쪽에는 여자아이들의 이름이 적혀 있고 오른쪽에는 아이들이 그 주에 할당받은 잡일이 적혀 있었다.

킴은 잠시 멈추었다. 그녀는 손을 들어 맨 위의 몇몇 이름을 만져 보았다. 그녀도 이런 소녀들 중 하나였다. 당시 크레스트우드에 있었던 건 아니지만, 무의식적으로 그녀는 명단에 오른 모든 소녀들의 마음을 느꼈다. 그들의 외로움과 고통, 분노를.

다섯 번째 위탁 가정의 기억이 울컥 덮쳐 왔다. 집 뒤쪽의 코딱지만 한 작은 방에 있으면 밤새도록 옆집에서 비둘기 울음소리가 부드럽게 들려오곤 했다. 킴은 경주용 비둘기들이 풀려날 때마다 녀석들이 멀리 날아가기를 바랐다. 녀석들이 포로 상태에서 벗어나 자유로워지기를 원했다. 하지만 비둘기들은 한 번도 그러지 않았다.

크레스트우드 같은 공간들은 모두 똑같다. 가끔은 새들을 풀어 주지만 새들은 항상 도로 날아오고 만다. 교도소에서 퇴소할 때 그렇듯 보육원에서 퇴소할 때도 사람들은 희망과 축원이 담긴 작별 인사를 받기 마련이지만, 거기엔 이게 끝일 거라는 기대가 전혀 깃들어 있지 않았다.

킴의 생각은 멀리서 들려온 사이렌 소리에 끊어졌다. 그녀는 조리대로 기어올라 몸을 구부리고 창문을 넘어 쓰레기통 위로 내려선 뒤 땅으로 내려왔다. 킴이 막 쓰레기통을 울타리로 끌어다 놓았을 때 사이렌과 자동차 엔진 소리가 멎었다.

"안녕, 켈빈. 왜 우거지상이야?" 브라이언트가 소리쳤다.

킴은 눈알을 굴려 대며 울타리에 기대섰다.

"이 건물 안에서 사람을 목격했다는 신고가 들어와서요."

끝내주는군. 경찰이 그녀를 잡으러 온 것이다.

브라이언트가 웃었다. "아냐, 그냥 내가 이리저리 기웃거리느라고. 이 빌어먹을 발굴팀 뒤치다꺼리하는 거지 같은 일에 걸렸는데, 저 뒤에는 뭐가 있나 궁금해졌거든."

"건물 안에 들어가신 건 아니죠?" 순경이 의심스럽다는 듯 물었다.

"아니지, 이 친구야. 내가 그렇게 멍청한 줄 아나?"

"알겠습니다, 형사님. 그럼 그냥 가 보겠습니다."

순경은 멀어져 가다가 돌아서 두어 발짝 물러났다. "그 거지 같은 뒤치다꺼리, 형사님 상사 때문에 하는 거죠?" 그가 물었다.

"아님 왜 하겠어?"

"이 말씀은 드려야겠는데요, 경사님. 그 드센 여자랑 같이 일하셔야 한다니 경찰서 사람 대부분이 위로를 전하고 싶어 합니다."

브라이언트가 낄낄댔다. "글쎄, 우리 상사가 들으면 아마 자네랑 의견이 똑같을 거야."

"근데 그 사람, 좀 차갑지 않아요?"

킴은 울타리 너머에서 고개를 끄덕였다. 맞는 말이다, 그녀는 그편이 좋았다.

"아냐, 자네 생각만큼 나쁘진 않아."

킴은 눈이 저절로 찌푸려졌다. 그녀는 순경의 말이 옳다는 걸 알고 있었다.

"사실은, 전에 자네들이 가끔 말을 걸어 주면 참 좋겠다고 하더라고."

망할 브라이언트, 죽어 버려야지. 천천히.

"어려울 것 없죠, 경사님. 명심하겠습니다."

순경은 떠나면서 통제실에 아무 문제가 없다고 무전을 보냈다.

"죽고 싶습니까?" 킴이 울타리 너머로 내뱉었다.

"이런, 죄송합니다, 대장. 거기 계신지…. 듣고 계시는지 몰랐네요."

킴은 쓰레기통에 올라서 들어올 때와 같은 방법으로 울타리를 넘어갔다. 그녀는 안전하게 울타리를 넘었지만, 일부러 브라이언트를 옆으로 쳐 버렸다.

"아, 미안합니다." 그녀가 말했다.

"사과의 진정성 면에서, 방금 것에는 마이너스 7점을 드리겠습니다."

"형사님들." 교수가 등 뒤로 다가와 말했다. "시작할 준비가 됐습니다."

브라이언트는 킴과 눈을 마주치더니 교수가 발길을 돌려 멀어질 때까지 시선을 유지했다.

"그래서, 불법 조사를 통해 알아내신 게 있습니까?"

"신문 기사와는 반대로 불은 주방에서 시작된 게 아니었습니다."

18

킴은 빌과 벤―킴이 교수의 자원봉사자들에게 붙여 준 별명이었다―
에게 다가가는 교수를 따라잡았다.

"매튜스 박사가 초기 토질 조사를 완료했는데, 점토 함유량이 높다고
합니다."

블랙컨트리에서는 별로 놀랄 일도 아니었다.

"그런 조건에서는 지표 투과 레이더의 성능이 떨어져서 일단 자기 탐
지기부터 써 보려고 합니다."

"행운을 빕니다." 브라이언트가 말했다.

교수는 브라이언트의 말은 못 들은 체하고 마치 킴이 뭔가 알고 있는
것처럼 그녀에게 말을 이어 갔다. 킴은 다른 이들의 전문성을 의심하는
경우가 거의 없었다. 그녀는 다른 사람들이 자기 일을 효율적으로 해낼
거라고 믿었고 그 보답으로 자신도 같은 대우를 받기를 기대했다.

"자기 탐지기는 센서를 사용해 자기장의 증감률을 측정합니다. 다른
물질이 있으면 방해가 일어나는데, 이 도구는 그렇게 방해받은 토양이
나 부패한 유기물 때문에 생긴 자기 이상을 탐지하죠."

빌이 벤을 꽁무니에 달고 다가왔다. 킴이 보기에 그는 영화〈터미네
이터〉에 나오는 사람 같았다. 허리 높이에 수평으로 들고 있는 대략 2미
터 길이의 금속 막대가 어깨에 맨 검은 끈에 고정되어 있었고, 막대 앞
쪽 끝에는 두 번째 막대가 고정되어 있었다. 그래서 그는 꼭 거대한 T자
를 들고 다니는 것처럼 보였다. 비교적 짧은 막대의 양옆에 센서가 붙어

있었다. 검은 케이블이 그의 허리에 둘러 놓은 판독기로 연결되어, 등에 고정된 검은색 캔버스 배낭까지 이어졌다.

"저 아래쪽 가장자리에서부터 시작해 직선으로 작업할 겁니다. 잔디 깎는 거랑 비슷하죠."

킴이 고개를 끄덕이자 셋은 자리를 떠났다. 매튜스 박사와 그의 조수는 이미 따뜻한 자동차로 돌아간 뒤였다.

"이번 사건 괜찮으시겠어요, 대장?" 브라이언트가 물었다.

"안 괜찮을 건 뭡니까?" 그녀가 쏘아붙였다.

"뭐, 아시다시피…."

"아니, 모르겠습니다. 제 능력에 의문을 제기해야겠다는 생각이 들면 제 상사랑 의논하시죠."

"대장, 그럴 리가요. 걱정돼서 물어본 겁니다."

"괜찮으니까 가만 놔두세요."

킴은 절대 과거 이야기를 하지 않았다. 브라이언트는 그녀가 보육원에서 지낸 적이 있다는 걸 알고 있었지만, 거기에서 그녀가 무슨 일을 겪었는지는 몰랐다. 그는 킴의 어머니가 편집증적인 조현병 환자였다는 것도 알고 있었지만, 그러면 사람이 어떤 영향을 받게 되는지는 모르고 있었다. 킴에게 쌍둥이 남동생이 있었다는 건 알았지만, 그가 어떻게 죽었는지는 몰랐다. 킴의 과거에 일어난 사건을 모두 아는 사람은 단 한 사람, 그녀뿐이었다. 앞으로도 그럴 터였고.

킴의 주머니에서 핸드폰이 울렸다. 우디였다.

"네, 경감님." 그녀가 기대감을 보이며 전화를 받았다.

"여긴 아직 대기 중이네, 스톤. 그냥 자네가 앞서 했던 얘기를 기억하고 있는지 확인하려는 거야."

"당연히 기억합니다, 경감님."

"자네가 내 지시를 어기고 행동한다면…."

"경감님, 왜 이러십니까? 제 말 믿으셔도 됩니다."

브라이언트가 고개를 저었다.

"내가 앞으로 두어 시간 안에 승인을 받지 못하면 밀튼 교수의 작업을 중단시키고 시간 내줘서 고맙다고 전하게."

"네, 경감님." 그녀가 말했다. 우디가 매튜스 박사에 대해 모르고 있는 게 천만다행이었다.

"아무것도 안 하고 기다리자니 답답한 건 알겠지만 절차는 절차야."

"알고 있습니다, 경감님. 여기 브라이언트가 나와 있는데, 사건 처리와 관련해서 무슨 걱정이 있다고 하는데요."

그녀는 핸드폰을 내밀었다. 브라이언트는 그녀를 노려보더니 멀리 가 버렸다.

"아, 아닙니다. 제가 잘못 알았나 봅니다."

우디가 혀를 차고 전화를 끊었다. 킴은 케빈의 전화번호를 눌렀다. 신호음이 두 번 갔을 때 그가 전화를 받았다.

"뭐 좀 나왔어?"

"별로요, 대장."

"다른 직원 명단은 찾았고?"

"아직요. 지역 당국은 코트니처럼 협조적이지가 않네요. 뭐라도 나올까 해서 크레스트우드가 언급된 신문 기사를 샅샅이 훑고 있어요. 지금까지 나온 사람 중에는 윌크스 목사라는 인물이 그나마 뭔가 있어 보입니다. 애들이 당일치기 여행을 갈 수 있도록 스리 피크스에서 모금 행사를 했던 사람이에요."

"알았어, 케빈. 스테이시 좀 바꿔 줘."

"안녕하세요, 대장."

"스테이시, 불이 났을 때 여기 있던 애들 명단을 모아 줘."

아무것도 발견되지 않는다 하더라도, 테레사 와이어트와 톰 커티스 사이의 연결고리를 찾아내려면 예전에 이 시설에 살던 사람들과 이야기를 나누어야 했다. 스테이시는 즉시 작업을 시작하겠다고 말하고 전화를 끊었다.

킴은 작업 중인 사람들을 힐끗 보았다. 그들은 자기 탐지기를 가지고 12미터를 나아간 뒤, 이제는 장비를 점검하며 가만히 서 있었다.

킴의 눈길이 이리저리 헤매다가 부지 가장자리에서 그녀를 등지고 있는 브라이언트에게 머물렀다. 평소답지 않게 킴은 브라이언트에게 쏘아붙였던 일이 신경 쓰였다. 킴은 브라이언트가 그녀의 안부를 걱정하는 마음에 그런 질문을 던졌다는 걸 알고 있었다. 다만 다른 사람의 친절함에 제대로 반응할 줄 몰랐을 뿐이다.

"경사님, 그 베이컨 빵 아직 가지고 있습니까?" 그녀가 브라이언트의 팔을 쿡 찌르며 물었다.

"네, 드실래요?"

"아뇨, 가서 쓰레기통에 버리십시오. 경사님 콜레스테롤 수치로는 먹으면 안 될 겁니다."

입에서 말이 나가는 순간, 킴은 이 말에 두 가지 효과가 있다는 걸 깨달았다.

"우리 아내가 그러던가요?"

킴이 미소를 지었다. 안 그래도 이틀 전에 브라이언트의 아내에게서 문자 메시지가 왔다.

킴은 뒤쪽에서 움직이는 소리가 들려 돌아봤다. 교수가 서둘러 다가 오고 있었다. 얼굴이 붉어져 있고 표정은 흥분한 듯했다.

"형사님, 기계에서 흥미로운 판독 결과가 보입니다. 뭔가 나올지도 모르겠어요."

브라이언트가 그녀와 눈을 마주쳤다. "대장, 우린 권한이 없습니다."

킴은 오랫동안 그를 바라보았다. 이 부지에 시체가 묻혀 있다면 1분이라도 더 지체해서는 안 됐다. 그녀는 교수에게 고개를 끄덕였다.

"발굴 시작하시죠."

19

"대장, 외람된 말씀인데요. 젠장, 정신 나간 겁니까?"

"뭐 마음에 걸리는 거라도 있습니까, 브라이언트?"

"이 일로 대장이 직업을 잃을 수도 있다는 사실 정도요?"

킴은 어깨를 으쓱했다. "내 직업인데요, 뭐."

"그러시겠죠. 근데 가끔은 잠깐 멈춰서 생각할 줄도 아셔야죠."

"그럼 이렇게 하죠. 경사님이 거기 서서 나 대신 생각을 해 보시는 겁니다. 그동안 나는 계속 내 일을 할 테니까."

킴은 브라이언트를 두고 교수에게로 향했다. 매튜스 박사가 발사대에서 쏘아지기라도 한 것처럼 현장을 가로질러 돌진해 왔다.

"형사님, 이건 내가 허용 못 하죠. 대체 무슨 짓을 할 생각입니까?"

"일이요."

"발굴 허가가 떨어질 때까지 이건 형사님 일이 아닙니다."

"누가 발굴이랍니까? 그냥 땅 좀 파 보겠다는 겁니다."

모든 관계자들이 모여 있었고, 그중 일곱 명은 기계를 쳐다보는 중이었다.

"너무 서두르면 수사 전체에 피해를 줄 수도 있습니다."

"박사님, 시체가 발견되면 즉시 알맞은 절차를 적용하겠습니다. 하지만 지금 당장 나온 건 자기 이상밖에 없어요. 지금 우리가 아는 한에서는 그냥 죽은 개일 수도 있죠." 그녀는 자기가 한 말의 의미를 즉시 깨달았다. "죄송합니다, 교수님."

"여긴 범죄 현장일지도 모릅니다." 매튜스가 목청을 높였다.

"지금쯤 어떤 금속 탐지 마니아가 파 봤을 수 있는 곳이기도 하죠. 그 사람은 아무 절차도 따르지 않았을 겁니다."

그게 킴이 세운 논리였고, 그녀는 그 논리를 고집했다. 킴이 설득되지 않으리라는 걸 깨달은 매튜스의 입에 힘이 들어갔다. 그는 원을 그리고 선 사람들을 훑어보다가 다시 그녀에게 눈을 돌렸다. "형사님의 성급함 때문에 이 사람들 모두 경력이 위태로워질 겁니다."

킴은 알았다는 뜻으로 고개를 끄덕였다. 그녀는 빌과 벤에게 돌아섰다. "삽 이리 주십시오."

"대장…."

빌과 벤은 교수를 보았다. 교수는 그녀를 보고 있었다.

"염병할." 그녀가 삽을 잡으며 으르렁거렸다. "매튜스 박사님, 허가가 떨어질 때까지 얼마든지 차로 돌아가 계시죠. 나머지 분들은 뭐 마음대로 하시고요."

그녀는 팔을 들어 땅에 삽을 꽂았다. 그녀의 오른발이 삽날을 가능한 한 깊이 밀어 넣었다. 그녀는 흙덩이를 퍼 왼쪽에 놓고 다시 삽을 휘둘렀다.

매튜스 박사가 흥 소리를 내더니 돌아섰다. "난 이런 데 못 낍니다. 가지, 세리스."

"잠시만요, 박사님." 세리스는 그를 보지 않고 킴과 눈을 맞추었다. "잠깐 관찰만 해 보고 싶어서요."

박사는 잠시 망설이다가 고개를 저었다. 그는 자동차로 돌아갔다. 킴은 고맙다는 뜻으로 법의학 전문가에게 미소를 지었다. 세리스가 있으면 최소한 변명거리라도 있는 셈이었다. 킴은 그 사실을 잘 알고 있었다.

킴은 삽을 아래로 휘둘러 다시 땅을 파냈다. 땅은 단단했고 이 작업에는 오랜 시간이 걸릴 수 있었지만, 그냥 서서 아무것도 안 하고 있는 것보다는 나았다.

"에이 씨." 브라이언트가 두 번째 삽으로 손을 뻗으며 말했다.

그는 킴 맞은편에, 약 2미터 거리를 두고 서서 땅에 삽을 꽂았다.

교수는 괴로운 표정으로 고개를 저었다. "아뇨, 아뇨, 아뇨. 저기, 어차피 하실 거라면 최소한 제대로 하셔야죠."

이어지는 두 시간 동안 그녀와 브라이언트는 빌, 벤과 함께 둘씩 짝을

지어 번갈아 가며 세리스와 밀튼 교수의 지시에 따라 그 구역을 파헤쳤다. 세리스는 계속 원을 그리며 지역을 살피고 자기 탐지기의 데이터를 들여다보며 다음에는 어디를 파야 할지, 얼마나 깊이 파야 할지 조언하다가 킴이 땅을 파고 있는 곳 가까이 허리를 숙였다. "형사님들, 이젠 빠지셔야 할 것 같아요. 교수님, 수공구 가방 좀 빌려주시겠어요?"

킴은 가로 180센티미터, 세로 240센티미터, 깊이 45센티미터짜리 구덩이에서 나왔다. 몸의 먼지를 털려고 했지만 축축한 진흙과 점토가 바지 무릎 부분까지 튀어 굳어 있었다. 세리스와 밀튼 교수는 데이터를 살펴보고 구덩이 안의 한 곳을 가리켰다. 빌과 벤이 원예용 수공구를 가지고 구덩이에 들어가 세리스의 지시대로 움직였다.

브라이언트가 킴 옆에 와 섰다. "대장과 함께라면 지루할 날이 하루도 없겠어요."

"최소한 아까 먹은 베이컨 빵 칼로리는 다 태우셨겠습니다."

"그것만 태웠으려고요?"

킴도 배에서 꼬르륵 소리가 나기 시작했다. 여섯 시 반에 먹은 토스트 반 조각은 꺼진 지 오래였다.

"거의 두 십니다. 해 들 시간이 별로 안 남았는데요." 브라이언트가 말했다.

빌인지 벤인지가 세리스에게 구덩이에 들어오라고 손짓했다. 그녀는 무릎을 꿇고 앉아 거대한 블러셔 브러시처럼 생긴 물건으로 특정 구역의 흙을 털기 시작했다. 킴은 그녀가 밝은 파란색 청바지에 달라붙은 흙이며 점토에는 신경도 쓰지 않는다는 걸 눈치챘다.

세리스는 두 번째로 붓질을 하다가 멈췄다. "여기, 법의학 훈련을 받지 않은 분은 즉시 구덩이에서 나가 주세요."

세리스가 혼자 구덩이에 남았다. 그녀는 고개를 돌려 킴과 눈을 맞추었다. "뼈가 있네요, 형사님. 살았을 때 손가락 다섯 개가 달렸던 게 아니라면 죽은 개도 아니고요."

이 발견에 대해 생각하느라 몇 초 동안 아무도 입을 열지 않았다. 그때, 새로 드러난 뼛조각들이 일종의 사이렌이라도 울린 것처럼 순찰차 두 대가 자갈밭에 끼익하며 멈추었다. 킴의 핸드폰이 울리기 시작했다.

우디였다. 젠장.

"스톤, 돌아와. 브라이언트랑 같이." 그가 고함쳤다.

"경감님, 알려 드릴 게 있는…."

"뭐든 할 말은 여기 와서 해!"

"하지만 이 부지에 유골이 있습니다."

"즉시 복귀하라고 했네. 15분 이상 걸린다면 아예 올 생각 마."

전화가 끊어졌다. 킴은 브라이언트에게 돌아섰다. "들킨 것 같은데."

브라이언트가 눈알을 굴려 댔다.

"가세요, 서에서 만나죠."

브라이언트는 고개를 끄덕이고 차로 돌아갔다.

"잠시만요. 도와주셔서 감사합니다. 근데 누가 물어보면, 브라이언트는 아무것도 손댄 적 없는 걸로 해 주시는 겁니다. 아시겠죠?"

모두 고개를 끄덕였다. 킴은 오토바이로 달려가 헬멧을 쓰고 장갑을 꼈다. 그녀는 현장을 떠나며 우디의 노래를 감상할 준비를 했다.

20

저 여자에게는 어쩐지 내 관심을 끄는 구석이 있어.

저 여자는 행동으로 가득해. 사이렌, 자동차, 움직임. 그런데도 내 눈은 저 여자를 떠나지 않아. 저 여자는 많은 사람 속에서도 두드러져. 2D 영화 속 3D 이미지 같달까.

저 여자에게는 다스려지지 않는 힘이 있어. 마치 어떤 악마가 저 여자를 움직이는 것만 같아. 그 어두운 힘이 내 관심을 끌어. 저 여자는 사람들 사이에 있어도 혼자야. 가만히 있을 때조차 움직이고 있어. 절대 쉬지 않는 머리의 박자에 맞춰 주먹을 쥐고 발을 구르지.

전에는 한 번도 본 적이 없지만, 난 저 여자를 알아. 저 여자의 지능과 불안과 눈빛에 깃든 부자연스러운 의심까지도. 저 여자에게는 대부분 사람에게는 없는 감각이 있어. 뭐라 말할 수 없는 이름조차 없는 감각이지만 그게 저 여자 주변의 모든 것에 둘러싸여 있어. 전에도 저런 걸 본 적이 있지.

아아, 케이틀린. 사랑하는, 사랑스러운 케이틀린….

너무도 빨리 가 버렸네. 주인공 없는 영화라니. 재미는 떨어지지만, 나는 이곳에 그대로 남아 있어. 잠시 생각에 잠긴 채로.

뭐가 먼저일까? 닭일까, 달걀일까? 이건 내가 혼자 자주 던져 보는 질문이야. 내가 아무것도 느끼지 못하는 게 어머니가 날 거부했기 때문일까? 아니면 내가 아무것도 느끼지 못해서 어머니가 날 거부한 걸까? 수많은 학자들이 연구했던 질문이지. 사이코패스는 타고나는 걸까, 만들어지는 걸까? 아무도 답을 찾지 못했고 나도 마찬가지야.

한때는 나도 그것에 맞서 싸웠던 적이 있어. 이해해 보려고까지 했지. 하지만 그건 한참 전이야. 내 여행은 물고기 한 마리와 함께 시작됐어. 이동식 놀이공원에서 아버지가 상으로 받아온 평범하고 이름 없는 금붕어였지. 나는 그 금붕어를 집으로 데려왔어. 금붕어는 이틀 동안 어항에서 살다가 죽었어.

모두가 위로해도 여동생에겐 소용없었어. 그렇지만 난 달랐지. 동생은 금붕어가 죽은 걸 슬퍼했지만 난 아무것도 느껴지지 않았거든. 난 동생이 가진 걸 갖고 싶었어. 동생의 고통, 동생의 슬픔 말이야. 나는 느끼고 싶었어.

그다음은 새끼 고양이었어. 털이 부드럽고 따뜻했지. 우리 둘이서 같이 키우기로 했던 건데, 고양이는 동생을 더 좋아했어. 그 녀석, 내가 입을 막아버리니 제대로 몸부림치지도 못하던걸. 고양이가 마지막 숨을 내쉰 다음, 나는 기다려 봤지만 아무것도 느껴지지 않았어.

학교 아이들은 모두 강아지를 키웠어. 나도 강아지가 한 마리가 있으면 좋겠다고 생각했어. 하지만 이번 애완동물은 완전히 내 차지로 할 생각이었지. 내가 먹이를 줬어. 내가 산책을 시켰어. 강아지는 내 방에서 살았어. 이번에는 희망이 느껴졌지만, 강아지 목이 부러져도 나는 고통스럽지 않았어. 그냥 호기심이 더 강해졌을 뿐이야. 난 내가 어디까지 갈 수 있는지 알고 싶었어.

동물 세 마리가 죽자 더 이상의 애완동물은 금지됐어. 그래서 연구를 계속하기는 어려워졌지. 하지만 그때에야 나는 최고의 실험체가 아주 오래전부터 내 눈앞에 있었다는 걸 알게 됐어.

다들 그 애가 귀엽다고 했어. 사랑스럽고 천사 같고 완벽하다고. 그래서 그 애가 내 목표가 됐어. 꾀어내지 않는 한 그 애가 연못으로 오지 않으리라는 건 알고 있었어. 그 애의 눈에는 어떤 표정이 깃들어 있었거든. 그 애는 다른 애들이 보지 못하는 걸 봤어.

그래서 내가 그 애한테 아기 토끼들이 있다고 했어. 엄마 토끼와, 엄마 토끼가 낳은 아기 토끼들이 있다고. 나는 모퉁이 바로 너머의 덤불을 가리켰어. 그 애는 안을 들여다봤지. 그 애는 내게 등을 돌리고 있었어. 난 그 애의 얼굴을 누르고 그 애의 목에 올라탔어. 그 애는 기침하고 침을 튀기더니 가만히 누워 있었지.

아, 케이틀린, 케이틀린, 케이틀린. 너는 내게 선물을 주었어.

그 애의 작은 몸에서 내려오면서, 나는 마침내 모든 답을 알게 되었어. 내 상태는 저주가 아니라 축복이었던 거야. 동생을 희생하면서 난 드디어 자유로워졌어. 그날 이후로, 나는 해방되어 원하는 것을 가질 수 있게 되었고 원치 않는 것은 파괴할 수 있게 되었어. 죄책감이나 후회라는 제약 없이.

팔다리가 잘려 나가도 통증은 계속 느껴진다지. 공감도 똑같이 환상일 뿐이야. 대체될 수도, 이식할 수도 없어. 나도 그걸 바라지 않아. 그건 비천한 인간들을 죽음이라는 운명과 윤리적 법칙에 묶어두는 족쇄야. 하지만 내게는 따라야 할 법칙이 없어.

그래서, 뭐가 먼저일까? 닭일까, 달걀일까? 답은, 난 아무래도 상관없다는 거야.

오토바이 소리가 멀어지고 나는 돌아서서 떠나.

저 여자라면 싸워 볼 만한 적이 될 거야. 저 여자라면 내가 원하는 그

곳으로 이어지는 길을 따라가며 이런저런 발견을 하게 되겠지. 저 여자는 크레스트우드의 비밀을 밝혀내겠지만 절대 내 비밀을 밝혀내지는 못할 거야.

21

킴은 브라이언트보다 늦게 출발했지만 먼저 주차장에 들어왔다. 브라이언트가 그녀의 옆에 차를 댔다.

"가서 좀 씻으십시오. 난 우디를 만나러 갑니다." 킴은 입구로 향했다.

"제가 자발적으로 내린 결정이니까, 절대…."

"우디 방에 갈 시간이 7분밖에 안 남았으니까 서두르십시오."

그들은 함께 계단을 전속력으로 달려 올라가 사무실에 들어갔다. 케빈이 눈을 크게 뜨며 낄낄댔다. "이런, 두 분 다 무슨 진흙탕 싸움이라도 하신 것 같네요. 볼 만했겠는데. 전 대장한테 겁니다."

브라이언트가 자리에 앉았다. "제기랄, 케빈. 제정신인 사람이면 누구든 대장한테 걸걸."

"유골이 나왔어." 킴이 재킷을 벗으며 말했다. 그녀는 손가락으로 머리를 대강 빗었다. "자세한 얘기는 브라이언트가 해 줄 거야."

그녀는 문으로 향했다.

"대장," 브라이언트가 그녀를 멈춰 세우며 말했다. "사실대로 말씀드리세요."

"물론입니다." 킴은 그렇게 대답하고 계단으로 향했다.

킴은 우디의 문을 노크하면서 아직 1분 30초가 남아 있을 거라고 생각했다. 그녀는 우디가 대답하기를 기다렸다가 들어갔다. 상관을 이 이상 화나게 해 봐야 좋을 게 없었다. 킴은 의자까지 네 걸음을 걸어갔다가, 스트레스 볼이 책상에 그대로 놓여 있는 걸 보았다. 이번은 진짜로 곤란한 상황이었다.

"대체 무슨 생각으로 이러는 건가, 스톤?"

"어…. 좀 더 구체적으로 말씀해 주시겠습니까?" 그녀가 물었다. 엉뚱한 일로 사과하고 싶지는 않았다.

"수작 부리지 마. 자네와 브라이언트의 장난으로 심각한 위기가…."

"브라이언트는 아닙니다, 경감님. 브라이언트는 보기만 했습니다."

우디가 눈을 부라렸다. "구덩이에 들어가 있는 브라이언트를 본 사람이 있어."

"제게는 구덩이에 가장 가까이 있었던 목격자 네 명이 있습니다. 그 사람들은 브라이언트가 거기 없었다고 하는데요."

"그럼 브라이언트는 뭐라고 말할까?"

킴은 침을 삼켰다. 둘 다 그 질문에 대한 답은 알고 있었다.

"경감님, 이런 일을 벌여서 죄송합니다. 잘못된 일인 줄 알고 있었고, 진심으로…."

"마음에도 없는 소리 할 거 없어. 구역질이 나는 데다 자네한테도 아무 도움이 안 될 걸세."

그 말이 맞았다. 킴은 전혀 후회되지 않았다. "어떻게 아셨습니까?"

"자네가 알 바 아니지만, 매튜스 박사가…."

"그래, 그 자식일 줄 알았….."

"…나한테 전화를 건 건 전적으로 옳은 일이었네." 우디가 킴보다 목소리를 높이며 말했다. "대체 무슨 생각인가?"

"경감님, 시작할 수밖에 없었습니다. 직감적으로 그 밑에 시체가 있다는 걸 알겠는데, 적절한 서류가 준비될 때까지 기다려야 한다니 터무니없게 느껴졌습니다."

"터무니없든 아니든 절차를 따르라는 데에는 다 이유가 있는 거야. 우리는 언제든 법정에서 우리 행위를 변호할 수 있어야 하니 특히 그렇고. 원하는 것만 골라서 따르라고 명령을 내리는 게 아니라는 점, 기억해 두는 게 좋을 걸세."

"알겠습니다."

우디는 깊이 한숨을 쉬었다. "지금 자네가 살아 있는 건 단지 자네 직감이 맞았기 때문일세. 이제는 여파를 최소화하는 쪽으로 관심을 돌리도록."

킴은 고개를 끄덕였다.

"아무튼, 지금 시점에서는 자네가 이 수사를 이끌 적임자라는 확신이 더 이상 생기지 않는군."

킴이 앞으로 나와 앉았다. "하지만 경감님, 그건 안 됩….."

"아니, 돼. 그리고 지금 나는 자네를 이 사건에서 배제하는 방안을 진지하게 고려하고 있어."

킴은 잠시 입을 다물었다. 다음으로 할 말이 중요했다. 그녀는 터놓고 정직하게 말하기로 결정했다. 킴의 목소리가 낮아졌다. "경감님, 제 인사 기록 보셨잖습니까? 제 과거도 아시고요. 이 사건을 지휘할 사람으로 저 만한 사람이 없다는 건 알고 계실 것 아닙니까?"

"그럴 수도 있겠지만, 난 지시를 따를 줄 아는 사람에게 의지하네. 오늘 발견된 유골이 보육원에서 돌보던 아동의 유골이라면 이 사건은 폭발적인 언론의 주목을 받게 될 거야. 어떻게든 발을 빼 보려는 사람들도 많이 생겨날 테고. 나는 그런 작자들에게 우리 팀원 때문에 생긴 법적 구멍을 내주지 않을 생각이네."

킴은 우디 말이 옳다는 걸 알고 있었지만 자신이 이 일에 가장 적합한 사람이라는 것도 알고 있었다.

"자네랑 브라이언트는 집에 가서 좀 씻었으면 좋겠군. 내 결정은 아침에 알게 될 거야."

킴은 떠나야 할 때를 아는 사람이었고, 대대적인 징계를 받지 않은 것만으로도 행운이라고 생각했다.

"자네도 알겠지만, 킴⋯." 그녀가 문에 다다랐을 때 우디가 말했다. 젠장, 킴은 우디가 친근하게 이름을 부를 때가 싫었다.

그녀가 뒤를 돌아보자 우디가 안경을 벗고 그녀와 눈을 마주쳤다. "이러다 한 번은 자네 직감이 틀릴 테고, 자네는 그 결과를 감당해야 할 걸세. 그건 자네 선택이야. 하지만 자네 주변 사람들도 생각해야지. 자네 팀원들은 자네를 무척 존경하고 있어. 자네를 보호하고 자네의 인정을 받기 위해서라면 어떤 상황에서든 자네를 따를 걸세."

킴은 침을 삼켰다. 그녀는 우디가 특히 팀원 중 한 사람을 얘기하고 있다는 걸 알았다.

"그리고 자네의 무모한 행동이 주변 사람들의 경력은 물론 목숨까지 위험에 처하게 만드는 날이 오면, 그때는 나도, 경찰 전체도 아닌 다른 사람에게 해명을 해야 할 걸세."

킴은 주린 배와는 아무 관계도 없는 욕지기가 나는 걸 느꼈다. 문을 닫고 나오며 차라리 징계를 받는 게 좋겠다고 생각했다. 우디에게 한 가지 인정해 줄 점이 있다면 아픈 데를 정확히 찾아 공격할 줄 안다는 점이었다.

22

초인종이 울렸다. 킴은 누군지 묻지도 않고 안전 고리를 풀었다. 브라이언트가 중국 음식을 가지고 왔을 것이다.

"볶음면 요정이 왔습니다."

"새우 칩이 있어야 들여보내 줄 겁니다." 농담이 아니었다.

브라이언트는 외투를 벗었다. 폴로셔츠와 청바지가 보였다.

"집 정말 끝내주게 해 놓고 사시네요."

킴은 못 들은 체했다. 브라이언트는 올 때마다 같은 말을 했다. 다른 사람이라면 그녀의 집에는 개성과 장식이 부족하다고 했을 것이다. 그녀는 개인적인 장식품들을 좋아하지 않았다. 내일 당장 이사를 나가야 한대도 쓰레기봉투 열두 장과 두어 시간만 있으면 출발할 준비는 끝이었다. 보육원에서 보낸 세월이 톡톡히 가르쳐 준 기술이었다.

그녀는 소고기 국수와 계란 볶음밥을 내왔다. 3분의 2는 브라이언트, 3분의 1은 자신의 몫이었다. 그녀는 접시를 브라이언트에게 건넸다. 그가 소파 하나를 차지하고 앉았고, 그녀도 다른 소파에 앉았다.

킴은 포크 가득 음식을 떠서 입에 넣은 후 애써 실망감을 모른 체했다. 음식은 실제로 먹을 때보다 이론상으로 생각할 때가 훨씬 맛있었다. 입에 들어오는 순간부터 음식은 연료 공급원으로, 에너지로 바뀌었다. 킴은 포크를 몇 번 더 밀어 넣은 다음 접시를 내려놓았다.

"세상에, 벌써 다 먹었어요? 구멍 난 충치에 쑤셔 박기에도 모자란 양인 것 같은데."

"충분히 먹었습니다."

"대장을 보다 보면 참새도 탐욕스러운 짐승처럼 보일 지경이에요. 더 먹어야 돼요, 대장."

킴은 그를 노려보았다. 여기, 집에서라면 그녀는 더 이상 경위가 아니고 브라이언트도 그녀의 부하가 아니었다. 그는 그냥 브라이언트였다. 그녀에게는 친구와 가장 비슷한 존재.

그가 눈알을 굴려 댔다. "네, 죄송합니다."

"요란 좀 그만 떨죠. 나도 다 컸는데."

킴은 접시를 부엌으로 가져다 둔 뒤 커피를 새로 탔다.

"그래서, 말해 보세요. 저는 잘생기고 사근사근한 남자를 소개해 주는 데다 대장이 먹지도 않을 음식까지 갖다줍니다. 그럼 제가 이 관계에서 얻는 건 뭔가요? 다시 얘기해 주시렵니까?"

"나와 함께 할 눈부신 기회입니다." 그녀가 무표정하게 말했다. 킴은 자존심 빼면 시체였다.

브라이언트가 웃었다. "흠…. 그 점에 대해서는 말을 아끼겠습니다. 지금은 킴일지 몰라도 결국은 다시 대장이 될 테니까요." 그는 음식을 다 먹은 빈 그릇을 부엌으로 가져갔다.

"그게, 실은 따로 생각해 둔 게 있어서요."

"예를 들면?"

"데이트 한번 하시죠."

"경사님이랑요?"

그가 웃음을 터뜨렸다. "꿈 깨세요."

킴도 크게 웃었다.

"그거 아세요? 대장은 웃는 소리가 아주 듣기 좋아요. 좀 더 자주 웃어야겠어요."

킴은 일이 어떻게 돌아가는지 알아차렸다. "답은 '노'입니다."

"누군지도 모르잖아요."

"그럴 리가, 알아요." 킴이 몸짓으로 말했다. 그녀는 경찰서에서 나가다가 피터 그랜트를 힐끗 본 적이 있었다. 킴은 영국 검찰청 검사인 그와 자주 마주칠 수밖에 없었지만, 그와 이별한 뒤로는 제대로 된 대화를 피해 왔다.

브라이언트가 한숨을 쉬었다. "왜 이래요, 킴. 기회를 주라고요. 그 사람은 당신 없인 비참해요. 당신은 그 사람이 없으면 더욱 비참하고."

킴은 그 말에 대해 곰곰이 생각해 보고 정직하게 대답했다. "아닌데요, 진짜로."

"그 사람은 당신을 사랑해요."

킴은 어깨를 으쓱했다.

"둘이 함께했을 때는 당신도 달랐어요. 행복하다고는 못해도 좀 견더
줄 만한 사람이었달까."

"난 지금이 더 행복한데."

"못 믿겠습니다."

킴은 잔 두 개에 커피를 따랐다. 그들은 거실로 돌아왔다.

"있잖아요, 킴. 뭘 잘못했는지는 몰라도, 분명히 말하는데 그 사람은
후회하고 있어요."

킴은 그렇게 생각하지 않았다. 사실 피터는 아무 잘못도 한 적이 없었
으니까. 문제는 그녀였다. 언제나 그녀였다.

"브라이언트, 피터랑 내가 만난 게 얼마나 됐죠?"

"한 1년이요."

"그동안 피터가 여기서 몇 번이나 자고 갔을 거 같아요?"

"꽤 되겠죠."

"맞아요. 근데 마지막 말다툼으로 이어진 사건이 뭔지 아세요?"

"말해 주신다면야."

"날 좀 가만히 내버려 두겠다고 하면 말해 줄게요. 내가 이 관계를 끝
낸 이유는 어느 날 아침 피터가 칫솔을 안 가져갔기 때문입니다."

"장난해요?"

킴이 고개를 저었다. 피터가 출근한 뒤 욕실에 들어갔다가 그의 칫솔
이 뻔뻔스럽게도 그녀의 칫솔 옆에 놓여 있는 걸 보았던 그날. 어떤 범
죄 현장도 그 정도의 끔찍한 공포를 불러일으킨 적은 없었다.

"그때 깨달았죠. 양치 컵을 나눠 쓸 준비도 안 되어 있다면 다른 어떤
것도 나눌 준비가 안 된 거라는 걸."

"하지만 그런 문제야 당연히 풀 수 있을 텐데요."

"젠장, 경사님이 무슨 〈블라인드 데이트〉의 실라 블랙이라도 됩니까? 물론 세상에는 소울메이트를 찾아서 영원히 행복하게 살게 되는 사람도 있겠죠. 근데 어떤 사람들은 그렇지가 않아요. 그냥 그런 거예요."

"전 그냥, 행복을 주는 누군가가 당신 인생에도 있었으면 해서요."

"그럼 나랑 같이 일하는 게 조금이라도 덜 어려워질까 봐서요?" 킴은 그만하라는 뜻으로 그렇게 말했다.

브라이언트는 눈치가 빨랐다. "원 빌어먹을…. 그렇게 쉽게 풀릴 문제면 내가 이 집에 들어와 살았죠."

"네, 뭐, 칫솔은 꼭 가지고 가시고요."

"아, 저는 그냥 유리컵을 가져올게요. 밤에 틀니를 빼서 넣어 두려고요."

"아니, 진짜, 거기서 그만하세요."

브라이언트는 커피를 마저 마셨다. "좋습니다, 애피타이저는 이 정도면 됐고요. 제가 여기 온 진짜 이유는 아시죠? 보여 주실 겁니까?"

"뭐…."

"얼른요, 애 좀 그만 태워요."

킴은 벌떡 일어나 차고로 향했다. 브라이언트가 겨우 두 걸음 뒤에 있었다. 그녀는 작업대에서 보물을 꺼낸 뒤 몸을 돌려 그를 마주 보았다. 그리고 날씨가 춥든 덥든 그 보물을 보호해 주는, 면으로 된 덮개를 부드럽게 벗겨 냈다.

브라이언트는 놀라서 오토바이 연료 탱크를 바라보았다. "순정이에요?"

"물론입니다."

"끝내주네. 어디서 났어요?"

"이베이입니다."

"잠깐 봐도 돼요?"

킴은 브라이언트에게 연료 탱크를 넘겨줬다. 그녀는 1951년 모델을 찾느라고 6주 동안 인터넷을 샅샅이 뒤졌다. 1953년 이후 모델의 부품을 찾는 건 훨씬 쉬웠지만, 그녀는 쉬운 길을 간 적이 한 번도 없었다.

브라이언트는 연료 탱크 양옆에 달린 고무 무릎 보호대를 어루만지며 고개를 저었다. "아름답네요."

"이제 됐습니다, 다시 내놔요."

브라이언트는 킴에게 연료 탱크를 돌려준 뒤 천천히 오토바이 주변을 돌았다. "이거, 〈위험한 질주〉에서 말론 브란도가 탔던 모델 아니에요?"

킴은 작업대 위로 뛰어올라 앉았다. 그녀는 고개를 저었다. "이건 1950년형이에요."

"이 오토바이를 타긴 탈 겁니까?"

그녀는 고개를 끄덕였다. 트라이엄프는 그녀의 치유제가 되어 줄 것이다. 그녀에게 닌자는 어떤 북받침, 도전이었다. 닌자를 타면 내면 깊은 곳의 욕구가 충족되었다. 하지만 선더버드는 아름다운 물건이었다. 선더버드 근처에만 있어도 킴은 살면서 유일하게 행복했던, 아니, 행복과 비슷한 점이 조금이라도 있었던 3년으로 돌아갈 수 있었다.

전화벨 소리가 울리자 그녀는 깜짝 놀랐다. 킴은 작업대에서 뛰어내려 부엌에서 핸드폰을 가져왔다. 번호가 보였다. "이런 젠장." 그녀가 속삭였다. 그녀는 집을 가로질러 거리로 뛰어간 뒤 두 집 건너 이웃집 앞에서야 응답 버튼을 눌렀다. 집을 더럽히지는 않을 것이다.

"킴 스톤입니다."

"음…. 스톤 씨, 어머니 문제로 연락드렸어요. 어머니가…."

"실례지만 그쪽은?"

"아, 죄송해요. 전 그랜틀리 요양병원의 야간 수간호사인 로라 윌슨이에요. 유감이지만 어머니한테 작은 사건이 있었어요."

킴은 혼란스러워 고개를 저었다. "왜 저한테 전화하셨죠?"

짧은 침묵이 흘렀다. "음…. 스톤 씨가 어머니의 비상 연락망에 올라 있어서요."

"파일에 그렇게 적혀 있습니까?"

"네."

"죽었나요?"

"세상에, 아니에요. 그냥 반감을 보이…."

"그럼 파일을 더 잘 읽어 보셔야겠는데요, 윌슨 씨. 그랬더라면 저한테 알려 줘야 할 상황이라곤 한 가지뿐이라는 걸 아셨을 테고, 지금이 그 상황이 아니라는 건 이미 확인해 주셨으니 말입니다."

"정말 죄송해요. 전혀 몰랐어요. 신경 쓰이게 한 점 사과드릴게요."

킴은 여자의 목소리에서 떨리는 기색을 눈치채고 미안해졌다.

"알겠습니다. 이번엔 뭘 한 건가요?"

"오늘 이른 시간에 어머니께서 저희들이 본인을 독살하려고 인턴 간호사를 데리고 들어갔다고 확신하셨어요. 환갑이 다 된 여자치고는 아주 정정하신 분이신데 그대로 달려들어 저희 간호사를 땅에 쓰러뜨리셨죠."

"괜찮으세요?"

"괜찮으세요. 저희가 투여 약물을 약간 바꿔서…."

"간호사 말입니다."

"약간 겁은 먹었지만 지금은 괜찮아요. 이 일을 하다 보면 으레 겪는 일이거든요."

그래, 이 모든 게 편집증적 조현병 환자들과 함께 사는 평범한 하루의 일부였다. 킴은 전화를 끊고 싶은 마음이 굴뚝같았다. "딴 일도 있습니까?"

"아뇨, 그게 전부예요."

"전화 주셔서 감사하지만, 제가 앞서 남긴 지시 사항에 관해서는 파일을 더 자세히 살펴 주시면 감사하겠습니다."

"당연하죠, 스톤 씨. 실수한 점에 대해 다시 한번 사과드려요."

킴은 통화 종료 버튼을 누르고 가로등에 기대 어머니에 대한 모든 생각을 머릿속에서 밀어냈다. 킴은 오직 자기 방식대로만 그 여자를 떠올렸다. 그녀가 선택한 장소에서, 그녀가 선택한 시간에, 한 달에 딱 한 번만, 그녀가 통제할 수 있는 상황에서. 그녀는 어머니에 대한 모든 생각을 거리에 남겨 놓고 문을 굳게 닫고 들어왔다. 어머니의 영향력이 그녀의 안전한 공간에 들어오는 일은 용납하지 않을 것이다.

킴은 찬장에서 새 머그잔을 꺼낸 다음 자신과 브라이언트가 마실 커피를 더 따랐다. 그녀가 다시 차고로 돌아왔지만 브라이언트는 아무 말도 하지 않았다. 전화가 왔다는 이유로 그녀가 자기 집에서 허겁지겁 도망치는 게 세상에서 제일 자연스러운 일이라는 듯.

킴은 다시 작업대에 앉아 휘발유 탱크를 무릎에 올려놓았다. 그녀는 칫솔과 크기며 모양이 모두 비슷하게 생긴 와이어 브러시로 손을 뻗어 오른쪽에 있는 작은 녹 자국을 문질렀다. 갈색 가루가 그녀의 청바지에 떨어졌다.

"좀 빨리할 방법이 있을 텐데요?"

"아, 브라이언트. 속도에 신경 쓰는 건 남자뿐일 겁니다."

킴이 작업을 하는 동안 편안한 침묵이 둘 사이에 내려앉았다.

"있잖아요, 우디는 대장을 계속 이 사건에 참여시킬 겁니다." 브라이언트가 조용히 말했다.

킴은 고개를 저었다. 별로 확신이 서지 않았다. "잘 모르겠는데요, 브라이언트. 우디는 날 믿을 수 없다고 했어요. 맞는 말이죠. 무슨 약속을 하더라도 내가 나 자신을 어쩔 수 없는 순간들이 있거든요. 우디는 그걸 알고요."

"그게 바로 우디가 대장을 이 사건에서 빼지 않는 이유예요."

킴이 브라이언트를 바라보았다.

"우디는 대장이 일하는 방식을 알면서도 대장을 곁에 두잖아요. 대장한테 징계를 주지도 않고…. 솔직히 말해서 그건 파격 그 이상입니다. 우디는 대장이 결과를 만들어 내는 사람이라는 것도, 사건을 해결하기 전까지는 절대 쉬지 않는다는 것도 알고 있어요. 특히 이 사건은요."

킴은 아무 말도 하지 않았다. 이 사건은 그녀에게 개인적 의미가 있었고, 우디는 그 점을 약점이라고 느낄지도 몰랐다.

"그리고 대장을 이 사건에서 빼지 않을 한 가지 이유가 더 있어요."

"뭡니까?"

"그건 세상 똥멍청이나 할 짓이니까요. 우디가 멍청이가 아니란 건 우리 둘 다 알고 있고요."

킴은 연료 탱크를 내려놓으며 깊이 한숨을 쉬었다. 그녀는 동료이자 친구의 생각이 맞기를 진심으로 바랐다.

23

니콜라 애덤슨은 뉴스를 한 번 더 재생했다.

우드워드라는 키가 크고 건장한 흑인 남자가 옛 크레스트우드 보육원 부지에서 시신이 발견됐다고 확인해 주었다. 그의 짧은 발표에 이어, 그녀가 한때 집이라 불렀던 장소의 항공 사진이 나왔다.

니콜라는 즉시 안도감을 느꼈다. 이제는 사람들도 그 암울한 곳의 비밀을 알게 될 것이다.

하지만 이어 공포가 밀려왔다. 베스는 이 뉴스에 어떻게 반응할까? 니콜라는 동생이 마음을 열고 대화하지 않으리라는 걸 알고 있었다. 어린 시절에는 둘이 무척 가까웠다. 그들에게는 서로밖에 없었으니까. 그들은 모든 걸 나눴다.

니콜라는 언제 그 모든 게 바뀌었는지 힘겹게 떠올렸다. 그들은 크레스트우드에서 나온 이후 소원해졌다. 베스는 4년 전, 니콜라가 선열*이라는 병으로 쓰러졌을 때 잠시 돌아왔지만 그녀가 중환자실에서 나오자마자 모습을 감췄다.

그러다가 1주일 전에 베스가 돌아왔다. 집을 나눠 쓰면서 자잘하게 짜증이 나긴 했지만, 니콜라는 여동생이 곁에 있는 게 좋았다. 머릿속 어딘가에서 작은 목소리가 질문을 던졌다.

이 상황이 얼마나 갈 것 같은데?

---

* 림프선이 붓는 감염 질환.

베스가 떠나 있을 때면 니콜라는 늘 자기 일부가 없어진 것 같은 기분이었다. 하지만 그녀가 돌아오면 더욱 불안해졌다. 베스가 어떤 반응을 보일지 걱정이 앞섰다.

그녀의 동생은 어쩐지 변해 버렸다. 이제는 세상과 거리를 두는 것이 베스의 성격이 되어 버린 것만 같았다. 그녀의 이목구비에 심술궂게 나타나는 냉담함, 세상 전부를 향한 조바심…. 니콜라는 동생이 마지막 남은 기쁨까지 모두 잃은 것처럼 느껴졌다.

그녀는 오븐 안을 확인했다. 빵가루를 묻혀 튀긴 다음 케첩을 뿌린 치킨 너겟과 해시브라운을 준비할 생각이었다. 베스가 가장 좋아하는 음식이었다. 니콜라는 미소를 지었다. 아무리 커도 이런 음식을 좋아하다니 이상한 일이었다.

둘의 차이에도 불구하고 니콜라는 베스와 더 굳건한 관계를 쌓고 싶었다. 그녀는 무엇 때문에 둘이 멀어진 건지 알고 싶었다.

그녀는 베스와 함께 파자마 차림으로 앉아 추억을 불러일으킬 수 있는 어린 시절 음식을 먹으며 영화를 보고 싶었다. 함께 하는 생활이 이상적이지는 않았지만 니콜라는 베스가 자기 인생에 돌아와 준다면 자잘한 짜증쯤이야 얼마든지 감당할 수 있었다.

그리고 베스를 이곳에 머물게 할 수만 있다면 무슨 일이든 할 생각이었다.

24

킴은 우디와 40분 동안 이야기한 뒤 사무실로 향했다. 세 사람이 기대 감에 찬 얼굴로 그녀를 보았다.

"이 사건은 내가 계속 지휘합니다."

사무실에 일제히 안도의 한숨 소리가 났다.

킴은 말을 이었다. "유골이 최근에 사망한 사람의 것이라고 법의학자 들이 확인해 준 만큼 해당 구역은 이제 범죄 현장입니다. 세리스가 현장 에 남아 고고학적인 부분을 지도해 줄 거고, 좀 있으면 던디에서 법의 인 류학자가 올 겁니다."

던디 대학교는 해부학 및 신원 확인 센터의 본산으로서 몇 년째 법의 인류학 학위 과정을 운영해오고 있었다. 국내외에서 세간의 이목을 끄 는 신원 확인 사건이 발생하면 사람들은 종종 그 센터에 연락해 자문과 자료 제공을 부탁했다.

이쪽 연줄은 우디가 가동했다. 그는 자신이 부른 전문가들이 법정의 증언대에 서야 할지도 모른다는 사실을 알고 있었으므로 그들이 흠잡을 데 없는 자격을 갖추고 있기를 바랐다.

"크레스트우드 직원 조사는 어느 정도까지 진행됐어?"

케빈이 종이 한 장을 집어 들었다. "단기 직원, 임시직 직원들은 걸러 냈습니다. 그랬더니 화재 당시 크레스트우드에서 일했던 것으로 기록 된 직원 네 사람의 명단이 남더라고요. 우리 모두 알고 있듯 테레사 와 이어트는 부원장이었고 톰 커티스는 수석 요리사였습니다. 원장은 리처드 크로프트라는 남자였어요. 여러 해 동안 청소부로 일했던 메리 앤 드루스라는 사람도 있었고, 야간 경비를 담당하면서 수위 일도 겸했던 잡역부 두 사람도 있었습니다. 지금까지 조사한 바에 따르면 메리 앤드 루스는 팀버트리의 요양 병원에 있고….”

“리처드 크로프트라면 브롬스그로브의 보수당 하원 의원 아닌가?” 킴이 말을 끊었다. 그녀는 어딘가에서 크로프트에 관련된 기사를 읽었다는 확신이 들었다. 그가 자선 모금을 위한 자전거 여행 같은 걸 완주했다는 내용이었을 것이다.

“확실히 같은 이름이긴 한데, 정확한 연결 고리는 아직 못 찾았….”

“스테이시한테 넘겨.” 킴이 지시했다.

케빈의 표정이 굳는 게 보였다.

“스테이시, 애들 이름 쪽으로 알아낸 건?”

“지금까지 대략 일곱 명 알아냈는데, 거의 대부분 페이스북에서 찾은 거예요.”

킴이 눈알을 굴려 대자 스테이시가 어깨를 으쓱했다. “크레스트우드 관련 기록이 별로 없어서요. 그 시설에 대해서 말하고 싶어 하는 사람은 더 없고요. 제가 알아본 바로, 나이가 어린 애들은 화재 당시에 이미 그 주변 위탁 가정이나 다른 보호 시설에 배치된 것 같아요. 다른 애들 예닐곱 명은 가족들한테 돌아갔고요. 그래서 불이 났을 때는 아이들이 대략 열 명 정도만 남아 있었어요.”

“빌어먹을, 조사가 보통 어려운 게 아니겠는데.”

스테이시가 씩 웃었다. “열등한 인간들에게는 그럴지도 모르죠.”

킴이 미소 지었다. 스테이시는 도전을 무척 좋아했다. 대체로는 잘된 일이었다.

"좋아. 브라이언트, 가서 시동 거세요."

브라이언트는 재킷을 집어 들고 사무실을 나섰다. 킴은 어항으로 들어가 앉아서 오토바이 부츠를 벗었다. 그때 바깥쪽 사무실에서 얘기하는 소리가 들려왔다.

"꽃은 줘 봤어?" 스테이시가 물었다.

"응." 케빈이 대답했다.

"초콜릿은?"

"줬지."

"보석은?"

대답이 없었다.

"장난하냐? 보석을 안 줘 봤다는 거야? 야, 케빈. 반짝반짝 값비싼 목걸이만큼 '내가 엄청나게 비도덕적인 머저리라서 미안해'라는 말을 잘 전달해 주는 건 아무것도 없어."

"꺼져, 스테이시. 네가 뭘 안다고?"

"알지, 사랑꾼아. 난 여어어어어어어자니까."

킴은 오른쪽 신발 끈을 묶으며 미소 지었다.

"뭐 그렇긴 한데, 고블린 세상에서 누리는 네 애정 생활은 쳐줄 수가 없다. 난 남자랑 사귀는 여자의 조언이 필요해. 그러니까, 진짜 남자 말이야."

킴이 사무실로 돌아오자 둘은 입을 다물었다. "스테이시, 지금부터는 직원 쪽이랑 수용됐던 아동들 모두 네가 알아봐."

케빈은 어리둥절한 표정이었다.

"코트 입어, 넌 나랑 간다."

케빈이 의자 등받이에서 정장 재킷을 챙겼다.

"나라면 외투도 챙길 것 같은데. 이제 넌 과학수사팀하고 같이 현장에 머물 테니까."

케빈의 얼굴이 밝아졌다. "정말입니까, 대장?"

킴은 고개를 끄덕였다. "무슨 일이 일어나면 최대한 빨리 알려 줘. 사람들을 최대한 귀찮게 굴라고. 계속 질문을 던지고 모두를 따라다니면서 무슨 얘기를 하는지 엿듣다가, 뭐든 새로운 게 나오면 알려."

"알겠습니다, 대장." 그가 열의에 차서 말했다.

케빈은 대기시켜 둔 자동차까지 킴을 따라갔다. 킴은 앞좌석에, 그는 뒷자리에 탔다.

"벨트 매거라, 얘들아." 브라이언트가 주차장에서 나가며 말했다.

킴은 백미러로 케빈의 기대감에 찬 얼굴을 힐끗 본 다음 고개를 돌려 창밖을 내다보았다. 사람 다루는 기술이 전혀 없는 사람에게도 평균의 법칙은 작용하는 법이라, 가끔은 그녀도 제대로 일을 해낼 때가 있었다.

25

어제 떠나온 현장은 이제 벽을 둘러친 작은 도시처럼 보였다. 부지 가장자리 전체가 서로 얽힌 금속 울타리로 둘러싸여 있었다. 부지 맨 위쪽과 아래쪽에 입구가 하나씩 있었고 각 입구는 순경 둘이 지켰다. 다른 사람들은 경찰관들의 시야 내에서 울타리 가장자리를 돌아다녔다. 킴은 주변이 확보된 게 마음에 들었다.

발굴 현장 위쪽에는 언론이 달려들 경우에 대비해 울타리가 처져 있었지만, 기자들이 이미 경계선을 넘어 쏟아져 들어오고 있었다. 하얀 천막 두 채가 세워졌다. 하나는 구덩이 주변에 세웠고 하나는 기술자들이 장비를 넣어 둘 수 있도록 설치한 것이었다.

킴은 첫 번째 천막으로 향했다. 그녀는 구덩이 속에서 해골의 모습을 보게 될 줄도 몰랐고, 그 모습이 자신에게 끼칠 영향에도 대비하지 못했다. 그녀는 여러 범죄 현장에 가 보았다. 온갖 부패 단계에 있는 시신들을 목격했다. 하지만 이번 유해는 그냥 뼈일 뿐이었다.

아직 조직이 남아 있을 때는 가족들에게 돌려줄 무언가가, 묻어 주고 애도할 무언가가 있는 것처럼 느껴진다. 하지만 뼈는 이름도 없고 아무 특징도 없는 것처럼 느껴졌다. 마치 건물의 개성을 살려 주는 구조물은 없어지고 토대만 남은 것처럼 말이다. 킴은 그런 생각이 조금도 마음에 들지 않았다. 해골이 차지하는 공간이 아주 작다는 것도 충격적이었다.

"옷은 없습니까?" 법의 고고학자 세리스가 곁으로 와서 서자 킴이 말했다.

"안녕하세요, 형사님." 세리스가 말했다.

그래, 킴은 항상 이 부분을 까먹었다.

"질문에 답해 드리자면, 지금 모습이 저렇다고 해서 원래 옷이 없었다는 뜻은 아니에요. 그냥 지금은 없는 거죠. 여러 가지 소재는 저마다 다양한 속도로 부패하거든요. 얼마 만에 썩을지는 땅에 얼마나 오랫동안 묻혀 있었느냐에 따라서 다르죠. 면 소재는 10년 정도면 없어지지만 울 소재는 수십 년 동안 온전하게 남아 있어요." 세리스가 그녀를 돌아보았다. "형사님이 돌아오실 줄 몰랐네요."

기술자들이 여러 각도에서 사진을 찍기 시작하자 두 사람은 물러났다. 노란색 증거 표지가 뼈 옆에 놓였다.

"어제는 수다 떨 시간이 별로 없었죠." 킴이 말했다.

세리스는 흘러내린 머리카락을 귀 뒤로 넘겼다. "수다 떠는 스타일이실 거라곤 생각 안 했지만, 뭐 좋아요…. 저는 스물아홉 살이고, 독신에 아이도 없어요. 가장 좋아하는 색깔은 노란색이고요. 닭튀김을 못 견디게 좋아하고, 영국 국방 의용군에 이름을 올려놓고 활동 중이에요. 뜨개질하느라 바쁘지 않을 때는요." 세리스가 잠시 말을 멈추었다. "네에, 뜨개질은 거짓말이에요."

"알면 좋은 것들이긴 한데, 제가 물으려던 건 사실 그런 게 아닙니다."

"그럼 묻고 싶은 질문을 하세요, 형사님."

"이 일을 할 만한 자격은 갖추고 있습니까?" 킴은 눈 하나 깜빡하지 않고 말했다.

세리스는 미소를 감추려 했지만 두 눈이 반짝 빛나는 것까지는 어쩌지 못했다. "8년 전 옥스퍼드에서 고고학으로 학위를 땄어요. 그런 다음 고고학 프로젝트를 하면서 주로 서아프리카 지역으로 4년간 여행을 다니다가 집으로 돌아와서 법의학 학위를 땄고, 지난 2년은 남초 영역인 이 전쟁터에서 존경을 받고자 노력해 왔죠. 왠지 익숙한 이야기 아닌가요, 경위님?"

킴은 큰소리로 웃으며 손을 내밀었다. "함께하게 돼서 반갑습니다."

"고마워요. 이젠 뼈가 다 드러났고, 저는 유해 수습 문제를 의논하려고 인류학자를 기다리는 중이에요. 절대 언더컷도, 오버컷도 하지 않아야 하거든요."

킴은 멍하니 그녀를 바라보았다.

"아, 죄송해요. 너무 많거나 적게 파내는 일이 없도록 최대한 조심해야 한다는 뜻이었어요. 돌아가서 다시 할 수는 없으니까요."

킴의 표정은 바뀌지 않았다.

세리스는 잠시 생각했다. "음, 땅이 벽돌로 된 벽이라고 생각해 보세요. 벽의 한 겹 한 겹은 특정한 기간을 나타내요. 이때 흙을 너무 많이 퍼내면, 살인사건 전에 일어난 다른 사건들에 침습할 위험이 생겨요. 그러면 잘못된 정보를 얻게 되는 거예요."

킴은 알았다는 뜻으로 고개를 끄덕였다.

"일단 유해를 수습하고 나면 흙을 체로 걸러서 단서를 찾도록 할게요."

"여어, 경위. 소개해 주고 싶은 사람이 있어."

킴이 가장 좋아하는 법의학자 키츠의 익숙한 목소리가 들렸다.

"킴 스톤 경위, 이쪽은 대니얼 베이트 박사야. 던디에서 온 법의 인류학자지. 이 사건을 해결하는 동안 현장과 내 연구실에서 일하게 될 거야."

손을 내미는 남자는 킴보다 5센티미터쯤 키가 컸고 운동선수 같은 체격이었다. 아래턱이 다부져 보였고 머리카락은 검은색이었다. 놀랄 만큼 선명한 녹색 눈이 전체적으로 어두운 이목구비와 흥미로운 대조를 이루었다. 세리스와 키츠, 새로 온 인물 사이에 소개가 이어졌다. 킴과 악수하는 대니얼의 손길은 강하고 굳건했다.

베이트 박사는 즉시 구덩이를 돌며 걷기 시작했고, 킴은 잠시 그를 살

퍼보았다. 그는 과학자처럼 보이지 않았다. 체격만 보면 야외에서 몸을 많이 써야 하는 직업과 더 어울려 보였다. 청바지에 운동복을 입은 복장도 과학자 느낌을 주는 데는 별 도움이 되지 않는 듯했다.

"그러니까," 키츠가 말했다. "이 범죄를 바닥까지 파헤칠 핵심 인물 셋이 모두 모였군. 단서를 발견할 사람, 그 단서를 설명해 줄 사람, 모든 것을 짜 맞춰 살인범을 알아낼 사람."

킴은 그의 말을 못 들은 체하고 베이트 박사 옆에 섰다.

"첫 조사만으로 알려 주실 게 있습니까?"

대니얼은 턱을 문질렀다. "네, 구덩이 안에 유골이 있다는 건 확실히 확인해 드릴 수 있겠네요."

킴이 한숨을 쉬었다. "뭐, 그건 저도 보입니다, 베이트 박사님."

"지금 당장 답을 얻고 싶으신 건 알겠지만, 전 아직 유골에 손도 대보지 않았습니다. 그전까지는 어떤 것도 선불리 가정하지 않을 거고요."

"둘이 친척이에요?" 킴이 키츠에게 물었다.

키츠가 웃었다. "너희 둘, 죽이 맞을 줄 알았다니까."

킴은 대니얼에게 돌아섰다. "물론 짐작하시는 건 있겠죠?"

"뭐 그래요, 이 불쌍한 사람이 최소 5년 동안 저 아래 있었다는 건 알 수 있겠습니다. 일반적인 성인의 시신은 10년에서 12년 사이에 완전히 분해돼요. 성인이 아닌 사람들이 분해되는 데는 그 절반 정도의 시간이 걸리고요.

분해의 첫 단계는 자가 분해인데, 사망 후에 분비되는 효소들로 인해 신체 조직이 파괴되는 겁니다. 두 번째 단계는 부패죠. 미생물들이 존재하기 때문에 부드러운 조직이 썩는 겁니다. 마지막으로, 연조직이 액체와 기체가 됩니다."

"친구는 있으십니까, 박사님?" 킴이 물었다.

그가 큰소리로 웃었다. "미안합니다, 형사님. 제가 최근 테네시 녹스
빌에 있는 시체 농장에서 돌아왔거든요. 거기에는 시신들이 여러 가지
방법으로 배치되어 있는데, 그걸 통해서 알아볼 수 있는 건…."

"성별은요?" 킴이 물었다.

"저녁 사 주시면 알려드리죠."

"하나도 안 웃깁니다. 성별은 전혀 모르시겠습니까?"

그는 고개를 저었다.

킴은 눈알을 굴려 댔다. "뻔하네요. 실험실에서 시신을 살펴볼 기회가
없었다는 거죠."

"유감이지만, 실험실에서 살펴봐도 별 차이는 없을지 모릅니다. 우리
가 다루는 대상이 열 살을 갓 넘긴 아이라면 성별을 구분할 수 있게 해
주는 뼈대의 변화가 아직 일어나지 않았을 수도 있으니까요. 피해자가
16세에서 18세 사이라면 골반의 변형을 토대로 성별을 알아볼 가능성
이 있겠지만 그보다 적은 나이라면 뼈만 보고 미성년자의 성별을 맞히
려는 시도를 할 과학자는 별로 없을 겁니다."

"그 말은, 알아볼 다른 방법이 있다는 겁니까?"

"치아의 DNA를 활용해서 X, Y 염색체를 식별하는 기술들이 있지만
비싸고 시간도 오래 걸립니다. 성인이 아닌 경우에는 성별보다 나이를
알아내는 게 훨씬 쉬워요. 나이를 알아볼 단서로는 뼈의 성장 발달 정
도, 치아 발달 정도, 두개골 관절의 여문 정도 등이 있으니까요. 오늘 중
에 대략적인 나이가 나올 겁니다."

"추측으로는?" 킴이 밀어붙였다.

대니얼 베이트는 고개를 돌려 그녀를 보았다. 두 눈이 강렬하고 도전적이었다. "형사님이 살인자를 체포할 날짜, 시간, 장소는요?"

킴은 동요하지 않았다. "18일 목요일 열한 시 정각, 살해 장소는 도서관이고 범인은 플럼 교수입니다. 그리고 박사님은 묻지 않으셨지만, 흉기는 촛대일 겁니다."•

"난 과학자입니다. 추측 같은 건 안 해요."

"하지만 물론 추론은 할 수 있…."

"키츠." 베이트 박사가 킴의 머리 너머로 소리쳤다. "취조 좀 막아 주세요. 이러다가는 린드버그 납치 사건도 내 소행이라고 자백하게 생겼습니다."

블랙컨트리 억양과는 어울리지 않는 뚜렷한 스코틀랜드 말투가 발굴 현장에 맴돌았다. 눈을 감고 들으면 대니얼의 목소리는 숀 코너리와 비슷했다. 거의.

"너희 둘, 죽이 잘 맞기로 소문날 거야. 틀림없어." 키츠가 히죽거리며 말했다. "대니얼, 상자들이 막 도착했네."

더 많은 기술자들이 깨끗한 플라스틱 상자들을 가지고 다가오자 킴은 구덩이 끝으로 갔다. 그녀는 더 이상 누가 어느 팀에 속해 있는지 알 수 없었고, 현장에 남는 사람이 자신이 아닌 케빈이라는 게 다행스러웠다. 이 박사인지, 방해꾼인지를 조금이라도 더 상대해야 한다면 그녀가 두 번째 시체 암매장 사건의 범인이 될지도 몰랐다.

• 살인범을 맞추는 보드게임 '클루'를 활용한 농담

"새 친구 좀 사귀셨어요?" 브라이언트가 물었다.

"아 그럼요, 되게 웃기는 친굽니다, 저 사람."

"전형적인 과학자 스타일인가요?"

"네, 그래서 저 사람한테도 그렇다고 말해 줬습니다."

"아, 그러셨군요. 대장을 정말 마음에 들어 했겠네요."

"그건 잘 모르겠습니다."

브라이언트가 낄낄거렸다. "다른 사람들의 감정적 반응을 판단하는 능력은 별로 없으시죠, 대장?"

"브라이언트, 가서 엿⋯."

"안 돼, 안 돼, 안 됩니다." 베이트 박사가 구덩이로 들어가며 소리쳤다. 목소리가 크고 위엄 있었다. 모두가 하던 일을 멈췄다.

베이트 박사는 구덩이에서 해골을 발굴하던 남자 옆에 무릎을 꿇었다. 세리스가 구덩이에 들어가 박사 곁에 웅크렸다. 두 사람이 조용히 상의하는 동안 아무도 입을 열지 않았다. 마침내 박사가 돌아서 킴을 똑바로 쳐다봤다.

"형사님, 드디어 뭔가 말씀드릴 게 생겼네요."

킴이 가까이 다가갔다. 가슴이 결려 숨이 잘 쉬어지지 않았다. 그녀는 구덩이 속 박사 곁으로 뛰어들었다. "말씀하십시오."

"여기 뼈 보이세요?"

킴이 고개를 끄덕였다.

"척추는 목으로 이어지고, 목에는 경추를 이루는 뼈 일곱 개가 있습니다. 여기 맨 위 뼈가 제1경추이고 다음이 제2경추죠."

그의 손가락은 목을 따라 계속 내려오며 3번에서 7번까지 다른 경추들을 짚어 냈다. 3번 경추와 4번 경추 사이의 뚜렷한 단절이 보였다. 킴의 오른손이 본능적으로 자기 목 뒤로 향했다. 대니얼 박사가 저 위에서 대체 어떻게 이걸 보았는지 궁금해졌다.

"계속 말씀해 주시죠, 박사님."

"틀림없습니다. 이 불쌍한 사람은 목이 잘린 겁니다."

26

킴은 구덩이에서 나왔다. "갑시다, 브라이언트. 시작해야겠습니다."

킴은 소거법*을 활용해 볼 때 대니얼 베이트 박사의 것일 게 분명한 도요타 픽업트럭을 힐끗 보았다. 뒤쪽 타이어 위쪽 패널이 움푹 들어간 채 진흙으로 뒤덮여 있었다.

"제기랄, 저건 뭡니까?" 킴이 뒤로 펄쩍 뛰며 소리쳤다.

"음…. 저건 개라고 하는 겁니다, 대장."

킴은 조수석 쪽 뒷좌석 창문에서 불쑥 튀어나온 털북숭이 얼굴을 가까이 들여다보고 눈을 찌푸렸다. "브라이언트, 나만 이렇게 보이는 겁니까, 아니면…."

---

* 다른 선택지들을 하나하나 지워갔을 때 남는 최후의 선택지로 답을 알아내는 논리적 추론의 한 방법.

"대장이 본 게 맞아요. 눈이 하나밖에 없는 것 같네요."

"형사님, 우리 개 겁주지 마세요." 대니얼 베이트가 거리를 좁혀 오며 말했다. "확실히 말씀드리는데, 이 녀석은 아무것도 모릅니다."

킴은 동료를 돌아보았다. "내가 뭐랬습니까, 브라이언트. 개는 정말로 주인의 성격을 닮는다니까요."

"저기요, 형사님. 저는 새벽 네 시에 모닝콜을 받고 세 시간 삼십 분 동안 운전을 해서 여기에 왔습니다. 그런 저한테는 형사님과의 만남이 별로 건강에 좋지 못한 것 같네요."

"저 개, 눈이 안 보이는 겁니까?" 베이트 박사가 차 문을 열자 킴이 물었다. 개는 뛰어나와 자리에 앉았다. 베이트 박사는 녀석의 빨간 목걸이에 줄을 달며 고개를 저었다.

"오른쪽 시력은 완벽합니다."

킴은 이 개가 흰색 독일산 셰퍼드라고 추측했다. 그녀는 앞으로 나서며 개의 코에 손을 내밀었다. "뭅니까?"

"오만한 형사들만요."

킴은 눈알을 굴리다 개의 머리를 쓰다듬었다. 털이 부드럽고 따뜻했다. 혼란스러웠다. 베이트 박사가 운전을 하고 왔다면, 던디에서부터 여기까지 560킬로미터를 넘게 여행하느라 단순히 몇 시간이라고 말할 수 없는 아주 오랜 시간이 걸렸을 것이다. "이 개는 여기서 뭘 하는 겁니까?"

"제가 지난번 사건을 마무리하고 나서 이 녀석과 함께 며칠 동안 휴가를 떠났거든요. 상관한테 전화를 받았을 때는 체다에서 암벽 등반을 하고 있었습니다. 그나마 제가 가장 가까이에 있는 사람이었다고 하네요. 이 녀석을 집에 두고 올 시간이 없었어요."

베이트 박사의 목소리에 짜증스러운 기색은 없었다. 그런 식의 전화는 이 직업에 으레 따라오기 마련이라는 걸 받아들인 듯했다. 킴은 개의 따뜻한 코가 오른손을 쿡 찔러 오는 걸 느꼈다. 그녀가 별생각 없이 녀석의 머리를 쓰다듬다 말고 멈춘 탓이었다.

"이야, 이것 좀 보세요, 형사님." 대니얼 베이트가 눈을 반짝이며 말했다. "이 현장에도 형사님을 좋아하는 존재가 있긴 하네요."

킴은 욕을 하려다가 핸드폰이 울리는 바람에 그러지 못했다. 그녀는 베이트 박사가 현장 근처에서 개를 산책시키는 틈을 타서 통화 버튼을 눌렀다.

"무슨 일이야, 스테이시?"

"어디세요?"

"막 현장을 떠나려던 참인데. 왜?"

"위쪽 보고 계세요, 아래쪽 보고 계세요?"

"뭐?"

"윌리엄 페인이라고, 야간 당직을 서던 직원 중 한 명을 찾았어요."

"주소 줘."

"언덕 아래쪽을 보세요. 집 일곱 채가 한 줄로 서 있는 게 보이실 거예요. 가운데에 있는, 정면을 보고 있는 집이 페인의 집이에요. 앞뒤 정원에 전부 판석을 덮어 놨어요."

킴은 이미 언덕을 내려가고 있었다. "그걸 대체 어떻게 안 거야?"

"구글어스요."

킴은 고개를 젓고 전화를 끊었다. 가끔은 스테이시가 정말 무서웠다.

"어디로 간다고 하셨죠?"

"첫 목격자를 심문하러 갑니다."

"여기서요?" 킴이 허리 높이의 대문을 열자 브라이언트가 물었다.

으스스하게도 앞쪽 정원은 회색 판석의 바다였다. 그 판석에서 뻗어나와 앞문에서 끝나는 오솔길은 약간 경사가 져 있어 겨우 구분되었다. 두 차례 문을 두드리자 머리가 완전히 하얗게 센 키 큰 남자가 나왔다.

"윌리엄 페인 씨입니까?"

그가 고개를 끄덕였다.

브라이언트는 신분증을 꺼냈다. "들어가도 될까요?"

페인은 물러날 기미를 보이지 않고 인상을 찌푸렸다. "이해가 안 가는데요. 어제도 경찰관이 와서 자세한 얘기를 듣고 갔습니다."

킴은 브라이언트를 힐끗 본 뒤에 입을 열었다. "페인 씨, 저희가 여기에 온 건 크레스트우드 관련 사건을 조사하기 위해서입니다."

킴은 다른 어떤 경찰관도 이 주소지로 보낸 적이 없었다.

페인의 얼굴에 알았다는 빛이 떠올랐다. "아, 그러시군요. 들어오세요."

그가 뒤로 물러섰다. 킴은 잠시 그를 가늠해 보았다. 얼굴만 봤을 때는 겨우 40대 초중반인 듯했지만 머리가 희어서인지 첫인상은 훨씬 나이 든 사람 같았다. 마치 완전히 다른 노화 과정이 동시에 진행 중인 것 같았다.

"조용히 해주세요, 딸이 자고 있거든요."

페인의 목소리는 나직하고 듣기 좋았으며 블랙컨트리 억양은 전혀 없었다.

"들어오세요." 그가 속삭였다.

페인은 그들을 집 한쪽 면을 차지하고 있는 딱 하나뿐인 방으로 안내했다. 집에 들어가서 처음 보이는 그 방이 거실이었다. 거실 뒤쪽으로 식탁이 놓여 있었다. 식탁 앞의 창문은 뒤쪽의 작은 정원으로 나 있었다. 정원에는 격자무늬의 판석이 빈틈없이 깔려 있어 잔디나 덤불의 자리는 없었다. 킴은 뒤쪽에서 나는 무슨 소리를 들었다. 나직하고 리듬이 있는 탁탁 소리였다.

그 소리는 호흡 장치처럼 보이는 기계에서 나오는 것이었다. 기계에 연결된 소녀는 십 대 중반으로 보였다. 지나치게 큰 휠체어는 뒤쪽에 링거줄이 연결되어 있고, 왼쪽 팔걸이에 비상용 목걸이가 감겨 있었다. 빨간 버튼이 달린 그 목걸이는 구급 서비스로 곧장 연결되는 것으로서 보통 중증 장애인들이 쓰는 것이었다. 킴은 소녀의 목에 걸어 두었다면 별쓸모가 없었을 그 장치가 아이의 왼손에서 3센티미터도 떨어지지 않은 곳에 놓여 있다는 걸 알아차렸다. 소녀는 베티 붑이 점박이처럼 찍힌 플란넬 파자마를 입고 있었지만, 그 밑의 위축된 몸은 감춰지지 않았다.

"제 딸, 루시예요." 윌리엄 페인이 그녀의 곁에서 말했다. 그는 허리를 숙이고 흘러내린 금발 머리카락 한 가닥을 부드럽게 소녀의 귀 뒤로 넘겼다.

"자, 앉으세요." 그가 두 사람을 작은 탁자로 안내하며 말했다. 제레미 카일의 노래가 조용히 흘러나왔다.

"커피 한 잔 드릴까요?"

둘 다 고개를 끄덕이자 윌리엄 페인은 거실 구역에서 조금 떨어진 부엌으로 들어갔다. 부엌이라고 해 봐야 좁고 네모난 공간일 뿐이었지만. 그는 금속 컵 받침을 먼저 탁자에 내려놓고 사기로 된 머그잔 세 잔을 내왔다. 향긋한 향이 마음에 들어 킴은 얼른 한 모금을 삼켰다.

"콜롬비아 골드입니까?" 그녀가 물었다.

페인이 미소 지었다. "이것만은 못 끊겠더군요. 전 술을 마시지도, 담배를 피우지도 않거든요. 빠른 자동차가 있는 것도 아니고 여자들을 쫓아다니는 것도 아니죠. 그냥 맛있는 커피 한 잔을 좋아할 뿐입니다."

킴은 고개를 끄덕이며 한 모금을 더 마셨다. 브라이언트는 그 커피가 테스코의 인스턴트커피라도 되는 것처럼 꿀꺽 삼켰다.

"페인 씨, 질문할 게 있는데…."

킴이 식탁 아래로 다리를 쿡 찌르자 브라이언트가 말을 멈추었다. 이번에는 그녀가 면담을 주도할 생각이었다.

"루시는 어떤 문제가 있는 건지 여쭤봐도 되겠습니까?"

페인이 미소 지었다. "당연하죠, 우리 딸 얘기라면 언제든 기꺼이 할 수 있습니다. 루시는 열다섯 살이고 태어날 때부터 근위축증이 있었어요."

그는 딸을 바라보았다. 일단 그리로 향한 시선은 다시 돌아오지 않았다. 덕분에 킴에게는 대놓고 그를 관찰할 기회가 생겼다.

"뭔가 잘못됐다는 건 진작부터 분명했죠. 걸음마도 느렸고 다 커서도 서툴게 뒤뚱거리는 단계를 벗어나지 못했으니까요."

킴이 주위를 둘러보았다. "루시 어머니도 여기 계신가요?"

페인은 킴에게 눈길을 돌렸다. 진심으로 놀란 표정이었다.

"죄송합니다. 루시한테 엄마가 있었다는 사실 자체를 진심으로 잊어버리는 경우가 자주 있어서요. 저희 둘만 지낸 지 아주 오래됐습니다."

"이해합니다." 킴이 몸을 앞으로 숙이며 말했다. 페인의 목소리는 겨우 귓속말 정도로 낮아졌다.

"루시의 엄마도 나쁜 사람은 아니었지만, 그래도 기대한 게 있었던 모양입니다. 장애가 있는 아이는 그 사람의 계획에 없었어요. 오해는 마십시오. 저는 어떤 부모든 완벽한 아이를 원한다고 확신합니다. 사람들이 보통 미래를 꿈꾸면서 영원히 자기 몸을 돌보지 못할 성인을 하루 종일 돌봐야겠다고 마음먹지는 않으니까요. 아, 잠시 실례하겠습니다."

그는 휴지를 꺼내 딸의 아래턱으로 흘러내린 침 자국을 닦았다.

"죄송합니다. 아무튼, 앨리슨도 처음에는 정말 노력했어요. 희망을 걸 만한 정상적인 모습이 보일 때는 그나마 버틸 수 있었죠. 하지만 병이 진행되자 그 모든 게 너무 힘든 싸움이 돼 버렸습니다. 떠날 때쯤, 앨리슨은 몇 달째 더 이상 루시를 보지도 않고 건드리지도 않는 상태였죠. 우리 부부는 이혼이 최선이라고 생각했습니다. 그게 13년 전입니다. 그때 이후로 우리는 서로를 만나거나 소식을 들은 적이 없어요."

사무적인 말투였지만 그의 목소리에 깃든 고통이 느껴졌다. 킴이라면 페인처럼 루시의 어머니를 용서하지는 않았을 것이다.

"그래서 크레스트우드에서 야간 근무를 하셨던 건가요?"

페인이 고개를 끄덕였다. "원래 저는 조경사였지만 그 일을 하면서는 루시를 돌볼 수가 없었어요. 하지만 크레스트우드에서 야간 근무를 하면 낮에는 루시를 돌볼 수 있었죠. 밤에는 이웃분이 자주 오셔서 루시 곁을 지켜 주곤 했고요."

"재혼은 안 하셨습니까?" 브라이언트가 물었다.

페인은 고개를 저었다. "아뇨, 제가 결혼할 때 했던 맹세는 평생에 걸친 맹세였습니다. 이혼이 법에는 어긋나지 않을지 모르지만 주님께는 흡족하지 않은 일이니까요."

킴은 페인이 재혼을 원했다 한들 누군가를 만나기는 힘들었을 거라고 생각했다. 자기 자식도 아닌 장애 아동을 온종일 돌볼 마음의 준비가 된 사람은 많지 않을 테니까.

구석에서 꾸르륵대는 소리가 나자 페인이 즉시 일어나 딸 앞에 섰다.

"안녕, 아가. 잘 잤니? 마실 거 줄까?"

킴의 눈에는 아무런 움직임이 보이지 않았지만 아버지와 딸 사이에 어떤 의사소통이 이루어지는 건 분명했다. 페인이 음식 공급용 튜브를 끌어다가 그녀의 입술 사이에 놓았던 것이다. 루시의 오른손 검지가 의자 팔걸이의 버튼을 건드렸다. 상당량의 액체가 튜브를 통해 나와 그녀의 입으로 들어갔다.

"음악 듣고 싶니? 오디오 북을 틀어 줄까?" 페인이 미소 지었다. "돌아보고 싶어?"

아하, 하고 킴은 깨달았다. 루시는 눈을 깜빡이는 방법으로 자기 뜻을 전달하고 있었다.

페인이 의자를 돌렸다. 킴은 루시의 피부가 너무 창백하고 두 눈이 너무 형형해서 깜짝 놀랐다. 킴은 쓸모없는 몸속에 완벽하게 기능하는 두 뇌가 들어있는 공교로운 상황을 생각해 보았다. 그보다 잔인한 운명은 없을 것이다.

"루시는 창가에 앉아서 바깥을 보곤 합니다. 어제 벌어진 일에 아주 흥미를 느끼더군요."

"페인 씨, 아까 하시던 말씀은…." 킴이 부드럽게 대화의 방향을 틀었다.

"아, 네. 크레스트우드 일은 그럭저럭 쉬웠습니다. 제 일이라고는 그곳을 안전하게 관리하는 것뿐이었어요. 아이들이 함부로 나가거나 외부인이 들어올 수 없도록 하고, 화재경보기를 확인하고, 주간 직원들이 남긴 잡일이 있으면 마무리하는 것뿐이었죠. 아주 편한 일이었습니다.

어쩔 수 없이 그만두어야 했을 때는 실망했지요."

"화재 때문이었습니까?"

페인이 고개를 끄덕였다. "크레스트우드는 어쨌든 문을 닫을 예정이었지만 몇 달 동안은 일할 수 있을 거라고 생각했거든요."

"화재 당일 밤에도 일하셨나요?"

"아뇨, 그날은 아서가 근무하는 날이었어요. 하지만 경보가 울리자마자 듣긴 했죠. 보시다시피 우리 집이 가까우니까요."

"그래서 어떻게 하셨습니까?"

"저는 루시 상태를 확인한 다음 달려서 길을 건넜습니다. 아서는 아이들을 대부분 내보낸 다음이었지만, 너무 숨차 하길래 제가 달려 들어갔습니다. 남아 있는 사람이 없는지 마지막으로 한번 훑어보려고요.

와이어트 선생님이랑 톰 커티스가 처음으로 도착했습니다. 아주 혼란스러웠어요. 다들 아이들이 다 있는지 확인하느라고 명단을 보고 있었죠. 구급 요원들이 작은 상처를 입거나 연기를 마신 애들을 치료하려고 데려갔는데, 그러면서 아무한테도 누구를 데려갔는지 알려 주지 않았거든요. 저는 도와주려 했지만 방해만 되는 것 같더라고요. 다른 직원들이 도착하기 시작하면서 저는 떠났습니다."

"그게 몇 시였습니까?"

"아마 한 시 삼십 분쯤일 거예요."

"화재 원인은 밝혀졌습니까?"

"모르겠네요. 사람들이 얼마나 열심히 찾아봤는지도 잘 모르겠고요. 심각하게 다친 사람은 아무도 없었고, 어쨌든 그곳은 폐쇄할 예정이었으니까요."

"테레사 와이어트와 톰 커티스가 둘 다 살해당한 건 알고 계십니까?"

페인은 일어나 딸에게 다가갔다. "얘야, 이제 음악을 좀 들을 시간인 것 같구나. 그렇지?"

킴은 눈 깜빡임을 보지 못했지만 페인은 이어폰을 꽂고 장치를 켰다.

"청각은 완벽하거든요, 형사님. 보통의 열다섯 살짜리한테라면 방에서 잠깐 나가라고 했을 겁니다. 저희한테는 이어폰을 쓰는 게 그렇게 하는 방법이에요."

킴은 자기 궁둥이를 차 주고 싶었다. 알게 모르게 그녀는 루시에게 장애가 있다는 이유만으로 그녀를 투명 인간 취급했던 것이다. 다시는 하지 않을 실수였다.

"피해자들에 대해서 해 주실 말씀은요?"

"별로 없어요. 낮에 근무하는 직원들은 별로 본 적이 없거든요. 청소부인 메리는 가끔 제가 도착할 때까지 기다렸다가 소문을 전해 줬지만요."

"어떤 소문이었습니까?"

"주로 와이어트 선생과 크로프트 씨가 싸웠다는 얘기였어요. 메리 말로는 권력 문제라던데요."

"아이들을 해치고 싶어 할 만한 사람이 있을까요?"

페인은 눈에 띄게 창백해지더니 창문 쪽을 보았다. "그런 생각을 하시다니⋯. 정말로 부지에서 나온 시체가 크레스트우드 원생의 것이라고 생각하시는 건가요?"

"아직 그럴 가능성을 배제하지 않고 있습니다."

"죄송하지만 도움이 될 만한 건 없을 것 같습니다."

페인이 갑자기 자리에서 일어섰다. 표정이 바뀌어 있었다. 목소리는 계속 나직했지만, 이제는 그들이 떠날 시간이라고 판단한 듯했다.

브라이언트가 밀어붙였다. "아이들은 어땠습니까? 말썽을 많이 일으켰나요?"

페인이 멀리 걸어가기 시작했다. "딱히 그렇진 않았습니다. 몇몇 반항적인 애들도 있었지만 대체로는 좋은 애들이었어요."

"반항적이라는 게 무슨 뜻이죠?" 브라이언트가 물었다.

"그냥 별 얘기 아닙니다."

윌리엄 페인은 분명 그들이 떠나기를 바라고 있었다. 그리고 킴은 그 이유가 이해되기 시작했다.

"어떤 종류의…."

"브라이언트, 이제 됐습니다." 킴이 일어서며 말했다.

페인이 고맙다는 듯 그녀를 바라보았다.

"하지만 질문할 수만 있으면…."

"끝났다고 했습니다." 킴의 목소리에 단호한 기색이 어려 있었다. 브라이언트는 공책을 덮고 일어섰다.

킴은 페인을 지나쳐 갔다. "시간 내주셔서 감사합니다, 페인 씨. 더는 시간을 끌지 않겠습니다."

킴은 루시의 의자를 지나가며 아이의 왼손을 가볍게 건드렸다. "잘 있어, 루시. 만나서 반가웠어."

문간에서 킴은 돌아섰다. "페인 씨, 조금만 더 폐 끼쳐도 될까요? 처음에는 저희가 여기 왜 왔다고 생각하셨습니까?"

"그제 밤에 우리 집에 강도 미수 사건이 있었거든요. 뭘 가지고 간 건 아니지만 어쨌든 신고했었습니다."

킴은 고맙다는 뜻으로 미소를 지으며 문을 닫고 나왔다. 정원을 가로질러 대문을 나서자마자 브라이언트가 그녀를 돌아보았다. "대체 왜 그러세요? 애들 얘기를 물어보기 시작하니까 태도가 변하는 거 못 보셨어요? 빨리 못 쫓아내서 안달이던데요."

"그건 경사님이 잘못 보셨습니다."

킴이 길을 건넌 뒤 돌아서서 부지를 훑어보았다. 집 일곱 채 중 건물 앞면에 두드러지게 경보기가 붙어 있는 집은 이곳이 유일했다. 간접 적외선램프와 센서가 대문을 곧장 겨누고 있었고, 같은 센서가 철조망이 얹혀 있는 2미터짜리 울타리와 함께 부지 뒤쪽을 지키고 있는 것도 보였다. 가택 침입자들은 굳이 가장 까다로운 집을 골라 침입하는 도전 같은 건 하지 않는다. 그리고 킴은 우연이란 걸 믿지 않았다.

브라이언트가 씩씩댔다. "제가 무슨 생각을 하는지도 모르시잖아요. 저한텐 알아볼 기회도 주지 않으셨으니까요. 저 사람은 긴장하고 있었다고요, 대장."

킴은 고개를 저으며 언덕을 올라갔다. 그녀는 차 쪽으로 다시 개를 데려가는 대니얼 베이트를 지나쳤다.

"이야, 형사님, 도저히 제 곁을 떠나지 못하시는군요?"

"아뇨, 박사님. 잘못 생각하셨습니다." 그녀는 멈추지도 않고 성큼성큼 걸어가며 말했다.

"대장, 대체 왜 그러냐니까요?" 차에 도착하자 브라이언트가 물었다. "보통은 어렵다고 물러나지 않잖아요. 저 자식이 엄청나게 긴장하고 있었는데, 대장이 그냥 내버려 뒀다고요."

"네, 압니다."

"저 사람은 그냥 우릴 내쫓았어요."

"네, 브라이언트. 맞습니다." 그녀는 돌아서서 차 지붕 너머로 그를 쏘아보았다. "열다섯 살짜리 딸의 기저귀를 갈아 줘야 했으니까요."

27

요양 병원 건물은 화가가 대칭 구도를 연습하느라 그려 본 것 같은 모습이었다. 로비 안에는 양쪽으로 유리 문이 있었다. 오른쪽에는 작고 텅 빈 사무실이 있었고 왼쪽에는 책상 몇 개와 검은 티셔츠를 입은 여자 한 명이 들어가 있는 방이 있었다. 그 사람이 경비였다.

"어떻게 오셨죠?" 여자가 유리 벽 너머에서 말했다.

"환자 중 한 분하고 대화할 수 있을까요?"

여자는 이해를 못 하겠다는 듯 어깨를 으쓱했다. 킴은 미닫이문을 가리켰지만 여자는 고개를 저으며 "비상 전용"이라고 입을 벙긋거렸다.

잠시 킴은 일종의 음압 병실에 갇혀 있는 것 같은 기분이 들었다. 그녀가 안쪽 문을 가리키자 여자는 고개를 끄덕이고 창문 오른쪽 난간에 펼쳐진 책을 손짓하며 오른손으로 휘갈겨 쓰는 동작을 해 보였다. 킴은 그게 이름을 적으라는 뜻이라고 생각했다.

"인류가 의사소통 면에서 진보를 이룩하긴 한 걸까요?" 킴이 브라이언트에게 중얼거렸다.

그들은 이름을 적고 버저가 울리기를 기다렸다.

들어가면서 킴은 이곳에 두 부류의 사람들이 있다는 걸 즉시 알아차렸다. 왼쪽에는 신체 능력이 좀 더 나은 환자들이 있었다. 한두 명은 휠체어를 타고 주변을 돌아다녔고, 다른 사람들은 윙백 의자에 기대고서 대화에 참여하고 있었다. 필립 스코필드°가 돈 관리에 대해 단조롭게 말을 이어 갔고, 환자들은 돌아서서 킴 일행을 보았다. '못 보던 사람이네.'

오른쪽에서는 거의 아무런 소리도 들리지 않았다. 간호사 한 명이 약을 나누어 주느라 손수레를 밀고 다녔다. 아무도 그들 쪽을 보지 않았다.

유리 뒤쪽의 여자가 사무실에서 걸어 나왔다. 그녀는 왼쪽 가슴 바로 위에 "캐스"라고 적힌 배지를 달고 있었다.

"어떻게 도와드릴까요?"

"환자 중 한 분과 얘기하고 싶습니다. 메리 앤드루스 씨요."

캐스는 손으로 자기 목을 쓰다듬었다. "가족이세요?"

"형사입니다." 브라이언트가 대답했다. 그는 계속 말을 이었지만, 킴은 여자의 반응을 보고 배 속이 뒤틀리는 듯했다. 너무 늦었다.

"죄송하지만 메리 앤드루스 씨는 열흘 전에 돌아가셨어요."

이 모든 일이 시작되기도 전이었다. 아니면 그 사건이 이 모든 일의 시작이든지.

"감사합니다." 브라이언트가 말했다. "검시관에게 연락해 보겠습니다."

"무슨 일이시죠?" 캐스가 물었다.

"사인을 알아보려고요." 브라이언트가 설명했지만 킴은 이미 돌아선

● 영국의 쇼호스트.

다음이었다. 문을 밀었지만 잠겨 있었다.

"메리 앤드루스 씨는 부검 대상이 아니었어요. 췌장암에 걸린 시한부 환자여서 그분이 돌아가신 것도 별로 놀라운 일은 아니었거든요. 유족에게 굳이 부검 절차를 겪게 할 이유가 없어서, 그분을 바로 힉튼으로 보내 드렸어요."

힉튼이 어디인지는 물어볼 필요조차 없었다. 크래들리 히스의 장의사라면 모두가 그 회사를 알고 있었다. 그들이 1909년부터 지역 주민들을 매장해 왔으니까.

"그날 메리 앤드루스 씨를 방문한 사람이 있습니까?"

"이 시설에는 환자 56명이 계세요, 제가 기억하지 못하더라도 양해 부탁드려요."

킴은 그 목소리에 어린 적대감을 알아차렸지만 무시했다.

"방명록을 살펴봐도 괜찮겠습니까?"

캐스는 잠시 생각해 보더니 고개를 끄덕였다. 그녀는 초록색 버튼을 눌러 문을 열었고 킴은 로비로 되돌아갔다. 킴이 페이지를 넘기는 동안 브라이언트는 발로 문이 닫히지 않게 잡아 놓고 있었다.

"형사님, 문이 닫히게 두시지 않으면 경보가 울릴 거예요."

제대로 한소리 들은 브라이언트는 로비로 물러났다.

"그건 그렇고, 경사님은 뭐가 문젭니까? 노인들한테 뭐 불만 있어요?" 킴은 브라이언트의 얼굴에 떠오른 표정을 보고 물었다.

"아뇨, 그냥 우울해서요."

"뭐가 말입니까?" 킴은 페이지를 몇 장 더 넘기며 물었다.

"여기가 마지막 정거장이라는 생각을 하니까요. 크고 드넓은 세상에

나가 있을 때는 모든 게 가능한데, 이런 곳에 들어오는 순간 여기서 나갈 방법은 단 한 가지뿐이잖습니까?"

"흠…. 기분 좋은 생각이네요. 여기 있습니다." 그녀가 페이지를 쿡 찌르며 말했다. "10일 열두 시 십오 분. 전혀 읽을 수 없는 이름을 쓴 방문자가 메리 앤드루스를 보러 왔네요."

브라이언트가 로비 오른쪽 구석을 손가락으로 가리켰다. 킴은 돌아서서 유리 창문을 노크했다. 캐스가 그녀를 노려보았다. 킴은 출입구를 가리켰다. 버저가 울렸다.

"CCTV를 봐야겠습니다."

캐스는 항의하려는 것 같더니 그냥 큰소리로 콧방귀를 뀌었다. "이쪽이요."

그들은 그녀를 따라 사무실을 지나서 뒤쪽 방으로 들어갔다.

"여기 있습니다." 캐스가 그들을 내버려 두고 나가며 말했다.

그 공간은 방이라고 부르기에도 어려운 곳이었다. 낡은 텔레비전 모니터와 재생 장치 컨트롤러가 놓인 작은 책상이 있었다. 비디오 녹화 장치 단 한 대가 구석에서 덜컥거렸다.

"디지털 장치를 기대했는데, 제 꿈이 너무 컸나 보네요." 브라이언트가 신음했다.

"네, 옛날 옛적 비디오테이프입니다. 이름표라도 붙어 있었으면 좋겠습니다만."

브라이언트가 비디오테이프들이 놓인 선반 여러 개를 살피는 동안 킴은 하나뿐인 의자에 앉았다.

"그 날짜 것은 두 개밖에 없어요. 하나는 주간, 하나는 야간이네요. 테이프들은 열두 시간에 한 번씩만 가나 봅니다."

"그러니까 저속 촬영이 됐을 거라는 얘깁니까?"

"그런 것 같아서 걱정입니다." 브라이언트가 테이프를 꺼내며 말했다. 증거로 활용하기에는 저속 촬영 비디오보다 실시간 비디오가 쓸 만했다. 모든 것이 완전하게 포착되기 때문이다. 저속 촬영 비디오는 몇 초에 한 번씩만 영상을 찍는데, 그러면 비디오에 스크린샷 모음과 비슷한 기계적인 움직임이 찍힌다.

킴은 비디오테이프를 기계에 넣었다. 화면이 살아났다. 그녀는 그날의 대략 비슷한 시간으로 테이프를 감고 화면을 뚫어지게 바라보았다. "경사님도 안 보이십니까?"

"테이프 손상이네요. 제기랄, 아무것도 못 알아보겠어요."

킴이 의자에 깊숙이 앉았다. "이 테이프들을 몇 번이나 썼을까요?"

"보아하니 수백 번은 썼겠는데요."

CCTV 테이프들은 보통 열두 번을 쓴 뒤 폐기함으로써 지금 화면에 보이는 것 같은 현상을 예방하게 되어 있었다. 킴은 그림자 같은 형체들이 로비에 들어갔다 나가는 모습을 계속 지켜보았다.

"젠장, 나라고 해도 믿겠네."

브라이언트가 진지한 눈빛으로 그녀를 바라보았다. "대장이세요?"

킴은 뒤로 기대며 문을 열었다.

"캐스." 그녀가 소리쳤다. "잠깐 시간 되십니까?"

캐스가 문간에 나타났다. "정말이지, 형사님. 그 테이프를 아무리 뒤져 보셔도…."

"이 테이프는 저희가 가져가겠습니다."

캐스가 으쓱했다. "그러세요."

"저희가 서명해 드릴 반출계가 있을까요?"

"뭐가 있냐고요?"

킴은 눈알을 굴려 댔다. "브라이언트?"

브라이언트는 주머니 속 메모장에서 한 페이지를 찢어내 테이프 번호와 이름, 소속 경찰서를 적었다. 캐스는 쪽지를 받아 들었지만 이유는 잘 모르는 게 분명했다.

"캐스, 이 시스템이 거의 쓸모없다는 건 알고 계십니까?"

여자는 킴이 멍청이라도 된다는 듯 그녀를 바라보았다. "여긴 요양 병원인데요, 형사님. 범죄의 중심지라고 하긴 어렵죠."

여자는 승리감을 느끼는 표정이었다. 킴은 동의한다는 뜻으로 고개를 끄덕였고, 그러는 동안 브라이언트는 자기 손톱만 내려다보았다.

"맞는 말씀입니다만…. 테이프 상태가 더 좋았더라면 저희가 두 건, 아니 어쩌면 세 건의 살인 사건을 저지른 사람을 식별할 수 있었을 겁니다. 그 사람들이 다시 살인을 저지르지 못하도록 막는 데에는 확실히 도움이 됐겠죠."

킴은 공포에 질린 여자의 얼굴을 보고 기분 좋게 미소 지었다. "하지만 시간 내 협조해 주셔서 감사합니다."

킴은 성큼성큼 여자를 지나쳐 건물에서 나갔다.

"있잖아요, 대장. 전 대장이 화낼 때보다 미소 지을 때가 더 무섭다는 걸 옛날부터 알고 있었어요."

"그 테이프 스테이시한테 갖다 주세요. 스테이시라면 단서를 제공해 줄 어떤 금손을 알고 있을지도 모릅니다."

"알겠습니다. 이젠 어디로 가죠?"

킴은 브라이언트의 손에서 열쇠를 가져갔다.

"경사님의 악몽 속으로 들어갈 겁니다." 그녀가 눈을 크게 뜨며 말했다. "요양 병원에서 장례식장으로."

브라이언트가 부르르 떨었다. "네. 근데 대장이 운전을 하실 거라면, 이번이 제가 타는 마지막 자동차가 되지는 않도록 해 주세요."

28

"정말이지, 대장, 앰뷸런스 추격전 얘기는 들어봤어도 대체 시체를 쫓아서 과속을 하는 건 왜 그러는 겁니까?"

킴은 앞차와의 간격을 좁혔다. "장의사가 하는 말 들었잖습니까? 겨우 두 시간 전에 떠났대요. 제시간에 도착할 수 있다면 장례식을 중지시키고 부검을 명령할 수 있습니다."

"가족들이 짜릿해하겠네요."

"그만 좀 징징거립시다."

"지금 현장 바로 옆에 있는 화장터로 돌아가는 중이라는 건 아시죠? 뭔가 빙빙 돌고 있는 것 같진 않으세요?"

"네." 그녀는 조그만 교통섬 앞에서 머뭇거리는 자동차를 향해 경적을 울리며 말했다.

차가 오른쪽으로 방향을 틀었다. 킴은 개럿 가의 언덕을 따라 속도를 올리다가 운하교에 접어들었다. 브라이언트의 몸이 앉은 채로 통통 튀었다. 그녀는 교통섬에서 나가는 네 번째 출구를 택해 화장터 부지로 곧장 들어간 다음 출입구 바로 앞에 멈추었다.

"제기랄, 차도 없고 조문객도 없습니다." 킴이 말했다.

"어쩌면 우리가 너무 일찍 온 걸지도 몰라요. 장례식 하는 사람들은 아직 장례식장에 있는 걸지도 모르죠."

킴은 차에서 내려 건물로 향하면서 아무 말도 하지 않았다. 어린 여자아이 한 명이 고개를 숙인 채 담장 위에 앉아 있었다.

킴은 계속 앞으로 갔다. 망쳐 버릴 장례식이 있었으니까.

그녀는 건물에 들어가면서 몸을 떨었다. 나무 벤치들이 보도 양옆 공간을 따라 줄지어 놓여 있었다. 가운데 통로는 커튼이 드리워진 공간으로 이어졌다. 붉은 벨벳 휘장이 걷혀 있고 오른쪽에는 단상이 있었다. 그 뒤의 칠판에는 찬송가 번호 세 가지가 적혀 있었다.

이 공간에서는 영혼이 전혀 느껴지지 않았다. 킴은 교회도 별로 좋아하지 않지만, 최소한 그곳엔 균형이라는 게 있었다. 교회에서는 결혼식도 하고 세례도 주니까. 종말을 상쇄할 수 있도록 시작을 기념하는 것이다. 하지만 이곳은 오직 죽음만을 위해 존재했다.

"무슨 일로 오셨습니까?" 실체 없는 목소리가 물었다.

킴과 브라이언트가 서로를 보았다.

"세상에." 브라이언트가 속삭였다.

"놀라실 거 없어요." 단상 뒤에서 웬 사람이 나타났다.

검은색 목사 복장이 별로 어울리지 않는 남자였다. 그는 뚱뚱하지 않았다. 얼굴도, 드러나는 체형도 둥글둥글하지 않았다. 흰머리가 섞인 머리카락은 양옆이 덥수룩했지만 정수리 부분은 숱이 없어져 널찍한 호선을 그리고 있었다. 사람들이 밟고 다닌 들판의 오솔길 같았다. 킴은 그가 50대 중후반일 거라고 생각했다.

"주님이 거하지 않으시는 곳에 대해 제가 도움을 드릴 수 있을지 모르겠습니다."

그의 목소리는 나지막했고 심지어 부드러운 리듬까지 어려 있었다.

킴의 제5호 위탁모에게는 평소 말할 때와는 전혀 닮은 구석이 없는 통화 전용 목소리가 있었다. 킴은 이 목사에게도 예배할 때만 쓰는 특별한 목소리가 있는 건지 궁금했다.

"저희는 메리 앤드루스의 조문객들을 찾고 있습니다." 브라이언트가 말했다.

"가족이신가요?"

브라이언트는 신분증을 내밀었다.

"그렇다면 너무 늦으셨습니다."

"제길. 절차를 중지시킬 방법이 없을까요?"

목사는 손목시계를 보았다. "그분은 약 한 시간째 1,100도에 계십니다. 남은 게 많을 것 같지는 않네요."

"빌어먹을…. 아, 죄송합니다, 신부님."

"저는 목사이지 신부가 아닙니다만, 그 사과는 받은 것으로 하지요."

"협조해 주셔서 감사합니다." 브라이언트가 킴의 옆구리를 찔러 문 쪽으로 가며 말했다.

"젠장, 젠장, 젠장." 킴은 차로 돌아가며 말했다.

킴의 주변 시야에 그때까지도 담장 위에 홀로 앉아 있던 어린 소녀가 들어왔다. 킴은 차에 도착해 힐끗 뒤를 보았다. 아이는 떨고 있는 게 분명했지만, 킴이 상관할 문제는 아니었다.

킴은 차 문을 열었다가 잠시 멈추었다. 정말이지 킴이 상관할 문제는 아니었다.

"경사님, 잠깐만 기다리십시오." 킴이 문을 쾅 닫으며 말했다.

킴은 소녀에게로 빠르게 걸어가 그 곁에 앉았다. "너, 괜찮아?"

소녀는 놀란 표정으로 고개를 끄덕이면서 간신히 예의 바르게 미소를 지어 보였다. 창백한 얼굴에 두 눈이 푹 꺼져 있었다. 소녀는 검은색과 흰색 호선이 들어간 에나멜 단화를 신고 있었으며, 두꺼운 검은색 스타킹에 무릎까지 오는 치마를 입은 모습이었다. 치마는 최소 20년은 되어 보였고 크기도 너무 컸다. 단추가 두 줄 달린 정장 재킷도 답답해 보였다. 소녀는 곧 질식할 것만 같았다. 장례식 때문에 대충 꿰맞추어 입었을 뿐 영상 2도도 안 되는 온도에 전혀 대비할 수 없는 옷이었다.

킴은 어깨를 으쓱하고 고개를 돌렸다. 어쨌든 질문은 던졌으니까. 소녀에게는 슬픔 외의 다른 괴로움이 없는 듯했다. 양심의 가책 없이 떠날 수 있었다. 빌어먹을, 킴이 신경 쓸 문제가 아니었다.

"가까운 분이었어?" 그녀가 담장에 앉으며 물었다.

소녀가 고개를 끄덕였다. "우리 할머니요."

"안됐구나." 킴이 말했다. "하지만 여기 앉아 있다고 도움이 되진 않아."

"저도 아는데, 저한텐 엄마 같은 분이셨거든요."

"그래서 아직까지 여기 있는 거야?" 킴이 부드럽게 물었다.

소녀는 화장터 굴뚝을 올려다보았다. 짙은 연기가 굴뚝에서 빠져나와 흩어졌다. "할머니를 떠나고 싶지 않아서요, 적어도…. 할머니가 혼자 계시게 하는 건 싫어요."

소녀의 목소리가 갈라지더니 두 뺨으로 눈물이 흘러내렸다. 킴은 상대방이 누구인지 알아차리고 침을 삼켰다.

"할머니 성함이 메리 앤드루스였니?"

소녀가 고개를 끄덕였다. 눈물이 멈추었다. "전 폴라예요…. 근데 그건 어떻게 아셨어요?"

킴은 슬퍼하는 아이에게 자세한 정보를 알려 줄 필요는 없다고 생각했다.

"난 형사야. 저쪽 현장의 사건과 관계돼서 할머니 이름이 나왔어."

"아 네, 할머니가 크레스트우드에서 일하셨어요. 한 20년 동안 청소부로요." 소녀는 문득 미소를 지었다. "주말에 일하실 때면 가끔 절 그곳에 데려가셨어요. 전 할머니가 이불보를 갈거나 빨래하는 걸 도와드렸죠. 얼마나 도움이 됐는지는 모르겠지만요. 할머니는 장난을 전혀 받아 주지 않으셨지만, 크레스트우드 애들은 할머니를 아주 좋아했어요. 존경하는 것 같았어요. 할머니를 골탕 먹인 적도 없었고요. 오히려 할머니를 안아 줄 때가 많았죠."

"다른 직원들도 할머니를 아주 좋아했겠구나."

폴라는 어깨를 으쓱하더니 미소 지었다. "윌리엄 페인 삼촌은 그랬어요." 그녀는 언덕 맨 아래쪽을 고갯짓했다. "예전에는 할머니도 저 아래에 사셨거든요."

관심이 생겼다. "페인 삼촌은 어떻게 알아?"

"가끔 할머니가 삼촌네 딸을 봐주셔서요, 삼촌이 장 보러 갈 수 있게요." 소녀는 미소를 짓더니 굴뚝을 올려다보았다. "그냥 앉아서 루시를 지켜보기만 하면 되는 일이었어요. 하지만 할머니는 그렇게 못 하셨죠. 항상 삼촌이 돌아오기 전에 할 일을 두어 가지 찾아내시더라고요. 다림질이라든지, 청소기를 돌린다든지요. 그럼 저는 루시랑 놀곤 했어요. 할머니는 삼촌이 돌아와도 자기가 무슨 일을 했는지 얘기하신 적이 없어요. 생색내기 싫어서. 그냥 돕고만 싶어 하셨어요."

"할머니가 정말 특별한 분이셨던 것 같네." 킴은 그렇게 말했다. 진심이었다.

"불이 난 다음에는 그 집에 못 가 봤어요. 할머니는 윌리엄 삼촌네가 이사를 갔다고 말씀하셨고요." 폴라는 잠시 생각에 잠겼다. "그 불이 난 뒤로는 할머니한테 많은 변화가 일어났어요. 그전까지는, 뭐랄까, 우리 할머니는 늙은 할머니가 아니셨거든요. 근데 불이 난 다음에는 할머니한테서 뭔가 빠져나간 것만 같았어요."

킴은 메리 앤드루스가 왜 윌리엄 페인이 이사 갔다는 거짓말을 했는지 궁금해졌다.

"할머니한테 그 일에 대해서 여쭤본 적 있어?" 킴이 부드럽게 질문했다.

킴은 자기가 할머니 얘기를 하고 싶어 하는 소녀의 마음을 이용하고 있다는 걸 알고 있었다. 하지만 한편으로, 최근에 떠나보낸 사람에 대해 이야기할 기회가 생기면 언제까지고 그 사람을 마음과 기억 속에 살아 있도록 만들 수 있다는 것도 사실이었다. 그런 대화는 어떤 고리를, 연대를 지켜 준다. 킴은 소녀와 자신이 서로를 돕고 있는 것이기를 바랐다.

폴라가 고개를 끄덕였다. "한 번은 저한테 아주 화를 내셨어요. 기억이 생생해요, 할머니는 한 번도 저한테 화를 내신 적이 없거든요. 저더러 그곳에 대해서든, 그곳 사람들에 대해서든 다시는 말을 꺼내지 말라고 하셨어요. 그래서 저도 그만뒀고요."

킴은 소녀의 몸이 떨리는 것을 눈치챘다. 굴뚝에서는 아직도 연기가 솟아 나왔다.

"있잖아, 누가 나한테 해 준 말이 있어. 난 항상 그 말이 기억나더라." 킴은 그때가 선명하게 떠올랐다. 제4호 양부모의 장례식. 당시 그녀는 열세 살이었다.

순진하고 주름 하나 없는 얼굴이 기대감에 차서 킴을 돌아보았다. 위안을 얻고 싶은 절박한 모습이었다. 킴이 당시에 그랬듯이 말이다. 킴의 경우 티는 내지 않았지만.

"몸은 더 이상 필요가 없어지면 벗어 던지는 재킷 같은 거래. 너희 할머니는 더 이상 저기 계신 게 아냐, 폴라. 할머니가 입고 다니던 재킷이 할머니를 아프게 해서, 이제는 할머니가 그 재킷을 벗어 버리신 거야."

킴은 옅어져 가는 연기를 올려다보았다. "그리고 내 생각엔 그 재킷도 이제 사라진 것 같으니까, 너도 그만 가는 게 좋겠다."

소녀가 일어섰다. "고맙습니다. 정말로요."

킴은 고개를 끄덕였고 소녀는 돌아섰다. 무슨 말이든 잠깐은 슬픔의 충격을 무디게 해 준다. 슬픔은 본성상 이기적이며, 오직 산 자들의 것이다. 슬픔을 느끼는 정도는 개인이 얼마나 예민하게 상실감을 느끼는지, 혹은 킴처럼 후회를 느끼는지에 따라 달라지는 문제였다.

킴은 폴라가 언덕을 종종걸음쳐 내려가는 모습을 지켜보았다. 그녀는 소녀에게 루시가 아직 그때 그 집에 살고 있다고 얘기할까 생각해 봤지만, 할머니가 아이에게 거짓말을 한 데에는 이유가 있을 테니 그 뜻을 존중하기로 했다.

킴은 핸드폰이 울려 정신을 차렸다. 케빈이었다.

"대장, 어디세요?"

"너무 가까운 데라서 네 애프터셰이브 냄새가 날 정돈데."

하루가 〈환상특급〉의 형편없는 에피소드처럼 저물어 가고 있었다.

"잘됐네요, 대장. 바로 이리 오셔야 하거든요."

"무슨 일이야?" 그녀는 브라이언트를 향해 뛰어가며 물었다.

"자석 기계가 미친 듯이 돌아가요. 다른 시체가 있는 것 같아요."

29

킴은 자동차에 탄 브라이언트보다도 빠른 속도로 거리를 달려갔다. 그녀는 밴에 상자들을 싣고 있는 베이트 박사와 키츠를 지나쳤다. 베이트 박사가 고개를 돌려 그녀를 마주 보았다. "있잖습니까, 경위님. 이런 속도로 달려오실 거라면 접근 금지 명령이라도 신청해 봐야겠어요."

"그냥 좀 꺼지는 건 어떻습니까?" 그녀가 멈추지도 않고 물었다.

"네, 키츠 씨 말이 맞네요." 그가 키츠에게 말했다.

킴은 키츠가 무슨 말을 한 건지 전혀 알 수 없었지만, 지금 이 순간만큼은 눈곱만큼도 관심이 생기지 않았다.

그녀는 첫 번째 천막에서 서쪽으로 10미터쯤 떨어진 곳에 있는 일행

쪽으로 갔다. 그곳이 장비 보관용 천막 뒤쪽에 있다는 건 기자들의 시야가 가려졌다는 뜻이었다. 킴은 작은 행운에 감사했다.

"무슨 일입니까?"

세리스가 킴을 한쪽으로 데려갔다. "가레스가 확인차 나머지 지역을 체크하고 있었는데, 자기 탐지기가 이 지점에 이르러서 두 번째로 이상 신호를 포착하더군요."

"세상에." 킴이 손으로 머리카락을 쓸며 말했다. "다른 것일 가능성도 있습니까?"

세리스는 어깨를 으쓱했다. "가능성이야 항상 있지만, 발굴을 시작하기 전까지는 모르죠. 그전에 형사님이 보셨으면 하는 게 있어요."

킴은 세리스를 따라 장비 보관용 천막으로 들어갔다. 접이식 탁자들이 세워져 있고 그 위에 락앤락 통들이 놓여 있었다. 두어 개는 비어 있었지만, 대부분은 다양한 양의 흙으로 채워져 있었다.

"작은 금속 파편들이 좀 나왔어요. 좀 더 조사해 봐야겠지만, 형사님도 여기에 관심을 가지실지도 모른다는 생각이 들어서요."

세리스는 가는 흙과 몰티저 초콜릿처럼 보이는 뭔가가 담겨 있는, 크기가 비교적 작은 락앤락 통으로 손을 뻗었다.

"이게 뭡니까?"

세리스는 알갱이 하나를 꺼내 킴의 눈높이로 들어 올렸다. 노란 얼룩들이 박힌 분홍색 구슬이었다. 킴은 고개를 기울였다. "구슬?"

세리스가 고개를 끄덕였다.

"몇 개나 됩니까?"

"지금까지 일곱 개요."

"팔찌인가요?"

세리스는 어깨를 으쓱하며 미소 지었다. "그거야 형사님이 알아내서 야죠. 물론, 완전히 다른 층위에서 나온 물건일 가능성은 항상 열려 있 어요."

"다른 뭐요?"

세리스는 잠시 눈을 감았다. "벽에 대해서 말씀드렸던 것 기억나세요?"

그래, 킴은 사건들이 여러 층에 걸쳐 일어난다고 했던 말이 기억났다. "그러니까 이 구슬들이 시체와는 아무런 관련이 없을 수도 있다는 말씀 이십니까?"

"네, 맞아요."

"사진은 언제 받을 수 있습니까?"

"오늘 찍은 건 내일 아침이 되자마자 전달될 거예요."

킴은 고개를 끄덕이고 천막을 나섰다. 기계가 탐지한 구역 사방에 노 란 페인트 스프레이가 칠해져 있었다. 세리스가 다가와 곁에 서자 킴이 돌아보았다. "왜 아직 발굴을 하지 않는 겁니까?"

"거의 세 시니까요. 해가 앞으로 한 시간 반밖에는 더 들지 않을 테니 시간이 모자라요."

"지금 장난합니까? 어린 여자애를 그냥 저 아래에 놔두겠다고요?"

세리스는 놀라서 킴을 돌아보았다. "첫째, 지금으로서는 저게 죽은 개 의 사체인지 아닌지도 확실하지 않아요." 세리스는 전날 킴이 썼던 예시 를 그대로 들며 말했다. "그리고 둘째, 저 밑에 시체가 있다면 성별을 추 정하는 건 무모한 일이에요. 첫 번째 시신조차…."

"대체 당신들, 과학자들은 뭐가 문젭니까? 대학에 자유로운 사고의 제거라는 특별 강좌라도 있는 거예요?"

"발굴을 완료하지 못할 걸 알면서도 지금 흙을 건드리기 시작하면 현장을 오염 요소에 노출하는 위험을 감수하게 돼요. 소중한 증거를 잃어버릴 수도 있다는 얘기죠."

킴은 고개를 저었다. "당신들은 다 똑같습니다. 안드로이드 복제 인간처럼, 믿는 구석이라고는…."

"과학자라고 다 똑같지는 않다는 건 확실히 말씀드릴 수 있어요. 아무튼, 어제는 형사님 마음대로 했을지 몰라도 오늘은 내 방식대로 할 거예요."

킴이 그녀를 노려보았다. 세리스는 팔짱을 꼈다. "조바심 내시는 건 이해해요, 형사님. 사실은 저도 마찬가지고요. 하지만 누구한테 들볶여서 실수를 저지르지는 않을 거예요. 게다가 저희 팀원들은 여기 오느라고 오늘 새벽 4시에 출근했다고요. 휴식이 필요해요."

세리스는 가려다 말고 돌아왔다. "약속할게요, 난 여기 하룻밤 더 있어도 괜찮아요."

"…고맙습니다. 세리스."

"별말씀을요, 킴."

킴은 브라이언트와 케빈이 있는 곳으로 가 그들을 한쪽으로 불러냈다. "자, 저 사람들은 하루 정도 늦을 예정입니다. 저 밑에서 시신이 또 나오면 일이 정말 커져요. 여유 있을 때 집에 가서 쉽시다. 내일부터는 쉴 틈이 없을 테니까 가족들한테 교대 근무란 머나먼 옛 일이 될 거라고 알려 주고요."

"걱정 마세요, 대장." 케빈이 밝게 말했다. 눈이 침침해 보였고 약간 충혈되어 있었지만, 나름대로 느낀 게 있는 모양이었다.

"아셨습니까, 브라이언트?"

"그럼요, 대장."

"좋습니다. 브리핑은 일곱 시. 누가 스테이시한테 알려 주세요."

킴은 둘에게서 멀어져 가며 속으로 조용히 분을 삭였다. 기다리는 건 그녀의 특기가 아니었다.

30

킴이 차고에 들어갔을 때는 거의 자정이었다. 차고 너머의 조용한 가정집들은 평화로운 침묵을 되찾은 뒤였다. 그녀는 아이팟을 켜고 쇼팽의 〈야상곡〉을 선택했다. 지친 몸이 잠들도록 피아노 독주곡이 이른 아침까지 그녀를 편안하게 해 줄 터였다.

땅속에 시체가 한 구가 더 누워 있을지도 모르는 상황에서 아무것도 할 수 없다는 무력감을 느낀 그녀는 범죄 현장을 떠나 경찰서로 돌아갔다가, 한참 만에 귀가해 집 전체에 청소기를 돌렸다. 주방을 걸레질하고 초강력 세제 반 통을 써 가며 가구 표면을 닦았다. 설거지를 두 번에 걸쳐 마치고 옷은 말려서 다림질한 뒤 옷장에 걸어 놓았다.

그랬는데도 초조함이 온몸을 사납게 휩쓸었기에 욕실의 부러진 선반을 고치고 거실 가구를 재배치하고 계단 꼭대기의 건조대까지 정리하게 됐다.

'좀 닦아 줄 필요는 있을지도 모르지.'

킴은 이 집 전체에서 가장 좋아하는 공간으로 들어가며 생각했다. 그녀의 왼쪽에는 닌자가 다음번 모험을 대비하며 역방향으로 서 있었다.

킴은 잠시 오토바이의 몸체에 몸을 싣고 있는 자신의 모습을 그려 보았다. 가슴과 배를 연료통에 바싹 대고 허벅지로는 가죽 의자를 꽉 죄고서, 무릎은 땅에서 한 뼘 정도밖에 떨어지지 않은 채로 핸들을 꺾으며 연달아 가파르게 방향을 전환하는 모습. 두 손과 발을 협응시켜 가와사키 닌자라는 짐승을 통제하려면 집중력을 끝까지 끌어내야 했고, 그러자면 머릿속에서 다른 모든 게 지워졌다. 닌자를 타는 것은 생기 넘치는 말을 길들이는 것과 같았다. 문제는 통제력이었다. 반항아 길들이기.

한 번은 브라이언트가 킴에게 그녀는 운명과 다투는 걸 즐기는 것처럼 보인다고 했다. 운명은 그녀에게 아름다운 외모를 주었지만, 그녀는 절대 겉모습을 가꾸지 않았다. 그녀를 요리 못하는 사람으로 만들려는 운명의 결정에 맞서, 그녀는 매주 복잡한 메뉴에 도전했다. 하지만 그녀가 이른 죽음을 명령한 운명에 맞서 지금까지 싸워 왔고, 또 이겨 왔다는 사실을 아는 사람은 그녀 자신뿐이었다.

어떤 순간에는 운명이 킴을 쫓아와 여섯 살의 그녀에게 시도했던 것처럼 그녀를 통계 자료 속 한낱 숫자로 만들려 했다. 그래서 킴은 이따금 그런 운명들을 꾀어냈다. 어디 그때처럼 한번 잡아 보라고 도발했다.

트라이엄프 선더버드를 복원한 건 사랑 때문이었다. 그녀에게 안전하다는 느낌을 심어 주려 노력했던 두 사람, 그녀를 사랑하려 노력했던 그 사람들과 그러기로 약속했었다. 선더버드는 영혼의 갈증을 풀어주는 감정적인 여정이었다.

킴은 집에서도 오직 이곳에 있을 때만 근무 시간의 스트레스와 긴장을 풀고 만족감을 느낄 수 있었다. 이곳에서라면, 킴은 모든 단서를 해부하는 분석적인 형사가 될 필요도 없었고 최선의 결과를 얻기 위해 팀원들을 이끌고 자극하는 리더가 될 필요도 없었다. 여기에서는 자신이 진정으로 사랑하는 일을 할 수 있는 능력을 갖추고 있다고 변명할 필요도 없었고, 형편없이 부족한 사회적 기술을 꾸며 내느라 애쓸 필요도 없었다. 이곳에서는 킴도 행복했다.

그녀는 다리를 꼬고 앉아 모으는 데 5개월이 걸린 부품들을 살펴보기 시작했다. 93년산 순정 트라이엄프 부품들을 모두 조립하면 크랭크샤프트 케이스가 될 것이다. 이제 그녀가 해야 할 일은 그 방법을 알아내는 것뿐이었다.

클래식 오토바이 복원이라는 어려운 작업에는 비교적 작은 과제들이 수반됐다. 크랭크샤프트 케이스는 이 기계의 핵심이었으므로, 킴은 퍼즐 속 퍼즐을 풀 때면 늘 그러듯 비슷한 유형의 부품들을 한데 모았다.

20분 뒤에는 와셔, 개스킷, 스프링, 밸브, 관, 피스톤들이 모두 분류되었다. 그녀는 이 도전을 해결하는 내내 길잡이가 되어 줄 도면을 펼쳤다.

킴은 보통 도면을 보면 조립 방법이 3차원 홀로그램이라도 되는 것처럼 페이지에서 곧장 솟아난다고 느꼈다. 그녀는 생각만으로 가장 논리적인 시작점을 알아낼 수 있었고, 거기에서 조립을 시작하곤 했다. 하지만 오늘 밤에는 지시 사항들이 숫자와 화살표, 도형의 진창으로 남아 있었다. 10분이나 노려보았는데도 도면은 여전히 로제타석의 글자들과 비슷하게 보였다.

제기랄. 아무리 열심히 노력해도 이번 사건이 그녀를 불안하게 만들고 있다는 걸 의식할 수밖에 없었다.

그녀는 꼬았던 다리를 풀고 벽에 기댔다. 어쩌면 마이키의 무덤과 가까운 곳에서 너무 오랜 시간을 보냈기 때문인지도 몰랐다. 매주 새 꽃을 가져가긴 했지만, 그녀는 여태 여섯 살 때의 기억을 잠가 두고 들여다보지 않았다.

폭탄의 뇌관을 건드리기에 좋은 시간이란 없다. 마찬가지로 그 기억의 꾸러미를 열어 보기에 좋은 시간은 영원히 찾아오지 않을 것이다. 사람들이 킴더러 만나 보라고 했던 모든 정신과 의사들이 그 상자를 열어 보려다가 실패했다. 그들은 치유되려면 트라우마에 대한 이야기를 해야만 한다고 그녀를 설득했으나 킴은 저항했다. 그들 모두가 틀렸으니까.

마이키가 죽고 나서 몇 년 동안 킴은 도저히 풀 수 없는 퍼즐이라도 된 것처럼 정신 건강 전문가들을 전전했다. 돌이켜 생각해 보면, 누가 스테이크 나이프 세트라도 상품으로 걸고 블랙컨트리에서 벌어진 최악의 방임 사건으로 희생된 쌍둥이 중 살아남은 아이를 분석해 보라고 한 건 아닐까 싶었다.

그 아이를 치유해 줄 전문가에겐 아무 상품도 없었던 걸까.

침묵과 공격성이 그녀와 가장 친한 친구가 되었다. 킴은 까다로운 아이로 변해 갔다. 그녀가 의도한 그대로였다. 그녀는 누가 응석을 받아주는 것도, 사랑해 주는 것도, 이해해 주는 것도 바라지 않았다. 양부모들이나 가짜 형제자매들, 고용된 보육사들과 연대감을 쌓고 싶지도 않았다. 혼자 남겨지고 싶었다.

네 번째 위탁 가정을 만나기까지는 말이다.

키스와 에리카 스펜서는 중년의 부부였다. 킴은 그들의 첫 위탁 아동이었고, 결국은 마지막 위탁 아동이 되었다.

그들은 둘 다 교사였으며 아이는 일부러 낳지 않았다. 대신 그들은 남는 시간을 오토바이를 타고 세계 여행을 하는 데 썼다. 부부의 친구 중한 명이 오토바이 사고로 죽은 뒤부터는 끊임없던 여행을 줄일 때가 왔다고 판단했지만, 오토바이에 대한 열정만은 남았다.

나이 열 살에 그 부부의 손에 맡겨졌을 때 킴은 잔뜩 가시를 세우고 있었다. 캐묻듯 길게 이어지는 수다와 조심스럽게 이해해 보려는 노력 같은 흔한 공격에 맞설 준비를 하고 있었다.

그녀는 처음 석 달을 자기 방에서 보냈다. 거절의 기술을 연마하며 그들의 간섭에 대비하고 있었다. 그런 간섭이 일어나지 않자, 킴은 자기도 모르게 잠깐이나마 아래층으로 내려가 보게 되었다. 겨울잠을 자던 동굴에서 나와도 안전한지 확인해 보는 동물처럼. 두 사람은 놀랐을지 몰라도 그런 내색을 하지는 않았다.

그렇게 밖으로 나가 보던 어느 날, 그녀는 키스가 차고의 낡은 오토바이를 고치고 있는 걸 보고 약간 흥미를 느꼈다. 처음에는 아주 멀리 떨어진 곳에 앉아 그냥 지켜보기만 했다. 키스는 돌아보지도 않고 자기가 뭘 하고 있는지 설명해 주었다. 그녀는 한 번도 대답하지 않았지만 그는 어쨌든 말을 계속했다.

킴은 매일 그의 작업 공간으로 조금씩 다가갔고 마침내 다리를 꼬고 그의 바로 곁에 앉게 되었다. 키스가 차고에 있으면 그녀도 차고에 있었다.

킴은 점점 기계의 작동 방식에 대해 질문을 던지기 시작했다. 그 모든 게 어떻게 조립되는지 알고 싶었다. 키스는 그녀에게 도면을 보여 주고 시범을 보였다.

에리카는 종종 그들을 차고에서 억지로 끌고 나와야만 했다. 주방 선반의 무수히 많은 요리책에서 찾은 그녀만의 최신 고급 요리를 먹이려는 것이었다. 킴은 에리카의 클래식 음악 컬렉션이 조용히 흐르는 가운데 식사를 하면서도 계속 질문을 던져 댔고, 그러면 에리카는 애정을 담아 그녀에게 눈을 흘기곤 했다.

킴이 그 부부와 약 18개월을 지냈을 때 키스가 킴을 돌아보며 말했다. "좋아. 내가 하는 건 충분히 본 것 같은데, 배기관에 너트랑 와셔를 직접 끼워 볼 수 있겠니?"

키스는 자리를 비켜 주고 주방에 마실 것을 가지러 갔다. 그렇게 생애 첫 너트를 돌리는 순간, 킴에게는 처음으로 좋아하는 일이 생겼다. 그 과정에 완전히 마음을 빼앗긴 그녀는 차고 바닥 여기저기에 널려 있는 부품들을 계속 분류한 끝에 두어 가지 다른 부품들을 오토바이에 끼워 넣었다.

조용히 웃는 소리에 그녀는 뒤를 돌아보았다. 두 사람 모두가 문 앞에 서서 그녀를 지켜보고 있었다. 에리카는 눈물 어린 모습이었다.

키스가 다가와 그녀 옆에 자리를 잡았다. "그래, 내 머리를 물려받았을 줄 알았어." 그가 킴의 옆구리를 쿡 찌르며 말했다.

불가능한 얘기라는 건 알았지만, 그 말 때문에 킴은 운명이 좀 더 친절했더라면 그녀와 마이키가 얼마나 행복했을지 생각하며 목구멍이 죄어 오는 것을 느꼈다.

킴의 열세 번째 생일 2주 전, 양어머니가 코코아를 타 오더니 말없이

침대 옆 서랍에 올려놓았다. 에리카는 나가다 말고 문 앞에 잠시 멈춰
섰다. 그녀는 문손잡이를 꽉 잡고 있었지만 돌리지는 않았다.

"킴, 우리가 얼마나 사랑하는지 알지?"

킴은 아무 말도 하지 않고 그녀의 등을 뚫어져라 응시했다.

"우리가 널 낳았더라도 이 이상 사랑할 수는 없었을 거야. 우린 절대
널 바꾸려 들지 않아. 지금 모습 그대로 널 사랑해, 알지?"

그 말에 킴은 눈물이 괴어 고개를 끄덕였다. 그녀가 깨닫지도 못하는
사이 이 중년 부부가 그녀의 마음을 어루만지고 처음으로 안정감이라는
토대를 경험하도록 해 주었다.

이틀 후, 키스와 에리카는 고속도로에서 다중 추돌 사고로 사망했다.

나중에 킴은 그들이 입양 관련법을 전문적으로 다루는 변호사를 만나
고 돌아오는 길이었다는 사실을 알게 되었다.

킴은 사고 한 시간 만에 짐을 챙겨 누구도 원하지 않는 소포처럼 사회
복지 시스템 안으로 돌아왔다. 그녀의 귀환에는 축하도, 팡파르도 따르
지 않았다. 3년에 걸친 그녀의 부재를 누구도 알은체하지 않았다. 여기
저기를 가리키는 고갯짓, 그리고 최근에 빈 남는 침대.

킴은 몰래 빠져나와 뺨으로 흘러내린 눈물 한 방울을 훔쳤다. 과거로
의 여행은 이게 문제였다. 모든 행복한 기억이 비극과 상실로 이어졌다.
그녀가 과거를 자주 찾지 않는 이유였다.

커피포트에서 나는 향이 주방에서 그녀를 불렀다. 킴은 땅을 짚고 일
어나 머그잔을 다시 채우러 갔다. 그녀는 머그잔에 커피를 부으며 두 눈
으로는 부엌 선반을 따라 놓여 있는 엄청나게 많은 요리책을 훑었다. 갑
자기 21년이나 늦은 단어들이 입술 사이에서 새어 나왔다.

"에리카, 나도 사랑해요."

31

니콜라 애덤슨은 서던 컴포트를 한 모금 마셨다. 보통 근무 중에는 술에 손도 대지 않았지만 오늘 밤은 뼛속까지 깃든 뻣뻣한 느낌을 도무지떨쳐 낼 수가 없었다. 관절이 녹아서 달라붙은 듯했고 근육에는 누가 시멘트를 주사한 것 같았다.

클럽 분위기는 짜릿했다. 흥도, 현금도 넘쳐흐르는 스위스 은행가들이 찾아왔던 것이다. 음악이 쿵쿵거렸고 웃음은 전염되었다. 나머지 여자들은 단골손님과 어울리느라 바빴다. 그들의 미소는 진심 어리고 솔직했다. 모든 징조가 그날 밤은 모두에게 즐거운 밤이 될 거라고 알리는듯했다. 아무 노력을 하지 않아도 일할 수 있는, 그런 분위기였다. 보통때였다면 말이다.

니콜라는 여동생과의 말다툼을 떨쳐 버리느라 애쓰는 중이었다. 기억나지도 않을 만큼 사소한 일로 시작된 그 말다툼은 엄청난 싸움으로번져 치고받기 직전에야 멈추었다.

베스는 뻔하게도 니콜라에게는 있고 베스에게는 없는 것들을 주워섬기며 죄책감 카드를 꺼내 들었다. 결국 베스는 성질을 터뜨리며 아파트를 떠났고, 니콜라가 출근할 때까지도 돌아오지 않았다.

베스는 성인이었고 자기 한 몸쯤 충분히 돌볼 수 있었지만, 그렇더라도 니콜라는 자기가 언니로서 베스를 보호해야 한다는 걸 알고 있었다. 둘 사이에 어떤 적의가 흐르든 걱정이 됐다. 어쩔 수가 없었다.

"니콜라, 괜찮아?"

그녀는 놀라서 움찔했다. "괜찮아요, 루."

클럽 주인은 전직 레슬링 선수였다. 매일 밤 출근할 때 입는 셔츠와 정장으로도 체격이 감춰지지 않았다. 이 클럽은 루의 앞마당이자 그가 맨손으로 일궈 낸 곳이었다. 루는 매력적인 여자들이 춤을 추어 고객들을 즐겁게 해 주는, 상류층을 대상으로 한 클럽을 꿈꿔 왔다. 그는 개업 첫날부터 손님들과 직원들에게 똑같이 엄격하게 적용되는 세 가지 원칙을 세웠다.

옷 벗기 금지. 신체 접촉 금지. 비매너 금지.

직원들에게는 네 번째 규칙도 있었다.

마약 금지.

루는 처음 세 가지 규칙이 잘 실행되는지 직접 감시하고 네 번째 규칙을 지키기 위해서는 한 달에 한 번씩 마약 검사를 실시하기로 했다. 이런 원칙이 그의 사업 계획이자 강령이었고, 루는 언제나 모범을 보였다. 니콜라가 아는 여자 중 루가 있을 때 불편해하는 사람은 한 명도 없었다.

"오늘 밤은 평소답지 않은데?"

그녀는 거짓말을 할까 생각했지만, 그러기엔 사장이 그녀를 너무 잘 알았다.

"그냥 딴생각이 좀 들어서요, 루."

"오늘은 바에서 일할래?"

니콜라는 고개를 저었다가 끄덕였다가 한숨을 쉬었다. 솔직히, 그녀는 자기가 뭘 하고 싶은 건지 알 수 없었다.

루는 바 뒤쪽의 문으로 따라 들어오라고 손짓했다. 비교적 조용한 복도에 이르자 그가 걸음을 멈추었다. 샌디에이고 출신의 전직 모델 메리 엘런이 둘 사이를 비집고 들어왔다. 루는 그녀가 말을 엿들을 수 없는 곳까지 멀어지기를 기다렸다.

"동생 때문에 그래?"

니콜라는 자기도 모르게 입이 쩍 벌어졌다. "베스를 어떻게 아세요?"

그는 복도 이쪽저쪽을 살폈다. "그게, 말 안 하려고 했는데 오늘 걔가 여기 왔었어."

니콜라는 입이 바싹 마르는 걸 느꼈다. "베스가 여기 왔다고요?"

루가 고개를 끄덕였다. "네가 한 번뿐인 인생을 보다 의미 있는 일을 하면서 보낼 수 있게 놔주라더라."

"세상에, 아니에요." 니콜라는 숨죽여 말했다. 얼굴이 확 붉어지며 두근거리는 게 느껴졌다. 살면서 이렇게 굴욕감을 느껴 본 적이 없었다. "그래서 뭐라고 하셨어요?"

"넌 다 큰 성인이고, 자기 일은 충분히 알아서 결정할 수 있다고 했지."

"고마워요, 루. 죄송해요. 그것 말고 다른 얘기도 하던가요?"

"그래, 나한테 욕을 몇 마디 하더니 내가 널 착취한다고 비난하더라. 한 번도 들어 본 적 없는 얘긴데 말이지." 그는 눈알을 굴려 댔다.

니콜라가 미소를 지었다. "그래서요?"

"의견 고맙다고 하고, 내가 도와줄 수 있는 다른 일이 있는지 물어봤어."

니콜라는 큰 소리로 웃었다. 그 말이 몸속에 쌓여 가던 긴장감을 풀어 주는 해독제이자 반가운 해방감이 되어 주었다. 하지만 루의 재치 있는 농담에도 니콜라는 베스가 자기 직장에까지 찾아와서 가족사를 밝혔다는 게 무척 당황스러웠다.

"있잖아요, 루. 오늘 밤에는 별로 기분이 나지 않아요. 집에 가야 할지도 모르겠어요."

루는 알겠다는 뜻으로 고개를 끄덕였다. "그게 말이지, 너희 자매 중 나랑 같이 일하는 사람이 너라니 참 다행이야. 네 동생이 머리끝까지 화가 나 있다는 걸 생각하면."

"그러게요." 니콜라는 조용히 말하면서 속으로 그쯤이야 화난 축에도 못 낀다고 생각했다. 그녀는 통로 끝의 탈의실로 걸어가기 시작했다.

"아, 그리고 니콜라…."

루가 돌아보았다.

"조심해. 네 동생, 너한테 진짜 화가 나 있는 것 같거든."

니콜라는 깊이 한숨을 쉬고 앞서 했던 생각을 되풀이했다.

그 정도면 다행이죠.

32

"좋아, 케빈. 너부터." 킴이 지시했다.

그녀는 이미 전날의 범죄 현장을 브리핑하고 두 범죄의 연결고리가 되는 솔잎이 발견되었다는 짧은 설명을 마친 터였다.

세리스는 약속을 지켰다. 사진은 6시 30분이 지나자마자 도착했다. 현장 조감도가 화이트보드에 붙어 있었다.

케빈이 자리에서 일어나 첫 번째 매장지에서 지도 가장자리까지 이어지는 선을 그렸다. "이게 1번 희생자입니다. 공식적으로 성별이 확인되지는 않았지만, 옷도 그렇고 구슬이 발견된 걸로 봐서도 이 시신은 여성일 가능성이 클 것으로 생각됩니다. 대략 10년간 이 자리에 묻혀 있었을 겁니다. 현재는 시신이 현장에서 수습되어, 키츠와 베이트 박사와 함께 연구실에 있습니다. 지금까지 밝혀진 바에 따르면 이 시신의 머리가 잘렸다는 건 확실합니다."

"소름 끼치네." 스테이시가 말했다.

케빈은 말을 이어가며 화이트보드에 메모했다.

킴은 제목에 여전히 "1번 희생자"라고 적혀 있는 게 거슬렸다. 그 뼈들은 한때 사람이었다. 근육과 피부가 있었고, 아마 점도 있었을 것이다. 표정이 있는 얼굴도. 그들은 그냥 뼈다귀가 아니었다. 이 아이는 생전에도 이름 없는 존재로 살았다. 그런 아이에게 아직도 이름이 없다는 사실이 킴을 화나게 했다.

킴은 보육원 아이들이 얼마나 눈에 띄지 않는지 직접 깨달았던 때가 선명히 떠올랐다. 여덟 살 때 그녀는 세탁한 베갯잇을 가지러 세탁실에 들어갔다. 그녀의 눈길이 클립보드에 붙어 있던 종이에 닿았다. 처음부터 끝까지 총 일곱 장으로 이루어진 그 서류는 침실 일곱 곳의 도면이었다. 각 도면에는 침대가 하나씩 그려져 있고 번호가 매겨져 있었다. 1번 침대, 2번 침대, 3번 침대마다 아래쪽에 체크 박스가 있었다. 그녀는 어째서 19번 침대라는 단어 대신 자기 이름이 적혀 있지 않은 건지 궁금했다.

킴은 침대에 아이들의 이름을 붙이는 것이 너무 귀찮은 일이라는 걸 빠르게 깨달았다. 침대 주인은 바뀌지만 침대 위치는 바뀌지 않았던 것이다.

킴은 나무 의자에 걸터앉아 다리미판에 몸을 기대고 아이들이 쓰는 침대 옆에 그 애들의 이름을 모두 적었다.

이틀 후 세탁실을 간단히 살펴보니 새로운, 깨끗한 종이들이 있었다. 1번 침대, 2번 침대, 3번 침대. 그녀의 공간, 그녀의 정체성, 그녀의 하나뿐인 작은 안전지대는 그토록 쉽게 지워지는 것이었다. 영원히 잊지 못할 교훈이었다.

케빈이 화이트보드를 가리키자 킴은 다시 그에게 주의를 집중했다. "두 번째 물체가 발견된 곳은 여기, 첫 번째 지점에서 약 15미터 떨어진 곳입니다."

그는 지도 가장자리까지 선을 긋고 별표로만 표시했다. 그가 쓴 물체라는 단어에 온몸이 반응을 보였지만, 킴은 억지로 눌러 참았다. 아직 시신이 발견된 건 아니니까.

"고마워, 케빈. 오늘은 발굴팀이 현장 전체를 조사해 보고 다른 뭔가가 있지는 않은지 확인하자."

"시체가 더 있을 거라고 생각하세요, 대장?"

킴은 어깨를 으쓱했다. 정말이지 전혀 알 수 없었다.

"스테이시, 테이프는 살펴봤어?"

스테이시가 눈알을 굴렸다. "네, 〈벤허〉 원본을 녹화하는 데 쓰였을 법한 테이프예요. 수백 번은 넘게 덮어씌웠더라고요. 제가 아는 친구가 화질을 높여 줄 수 있을지도 몰라요. 근데 그 친구가 공식 전문가로 등록돼 있지는 않아서….”

“어쨌든 보내 봐. 메리 앤드루스가 살해당했다는 사실을 증명할 수 없는 만큼 증거로서는 소용없겠지만, 뭔가 나올지도 몰라.”

스테이시가 고개를 끄덕이며 메모를 남겼다. “테레사 와이어트에 대해서는 더 나온 게 없어요. 통화 기록을 확보했는데, 설명되지 않는 전화는 건 적도 받은 적도 없습니다. 이중으로 찍힌 족적 두어 개를 제외하면 과수 팀은 현장에서 아무것도 발견하지 못했고요.”

살인자는 최초의 발자국을 발로 뭉개 신원 확인 과정을 더욱 혼란스럽게 만들 정도로 여유를 부렸다. 소방 당국에 의한 훼손으로는 충분하지 않다는 듯.

“영리하기도 하고, 인내심이 없는 것이기도 하고.” 킴이 말했다.

“왜 인내심이 없다는 거죠?” 브라이언트가 물었다.

“테레사 와이어트의 시신은 방화 사건 때문에 발견 시간이 앞당겨져서, 사망 한 시간 이내에 발견됐습니다. 위스키를 계속 마셨다면 톰 커티스도 죽었을 가능성이 크죠. 하지만 그 정도로는 우리 범인에게 충분하지 않았던 겁니다.”

“화가 났다는 걸 우리에게 알리고 싶었던 거네요.” 브라이언트가 생각에 잠겨 말했다.

“확실히 할 말이 있나 봅니다.”

“뭐, 다른 사람한테 또 그 말을 하기 전에 놈을 막아야겠네요.” 스테이시가 컴퓨터 자판 몇 개를 누르며 덧붙였다. “전 케빈의 일을 받아서 하다가, 크레스트우드의 리처드 크로프트가 브롬스그로브의 보수당 하원의원이 틀림없다는 걸 확인할 수 있었어요."

"빌어먹을." 킴이 말했다. 우디가 아주 마음에 들어 하겠네.

"그리고 리처드 크로프트랑 두 번째 야간 경비원의 주소를 알아냈어요."

프린터가 덜컥 작동되기 시작했다. 브라이언트가 한 장짜리 서류를 집어 들었다. "지역 보건의한테서 크레스트우드 출신 아동들의 최신 건강 기록도 확보했어요. 근데 솔직히 말해서, 거기에 누가 있었는지에 대해서는 페이스북이 더 많은 정보를 알려 주더라고요."

"계속 조사해, 스테이시. 첫 번째 피해자 신원을 확인하는 데 유용할 수도 있으니까. 누군가가 이 구슬들을 알아볼지도 몰라."

킴은 팀원 전체를 돌아보았다.

"오늘 우리가 집중할 대상은 직원들입니다. 예전 보육원생들이 어떤 식으로든 위험에 처해 있다고 볼 만한 근거는 없습니다. 윌리엄 페인과는 브라이언트와 내가 이미 이야기를 나눠 봤는데, 그 사람에게는 중증 장애가 있는 딸이 있습니다. 페인은 자기 직업을 무척 좋아했지만 다른 직원들을 그렇게 자주 보지는 못했어요. 최근에 무단 가택 침입 미수 사건 피해자가 되었는데, 그 집의 보안 수준을 생각하면 말도 안 되는 일입니다. 케빈, 현장에 돌아올 때 상담차 페인에게 들러 봐."

케빈은 알겠다는 뜻으로 고개를 끄덕였다.

킴이 자리에서 일어난 다음 어항으로 들어가 재킷을 집어 들었다. "가죠, 브라이언트. 연구실에 들러서 베이트 박사에게 할 얘기가 있는지 물어봐야겠습니다."

브라이언트가 그녀를 따라 문을 나섰다. "천천히 하세요, 대장. 겨우 일곱 시 삼십 분인데. 그 사람한테도 시간을 줘야죠."

"이미 와 있을 겁니다." 킴이 말했다. 그녀는 벌써 계단 맨 밑에 이르러 있었다.

킴은 조수석 문을 열면서 심호흡을 했다. 오늘은 또 뭘 파냈을까.

33

부검실에 들어간 킴은 눈이 빛에 익지 않아 세 차례 눈을 깜빡였다. 스테인리스 강철이 너무 많아 십여 개의 플래시가 동시에 터지는 것 같았다.

"여기만 들어오면 소름이 돋네요."

킴이 브라이언트를 돌아보았다. "언제부터 그런 소녀 감성이 되셨습니까?"

"옛날부터요."

병리학 연구실은 최근에 현대화되어, 지금은 작은 병동처럼 격리된 방 네 곳이 있었고 각 방은 싱크대, 해부대, 붙박이장, 도구함을 완전히 갖추고 있었다. 그런 도구 중 상당수는 일상적인 수술에서 사용되는 가위나 메스와 별로 다르지 않은 무해한 모습이었으나 두개골을 부수는 정과 뼈 전용 톱, 갈비뼈 절단기는 영화 〈스크림〉의 감독 웨스 크레이븐의 상상력 속에서 끌어낸 것처럼 보였다.

병원 주요 구역의 병동들과는 달리 각 침대 주변에 커튼은 쳐져 있지 않았다. 이곳의 고객들은 절대 내숭을 떨지 않았으니까.

수습된 해골이 형태에 맞게 놓여 있었다. 어째서인지 땅속에 있을 때보다 더 쓸쓸하게 보였다. 지금 뼈들은 무균 환경 속에 모습을 드러낸 채 검토되고 분석되고 연구되는 중이었다. 그게 그들이 겪어 내야 할 또한 번의 모욕인 것만 같았다.

해부대는 길었고 가장자리가 전체적으로 튀어나와 있어서 지나치게 큰 칠면조 요리용 접시 같은 인상을 주었다. 킴은 유해를 덮어 주고 싶은 극심한 충동을 느꼈다.

천장 조명이 어깨높이까지 내려왔다. 치과에서 사용되는 조명이 떠올랐다. 베이트 박사가 오른쪽 대퇴골 크기를 재 보고 측정된 수치를 클립보드에 적었다.

"바쁘시네요."

"일찍 일어나는 새가 벌레를 잡는다고들 하잖습니까. 물론 곤충학자한테는 그게 말 그대로 이상한 소리이겠지만요."

킴은 주먹을 움켜쥐는 시늉을 했다. "박사님, 방금 농담을 하신 겁니까? 아니죠, 설마?"

박사가 흰 실험실 가운을 젖혔다. 빛바랜 청바지, 그리고 초록색과 파란색 줄무늬가 들어간 럭비 셔츠가 드러났다.

"형사님, 만나는 모든 사람에게 이렇게 냉소적이신가요?"

그녀는 2초 정도 생각해 보았다. "확실히, 그러려고 노력하기는 합니다."

베이트 박사는 돌아서서 그녀를 정면으로 마주 보았다. "어떻게 이 정도로 성공을 거두신 겁니까? 그렇게 무례하고 오만하고 불쾌하고…."

"아아, 칭찬 적당히 하시죠, 박사님. 저도 단점은 있는 사람이라서. 얘기 좀 해 주세요, 브라이언트."

"단점이 있는 건 확실…."

"그래서, 오늘 아침 우리 피해자에 대해 말씀해 주실 건 뭡니까?" 킴이 말을 잘랐다.

박사는 실망한 듯 고개를 젓더니 돌아섰다. "글쎄요. 먼저 말씀드릴 건, 유골은 피해자의 죽음보다는 삶에 대해 더 많은 걸 알려 주는 경향이 있다는 겁니다. 유골을 보면 피해자의 나이, 질병, 오래된 부상, 키, 체격, 뭐든 기형이 있었는지를 추정할 수 있죠.

사망 시점의 나이는 부패에 큰 영향을 끼칩니다. 나이가 어릴수록 부패가 빠르죠. 어린아이들의 경우 뼈 크기가 더 작습니다. 무기질도 덜 들어 있고요. 반대의 경우이지만, 비만인 사람도 더 빨리 부패합니다. 미생물이나 구더기가 먹을 수 있는 살의 양이 많기 때문입니다."

"끝내주네요. 그럼 이제, 실제로 도움이 될 만한 얘기를 해 주시겠습니까?"

박사는 고개를 뒤로 젖히더니 웃음을 터뜨렸다. "이거 하나는 인정해 드리죠, 형사님. 참 한결같으시네요."

킴은 아무 말도 하지 않고, 그가 검은 테 안경을 쓰는 동안 그저 기다렸다.

"왼쪽 발 척골 두 개가 부러졌습니다. 보통은 축구를 할 때 생기는 부상인데, 이 피해자의 경우 사망하기 오래전에 입은 부상이 아닙니다. 뼈가 전혀 붙지 않았거든요."

"뭔가를 차다가 생긴 부상일 수도 있을까요?" 브라이언트가 물었다.

"그럴 수도 있는데, 보통 사람은 오른발로 발길질을 합니다. 양발을 똑같이 쓰도록 훈련받은 게 아니라면 말이죠."

베이트 박사는 해부대를 따라 시신의 머리 쪽으로 이동했다.

"경추 골절은 이미 보여 드렸으니, 우리 모두 피해자가 어느 순간 머리를 잘렸다는 건 알고 있죠. 잔인한 공격이었습니다. 뼈를 부러뜨린 타격이 처음도 아니었고요."

그는 돋보기를 꺼냈다. "1번과 2번 경추를 보시면 제 말이 무슨 뜻인지 아실 겁니다."

킴이 그의 곁에서 허리를 숙였다. 1번 경추에는 눈에 띄게 파인 자국이 있었다.

"보이세요?"

킴은 그의 입에서 풍기는 민트 냄새를 알아채며 고개를 끄덕였다.

"여기, 이걸 잡고 계세요." 베이트 박사가 킴에게 돋보기를 건네며 말했다. 그는 목뼈가 옆으로 돌아가도록 시신을 천천히, 살짝 돌렸다. "이제 2번 경추를 보시죠."

베이트 박사는 킴이 두개골과 가장 가까운 목뼈 가장 윗부분으로 돋보기를 내리는 동안 시신을 움직이지 않게 잡고 있었다. 이번에도 선명하게 파인 자국이 보였다. 킴은 토할 것 같은 느낌이 들어 물러섰다. "하지만 어제 보여 주신 상처는 목 옆쪽에 있는 게 아니었는데요."

박사는 고개를 끄덕였다. 아주 잠깐, 그들의 시선이 교차했다.

"전 잘 이해가 안 됩니다." 브라이언트가 자세히 보려고 해부대 위로 몸을 숙이며 말했다.

"살아 있었던 겁니다." 킴이 웅얼거렸다. "놈이 머리를 자르려고 할 때 피해자가 움직이고 있었습니다."

"역겨운 자식." 브라이언트가 고개를 저으며 내뱉었다.

"누군가가 피해자를 덜 움직이게 만들려고 밟다가 피해자의 발에 부상이 생긴 것 일 수도 있습니까?"

그거라면 피해자가 땅에서 몸부림치면서도 도망치지 못한 이유가 설명될 것이었다.

"그게 논리적인 결론으로 보입니다."

"너무 확신하시지는 말고요, 박사님."

"연조직이 하나도 없으니 그 가설을 확인해 드릴 수는 없습니다만, 다른 명백한 사인은 하나도 발견하지 못했다는 말씀은 확실히 드릴 수 있겠습니다."

"얼마나 오랫동안 묻혀 있던 겁니까?"

"최소 5년입니다. 12년까지도 가능하고요."

킴이 못마땅한 표정이자 베이트 박사가 말했다.

"이보세요, 형사님. 연월일을 알려 드릴 수 있다면 저도 그렇게 하겠습니다. 하지만 시체가 분해되는 데에는 열기, 토양의 성분, 나이, 질병, 감염 등등 많은 변수가 영향을 줍니다. 형사님처럼 나도 사진과 의료 기록 전부, 여권, 최근 관리비 고지서까지 다 가지고 있는 사람을 찾고 싶은데, 불행히도 우리 손에 들어온 사람이 이 사람이잖아요."

킴은 베이트 박사가 성질을 터뜨려도 냉정함을 유지했다. "그래서 정확히 뭐가 손에 들어왔다는 겁니까?"

"학자로서 제 추정은, 이게 15세 이상은 되지 않은 미성년자의 시신이라는 겁니다."

"학자로서의 추정이요? 어림짐작을 뜻하는 과학자들만의 은어입니까?"

그가 고개를 저었다. "아뇨, 이 결론에 대해서는 법정에서 증언할 수 있다는 겁니다. 어림짐작이라면, 이 시체가 여성이라는 것이고요."

킴은 어리둥절해졌다. "하지만 어제 말씀으로는⋯."

"과학적 근거는 전혀 없습니다."

"구슬 때문에 하시는 말씀입니까?"

베이트 박사가 고개를 저었다. "세리스가 어젯밤에 이걸 가져왔습니다."

그는 천 조각이 들어있는 비닐봉지를 들어 올렸다. 킴은 가까이에서 들여다보았다. 천 조각에 무늬가 들어가 있었다.

"양말 조각입니다. 모직 천은 다른 섬유에 비해 훨씬 천천히 부패합니다."

"하지만 아직 이해가⋯."

"현미경으로 보니, 분홍색 나비 무늬가 남아 있는 게 겨우 보이더군요."

"그 정도면 됩니다." 킴은 몸을 돌려 부검실에서 빠져나가며 말했다.

34

난 처음 봤을 때부터 그 여자애가 마음에 들지 않았어. 그 애는 어딘지 불쌍한 구석이 있었거든. 한심하달까. 게다가 못생기기도 했고.

그 애가 몸에 걸친 건 모조리 사이즈가 너무 작았어. 신발은 발가락 부분이 뚫려 있었고 데님 치마는 허벅지를 너무 많이 드러냈지. 몸통조차 거기에서 뻗어 나온 긴 팔다리에 비하면 너무 작아 보였어.

내 생각에는 그 애가 나를 곤란하게 만든 마지막 아이였을 거야. 그 애는 너무 보잘것없어서 나로선 그 애 이름도 기억나지 않아.

그 애는 처음도, 마지막도 아니었지만 그 애의 비극을 끝나게 해 주는 데에는 왠지 만족스러운 구석이 있었어. 그 애는 누구의 사랑도 받지 못하고 아무도 함께하려 하지 않는 아이였거든. 홀리트리 지구의 열다섯 살짜리 엄마한테서 태어났으니 운명이 그 애한테는 별로 친절하지 않았던 셈이지. 엄마는 5년 후 둘째를 낳고 도망쳐 버렸어.

아버지도 6년 후 그 아이를 저버렸지. 어찌어찌 생겨 버린 세상 물건들을 담은 쓰레기봉투 하나만 달랑 들려서 애를 크레스트우드에 버린 거야. 아버지는 주말 면회에 대한 기대도, 자기가 다시 돌아올 거라는 희망도 품지 말라고 똑똑히 밝혔어.

아버지가 자신을 넘겨주는 동안 아이는 안내 데스크에 가만히 서 있었지. 상황을 이해할 만한 나이였거든. 아버지는 안아 주거나 쓰다듬어 주거나 작별 인사를 해 주지도 않고 가 버렸어. 하지만 마지막 순간에는 돌아서서 아이를 빤히 바라봤어. 뚫어지게.

아이는 짧은 순간이나마 후회의 흔적이나 일종의 해명을 기대했을까? 자기가 이해할 수 있는 어떤 변명을 말이야. 거짓말이라도 좋으니 아버지가 돌아올 거라 약속하기를 바랐을까?

아버지는 돌아와서 아이를 옆으로 데려갔어.

"잘 들어, 꼬맹아. 너 잘되라고 내가 해 줄 수 있는 말은 책을 열심히 보라는 거야. 넌 절대 남자를 사귈 수 없을 테니까."

그러더니 아버지는 떠나 버렸어.

그 애는 그림자처럼 다른 아이들 곁을 맴돌았지. 환심을 사고 싶어 했고, 사랑이든 아주 조금이나마 사랑처럼 보이는 것이든 간절히 원했어.

그 애는 애정에 대해서 별로 아는 것이 없었기 때문에 다른 아이들에게서 관심을 받으면 어쩔 수 없이 딱하게 고마워하며 영원한 충성을 맹세하고 음식이나 용돈 같은 선물을 가져다 바쳤어. 그 애 패거리에 속한다른 두 아이가 원하는 것이면 무엇이든지 말이야. 그 애는 잡종 똥개처럼 그 애들을 따라다녔고, 그 애들은 그걸 그냥 놔뒀어.

이 세상에 태어난 아이들 중에서도 가장 하잘것없는 아이가 이제는어떤 식으로든 중요해졌다니 재미있는 일이지. 모두가 그 애에게 답을구하고 있다니. 난 그 애에게 그런 선물을 준 게 기뻐.

어느 날 밤에 그 애가 말하더군. "제가 트레이시의 비밀을 알고 있어요."

내가 말했지. "나도 그런데."

나는 다른 사람들이 잠들면 다시 만나자고 말했어. 그건 우리 둘의 비밀이고, 나한텐 그 애에게 줄 깜짝 선물이 있다고 했지. 호숫가에 아기토끼들이 있다고 말이야. 그 기술은 한 번도 실패한 적이 없어.

새벽 1시 30분에 나는 뒷문이 열리는 걸 지켜봤어. 가느다란 빛이 뒤쪽에서 그 애의 키가 크고 여윈 몸을 비추자 그 애의 실루엣이 만화 속캐릭터처럼 보였지.

그 애는 내게 종종걸음 쳐 왔어. 나는 혼자 미소를 지었고.

어려울 것도 없었어. 애정을 어찌나 갈구하는지 역겨울 지경이었거든.

"할 말이 있어요." 그 애가 속삭였어.

"해 보렴." 나는 그 애의 게임에 장단을 맞춰주며 기대감에 찬 듯 말했어.

"전 트레이시가 도망갔다고 생각하지 않아요."

"그래?" 나는 놀란 시늉을 하며 물었어. 새로운 소식도 아니었지. 그 아이는 재빨리 피할 기회를 잡지 못한 사람이면 누구나 붙잡고 트레이시는 도망간 게 아닌 것 같다고 말해 왔으니까. 그 애의 멍청하고 어색한 얼굴이 뭔가 연구하는 듯한 가면을 쓰고 있었어.

"트레이시는 그런 애가 아닌데다가, 아이팟도 두고 갔거든요. 트레이시 침대 밑에서 제가 찾아냈어요."

이건 예상하지 못한 말이었어. 빌어먹을. 어떻게 그걸 놓쳤을까? 그 멍청한 년은 항상 아이팟을 귀에 꽂고 다녔는데 말이야. 틀림없이 어디서 훔쳐 온 물건일 텐데, 자랑스럽게도 내보이고 다녔단 말이지.

"그건 어떻게 했니?" 내가 물었어.

"아무도 훔쳐 가지 못하게 제 벽장에 넣어 놨어요."

"다른 사람한테도 얘기했어?"

그 애는 고개를 저었어. *"아무도 관심이 없는걸요. 트레이시가 아예 존재한 적도 없다는 것처럼요."*

당연히 그랬겠지. 내가 원한 것도 바로 그런 거였어. 하지만 이젠 그 빌어먹을 아이팟이 말썽이네.

나는 그 애에게 활짝 미소 지었어. *"너 아주 영리하구나."*

우리를 둘러싼 어둠도 그 애의 두 뺨을 물들이는 홍조를 감추지는 못했어. 그 애는 나를 기쁘게 해 주고 싶은 마음에, 어떻게든 도움이 되고 싶어서, 중요한 사람이 되고 싶어서 미소 지었어.

"그리고 다른 얘기도 있어요. 트레이시는 도망치지 않았을 거예요. 왜

냐하면…."

"쉿." 내가 입술에 손가락을 대며 말했어. 나는 그 아이에게 허리를 숙였지. 공범이, 친구가 된 것처럼 말이야. "네 말이 맞아. 트레이시는 도망치지 않았단다. 내가 그 애가 어디 있는지 알아." 나는 손을 내밀었어. "가서 볼래?"

그 애는 내 손을 잡고 고개를 끄덕였어.

나는 멀리 구석의 잔디밭으로 그 아이를 데려갔지. 건물에서 가장 멀고 어두운 그곳은 나무들로 가려져 있었어. 아이는 내 옆에서 걸었고.

그 아이는 구덩이로 굴러떨어져 뒤로 넘어졌어. 나는 그 애의 손을 놓아 버렸지.

아이는 혼란스러워서 잠깐 얼굴을 들더니 내가 구덩이로 들어가자 제 몸을 지켜 보겠다고 손을 들었어. 나는 삽날을 찾았지만 잠깐 비틀거리느라 삽이 날아가 버렸어.

그렇게 지체하는 동안 아이는 일어설 시간을 벌었지. 하지만 나는 그 애를 땅에 눕혀 놔야 했어. 나는 머리카락을 한 줌 움켜쥐고 아이 머리를 뒤로 당겼어. 그 애 얼굴이 내게서 겨우 몇 센티미터 정도만 떨어져 있었어.

숨소리는 힘겹고 제정신이 아닌 것 같았지. 나는 삽을 높이 들어 올리고 그 애의 발을 찍었어. 그 애는 딱 한 번 비명을 지르고 땅에 주저앉아 발을 부여잡았어. 아이는 그 고통으로 눈이 뒤집히더니 일시적으로 의식을 잃었지. 나는 다른 발의 양말을 벗겨 그 애의 입에 깊이 쑤셔 넣었어.

나는 아이의 몸을 당겨 그 애가 자기 무덤에 쭉 뻗어 눕도록 만들었어. 나는 그 옆에 서서 삽을 내려찍었지. 아이 목 옆쪽이 맞았어. 그 고통으로 아이는 다시 살아났고, 비명을 지르려고 했지만 양말 때문에 아무 소리도 나지 않았어.

아이의 두 눈이 사방으로 돌아갔어. 두려워서 제정신이 아니었지. 나는 삽을 더 높이 들고 아이가 구덩이에서 뒹구는 동안 그걸 내려쳤어. 이번이 더 나았어. 삽날이 살점을 찢는 소리가 내 귀에 닿았지.

아이는 맞서 싸웠어. 다시 몸부림을 치더라. 나는 그 애의 배를 세게 걸어찼어. 아이는 자기 피에 질식하기 시작했어. 나는 아이를 다시 걸어차 뒤집어 놓았어.

나는 온 정신을 집중했어. 이건 겨냥의 문제였어. 나는 다시 한번 삽을 들어 올리고 아이 목에 휘둘렀어. 그 애 눈에서는 빛이 사라졌지만 아래쪽 몸뚱이는 움찔거리더군.

나무 베기가 생각나더라. 일단 틈이 생기면 한 번 더 내려치기만 해도 나무가 완전히 베여 나가거든.

나는 삽을 위에서부터 내리쩍었어. 금속이 뼈에 닿는 소리가 났지.

그때에야 움찔거림이 멈추더라. 갑자기 조용해졌어.

나는 오른발을, 그다음에는 왼발을 삽에 올려놓고 삽날에 두 발로 올라탔어. 그 애 밑의 부드러운 흙에 들어가는 게 느껴질 때까지 삽날을 가볍게 흔들었지.

내가 다 묻어 줄 때까지도 그 애의 눈은 나를 떠나지 않았어. 죽으니까 예뻐 보일 것도 같던데.

나는 무덤에서 물러섰어. 이동식 놀이공원이 남긴 흔적 속에서는 아무도 그 무덤을 발견하지 못하겠지.

그 아이는 항상 다른 사람을 도와주고 싶어 했어. 누군가에게 쓰이고 싶어 했고 자신에게도 어떤 목표가 있었으면 했지. 그런데 이제 그 목표가 생긴 거야.

나는 풀을 꾹꾹 밟고 물러섰어. 그런 다음 내 비밀을 지켜 줘서 고맙다고 인사했어. 그제야, 그 아이는 뭔가 좋은 일을 해낸 거야.

35

"그래서, 뭐라고 생각하시는 거예요?" 킴이 조수석에 오르자 브라이언트가 물었다.

"뭐가 말입니까?"

"의사랑 고고학자에 대해서요."

"그거 무슨 유머라도 됩니까?"

"왜 그러세요, 제 말 무슨 뜻인지 아시잖습니까. 혹시 그 두 사람이…."

"대체 경사님은 뭐가 잘못된 겁니까?" 그녀가 쏘아붙였다. "한 시간 전에는 어린 소녀처럼 굴더니, 이제는 가십이나 쫓아다니는 늙은 여자 같이 구네요."

"저기, '늙었다'는 말은 상처가 됩니다, 대장."

"저는 경사님이 제한적인 두뇌 능력을 동료의 성생활이 아니라 사건에 썼으면 좋겠습니다."

브라이언트는 어깨를 으쓱하고 브롬스그로브 방향으로 핸들을 꺾었다. 다음 일정은 변화가의 사무실에 있는 리처드 크로프트를 방문하는 것이었다.

킴은 라이 지방을 가로질러 가면서 창밖을 힐끗 내다보았다. 부러진 발을 잡고 칼날의 치명적인 일격을 피하려고 땅에서 몸부림치는 열다섯 살 소녀의 모습을 떨쳐 버릴 수가 없었다. 처음 두 번의 공격 시도는 뼈를 노렸다. 그 바람에 살점과 연골과 근육이 찢겨 나가는데도 목숨은 끊어지지 않았을지 몰랐다. 욕지기가 치밀었다. 킴은 아이의 몸을 타고 흘렀을 공포를 상상해 보려고 눈을 감았고 브롬스그로브 외곽, 반즐리 홀 정신 병원이 있었던 장소에 도착할 때까지 생각에 잠겨 있었다.

1907년에 문을 연 그 병원은 최대 1200명까지 수용할 수 있는 시설이었다. 킴의 어머니는 70년대 대부분 기간을 그곳에서 보내고 23세에 풀려났다. 90년대에 병원이 문을 닫고 철거된 이후 지어진 주거용 건물들을 지나가면서, 킴은 '그래, 잘 결정했네'라고 생각했다.

2000년에 화려한 급수탑이 마침내 철거되었을 때는 지역 사람들이 무척 슬퍼했다. 사암과 테라코타를 입힌, 빨간 벽돌로 만들어진 그 고딕식 구조물은 정신 병원 위로 우뚝 솟아 있었다. 개인적으로 킴은 그 탑이 무너져 내리는 걸 보면서 짜릿함을 느꼈다. 그 탑은 동생의 죽음에 지대한 영향을 미친 시설을 떠올리게 만드는 최후의 존재였으니까.

브라이언트가 대형 반려동물용품 판매점 뒤의 작은 주차장에 접어들자 그녀는 마음을 추스르는 데 집중했다. 그들은 두 가게 사이의 배수로를 가로지르는 지름길을 택했다. 그레그 빵집에서 그날 처음으로 구운 빵 냄새가 그들을 맞이했다. 브라이언트가 입맛을 다셨다.

"꿈도 꾸지 마십시오." 킴이 말했다.

그녀는 부지 이쪽저쪽을 살펴보았다. "저기입니다." 그녀는 엽서 가게와 의류 할인점 사이의 빨간 문을 가리키며 말했다. 인터폰이 명패 바로 아래에 붙어 있었다. 킴이 버튼을 누르자 여자 목소리가 대답했다.

"크로프트 씨를 만나러 왔습니다."

"죄송하지만 지금은 만나실 수 없습니다. 미리 약속을 잡지 않으신 분들은…."

"살인 사건 수사 중이니까 문 여세요."

킴은 인터폰으로 수사할 생각이 전혀 없었다. 작게 삐 소리가 들렸고 킴은 문을 밀어 열었다. 눈앞에는 위층으로 이어지는 작은 계단이 있었고, 계단 맨 위에 올라서자 양옆에 문이 보였다. 왼쪽 문은 단단한 나무로 되어 있었고 오른쪽 문에는 유리판 네 개가 달려 있었다. 그녀는 오른쪽 문을 밀었다.

작고 창문 하나 없는 방 안에는 20대 중반으로 보이는, 관자놀이에 주름이 잡힐 정도로 머리를 뒤로 세게 당겨 묶은 여자가 있었다.

브라이언트가 신분증을 꺼내고 자기소개를 했다.

작기는 했지만, 그 공간은 깔끔하고 실용적인 곳으로 보였다. 서류함들이 벽을 가득 채우고 있었다. 연간 계획표와 자격증 몇 개가 반대편 벽을 장식했다. 라디오 2●의 소리가 컴퓨터 스피커에서 흘러나오고 있었다.

"크로프트 씨와 이야기할 수 있을까요?"

● 영국 방송국 BBC의 라디오 채널 중 하나.

"아뇨, 죄송하지만 안 됩니다."

킴은 등 뒤, 층계참 맞은편의 다른 문을 보았다.

"거기 안 계세요. 가정 방문 중이시거든요."

"크로프트 씨는 대체 뭐 하는 분입니까? 지역 보건의라도 되십니까?" 킴이 짜증을 내며 물었다. 이런 비서들이 중년 남자를 지키려는 욕구를 느끼는 이유는 뭘까? 대학에 특별 과정이라도 있나?

"크로프트 의원님은 집을 떠나기 어려운 유권자들을 방문하며 오랜 시간을 보내십니다."

킴은 표를 달라고 애걸복걸하며, 투표하겠다는 약속을 받기 전까지는 절대 떠나지 않는 크로프트의 모습을 떠올렸다. '도를 아십니까'나 잡상인 같은 모습을.

"살인 사건 수사를 진행 중입니다만…."

"제가 꼭 적절한 약속 시간을 잡아 드릴게요." 그녀가 A4용지 크기의 다이어리로 손을 뻗으며 말했다.

"그냥 전화를 걸어서 형사들이 왔다고 알리는 건 어떻습니까? 기다리죠."

여자는 목에 건 진주목걸이를 만지작거렸다. "가정 방문 중이실 때는 방해할 수 없어요. 그러니까 약속을 잡으시면…."

"아니, 망할 약속은 잡고 싶지…."

"의원님이 바쁘신 분이라는 건 저희도 이해합니다." 브라이언트가 킴을 쿡 찔러 옆으로 비키게 하고 말했다. 그의 목소리는 낮고 따뜻했으며 이해심이 깃들어 있었다. "하지만 살인 사건 수사를 해야 해서요. 오늘은 시간을 전혀 내실 수 없나요?"

크로프트의 비서는 오늘 날짜로 책장을 휙휙 넘겼지만 고개를 저었다. 브라이언트는 그녀의 눈길을 따라 다이어리를 내려다보았다.

"솔직히 말씀드려서, 목요일 아침까지는 일정을 잡아 드릴 수가 없…."

"장난합니까?" 킴이 외쳤다.

"언제든 의원님이 괜찮으실 때 와야지요." 브라이언트가 말했다.

"아홉 시 십오 분에 오시면 됩니다, 형사님."

브라이언트는 고개를 끄덕이며 미소 지었다. "협조해 주셔서 감사합니다."

브라이언트는 돌아서서 킴을 문밖으로 이끌었다. 일단 밖에 나오자 킴이 콧김을 뿜으며 그를 돌아보았다.

"목요일 아침이라뇨, 브라이언트?"

그가 고개를 저었다. "당연히 저도 그때까지 기다릴 생각은 없습니다. 다이어리를 보니까 오후 내내 재택근무를 한다는데, 그 사람 사는 곳은 우리가 알잖아요."

"좋습니다." 킴이 만족스러워하며 말했다.

"그게 말이죠, 대장. 사람들을 못살게 군다고 항상 원하는 걸 얻을 수 있는 건 아니에요."

킴은 동의하지 않았다. 지금까지 그녀에게는 통한 방법이었으니까.

"〈친구를 사귀고 영향력을 얻는 방법〉이라는 책 들어 보셨어요?"

"〈뻐꾸기 둥지 위로 날아간 새〉라는 영화는 봤습니까? 저 여자가 장차 랫체드 간호사가 될 것 같아서 하는 말입니다."

브라이언트가 큰소리로 웃었다. "전 그냥, 임무를 달성하는 방법이 한 가지만은 아니라는 말씀을 드리는 거예요."

"그래서 제가 경사님이랑 같이 다니는 겁니다." 그녀는 카페 앞에 멈춰 서서 말했다. "더블샷 라테요." 그녀가 카페 문을 열며 브라이언트에게 말했다. 킴이 창가에 앉자 브라이언트가 눈알을 굴려 댔다.

브라이언트의 경고에도 불구하고 그녀는 한 번도 다른 사람들의 비위를 맞추는 능력을 발휘하지 못했다. 킴은 어린아이였을 때부터 어떤 식으로든 집단에 섞여 들어갈 수가 없었다. 그녀에게는 감정을 숨기는 능력이 없었다. 무슨 일이 벌어지면 통제할 겨를도 없이 표정으로 티를 내는 것이 타고난 습관이었다.

"가끔은 단순한 커피를 마시고 싶은데." 브라이언트가 커피 두 잔을 탁자에 내려놓으며 끙 소리를 냈다. "고를 게 포장 전문 중국집보다 많더라고요. 어디 보자, 이게 아메리카노네요."

킴은 고개를 저었다. 가끔 브라이언트는 80년대 후반에 묻어 둔 타임 캡슐에서 걸어 나온 것만 같았다.

"아무튼, 아까 랫체드 간호사한테는 왜 그렇게 성질을 내셨던 거예요?"

"진전이 없잖습니까, 브라이언트."

"네, 우린 양파를 한 겹 한 겹 벗겨 가며 시간을 끌고 있죠."

"뭐라고요?"

"저한테 사건이란 요리 세 가지가 나오는 코스 메뉴 같은 겁니다. 첫번째 부분은 애피타이저죠. 배가 고프니까 바로 뛰어드는 거예요. 목격자들도 있고 범죄 현장도 있으니 정보를 실컷 먹어 댈 수 있습니다. 그러다가 주요리가 나와요. 모둠 구이 요리라고 해 보죠. 그때는 뭐가 중요한지 알아내야 해요. 음식이, 정보가 너무 많으니까요. 그렇다고 고기만 전부 먹고 가시는 내버려 두거나 디저트 먹을 배를 남겨 두려고 소시지 한 개는 포기해야 할까요? 물론, 사람들은 대부분 푸딩이야말로 최고라고 얘기할 겁니다. 푸딩이 나와야 식사 전체가 정리되고 식욕이 가시니까요."

"그건 내가 여태 들어 본 것 중 가장….

"근데 우리는 어디까지 먹었느냐? 애피타이저는 먹었고, 이제 조사할 방향이 두 개 생겼어요. 그래서 우린 디저트를 먹으려면 어느 방향으로 가야 하는지 알아보는 중이죠."

킴은 커피를 한 모금 마셨다. 브라이언트는 비유하기를 좋아했고 킴도 가끔은 그가 하고 싶은 대로 하게 놔두었다.

"그런데 주요리는 잠깐 쉬면서 수다도 떨고 배를 적당히 꺼뜨리면서 먹을 때 더 맛있는 경우가 많거든요."

킴이 미소를 지었다. 정말이지, 이젠 브라이언트도 떠나보낼 때가 됐나 보다.

"그러니까 말해 보세요. 대장의 직감은 어느 쪽입니까?"

"우리가 최초에 세운 가설이 뭐였습니까?"

"테레사 와이어트가 개인적 원한에 의해 살해당했다는 거였죠."

"그다음엔?"

"톰 커티스가 살해당한 뒤로는, 범인이 크레스트우드와 연관된 사람일 거라고 추측했습니다."

"메리 앤드루스의 죽음은?"

"우리 생각을 딱히 바꿔 놓지 않았고요."

"땅속에서 시신이 발견된 일은?"

"그걸로 누군가가 10년 전에 일어난 범죄에 연루된 사람들을 제거하려는 중이라는 생각을 하게 됐죠."

"그러니까 요약하자면, 크레스트우드의 어린 피해자를 살해한 사람이 당시 크레스트우드 직원이던 다른 공범들을 살해해 애초의 죄가 드러나는 걸 막고 있다는 게 우리 가설입니까?"

"당연하죠." 브라이언트가 힘주어 말했다.

바로 그 지점에서 킴의 직감은 뭔가 어긋난다고 느꼈다. "아인슈타인이었던가요? 사실 관계가 가설에 맞지 않는다면 사실을 바꾸라고 했던 사람이."

"네?"

"매장된 피해자를 살해한 사람은 신중하고 꼼꼼했습니다. 최소한 한 명을 죽이고 시신을 처리한 뒤에도 잡히지 않는 데 성공했죠. 아무 단서도 남기지 않았습니다. 밀튼 교수의 끈기가 아니었더라면 그 범행은 영원히 발견되지 않았을 겁니다.

이젠 톰 커티스에게로 빨리 감기를 해 봅시다. 일 처리는 술로 했지만 그걸로는 충분하지 않았습니다. 범인은 톰 커티스가 죽어 마땅한 인물이라는 메시지를 확실했습니다."

브라이언트가 침을 삼켰다. "대장, 설마 대장도 저랑 똑같은 생각은 아니죠?"

"경사님 생각이 무슨 생각인데요?"

"우리가 찾고 있는 살인자가 한 명 이상이라는 거요."

킴은 라테를 한 모금 마셨다. "브라이언트, 우리 주요리에는 더 큰 접시가 필요할 것 같습니다."

36

"여기가 확실합니까?" 킴이 물었다.

"네, 여기 맞습니다. 불 앤 블래더. 델프 런의 제2호 선술집으로 유명하죠."

델프 런은 델프 가 전체에 흩어져 있는 여섯 선술집을 합쳐서 일컫는 말이었다. 퀴리 가의 '콘 익스체인지'라는 가게가 처음이었고, 앰블코트의 '더 벨'이 마지막이었다. 원래는 남자들에게 유행하던 풍습이지만 최근에는 여자들도 이 거리의 한쪽 끝에서 다른 쪽 끝까지 가며 젊은 몸에 최대한 알코올을 채우는 것을 일종의 통과 의례로 삼고 있었다. 반경 3킬로미터 이내에 사는 18세 이상의 자존심 있는 남자라면 델프 런을 완주하지 못했다는 얘기는 결코 하지 못했다.

브라이언트는 아서 코노프의 집 문을 노크하고, 무관심한 그의 아내에게서 델프 런에 가면 아서 코노프를 찾을 수 있다는 사실을 알아냈다. 불 앤 블래더는 마호가니 가구와 겨자색 외관을 갖춘, 삼중창이 달린 건물이었다.

"열한 시 삼십 분에 이런 데 있다고요?"

킴에게 그곳은 들르면 꼭 손을 씻어야 할 만한 곳으로 보였다. 바깥쪽 문이 안쪽의 작고 어두운 복도로 이어졌는데, 복도는 다시 여러 방향으로 갈라졌다. 바로 왼쪽에는 작은 방이 있었다. 같은 벽을 따라서는 화장실로 들어가는 문이 몇 개 있었는데, 문 색깔이 바깥 창문의 짙은 색 나무와 같아서 안 그래도 작은 공간이 폐소공포증을 일으킬 것만 같았다. 맥주에서는 킴이 여태 가 보았던 대부분의 범죄 현장보다도 고약한 악취가 풍겼다.

브라이언트가 바(bar)로 이어지는 오른쪽 문을 열었다. 그곳도 통로보다 많이 밝지는 않았다. 벽 둘레 전체를 따라 고정된 칸막이 자리들이 있었다. 의자 덮개는 얼룩덜룩 더러웠다. 나무 탁자들이 긴 의자 앞에 놓여 있고, 의자 몇 개가 주변에 놓여 있었다.

오른쪽 구석에는 신문 한 부와 500씨씨짜리 맥주 한 잔이 놓여 있었다. 브라이언트가 언제 빨았는지 알 수 없는 행주로 유리잔을 닦던 오십 대 여자에게 다가가 말을 걸었다.

"아서 코노프를 찾아왔습니다만?" 그가 물었다.

그녀는 문 쪽을 고갯짓했다. "방금 화장실 갔는데."

그때, 두 번째 문이 열리고 150센티미터밖에 안 되어 보이는 남자 한 명이 허리띠 매무새를 가다듬으며 들어왔다.

"모린, 치즈 콥* 하나 줘." 그가 그들을 지나쳐 가며 말했다.

모린은 긁힌 자국이 있는 플라스틱 덮개 밑으로 손을 넣어 그 안에 있던 꾸러미를 살펴보더니 바에 올려놓았다.

"2파운드야."

"그리고 쓴 맥주도 한 잔." 아서 코노프가 이쪽을 힐끗 보았다. "경찰 나리들은 알아서 마시겠지."

모린은 맥주잔을 꺼내 바에 올려놓았다. 아서는 잔돈을 세어보더니 지저분한 바 매트에 돈을 올려놓았다.

---

* 양파와 베이컨을 튀겨 치즈, 크림 등과 섞은 뒤 속을 파낸 둥근 빵에 넣은 것.

"저흰 괜찮습니다." 브라이언트가 말했다. 킴은 그게 진심으로 다행스러웠다.

아서는 탁자와 긴 의자 사이에 몸을 욱여넣고 앉았다.

"뭐 때문에 그러쇼?" 둘 모두가 탁자 반대편 의자에 자리를 잡자 그가 물었다.

"우리가 올 줄 알았습니까. 코노프 씨?"

그는 조바심이 난다는 듯 눈알을 굴려 댔다. "누굴 머저리로 아나? 당신들이 내 옛 직장을 캐고 다녔잖아. 나랑 함께 일하던 사람들이 나자빠지고 있으니 당신들이 날 찾으러 올 날도 멀지 않았다고 생각했지."

아서 코노프는 주문할 수 있는 유일한 요리인 듯한 치즈 콥에서 랩을 벗겨 냈다. 양파 냄새가 훅 끼쳤다. 치즈 부스러기들이 탁자에 떨어졌다. 아서는 검지를 빨고 탁자를 훑더니 손가락에 묻은 치즈를 먹었다.

킴은 그가 최근 다녀온 곳에서 손을 씻지 않았으리라고 생각했고, 문득 치밀어 오르는 욕지기를 눌러 참았다. 브라이언트가 탁자 아래로 그녀의 무릎을 쳤다. 브라이언트는 이번 방문을 주도하고 싶은 눈치였는데, 그녀로서는 더없이 다행스러운 일이었다.

"코노프 씨, 지금은 배경 조사를 좀 하는 중입니다. 도와주실 수 있을까요?"

"원한다면야. 빨리 끝내고 나 좀 내버려 두쇼."

킴은 그에게 핸드폰에 있는 사진들을 보여 주고 싶다는 충동을 느꼈지만, 그 순간 우디가 해 준 소중한 조언이 떠올랐다. 얌전하게 굴 수 없다면 브라이언트가 일을 대신하게 하라던 조언 말이다.

코노프의 피부는 터진 모세 혈관으로 그린 지도 같았고, 평생 술을 마서 온 사람 특유의 창백한 빛을 띠고 있었다. 두 눈의 흰자위는 황달의 누런빛에 자리를 내주었다. 하얘진 수염은 며칠은 깎지 않은 채였다. 이 마 주름이 퍼지며 편안한 표정이 나오는 경우는 결코 없었다. 주름 깊이 로만 보면 평생 성질을 내며 살아온 것 같았다.

코노프는 두 손을 모두 써서 콥을 잡고 입가로 들어 올리며 시끄럽게 씹어 댔다. 멀티태스킹이 가능한 사람인 것만은 분명한지, 그는 동시에 이렇게 말했다. "하쇼, 질문하고 빨리 꺼지라고."

그의 입속에서 음식이 뭉개져 으깬 치즈와 빵의 혼합물로 변해 가자 킴은 눈을 돌리기로 했다.

"테레사 와이어트에 대해 해 주실 말씀이 있습니까?"

그는 맥주 한 모금으로 콥을 삼키며 코에 주름을 잡았다. "좀 잘난 척 하고 거들먹거리긴 했지만 별로 간섭을 하진 않았어. 나 같은 사람한테 는 아예 말도 안 걸었지. 일은 전부 칠판에 적혀 있었고, 난 그냥 그 일을 했어."

"와이어트와 아이들의 관계는 어땠습니까?"

"별로 애들하고 상관도 없었어. 그 여자가 사람한테 관심을 두는 성격 이 아니었거든. 솔직히 말해서, 크레스트우드가 애들이 아닌 가축으로 가득 채워져 있었다 한들 그 여자한테는 똑같았을걸. 성질이 더러웠다 는 얘기는 들었지만, 그것 말고는 말해 줄 수 있는 게 없어."

"리처드 크로프트에 대해서는요?"

"씨발, 좆같은 새끼지." 그가 음식을 한 입 더 베어 물며 말했다.

"자세히 말씀해 주실 수 있을까요?"

"딱히. 가서 만나 보면 내 말이 무슨 뜻인지 알 거야, 그때까지 그 새끼가 살아 있다면 말이지만."

"크로프트는 아이들과 관계가 깊었나요?"

"장난해? 그 자식은 사무실에서 나오는 적이 거의 없었어. 누구하고든 말을 할 시간이 없었단 얘기야. 애들도 그 자식을 귀찮게 할 만큼 바쁘는 아니었고. 그놈은 예산이니 뭐니, 그런 일을 맡고 있었어. 마크벤치니 성가집표니 그런 개소리를 엄청나게 해댔지."

김은 그가 하는 말이 벤치마킹과 성과 지표라고 추측했다. 둘 다 잡역부에게는 아무 의미가 없는 말이었을 것이다.

아서가 자기 코를 톡톡 두드렸다. "항상 주제넘게 옷을 입고 다녔지, 그 새끼."

"좋은 옷을 입었다는 말씀이신가요?"

"옷만이 아니라 다 좋은 걸 걸쳤다는 뜻이야. 정장에 셔츠, 구두, 넥타이. 공무원 월급으로 산 건 아닐걸."

"그래서 싫어하시는 겁니까?" 킴이 물었다.

아서는 툴툴댔다. "그 자식을 싫어하는 이유야 백만 가지도 댈 수 있지만, 그런 이유는 아냐." 그의 얼굴에 혐오스럽다는 듯 주름이 잡혔다. "더러운, 고약한 새끼였어. 잘난 척하고, 비밀스럽고…."

"뭐에 대해서요?" 브라이언트가 물었다.

아서가 어깨를 으쓱했다. "나야 모르지. 하지만 왜 책상에 컴퓨터를 두 대나 놔야 하는지는 이해가 안 가더군. 게다가 내가 들어가면 항상 작은 컴퓨터 덮개를 닫더라니까. 이유는 몰라. 내가 이해할 수 있는 일도 아니었고."

"톰 커티스와는 아는 사이였습니까?"

아서가 마지막 콥을 입속에서 우물거리며 고개를 끄덕였다. "나쁜 친구는 아니었어. 젊고 잘생겼지. 애들하고는 그 친구가 제일 친했을 거야. 애들이 차 마실 시간을 놓치면 샌드위치를 만들어 주고, 뭐 그런 식이었지. 아무렇지 않은 척했어."

"아무렇지 않은 척했다는 게 무슨 말입니까?" 킴이 물었다.

"자기는 크레스트우드에 있어도 괜찮다는 식으로 굴었다는 뜻이야. 그게 문제라니까. 크레스트우드 사람들은 저마다 사연이 있어서 거기 있었던 거야. 다른 곳으로 가고 싶어 하는 사람에게도 크레스트우드는 괜찮은 발판이었으니까. 메리는 예외였지만. 그 여잔 빛과 소금 같은 사람이었지."

킴은 잠시 시선을 돌리고 크레스트우드의 아이들을 생각했다. 그 아이들의 운명을 책임졌던 사람들은 어떤 경우에도 아이들을 다정하게 대해 주거나 그들에게 모범을 보여 주지 못했고, 최악의 경우에는 너무도 엄청난 짓을 저질렀다.

"윌리엄 페인은 아세요?" 브라이언트가 물었다.

아서가 껄껄 웃었다. "아, 황금 불알 말하는 건가?" 그렇게 묻더니 그는 다시 혼자 웃었다. 유쾌한 소리는 아니었다.

킴은 고개를 돌려 눈앞의 남자를 자세히 살펴보았다. 그는 술기운에 자세가 흐트러지고 있었다. 맥주를 한 번 더, 꽤 많이 삼키며 잔을 비우는 그의 초점이 약간 풀려 있었다.

킴은 일어나 바 쪽으로 갔다. "저 사람, 몇 잔이나 마신 겁니까?" 그녀가 모린에게 물었다.

"위스키 두 잔에, 맥주는 네 잔째요."

"평소 주량입니까?"

모린은 모두가 먹을 수 있도록 짭짤한 땅콩을 그릇에 채우며 고개를 끄덕였다. 킴은 누가 머리에 AK47을 겨눠도 그걸 먹진 않을 생각이었다. 모린은 돌아서더니 빈 봉지를 쓰레기통에 버렸다. "저 잔을 다 마시면 한 잔 더 달라고 할 거고, 내가 안 된다고 할 거예요. 그럼 나한테 욕을 하고 비틀비틀 집으로 걸어가서 술이 깰 때까지 잔 다음 오늘 밤에 다시 돌아오겠죠."

"항상 같은 일과입니까?"

모린이 고개를 끄덕였다.

"세상에."

"너무 불쌍해하진 말아요, 형사님. 동정심이 남아돌면 저 사람 아내나 동정하란 말씀이야. 아서는 내가 아는 한 늘 피해자 행세를 해 온 비참한 늙은이예요. 꼭 껴안아 주고 싶은 할아버지도 아니고. 술에 취해 있든 맨정신이든 간에 밉살스러운 인간이거든."

킴은 여자의 솔직한 말에 미소를 지었다. 킴이 다시 자리에 앉았을 때는 마지막 맥주잔이 반쯤 비어 있었다.

"그래, 씨발. 이래도 윌리엄 페인, 저래도 윌리엄 페인. 다들 그 빌어먹을 윌리엄을 위해 최선을 다했지. 뇌성 마비 딸년이 있다는 이유만으로."

킴은 자기도 모르게 목구멍에서 신음을 흘렸다. 브라이언트가 그녀를 보며 고개를 저었기에 그녀는 쥐었던 주먹을 폈다. 지금 아서를 때려 눕혀 봐야 좋은 게 없었다. 그는 영원히 변하지 않을 테니까.

"그래, 다들 윌리엄을 돌봐 주자. 쉬운 일은 모조리 윌리엄한테 주고, 좆같은 일은 전부 아서한테 맡기자. 윌리엄은 언제든 원하는 때에 일하게 해 주자, 아서가 나머지 시간에 일하면 되니까. 씨발, 세상에 문제없는 사람이 어디 있나? 그 자식이 애새끼를 어디 처넣기만 했어도 우린 절대⋯."

킴이 앞으로 몸을 숙였다. 아주 가까운 곳까지 얼굴을 들이대자 마지막 남은 제정신이 아서의 두 눈에 떠오르는 게 보였다.

"절대⋯. 뭡니까, 코노프 씨?" 브라이언트가 재촉했다.

그는 고개를 저으며 눈알을 굴렸지만 결국 맥주잔을 잡더니 마저 비우고 높이 들어 올렸다. "한 잔 더 줄래, 모린?" 그가 외쳤다.

"충분히 마셨어요, 아서."

"씨발년." 그는 혀 꼬부라진 소리를 내며 탁자를 유리잔으로 쾅 내리치고 일어나 비틀거렸다.

"아서, 무슨 말을 하려던 겁니까?"

"아무것도 아냐. 이제 꺼져, 날 좀 내버려 두라고. 씨발, 시간이 몇 신데."

킴은 그를 따라 건물을 나가며 그의 팔을 잡았다. 이 성깔 더러운 노인에 대한 인내심이 바닥나고 말았다. 근처에서 자동차가 시동을 걸고 있었기에 킴은 목소리를 높였다.

"잘 들으십시오. 지난 2주 동안 예전에 크레스트우드에서 일하던 사람 셋이 죽었다는 건 아실 겁니다. 그중 최소한 두 명은 살해당했습니다. 아는 내용을 얘기하지 않으면 다음 차례는 코노프 씨가 될 겁니다."

아서는 몸속에 얼마나 많은 알코올이 흘러넘치는지 보여주는 듯한 눈길을 그녀에게 던졌다.

"오라 그래, 씨발 거. 그럼 마음도 편해지고 다행이지."

그는 킴의 손아귀에서 팔을 빼내더니 비틀거리며 길을 따라 가 버렸다. 휘청거리면서 처음에는 주차된 자동차에, 그다음에는 벽에 핀볼처럼 부딪쳐 댔다.

"소용없어요, 대장. 이런 상태로는 아무 말도 해 주지 않을 겁니다. 어쩌면 나중에, 저 사람이 잠을 자고 술을 깬 다음에 만나 봐야 할지도 모르겠어요."

킴은 고개를 끄덕이고 돌아섰다. 그들은 근처에 주차해 놓은 자동차로 돌아갔다.

킴이 자동차 문을 열려고 손을 뻗었을 때 소름 끼치는 퍽 소리가 울리더니 높은 비명이 이어졌다.

"이게 무슨…?" 브라이언트가 소리쳤다.

하지만 킴은 자동차 앞에 없었다. 그녀는 돌아서서 다시 선술집으로 달리기 시작했다. 그녀는 이미 직감하고 있었다.

37

몇 초 지나지 않아 킴은 뻗어 있는 아서 코노프 옆에 와 있었다.

"비키세요." 그녀가 소리쳤다.

세 사람이 옆으로 물러났다. 브라이언트가 그들과 땅에 쓰러진 사람 사이에 섰다.

피해자에게로 관심을 돌리기 전에 킴은 먼저 길 건너에서 이쪽으로 핸드폰을 들고 있는 젊은 사람에게 고갯짓했다. 브라이언트가 쏜살같이 길을 건너 그에게 갔다. 길을 막는 브라이언트가 없으니 사람들이 다시 그녀에게 몰려들기 시작했다.

"다들 당장 물러나십시오." 그녀는 피해 현장을 살펴보며 외쳤다.

코노프의 왼쪽 다리가 부자연스러운 각도로 배수로에 늘어져 있었다. 킴은 허리를 숙이고 그의 목에 두 손가락을 대 보았다. 불길한 예감은 현실이 되었다. 아서 코노프는 죽었다. 유모차를 밀고 있는 젊은 여자가 이미 구급차를 부르고 있었다.

브라이언트가 돌아와 그녀를 내려다보았다. "대장, 혹시 제가…."

"증언 확보하세요." 그녀가 말했다. 브라이언트는 그녀의 부하였고 그녀는 궂은일을 부하에게 떠넘기고 싶지 않았다. 이런 때를 대비해 훈련도 받아 둔 상태였다. 제기랄.

킴은 브라이언트가 목격자들을 돌아보며 현장에서 몰아내는 동안 땅에 무릎을 꿇고 앉아 조심스럽게 코노프를 돌려 눕혔다. 그의 얼굴은 도로의 자갈 때문에 얼룩덜룩했고 두 눈은 아무것도 보지 못한 채 하늘을 빤히 응시했다.

킴은 목격자 중 한 사람이 헉 하며 숨을 들이쉬는 소리를 들었지만 구경꾼들의 감수성까지 걱정해 줄 시간은 없었다. 나중에 악몽이 될 만한 일들을 굳이 들여다보려는 것은 인간의 천성이니 어쩔 수 없었다. 킴에게 중요한 건 아서 코노프였다.

킴은 코노프의 아래턱에 두 손가락을 대고 가만히 그의 머리를 옆으로 기울였다. 그의 카디건은 지퍼가 채워져 있지 않았다. 킴은 코노프의 셔츠를 찢은 다음 오른손 손바닥을 그의 가슴 한가운데에 대고 왼손을 그 위에 얹어 손가락을 서로 얽은 뒤 대략 6센티미터 정도 들어가도록 빠르게 여러 번 누르며 숫자를 셌다. 그렇게 30번을 누른 뒤 멈추었다.

킴은 아서의 머리 쪽으로 다가가 왼손으로 그의 코를 비틀어 막은 뒤, 그의 입을 자기 입술로 막고서 꾸준히 숨을 불어 넣었다. 코노프의 가슴이 부풀어 오르는 것이 보였다. 인공호흡의 결과였다. 그녀는 이런 절차를 반복하다가 다시 흉부를 압박했다.

킴은 심폐 소생술이란 주로 자발적인 혈액 순환과 호흡을 되찾아 줄 추가적인 조치를 취하기 전까지 두뇌의 기능을 온전하게 보존하기 위해 쓰는 방법이라는 걸 알고 있었다. 정작 이 몸의 주인은 몇 년 동안 이 뇌를 파괴하려 애써 왔는데, 그 뇌를 살려 보겠다고 이 짓을 하자니 참 얄궂다는 생각이 어쩔 수 없이 들었다.

경찰차 사이렌 소리가 등 뒤 어딘가에서 연달아 울리더니 멈추었다. 그들의 최우선 임무는 도로를 차단해 증거를 보존하는 것이었다. 목격자들을 취조하는 일은 다른 사람들이 맡게 될 것이다.

머리 위와 주변에서 벌어지는 활동이 어렴풋이 의식됐을 뿐 킴의 관심은 자신의 두 손 아래에 놓여 있는 생기 없는 사람에게 머물렀다. 여러 사람들이 시끄럽게 떠들어 댔지만, 그녀의 집중력을 흩뜨린 것은 그중 한 목소리뿐이었다.

"대장, 제가 넘겨받을까요?"

킴은 눈도 들지 않고 고개를 저었다. 흉부 압박은 잠시 멈추었다. 방금 피해자의 가슴이 스스로 움직이는 걸 봤다는 확신이 들었다.

킴은 빤히 그 모습을 바라보았다. 가슴이 다시 부풀었다. 코노프의 두 눈에 빛이 돌아오고 있었고 그의 입술에서는 배 속 깊은 데서 나오는 낮은 신음이 흘러나왔다.

킴은 도로에 주저앉았다. 더 이상 지친 두 팔을 움직일 수가 없었다.

아서 코노프가 그녀를 똑바로 바라보았다. 아주 잠깐 그녀를 알아보는 기색이 스치더니 온몸의 통증이 신경을 타고 뇌까지 흘러들자 상황을 파악한 듯 눈을 빛냈다. 그는 다시 신음했다. 인상을 찌푸리느라 얼굴이 구겨졌다.

킴은 그의 가슴에 한 손을 얹었다. "가만히 계세요, 곧 구급차가 올 겁니다."

코노프는 눈알을 굴려대다가 그녀를 보았다. 그때 멀리서 다른 사이렌 소리가 들렸다.

"끝났어." 그가 헛숨을 들이켰다.

킴은 고개를 숙였다. "뭐가 끝났습니까, 아서?"

그는 침을 삼키더니 고개를 가로저었다. 그렇게 힘을 쓰느라 또 한 번 신음했다.

킴은 구조 요원들이 다가오는 발소리를 들었다.

"뭐라고요?"

"끝내." 그가 간신히 말했다.

킴은 그의 눈을 들여다보았다. 눈빛이 다시 한번 꺼져 가는 게 보였다. 욱신거리는 두 팔이 본능적으로 그의 가슴으로 향했지만 누군가가 그녀를 옆으로 밀쳐내는 게 느껴졌다. 초록색 근무복을 입은 사람 두 명이 그녀의 시야를 가렸다. 남자는 맥박을 짚어보더니 고개를 저었다. 그가 가방에서 장비를 꺼내는 동안 여자가 흉부 압박을 시작했다. 브라이언트가 킴의 팔을 잡고 그녀를 다른 곳으로 데려갔다.

"저 사람들이 잘 돌봐 줄 겁니다, 대장."

킴은 뒤를 돌아보았다. 남자 구급대원이 제세동기 패드를 앗어 코노프의 가슴에 붙이고 있었다.

킴이 고개를 저었다. "아뇨, 죽었습니다."

"뭐라고 하던가요?"

"끝내 달라고 했습니다."

킴은 벽에 기댔다. 피로가 아드레날린을 대체했다. "뭔지는 몰라도 크레스트우드에서 벌어진 일이 이 사람들을 평생 괴롭혀 온 겁니다."

브라이언트가 고개를 끄덕였다. "목격자들은 흰색 자동차가 빠르게 사라지는 걸 봤다고 합니다. 부딪치는 장면을 실제로 본 사람은 없지만 그 자동차가 아우디인 걸 본 사람은 있습니다. 또 한 명은 BMW였다고 하고요. 우리 사건과는 무관한 사고일 수도 있습니다, 대장."

킴은 돌아서서 그를 보았다. "브라이언트, 코노프는 매일 밤, 아무 사고를 겪지 않고 집까지 100미터를 걸어갔습니다."

"그냥 뺑소니 사고는 아니라고 생각하시는군요."

"그렇습니다, 브라이언트. 살인범은 여기서 기다리다가 우리 코앞에서 일을 저지를 만큼 뻔뻔스러운 놈이었습니다."

브라이언트가 킴의 팔을 가만히 어루만졌다. "가시죠, 어디서 좀 씻으신 다음에…."

킴은 팔을 빼냈다. "지금 몇 시입니까?"

"열두 시 좀 넘었습니다."

"우리 지역 의원님을 만나봐야 할 시간이네요."

"하지만 대장, 두어 시간 뒤면…."

"아마 너무 늦을 겁니다." 킴은 차로 돌아가며 말했다. "윌리엄 페인을 제외하면, 남은 사람이 우리 의원님밖에 없으니까요."

38

"박하사탕 있습니까, 브라이언트?" 킴이 물었다. 그녀는 이미 물티슈 세 장으로 얼굴과 목, 두 손을 여러 차례 닦은 뒤였다. 그러나 심리적인 이유에서인지 맥주와 양파 냄새가 떨어지지 않았다.

브라이언트는 운전석 문의 포켓에 손을 넣어 새 박하사탕 한 상자를 건넸다. 킴은 사탕을 하나 꺼내 입에 넣었다. 박하 향이 폐부까지 곧장 화하게 내려갔다.

"끝내주네. 이거 사려면 따로 허가받아야 합니까?" 그녀는 오른쪽 눈에 더는 눈물이 고이지 않자 물었다.

"다른 방법을 생각해 보세요, 대장."

킴은 사탕이 준 효과를 제대로 즐기며 창문을 내다보았다. 그들은 브롬스그로브 마을회관으로 접근하고 있었다. 브라이언트는 1948년까지 운영되던 옛 구빈원을 지나 우회전했다.

스타워브리지에서 겨우 16킬로미터 떨어진 곳인데 꼭 다른 세계에 들어가는 것 같았다. 이 지역은 9세기경 브레메스그라프라는 이름으로 처음 기록에 등장해 농업과 못 제조업을 중심으로 성장했다. 주민들은 확고히 보수당을 지지하는 부유한 시골 사람들로 대체로 백인이었고, 소수 인종 인구는 4퍼센트 정도였다.

"장난하나?" 자동차가 방향을 틀어 리틀히스 거리로 접어들 때 킴이 말했다. 리키 엔드를 따라 늘어선 집들은 가격이 백만 파운드부터였다. 높은 산울타리와 긴 진입로들이 그 집들을 시야에서 가렸다. '은행가 동네'라는 이름으로 알려진 이 지역에는 BMW M5와 M40를 쉽게 살 수 있는 전문 경영인들이 거주했다. 지역 의원이 살 만한 동네는 아니었다.

자동차는 정원에 멈춰 섰다. 정원은 강철 대문을 중심으로 담장이 둘러쳐져 있었다. 브라이언트가 창문을 내리고 인터폰 버튼을 눌렀다. 전자음이 섞인 목소리가 대답했다. 킴은 그게 남자 목소리인지, 여자 목소리인지 확신할 수 없었다.

"웨스트미들랜드 경찰입니다." 브라이언트가 말했다.

대답 대신 왼쪽 벽 뒤쪽에서 전자식 대문이 미끄러지며 열리는 둔탁한 소리가 들렸다. 브라이언트는 틈새가 충분히 넓어지자마자 안으로 차를 몰았다. 자갈이 깔린 진입로가 붉은 벽돌로 이루어진 안뜰과 2층짜리 농가로 이어졌다.

부지는 L자 모양이었다. 킴의 집 정도는 점심거리로 삼켜 버렸을 법한 차고 블록이 뒤쪽에 외따로 떨어져 있는 것이 보였다. 주차 전용 구역이 있는데도 자동차 두 대는 부지 오른쪽의 자갈밭에 주차되어 있었다. 차양이 덮여 있을 뿐 앞이 트여 있는 현관이 건물을 장식하고 있었으며 월계수가 들어 있는 화분들이 일정한 간격을 두고 놓여 있었다.

"싸워 보지도 않고 이 모든 걸 포기할 사람은 없겠습니다, 그렇죠?" 킴이 물었다.

브라이언트는 현관 앞에 차를 댔다. "크로프트 씨는 증인이지 용의자가 아니에요, 대장."

"당연한 말씀을." 킴이 차에서 내리며 말했다. "질문할 때 그 점을 확실히 기억하도록 하겠습니다."

그들이 다다르기도 전에 문이 열렸다. 눈앞에는 리처드 크로프트로 짐작되는 남자가 서 있었다. 크림색 치노바지에 군청색 티셔츠 차림이었다. 하얘져 가는 머리카락은 축축했고 어깨에는 수건을 두르고 있었다.

"실례합니다, 방금 수영장에서 나와서요."

별말씀을요. 저도 늘 그러는데요, 뭐.

"차가 좋네요." 킴은 간격을 두고 주차되어 있는 애스턴마틴 DB9과 포르쉐911 쪽을 고갯짓하며 유쾌하게 말하고 건물 꼭대기에 설치된 CCTV 카메라 두 대를 보았다.

"지역 의원에게는 과한 보안 조치 아닙니까?" 킴이 리처드 크로프트를 따라 복도로 들어가며 물었다.

크로프트가 돌아보았다. "아, 보안 조치는 제 아내 때문에 한 겁니다."

크로프트는 왼쪽으로 방향을 틀었다. 그들은 이중 유리문을 지나 거실 중 한 곳이라 생각되는 곳으로 그를 따라갔다. 옛 저택의 구조물을 솜씨 있게 복구한 굵직한 기둥이 낮은 천장을 떠받치고 있었다. 캐러멜색 가죽 소파들과 연보라색 벽 때문에 밝은 느낌이 들었다. 집을 빙 둘러 나 있는 오렌지 나무 온실은 프랑스식 문을 통해 드나들 수 있었다.

"차를 좀 준비시킬 테니 앉아 계십시오."

"아, 교양이 넘치는 분이시네요." 리처드 크로프트가 거실을 나서자 브라이언트가 말했다. "차를 타 준대요."

"차를 준비시킨다고 한 것 같습니다만. 본인이 타진 않겠다는 뜻이 거의 확실합니다."

"잠시 후 마르타가 올 겁니다." 리처드 크로프트가 다시 방에 들어오며 말했다. 수건은 없었고 머리를 빗어 넘긴 탓에 관자놀이 주변의 새치가 더 두드러졌다.

"아내분 말씀입니까?"

크로프트는 좀 지나치게 흰 치아를 드러내며 미소를 지었다. "물론 아니죠. 마르타는 입주 가정부입니다. 제 아내 니나가 아들들을 돌보고 집안일을 하도록 도와주죠."

"그리고 보니 아주 근사한 집이네요, 의원님."

"리처드라고 불러 주세요." 크로프트가 너그럽게도 말했다. "아내가 아주 아끼는 집입니다. 열심히 일하고 나면 편안한 집에서 쉬고 싶어지나 봐요."

"부인이 정확히 무슨 일을 하십니까?"

"인권 변호사입니다. 여러분 같은 경찰이 별로 함께하고 싶어 하지 않는 사람들의 권리를 변호하지요."

킴은 그 말을 즉시 알아들었다. "테러리스트들 말이군요."

"테러리스트 혐의를 받는 사람들이라고 하는 게 정치적으로 올바른 용어일 겁니다."

킴은 감정을 드러내지 않으려 했지만 혐오감이 눈에 빤히 보인 게 틀림없었다.

"사람은 누구나 법을 이용할 권리가 있습니다. 이 점에 이의 있으십니까, 형사님?"

킴은 아무 말도 하지 않았다. 입을 열면 무슨 말이 튀어나올지 몰랐으니까. 그녀는 법이 만인에게 적용된다는 것을 확고히 믿었으므로 그 법에 의한 변호의 기회 역시 모두에게 열려 있어야 한다는 점을 인정할 수밖에 없었다. 그런 면에서는 크로프트와 같은 의견이었다. 그냥 그에게 동의한다는 사실이 싫었을 뿐이다.

크로프트 부인의 직업보다도 흥미로웠던 건 그가 말을 할 때 얼굴을 거의 움직이지 않는다는 점이었다. 그의 이마와 광대뼈 부근은 단 한 차례도 움직이지 않았다. 인류에게 알려진 것 중 가장 강한 독극물을 자발적으로 신체에 주입하다니, 킴이 보기에는 어딘가 초현실적인 행동이었다. 50대가 다 되어 가는 남자에게는 가당치도 않은 일이고. 꼭 사람이 아니라 밀랍 인형을 보고 있는 것 같은 기분이 들었다.

크로프트가 주변을 손짓했다. "니나는 풍족하게 사는 걸 좋아합니다. 저야 저를 아주 많이 사랑하는 아내를 두는 행운을 누렸을 뿐이고요."

아마 겸손하게, 매력을 발휘할 의도로 한 말이었을 것이다. 하지만 킴이 듣기에는 자만심에 가득 찬 말로 들렸다.

'아무리 그래도 의원님 본인만큼 의원님을 사랑할 수는 없겠죠.'라고 대답하고 싶은 충동이 들었다. 하지만 때마침 똑같이 머리가 젖어 있는 젊고 날씬한 금발의 여자가 쟁반을 들고 도착하는 바람에 그럴 수 없었다. 다행이었다.

킴은 브라이언트와 눈짓을 주고받았다. 세상에, 크로프트와 그의 아내는 기본적인 성 윤리도 지키지 않는 모양이었다. 킴은 완벽하게 차려입은, 벽돌 난로 위 사진 속 두 소년이 걱정스러워졌다.

마르타가 방을 나서자 리처드는 은주전자의 내용물을 작은 잔 세 개에 부었다. 우유도 보이지 않았고 카페인 냄새도 나지 않았다. 킴은 손을 들어 거절했다.

"직접 가서 뵙고 도움을 드릴 생각이었습니다만 유권자들 일로 너무 바빴습니다."

그럼요, 유권자들이 꼭 대낮에 가정부와 성관계를 맺으라고 고집을 피웠겠지요. 크로프트의 목소리마저 진정성 없게 들렸다. 사무실에서 만나면 조금이라도 더 신뢰가 갔을까? 하지만 킴은 온갖 사치품 사이에 서서 그가 방금까지 하던 일을 떠올리자 자기도 모르게 역겨워졌다.

"어쨌든 저희가 이쪽으로 왔으니 몇 가지 질문만 하게 해 주시면 곧 가겠습니다."

"물론입니다, 질문해 주십시오."

크로프트는 맞은편 소파에 자리를 잡더니 오른발을 왼쪽 무릎에 얹고서 뒤로 기대앉았다. 킴은 처음부터 시작하기로 했다. 온몸의 세포가 이 남자를 혐오하고 있었지만, 개인적인 의견이 전문가로서의 판단을 흐리는 일은 절대 없도록 노력할 생각이었다.

"최근에 테레사 와이어트가 살해당했다는 걸 알고 계십니까?"

"끔찍한 일이죠." 그는 표정을 바꾸지 않고 말했다. "저도 조화를 보냈습니다."

"훌륭한 생각을 하셨네요."

"제가 할 수 있는 최소한이었습니다."

"톰 커티스 일도 아시고요?"

크로프트는 고개를 젓더니 머리를 숙였다. "끔찍합니다."

킴은 그가 조화를 보냈으리라는 데에 자기 집도 걸 수 있었다.

"최근에 메리 앤드루스도 사망했다는 건 알고 계십니까?"

"아뇨, 몰랐습니다." 그는 책상을 보았다. "메모를 해 놨다가…."

"조화를 보내셔야겠지요." 킴이 그 대신 말을 맺었다. "아서 코노프라는 이름의 직원을 기억하십니까?"

리처드는 잠시 생각하는 듯했다. "네, 네. 잡역부 중 한 명이었습니다."

킴은 경찰서에 들를 시간을 냈다 한들 이 사람이 어떤 도움을 주었을지 의문스러웠다. 지금도 그렇게 터놓고 말하고 있지는 않았으니 말이다.

"저희가 아까 그 사람과 이야기를 나눴습니다."

"그 사람은 괜찮았으면 좋겠는데요."

"그 사람은 의원님에 대해 딱히 같은 마음인 것 같지 않더군요."

리처드는 웃으며 녹색 액체가 담긴 잔으로 손을 뻗었다. "사람들이 상관을 호의적으로 기억하는 경우는 거의 없지요. 특히 게으른 사람들은 말입니다. 저는 이유가 있어서 한 번 이상 코노프 씨를 질책했습니다."

"이유라면?"

"근무 중에 잠을 잔다거나, 일 처리가 미흡하다거나…."

그 외에도 뭔가 있다는 듯 그는 말꼬리를 흐렸다.

"그 외에는요?"

리처드는 고개를 저었다. "그냥 일상적인 지도였습니다."

"윌리엄 페인은 어떻습니까?"

킴은 그의 눈이 살짝 움직이는 것을 보았다. "페인이 왜요?"

"그 사람도 야간 경비원이었으니까요. 페인도 비슷한 질책을 받았습니까?"

"전혀 아닙니다. 윌리엄 페인은 모범적인 직원이었어요. 페인의 개인적 사정은 알고 계시죠?"

킴은 고개를 끄덕였다.

"페인은 일자리를 잃을 위험이 있는 행동은 아무것도 하지 않았을 겁니다."

"페인이 아서 코노프보다 호의적인 대우를 받았다고 생각하십니까?" 킴이 밀어붙였다. 여기에 뭔가 있었다. 느껴졌다.

"솔직히, 한두 가지는 눈 감아 줬을지도 모릅니다."

"예를 들면?"

"글쎄요, 페인은 딸이 유난히 힘든 시간을 보낼 때나 이웃이 그 애를 돌봐 줄 수 없을 때면 밤중이라도 자주 집에 돌아가곤 했습니다. 저희는 그걸 알고 있었고요. 하지만 어떤 경우에도 윌리엄 페인은 크레스트우드의 아이들을 보호자 없이 내버려 두지 않았습니다. 그래서 눈 감아 줬지요. 제 말은, 저희도 알고는 있었지만…." 그가 어깨를 으쓱했다. "솔직히 누가 페인의 입장이 되고 싶겠습니까?"

"그것 말고는 없습니까? 아서가 은근히 말하기로는…."

"정말이지, 형사님. 저는 아서 코노프가 억울해하는 성격을 타고났다고 생각합니다. 그 사람을 만나 보셨다면 형사님도 그자가 항상 피해자 코스프레를 한다는 걸 알게 되실 겁니다. 그 사람의 인생에 벌어진 모든 나쁜 일들은 항상 다른 사람 잘못 때문이고, 자기는 아무것도 통제할 수 없다는 식이죠."

"아까 일을 생각하면 코노프 씨 말에도 일리가 있을지 모릅니다. 자동차가 그 사람을 뒤에서 들이박고 뺑소니쳤거든요."

리처드 크로프트가 침을 삼켰다. "그래서…. 죽었다는 겁니까?"

"아직은 모르지만, 희망이 있어 보이진 않습니다."

"이런 세상에. 정말 끔찍하고 비극적인 사고군요." 그가 깊이 한숨을 쉬었다. "글쎄요, 그렇다면 제가 아주 솔직하게 말씀드려도 해로울 건 없겠습니다, 형사님."

"부탁드립니다." 킴이 말했다. 그가 아주 힘들게 말을 꺼낸다는 생각은 전혀 들지 않았다.

"불이 나기 얼마 전에, 전 아서가 몇몇 아이들에게 약을 대 주고 있었다는 사실을 알아냈습니다. 대단한 약은 아니었지만 어쨌든 약이었죠."

"왜죠?" 킴이 날카롭게 물었다. 그런 행동이 발각됐다면 코노프는 직업을 잃고 전과자 꼬리표를 달게 됐을 것이다. 페더스톤 교도소에서 몇 달을 보내게 될 수도 있었다.

"윌리엄 페인은 야간 경비원이었고 근무하지 않는 이틀 밤에는 교대 근무자를 두어야 했습니다. 가끔 아서가 그 초과 근무 기회를 따냈죠. 나머지 직원들은 몰랐지만, 아서는 근무 시간의 앞쪽 절반을 선술집에서 보냈습니다. 아이들 몇 명이 이 사실을 알아내서 이용한 겁니다."

"아이들이 아서를 협박했다는 겁니까?" 브라이언트가 물었다.

"그런 단어를 쓰고 싶은 건 아니고요, 형사님."

그렇겠지, 당신이 크레스트우드의 책임자였으니까.

"아서는 일자리를 잃을까 봐 두려워서 침묵을 지킨 게 분명합니다."

"당연히 그래야 했겠죠." 킴이 쏘아붙였다. "그 사람은 여섯 살에서 열다섯 살에 이르는 소녀 열다섯 명에서 스무 명의 안전을 책임지고 있었습니다. 그자가 자리를 비운 동안 아이들에게는 무슨 일이든 일어날 수 있었습니다."

리처드가 약간 놀란 듯 그녀를 바라보았다. "그 아이들의 행동을 용납하시는 겁니까, 형사님?"

그건 아니었다. 하지만 소녀들의 보호자 중 조금이나마 그들에게 진정 어린 관심을 기울였던 사람은 아직 한 명도 나타나지 않고 있었다. 킴은 신중하게 단어를 골랐다. "그렇지는 않습니다. 하지만 아서가 자기 일을 제대로 했다면 애초에 그런 처지가 되지도 않았겠죠."

크로프트는 동의한다는 뜻으로 미소 지었다. "말씀은 알겠습니다, 형사님. 하지만 문제의 아이들도 모범적인 시민은 아니었습니다."

킴은 갑자기 솟구치는 분노를 눌러 참았다. 아이들은 그 행동 하나로 인해 저절로 비도덕적이고 미래도, 전망도 없는 비행 청소년이 되었다. 아서 코노프 같은 역할 모델이 있었으니 조금도 놀랍지 않은 일이었다. 킴은 리처드가 갑자기 아서에 대해 폭로한 게 의아했다. 뭘 얻겠다고 이런 말을 한 걸까?

리처드는 앞으로 나와 앉았다. "차 더 드시겠습니까?"

"크로프트 씨, 옛 동료들이 모두 부자연스러운 속도로 죽어 가는데도 별로 걱정스럽지 않으신가 보네요."

"제가 알기로는 두 명이 살해를 당했고, 한 명은 자연사했고 한 명은 치명적일지, 아닐지 모르는 사고를 당했을 뿐입니다."

"예전에 크레스트우드에서 무슨 일이 벌어진 겁니까?" 그녀가 날카롭게 물었다.

리처드 크로프트는 조금도 주저하지 않았다. "저도 알면 좋겠지만, 저는 그 시설이 운영되던 기간 중 마지막 2년만 재직했습니다."

"그런데 그 시간 동안에 도망친 아이들의 숫자가 확실히 증가했죠. 동의하지 않으십니까?"

크로프트는 정면으로 킴을 마주 보았다. 일순간 짜증스러운 기색이 그의 신중한 태도를 흐트러뜨릴 뻔했다. 킴은 일반적인 질문에서 캐문기로 취조 강도를 높였다. 크로프트는 자기가 재직하던 시절의 시설 관리에 대한 질문이 달갑지 않은 듯했다.

"몇몇 청소년들은 규칙을 좋아하지 않습니다. 아무리 의도가 좋은 규칙이라도 말이지요."

킴의 기억에 따르면, 규칙은 대부분 원생이 아닌 직원들의 편의를 위해 정해진 것이었다.

"아서 얘기는 그만하면 됐습니다. 크로프트 씨 당신은 크레스트우드의 원생들과 관계가 어땠습니까?"

"별다를 것 없습니다. 저는 기관 차원에서의 결정을 내리고 시설을 효율적으로 운영하기 위해 영입된 겁니다."

그가 계속 쓰는 '시설'이라는 단어는 크레스트우드를 버려진 아이들의 집보다는 브로드무어에 있는 정신 병동처럼 느껴지게 했다.

"크로프트 씨, 동료 직원 중 아이들을 해치고 싶어 하는 사람이 있었다고 생각하십니까?"

크로프트가 일어섰다. "당연히 없습니다. 어떻게 그런 질문을 할 수가 있습니까? 끔찍한 소리로군요. 시설에 고용된 사람들은 모두 그 아이들을 돌보기 위해 거기 있었던 겁니다."

"월급을 받고서 말이지요." 킴은 미처 참지 못하고 말했다.

"그렇지 않은 사람들도 있었습니다." 그가 마주 쏘아붙였다. "목사님이 계셨죠. 하지만 그분조차 몇몇 아이들은 교화할 수 없었습니다."

"아서는 어떻습니까?"

"아서는 실수를 한 겁니다. 절대 아이들을 해치지는 않았을 거요."

"그건 이해합니다만, 크로프트 씨. 저희는 크레스트우드 부지에서 십 대 소녀의 것으로 보이는 매장된 시신을 확보한 상태입니다. 제가 절대적으로 확신할 수 있는 것 중 하나는 그 아이가 혼자서 그 땅에 들어가지 않았다는 사실이고요."

크로프트는 가만히 서서 손가락으로 머리를 쓸었다. 킴의 말에 대한 유일한 신체적 반응이었다. 표정은 보톡스 때문에 읽기가 어려웠다.

"크로프트 씨, 본인이나 지인이 밀튼 교수가 크레스트우드 부지를 발굴하는 데에 이의를 제기한 적이 있습니까?"

"전혀 없습니다. 난 그런 짓을 할 이유가 전혀 없어요."

킴이 일어나 그를 마주 보았다. "그럼 드디어 마지막 질문입니다. 이걸 끝으로 더는 방해하지 않겠습니다. 테레사가 살해당한 날 밤, 어디에 계셨습니까?"

크로프트는 얼굴이 붉게 달아올라 문을 가리켰다. "지금 당장 내 집을 떠나 주면 고맙겠소. 협조하겠다는 제안은 철회하지. 이 이상의 모든 질문은 내 변호인을 통해야 할 거요."

킴은 문으로 갔다. "크로프트 씨. 당신 아내의 집이야 언제든지 떠나 드리겠습니다. 시간 내주셔서 감사합니다."

킴이 현관을 나서는데 은색 레인지로버가 자갈밭에 멈춰 섰다. 운전자는 다른 두 자동차 사이에 차를 대지 않았다. 보통 그 자리에는 다른 차가 주차된다는 걸 짐작할 수 있었다.

날씬한 여자가 차에서 내려 뒷자리에서 서류 가방을 꺼냈다. 그녀는 무릎 바로 아래까지 내려오는 펜슬스커트에 검은 정장을 입고 있었다. 종아리가 8센티미터도 넘는 하이힐 때문에 위로 솟아 있었다. 머리카락은 검고 윤이 났으며 바짝 당겨 포니테일로 묶고 있었다.

그 여자를 지나쳐 가면서, 킴은 그녀가 아찔하게 매력적이라는 것을 인정할 수밖에 없었다. 여자는 인내심 가득한 미소를 지으며 짧게 고개를 끄덕이는 것으로 답례했다.

"아니, 저런 여자가 저 사람한테서 뭘 본 걸까요?" 브라이언트가 물었다.

킴은 차에 오르며 고개를 저었다. 부부는 문을 닫고 들어갔다. 어쨌든, 별일이 다 일어나는 세상이니까.

브라이언트는 시동을 걸고 후진 기어를 넣었다. "대장, 착하게 굴 방법을 언젠가 찾기는 하실 건가요?"

"당연합니다. 마음에 드는 상대만 만난다면야."

킴은 저택을 돌아보며 한숨을 쉬고, 잠시 윌리엄 페인과 그의 딸 루시를 생각했다. 운명의 여신은 시력에 문제가 있는 게 확실했다.

"무슨 생각하세요?" 정문이 미끄러지듯 열리자 브라이언트가 저택을 벗어나며 물었다.

"아이가 발견되었다는 소식에 저 사람이 보였던 반응을 생각하고 있습니다."

"그게 왜요?"

"크로프트는 우리한테 신원 확인을 했는지조차 묻지 않았습니다. 우리가 해 준 그 어떤 말을 듣고도 충격을 받지 않았어요. 보톡스 때문에 얼굴이 마비됐을지는 모르지만, 그걸로 눈 움직임까지 통제할 수는 없죠."

킴의 직감은 리처드 크로프트에게 우호적이지 않은 결론으로 기울었다. 그는 뭔가 알고 있었다. 그것만은 확실했다. 하지만 당기기만 하면 크레스트우드의 비밀을 드러낼 늘어진 실의 마지막 한 가닥, 그 잡기 힘든 실 한 가닥은 여전히 보이지 않았다.

39

"저 사람들은 왜 온 거야?" 니나 크로프트는 서류 가방을 복도에 내려 놓으며 물었다.

"크레스트우드에 대해서 물었어." 리처드는 아내를 따라 주방으로 들어가며 대답했다.

15년을 함께 지냈지만, 그녀에게는 지금까지도 항상 그를 놀라게 하는 두 가지 특징이 있었다. 첫 번째는 그녀가 처음 만난 그날처럼 여전히 환상적인 외모를 자랑한다는 점이었다. 리처드 크로프트는 그녀에게 완전히 빠져 버렸고, 불행히도 아직까지 그 사실은 변하지 않고 있었다. 두 번째는 그 얼음장 같은 거리감이 7년 동안이나 그녀의 얼굴에서 떠나지 않고 있다는 사실이었다.

니나는 거대한 주방 한가운데에 섬처럼 떠 있는 조리대에서 멈춰 섰다. 리처드는 반대편에 섰다. 그녀는 한 번도 쓴 적이 없는 르쿠르제 주방기구 너머로 그를 마주 보았다.

"그래서 뭐라고 했어?" 그녀가 물었다.

리처드는 시선을 떨어뜨렸다. 7년 전, 둘째 아들이 태어나고 나서 그는 아플 정도의 환희에 젖었다. 아름다운 아내가 아이를 낳는 모습을 지켜보자 마음속에 너무도 맹렬한 보호 본능과 사랑이 솟았다. 그는 아내와의 연결은 끊어질 수 없다고 생각했다. 그녀에게 무엇이든 믿고 말해도 된다는 기분이 들었다.

이틀 뒤, 아들 해리슨을 요람에 눕혀 놓은 리처드는 아내에게 너무 큰 친밀감을 느낀 나머지 그녀에게 크레스트우드에 묻혀 있는 비밀들을 알려 주었다. 그 이후로 그들은 한 침대를 쓴 적이 없었다. 분노도, 비난도, 그를 고발하겠다는 협박도 없었다. 얼어붙을 듯한 안개가 둘 사이에 내려앉더니 그 이후로 흩어지지 않았을 뿐이다.

"뭐라고 물어봤어?"

리처드는 형사들과의 대화를 한마디 한마디 모두 전달했다. 그녀는 마지막 두어 가지 질문 이야기가 나오기 전까지 아무런 감정도 내비치지 않더니, 그 질문이 나오자 두 뺨을 실룩거렸다. 말을 마쳤을 때쯤 리처드는 그녀의 반응을 기다리며 자신의 이마 선을 따라 땀방울이 맺히는 것을 느꼈다.

"리처드, 몇 년 전에 당신이 과거에 저지른 실수가 내 인생이나 내 아이들의 인생에 영향을 미친다면 참지 않을 거라고 했었지."

간신히 참을성을 유지하는 니나의 어조는 이따금 명치를 걸어차는 것처럼 느껴졌다. 리처드는 가끔 무언가가 속에서 치밀었다.

"영원히 내 침대를 떠난 그날 밤 얘기야?"

"그래. 내가 당신한테 느꼈던 모든 매력은 그날 밤 당신이 고백한 이후로 사라져 버렸어. 크레스트우드가 감사라도 당해서 당신이 그곳 돈에 손을 댔다는 것만 밝혀졌어도 엄청난 스캔들이었을 거야." 그녀는 해리슨에게 말하듯 천장으로 시선을 돌렸다. "그 애들한테 썼어야 할 돈을 가져간 것만으로도 비난받을 만한 일이었다고, 여보." 그녀가 얼음처럼 차갑게 말했다. "하지만 그걸 덮겠다고 당신이 한 짓은…. 글쎄, 솔직히 말해서, 어처구니가 없지."

그는 그날 밤 그녀에게 모든 것을 정직하게 말했던 게 한 번 더 저주스러웠다. 그래, 리처드는 알아서 월급을 좀 더 챙겼다. 그에게는 그럴 자격이 있었다. 그런다고 아이들한테 뭐가 부족해지는 것도 아니었다. 아이들의 기본적인 욕구는 언제나 채워 주었으니까.

아내의 얼굴에 떠오른 혐오감은 절대 그녀를 떠나보내지 않으려는 남자의 심장까지 파고들었다. 크로프트의 즉각적인 반응은 반격하는 것이었다. 어떤 식으로든 감정을 불러일으킬 만한 방식으로 그녀를 해치는 것.

그는 한쪽으로 고개를 기울이고 미소 지었다. "있잖아, 나한테는 최소한 기꺼이 날 사랑해 줄 사람이 있어. 아내가 아니더라도."

리처드는 숨을 참았다. 뭐든 진짜 감정을 담고 있는 반응이라면 반가울 것 같았다. 그들이 한때 누렸던 것이 잿더미로나마 남아 있다는 걸 암시하는 것이면 무엇이든.

니나가 큰 소리로 웃었다. 기쁘거나 행복해서 내는 소리가 아니었다. "마르타 말하는 거야?"

그가 예상한 반응이 아니었다. 교활한 미소가 그녀의 얼굴에 슬금슬금 번져갔다. 리처드는 방이 좁아지는 것만 같았다. "당신…. 당신, 마르타에 대해 알고 있었어?"

"알고 있었느냐고? 내가 돈을 꽤 후하게 주고 시킨 일이야."

리처드는 따귀라도 맞은 것처럼 뒤로 물러섰다. 거짓말이었다. 그래야만 했다.

"아, 리처드. 당신 정말 터무니없이 바보구나. 마르타는 불가리아에 가족들이 많아. 우리 집에서 일해서 번 돈으로 그 사람들을 부양하고 있고. 마르타의 연봉이면 그 사람들 식비는 충분히 감당할 수 있거든. 그리고, 음…. 초과 근무 수당으로는 형제들을 학교에 보낼 수 있어. 그러니까 마르타가 당신이랑 섹스하고 싶어서 미친 것처럼 보인다면 그건 시급으로 대가를 받기 때문이야. 난 기꺼이 돈을 내고 있어. 마르타는 최후의 한 푼까지도 받을 자격이 있으니까."

추잡한 진실이 밝혀지자 리처드는 얼굴이 잔뜩 달아오르는 게 느껴졌다. 아까 마르타는 그에게 꽤 집착하는 모습을 보였다.

"피도 눈물도 없는 년."

니나는 그 욕을 못 들은 체하고 커피 머신을 돌아보았다. "내 이름에 스캔들 비슷한 것이라도 붙는 꼴은 절대 못 참는다고 말했었지? 나는 지금의 삶을 이루기 위해서 아주 열심히 노력했어. 그리고 당신도 사회에서 가지고 있는 공식적인 위치가 있으니 나랑 같은 배를 타서 나쁠 건 없을 거야. 그 배를 타고 있는 동안에는 얌전히 있어야겠지만."

리처드는 자기 인생에 대한 혐오감이 온몸을 훑는 걸 느꼈다. 아내가 보는 그의 유일한 쓸모는 의원이라는 지위에서 나오는 간접적인 명예뿐이었다. 그녀가 상대하는 고객들이 가져다주는 수상한 이미지를 상쇄할 존경심을 불러일으키겠다는 것이다. 리처드는 그녀에게 일종의 경력이었다.

"그렇게 충격받은 표정 짓지 마. 지금까지는 잘 통해 온 방법이니까. 앞으로도 계속 그래야 하고."

리처드는 문득 마르타와 동침했다는 생각에 소름이 끼쳤다. 가끔은 그녀와 진정으로 연결되었다고 느꼈는데, 그녀에게는 자신이 단지 초과 수당에 불과했다니.

"왜 마르타야?" 리처드는 니나의 고백이 준 충격에서 아직 벗어나지 못한 채 물었다.

"나한테는 이미지가 전부야. 당신이 그걸 더럽히게 놔두진 않아. 당신도 남자인 만큼 욕구가 있겠지. 그렇다고 거리를 나다니면서 알지도 못하는 병에 걸린 창녀랑 그 짓을 하다가 내 아이들을 위험에 빠뜨리는 걸 두고 볼 수는 없잖아."

리처드는 니나가 핸드폰을 꺼내는 모습을 지켜보았다. "당신이 부린 말썽은 지금부터 내가 처리할 테니까 얌전히 장단이나 맞춰."

리처드는 결정의 기로에 서 있었다. 주먹을 쥔 그의 두 손이 옆구리에 놓여 있었다. 그는 돌아서서 가 버릴 수도, 이 집을 나서 니나의 냉정함과 통제에서 벗어날 수도 있었다. 곧장 경찰서로 가 내면의 짐을 내려놓을 수도 있었다. 이 여자에게서, 지금껏 살아온 삶에서 자유로워질 수 있었다.

그는 6만 5천 파운드밖에 되지 않는 의원 봉급을 생각했다. 창의적으로 비용 처리를 한다 해도 여섯 자리 숫자 수입을 올리려면 근무 시간에 다른 일을 해야만 했다. 월급은 집 관리비나 간신히 낼 수 있는 정도였다. 대출금과 자동차 할부금, 매달 첫날 그의 계좌에 꽂히는 5천 파운드의 용돈을 대 주는 건 아내의 봉급이었다.

꽉 쥐었던 리처드의 두 손이 축 늘어졌다. 그는 돌아서서 서재로 들어 갔다. 배짱 따위는 9캐럿짜리 황금 접시에 얹어 썰어 먹었다. 문을 닫은 뒤에야 그는 귀 뒤에서 흐르는 땀방울을 훔쳤다. 마지막 남은 가느다란 자존심 때문에 아내 앞에서는 그렇게 하지 못했다.

테레사와 톰이 죽었고 아서도 오락가락하는 중이었다. 리처드는 이런 사망 사건들이 우연이라고 믿고 싶었다. 그래야만 했다. 그렇게 생각 하지 않으면 다른 가능성은 오직 한 가지, 그가 다음 차례라는 것뿐이었 으니까.

40

브라이언트가 맥도날드 드라이브스루에서 주문을 하는 동안 킴은 스 테이시에게 전화를 걸었다. 두 번 신호음이 갔을 때 스테이시가 전화를 받았다.

"스테이시, 크레스트우드에서 지냈던 아이들의 주소를 확보하는 대 로 보내 줘. 직원들이 빠르게 사라지고 있으니까."

"네, 저도 들었어요. 우디가 벌써 대장을 찾으러 내려왔었거든요."

"우디가 절 쫓고 있다고 합니다." 스테이시가 키보드를 누르는 동안 그녀가 브라이언트에게 속삭였다. 브라이언트가 눈을 찌푸렸다.

"네, 명단 맨 위에 올라와 있는 사람은⋯. 아, 이제 보니 두 명이네요. 베스 애덤슨과 니콜라 애덤슨이라는 쌍둥이 자매예요. 제가 가지고 있는 주소는 버밍엄 브린들리플레이스에 있는 니콜라의 주소고요."

킴이 큰소리로 주소를 불러 주었고 브라이언트가 받아 적었다.

"좋아, 전에 말했던 목사를 계속 추적해 줄 수 있겠어? 그 사람 이름이 다시 나와서 한번 들러 볼 만한 것 같은데. 아이들이 그 사람한테 뭔가 이야기했을지도 몰라."

"알겠어요, 대장."

"고마워, 스테이시. 케빈한테서는 소식 없나?"

"저한텐 없어요."

킴은 전화를 끊었다.

"아까 그런 일이 있었으니 경찰서로 돌아가 보셨어야 해요."

킴은 우디에게 뺑소니 사고에 대해서 보고하고 '트라우마적 사건'을 목격했을 때의 절차를 따랐어야 한다는 걸 아주 잘 알고 있었다. 하지만 킴과 킴의 팀원들은 그깟 일로 현장을 떠나지 않았다.

"나중에는 보고도 하고 우디하고 얘기도 하겠지만, 지금은 시간이 없습니다. 지금까지 크레스트우드가 폐쇄될 당시 그곳에서 일했던 사람 넷을 잃었어요."

그녀는 치킨버거를 한 입 베어 물었다. 플라스틱 사이에 마분지를 끼워서 먹는 것 같은 맛이 났다. 그녀는 버거를 치워 두고 핸드폰을 꺼냈다. 케빈이 즉시 받았다.

"상황은?" 킴이 물었다.

"진행 중입니다. 세리스가 도구를 가지고 구덩이에 들어가 있으니까,

뭔진 몰라도 저 아래 있는 것하고 만날 때가 멀진 않았어요."

킴은 그의 목소리에서 피로한 기색을 읽어냈다. "윌리엄 페인은 만나봤나?"

"네, 대장. 보안회사에 전화를 걸어서 경보기가 작동하고 있는지 확인했습니다. 4.5미터 호선을 그리면서 작동하는 동작 감지기도 이리저리 시험해 봤습니다. 페인한테 울타리에서 화분 몇 개도 치우라고 했고, 확인차 루시의 비상용 목걸이 배터리도 갈았어요. 아, 그리고 모든 순찰 경관들에게 페인의 집을 순찰 구역에 포함하라고 했습니다."

킴은 미소 지었다. 이래서 케빈을 팀에 둔 것이다. 가끔은 케빈을 다루는 게 걸음마를 막 시작한 어린애를 돌보는 것처럼 느껴지기도 했다. 케빈이 킴의 인내심의 한계를 시험하는 날들도 있었다. 하지만 또 다른 날에는 그가 자기 일을 해냈다. 그것도 아주 멋지게.

"그냥 알려 드리려고 하는 말씀인데요, 대장. 무전이 왔습니다. 아서 코노프가 죽었어요."

킴은 아무 말도 하지 않았다. 그가 살아남지 못하리라는 건 알고 있었다.

"현장 출동 경찰이 아직도 도로를 차단하고 있습니다. 혹시 모르니까요, 뭔가 있을지도."

킴은 전화를 끊었다. "코노프 얘깁니다." 그녀가 속삭였다.

"죽었어요?" 브라이언트가 물었다.

킴이 고개를 끄덕이고 한숨을 쉬었다. 아주 솔직히 말하면, 아서 코노프가 죽은 것이 어느 정도의 손실인지 평가하기가 어려웠다. 코노프의 아내는 그의 행선지에 대해서 결코 관심을 두지 않았다. 그들이 여태껏 이야기를 나눠 본 사람 중에는 코노프에 대해 어떤 식으로든 애정을 품고 있거나 품었던 사람은 한 명도 없었다. 아마 모린은 매주 판매되는 맥주와 치즈 콥의 양이 줄어든 걸 보고 그가 사라졌다는 걸 체감할지도 모르지만, 그의 죽음을 진지하게 애도할 사람은 많지 않을 터였다.

킴은 그 무례하고 견디기 어려운 사람도 한때는 괜찮은 인간이었으나 나이가 들면서 천천히 적의를 품게 된 거라고 생각하고 싶었다. 하지만 그가 10년 전에도 이미 뻔뻔스럽게 임무를 방기했다니 헛된 기대인 듯했다. 이제는 아서가 옛날부터 이기적이고 비열한 인간이었다는 모린의 말이 옳다는 생각이 들었다.

…하지만 지금부터는 그가 그보다도 심한 인물이었을지 모른다는 고민을 해야 했다. 과연 아서 코노프는 자기 흔적을 지우기 위해 어떤 짓까지 저질렀을까?

브라이언트가 종이 냅킨으로 입을 닦는 동안 킴은 계기판의 시계를 힐끗 보았다. 세 시가 막 지난 시각이었다. 경찰서에는 서류가 잔뜩 쌓여 있었다. 오늘은 이미 길고 힘겨운 하루였다. 원생들의 명단을 확인하는 일은 내일 언제든 시작할 수 있을 것이다. 킴의 몸이 샤워와 휴식을 요구했다.

"버밍엄에 있는 그 주소지로 갈까요, 대장?"

킴은 미소 지으며 고개를 끄덕였다.

236

41

2만 평에 걸친 브린들리플레이스는 영국에서 가장 큰 규모의 다목적 재개발 구역이었다. 운하 옆의 공장들과 빅토리아식 학교가 다양한 건축 스타일로 개조되었다.

이 재개발 프로젝트는 1993년에 시작되어 현재는 서로 구분되는 구역 세 곳이 조성되어 있었다. 브린들리플레이스에는 사치스러운 사무 공간과 소매상점, 아트 갤러리를 제공하는 저층 건물들이 모여 있는 반면 워터스 에지에는 바와 식당, 카페들이 있었다. 주거용 건물들은 심포니 코트에서부터 밖으로 얼기설기 퍼져 있었다.

"대장, 대체 우린 뭘 잘못하고 있는 걸까요?" 브라이언트는 킹 에드워드 워프 건물의 5층에 선 채 물었다.

검은 레깅스를 신고 딱 달라붙는 탱크탑을 입은 날씬한 운동선수 스타일의 여자가 문을 열어주었다. 방금까지 운동이라도 했는지 그녀의 얼굴이 달아올라 있었다.

"니콜라 애덤슨이신가요?"

"그쪽은 누구신데요?"

브라이언트는 신분증을 제시하며 자신과 킴을 소개했다. 그녀는 옆으로 비켜서며 그들을 원룸형 펜트하우스로 맞아들였다.

킴은 부엌 공간까지 쭉 펼쳐진 너도밤나무 소재의 전실로 들어섰다. 커다란 평면 텔레비전이 걸려 있는 벽 앞에 흰 가죽 소파가 사선으로 놓여 있었다. 텔레비전 아래에는 다양한 전자 제품들이 벽에 박혀 있는 탓에 전선이 하나도 보이지 않았다. 천장에는 스포트라이트가 곳곳에 걸려 있었으며 하향식 조명이 자갈로 장식된 난로 위에 두어 개 걸려 있었다. 거실 끝의 유리 식탁 주변에는 티크나무 의자들이 놓여 있었다. 마루가 끝나는 곳 바로 뒤부터 돌로 된 타일이 시작됐다. 42평짜리 아파트가 벽 없이 탁 트여 있는 듯한 모양새였다.

"차나 커피를 드릴까요?"

킴이 고개를 끄덕였다. "커피요, 최대한 진하게 부탁드립니다."

니콜라 애덤슨이 활짝 미소 지었다. "피곤한 날이시군요, 형사님?"

여자는 갈색 나무로 포인트를 준, 반짝거리는 흰색 서랍장으로 이루어진 주방으로 타박타박 걸어갔다. 킴은 아무 대답도 하지 않고 계속 그 공간을 돌아다녔다. 왼쪽 벽은 대부분 통유리로 이루어져 있었고, 둥근 원형 돌기둥 몇 개만이 그 유리판을 가르고 있었다. 벽면 너머로는 발코니가 있었다. 밖으로 나가지 않아도 브린들리 루프 운하가 보였다.

유리 벽을 따라 더 가다 보니 동양식 병풍에 부분적으로 가려진 러닝머신이 보였다. 뭐, 운동을 할 생각이라면 이게 확실히 좋은 방법이라는 생각이 들었다. 그러나 정오에 집에 있는 20대 중반의 여자가 살기에는 이질적인 느낌이 드는 공간이었다.

"직업이 뭡니까?" 킴이 대놓고 물었다.

"네?"

"집이 아주 좋아서요. 무슨 일을 해서 방세를 내시는 건지 궁금했습니다."

킴은 사람 대하는 방법을 바꿀 생각이 없었다. 여자는 대답을 하든지 말든지 알아서 하면 될 것이다.

"제가 불법적인 직업을 가지고 있는 것도 아닌데 형사님이 왜 관심을 두시는지는 잘 모르겠지만, 전 댄서예요. 이그조틱 댄서요. 어쩌다 보니 꽤 재능이 있는 편인 걸 발견해서요."

킴은 아마 사실일 거라고 생각했다. 니콜라 애덤슨은 타고난 움직임이 우아하고 유연했다.

니콜라는 김이 나는 머그잔 두 개와 물병 하나가 담긴 쟁반을 가지고 왔다. "록스버러에서 일해요." 그녀는 그 말이면 모든 게 설명된다는 듯이 짧게 말했다. 사실 킴에게도 그걸로 충분했다. 그 클럽은 회원 전용으로 운영되며 전문직 종사자들에게 성인 오락을 제공했다. 엄격히 관리되고 있어서 지역 경찰이 굳이 방문하지 않는 곳이었다. 버밍엄시 중심부의 다른 클럽들과는 달랐다.

"저희가 왜 왔는지는 아십니까?" 브라이언트가 물었다. 플러시 소파에 깊숙이 기대앉는 실수를 저지른 그는 가구가 자신을 통째로 삼켜 버리기 전에 앞으로 나와 앉으려고 애쓰고 있었다.

"그럼요. 얼마나 도와드릴 수 있을지는 잘 모르겠지만 편하게 물어보세요."

"크레스트우드에 있을 때 몇 살이셨습니까?"

"한 번에 오랫동안 머문 게 아니에요, 형사님. 제 여동생이랑 저는 두 살 때부터 보육 시설을 전전했거든요."

"저 사진을 찍었을 때는 몇 살이셨습니까?" 킴은 옆에 놓인 작은 탁자의 은색 액자 속 사진을 보며 물었다.

두 소녀는 입은 옷만큼이나 얼굴도 똑같았다. 둘 다 무료 교복 상점에서 구한 뻣뻣한 흰색 교복 셔츠를 입고 있었다. 킴은 그 옷도, 그 옷을 사면 공짜로 딸려 오는 비웃음도 잘 기억하고 있었다.

두 소녀는 왼쪽에 꽃무늬가 수 놓인 같은 색 카디건을 입고 있었다. 머리카락을 제외하면 둘은 모든 게 같았다. 한 명은 느슨하게 흘러내리는 금발이었고 다른 아이는 털실 방울로 머리를 뒤로 묶고 있었다.

니콜라가 사진으로 손을 뻗으며 미소 지었다. "저 카디건은 잘 기억나요. 베스가 자기 카디건을 잃어버리고 제 걸 훔쳐 가곤 했거든요. 그게 저희가 싸운 유일한 이유였어요."

브라이언트가 입을 열려다가 킴의 표정을 보고 다시 조용해졌다. 니콜라의 얼굴이 변해 있었다. 사진이 아니라 그 너머를 보고 있는 듯했다.

"별것 아닌 것처럼 보일지도 모르지만, 저 카디건은 소중한 거였어요. 메리가 페인트칠한 걸 전부 닦아 내도록 도와줄 사람이 두 명 필요하다고 자원하라고 했죠. 베스랑 제가 손을 들었어요. 메리는 성실하고 착한 사람이었으니까요. 그날이 끝날 때쯤 메리가 저희한테 일한 대가로 몇 파운드씩을 줬어요." 니콜라가 마침내 눈을 들었다. 그녀의 표정은 슬퍼 보이기도, 생각에 잠긴 것처럼 보이기도 했다.

"저희가 어떤 기분이었는지는 상상도 못 하실 거예요. 바로 다음 날 아침에 저희는 블랙히스 시장으로 갔어요. 뭘 살지 정하느라 가판대를 온종일 헤매고 다녔죠. 그렇게 대단한 카디건은 아니지만 그래도 그 옷은 저희 것이었고, 새 옷이었어요. 언니들한테서 물려받은 옷도, 자선바자에서 사 온 중고 옷도 아니었죠. 새 거였고, 저희 거였어요."

니콜라의 오른쪽 눈에서 눈물 한 방울이 흘러내렸다. 그녀는 사진을 다시 돌려놓고 뺨을 문질러 닦았다.

"바보 같이 들리시겠죠. 사실 이해 못 하실…."

"아뇨, 이해합니다." 킴이 말했다.

니콜라는 너그럽게 미소 지으며 고개를 저었다. "아뇨, 형사님. 저희를 정말 이해하실 수는 없…."

"아뇨, 정말로 이해합니다." 킴이 단호하게 되풀이했다.

니콜라는 그녀와 시선을 마주치고 몇 초 동안 그녀를 바라보더니 결국 알았다는 뜻으로 고개를 끄덕였다.

"질문에 답하자면, 저 사진 속에서 저희는 열네 살이었어요."

브라이언트는 킴을 보았고 킴은 브라이언트에게 계속하라고 신호했다. "보육 시설을 드나들었다고 하셨는데, 그때마다 항상 크레스트우드에 계셨나요?" 그가 물었다.

니콜라는 고개를 저었다. "아뇨, 저희 어머니가 헤로인 중독자였어요. 어머니는 나름대로 최선을 다하셨다고 말하고 싶지만 실제로는 그렇지 않았죠. 열두 살이 되기 전까지 저희는 위탁 가정과 보육원을 전전하며 지냈어요. 어머니가 약을 끊고 저희를 되찾아갈 때면 어머니의 집에서 지내기도 했고요. 사실 잘 기억나지는 않아요."

킴은 그녀의 눈을 보고 말과 달리 니콜라에게 그 모든 기억이 아주 선명하다는 걸 알 수 있었다.

"하지만 여동생과 헤어지지는 않았군요?" 킴은 사진을 보며 말했다. 킴도 태어난 후 6년이 될 때까지는 동생이 있다는 게 어떤 기분인지 알았다.

니콜라가 고개를 끄덕였다. "네, 저희에겐 서로가 있었어요."

"애덤슨 씨, 저희는 부지에서 발견한 시신이 크레스트우드 원생 중 한 명의 것일 가능성이 있다는 증거를 찾아냈습니다."

"설마요." 그녀가 고개를 저으며 말했다. "진심으로 하시는 말씀은 아니죠?"

"크레스트우드 시절에 관해서, 저희에게 도움이 될 만한 일이 뭐라도 생각나십니까?"

니콜라의 두 눈은 기억 속을 뒤지는 듯 바쁘게 돌아갔다. 한동안 그녀도, 브라이언트도 입을 열지 않았다. 니콜라가 천천히 고개를 젓기 시작했다. "솔직히 아무것도 기억나지 않아요. 베스랑 저는 둘이서만 지냈거든요. 제가 도와드릴 수 있는 건 별로 없겠네요."

"동생분은 어떻습니까? 혹시 저희를 도와주실 수 있을까요?"

니콜라가 어깨를 으쓱거리던 찰나 킴의 핸드폰이 울리기 시작했다. 2초 후에는 브라이언트의 핸드폰이 울렸다. 그들은 손으로 더듬어 전화를 끊어 버렸다.

"죄송합니다." 브라이언트가 말했다. "하시려던 말씀이?"

"베스는 뭔가 기억할지도 몰라요. 지금 저랑 같이 지내고 있어요." 니콜라가 손목시계를 확인했다. "30분 후면 집에 올 거예요, 기다리실 거라면요."

킴의 핸드폰이 주머니 속에서 다시 진동하기 시작했다. "아뇨, 괜찮습니다." 그녀가 일어서며 말했다. 브라이언트도 그녀를 따라 일어서며 손을 내밀었다. "뭐든 생각나면 전화 주세요."

"그럼요." 니콜라는 문까지 그들을 배웅하며 말했다.

킴은 좀 더 넘겨짚어 볼 생각에 돌아섰다. "구슬을 특히 좋아하던 아이가 기억나십니까?"

"구슬이요?"

"팔찌라든지요?"

니콜라는 잠깐 생각하더니 손으로 입을 가렸다.

"네, 네. 멜라니라는 아이가 있었어요. 저보다 나이가 많아서 잘은 모르는 사이지만요. 흔히 말하는 '잘 나가는' 애들, 말썽쟁이들 중 한 명이었어요."

킴은 숨을 참았다.

"네, 구슬이랑 관련된 일도 기억나네요. 멜라니가 제일 친한 친구들한테 구슬을 좀 나눠 줬어요. 걔들은 작은 동아리 같은 거였거든요." 니콜라가 고개를 끄덕이며 말을 이었다. "네, 맞아요. 전부 세 명이었어요. 다들 구슬을 가지고 있었고요."

킴은 가슴이 철렁하는 걸 느꼈다. 킴은 셋 모두가 도망쳤으리라는 데 기꺼이 내기를 걸 수도 있었다.

42

"제기랄." 브라이언트가 차에 오르면서 짓씹듯이 말했다.

킴은 토할 것 같은 기분이었다. "나랑 같은 생각입니까?"

"시신이 한 구 더 발견될 가능성이 있다고 생각하시는 거면, 맞아요."

"가능성이 있다는 말 대신 가능성이 크다는 단어를 넣으면 우리 둘이 똑같은 생각을 하는 겁니다." 킴은 안전띠를 매며 고개를 돌렸다. "이름은 적었죠?"

브라이언트가 고개를 끄덕이자 그녀는 핸드폰을 꺼냈다. 브라이언트도 따라서 핸드폰을 꺼냈다.

"케빈한테서 부재중 전화 두 통에 메시지 한 통이 왔네요." 킴이 말했다.

"제 건 우디한테서 왔습니다."

그들은 둘 다 음성 사서함을 열었다. 킴은 케빈의 흥분한 목소리를 듣고 메시지를 지웠다.

"케빈이 즉시 현장으로 돌아와 달랍니다."

브라이언트가 씩 웃었다. "우디는 저더러 대장을 데리고 경찰서로 돌아오라는데요. 최근에 듣기로는, 대장의 뛰어난 능력에도 불구하고 아직 동시에 두 곳에 있는 기술은 완벽히 익히지 못하셨다면서요." 장난스럽게 말을 마친 그가 그녀를 돌아보았다. "그럼 대장, A입니까, B입니까?"

킴은 그를 보고 한쪽 눈썹을 치떴다.

"네, 그렇게 말씀하실 줄 알았습니다."

43

브라이언트는 흙 마당에 차를 세웠다. 버밍엄 중심부에서부터 12킬로미터를 이동하는 데 무려 40분이 걸렸다.

킴이 문을 열었다. "케빈하고 연락해 보십시오, 괜찮은지."

"네, 대장."

그녀는 세 번째 천막으로 종종걸음 쳐 갔다. 하도 천막이 많아, 이제 이곳은 범죄 현장이라기보다 축제의 가판대 구역처럼 보이기 시작했다. 킴은 입구에 잠시 멈춰 섰다. 그녀는 고개를 돌려 언덕 아래쪽 가운데 집 과 그 안에 갇혀 있는 사람을 보고 살짝 손을 흔들었다. 혹시 모르니까.

그녀가 천막에 들어가자 세리스가 돌아보았다. 킴은 아랑곳하지 않고 구덩이를 들여다보았다. "여자아이는 어디로 간 겁니까?" 그녀는 별 생각 없이 시신의 성별을 결정하고 물었다. 직감을 제외하면 두 번째 시신이 여성이라는 걸 알아낼 확실한 방법은 없었지만, 보통 그녀에게는 직감만으로 충분했다.

"시신은 약 30분 전에 수습됐고 대니얼이 다른 천막에 가져다 놨어요. 구덩이의 3분의 1을 체로 걸러 내 봤는데, 혹시 형사님이 알고 싶어 하실지도 몰라서 말씀드려요. 발견된 게 좀 더 있는데…."

"구슬이군요." 킴이 그녀 대신 말을 맺었다.

"어떻게 아셨어요?"

킴은 어깨를 으쓱했다. "다른 건 없습니까?"

세리스는 무겁게 한숨을 쉬고 천천히 고개를 끄덕거렸다. "현장 전체 를 훑어봤는데…."

"물체가 하나 더 발견됐겠죠." 킴이 다시 말을 잘랐다.

세리스는 허리춤에 오른손을 얹었다. "전 이제 그냥 집에 가면 될까요?"

킴이 미소 지었다. "죄송합니다, 그냥 피곤해서요. 그런 날 있잖습니 까. 그나저나 이 두 번째 구역은 내일이면 발굴이 완료될까요?"

"내일 날이 밝는 대로 3번 구역 발굴을 시작할 거예요. 아직 표시해 두지는 않았어요. 하이에나들한테 선두를 빼앗기고 싶지는 않아서." 세리스가 말했다. 언론을 얘기하는 거였다. "세 번째 자기 이상이 또 다른 시체 때문에 발생한 것인지는 아직 확실히 몰라요."

킴은 배 속 깊숙한 곳에서부터 확신이 느껴졌다.

"언론이 우리 행동 하나하나를 다 지켜보고 있어서, 사람들한테 전면 조사는 마무리하고 장비를 치운 다음 의심받지 않도록 해당 구역에는 접근하지 말라고 말해 뒀어요."

"표시를 안 했다면 정확히 어디를 발굴해야 하는지 어떻게 압니까?" 킴이 물었다.

"천막 가장자리부터 걸음 수를 재 놨어요. 믿으세요, 전 알아요."

킴은 그녀를 믿기로 했다.

"좋은 소식은 내일이면 1번 현장을 폐쇄하고 구덩이를 메울 수 있다는 거예요. 제가 서명만 하면 첫 번째 천막은 치울 수 있어요."

"관심을 가질 만한 다른 사항이 있습니까?"

"천 조각이 좀 나왔어요. 전부 이름표를 붙여서 봉투에 넣어 연구실로 보냈고요. 신원 확인에 도움이 될지도 몰라요."

니콜라와 만난 이후, 킴은 신원 확인이 결국 니콜라가 말한 세 아이 중 한 명을 시신과 짝지어 주는 일이 될 거라는 생각이 들었다.

"다른 건요?"

세리스는 고개를 젓고 돌아섰다.

킴은 세리스의 끈기가 고마웠다. 킴은 자신에게 이 사건을 해결해야 한다는 필요 이상의 뭔가가 있다는 걸 알고 있었다. 이 사건과 다른 사건에 아무 차이가 없다고 자신을 설득하려 애써 봐야 소용없었다. 분명한 차이가 있었으니까. 킴은 이 아이들이 과거에 겪은 고통을 알고 있었다.

그중 누구도 어느 날 아침 일어나 자기 앞에 놓인 미래를 살아가기로 선택한 건 아니었다. 아이들이 비행 청소년이 되었다고 해서 그 이유를 특정한 날에 일어난 사건이라고 딱 짚을 수 있는 것도 아니었다. 오히려 아이들은 상황이 끝끝내 희망을 질식시키기까지 정점과 저점을 찍는 느린 여행을 거쳐 온 것이다.

큰 사건이 벌어지는 경우는 거의 없었다. 킴은 자신이 오직 '아동'이라고만 불렸던 게 생각났다. 직원들은 굳이 이름을 기억할 필요가 없도록 모두를 '아동'이라고 불렀다.

그녀는 자신의 동기가 이렇게 잊혀버린 아이들의 정의를 세워 주려는 욕구에서 나온다는 걸 알고 있었다. 그렇게 되기 전까지는 자신의 발걸음이 늦춰지지 않으리라는 것도. 그래서 킴은 자신과 보조를 맞춰 주려는 모든 사람이 고마웠다.

"저기요." 킴은 출구에 이르러 말했다. "고맙습니다."

세리스가 가볍게 미소 지었다.

킴은 장비를 보관해 둔 천막으로 향했다. 베이트 박사는 그녀를 등지고 있었지만, 그와 다른 두 사람이 비닐봉지 여러 장에 이름을 붙이느라 바쁘다는 건 알 수 있었다.

"안녕하세요, 박사님. 뭘 찾으셨습니까?"

"무슨…. 욕도 안 하고, 괴롭히지도 않을 생각입니까?"

"그게, 좀 피곤하긴 하지만 노력하면 분명…."

"아뇨, 됐습니다. 오늘은 욕 안 먹어도 살 수 있을 것 같네요."

이제보니 박사는 평소보다 더 시무룩한 상태였다. 두개골이 들어 있는 비닐봉지를 봉하는 그의 어깨가 약간 처져 있었다. 흰 테이프에 현장과 그곳에서 발견된 뼈가 검은색 증거 표지와 함께 나열되어 있었다. 베이트 박사의 조수가 보관용 상자 뚜껑으로 손을 뻗었지만 박사가 고개를 저었다. "아직 아냐."

킴은 혼란스러웠다. 그녀는 전에도 상자 가장 아랫부분에 제일 무거운 뼈를 넣고 위로 올라갈수록 가볍고 약한 뼈들을 넣어, 가장 가벼운 뼈가 맨 위에 놓이도록 시신을 수습하는 걸 본 적이 있었다. 보통은 두개골이 가장 마지막에 수습하는 유골이었다.

킴은 베이트 박사 곁에 가서 섰다. 그는 안쪽에 미리 화장지를 대어 놓은, 샌드위치 상자 크기의 통에 손을 뻗는 중이었다. 모아둔 작은 뼈들이 탁자 오른쪽 끝까지 쌓여 있었다. 베이트 박사의 손이 살짝 떨렸다.

"성인입니까, 미성년자입니까?" 킴이 물었다.

"확실히 미성년자입니다. 당시에 이 소녀가 어떻게 사망했는지는 전혀 모릅니다. 처음 살펴봤을 때는 시신에 명백한 외상 부위가 전혀 보이지 않았거든요."

뭔가 눌러 참는 듯 박사의 목소리가 조용했다.

킴은 잠시 혼란스러워졌다. "잠깐만요, 박사님. 첫 번째 피해자가 청소년이었다는 이유만으로는 제가 아무리 위협해도 시신 성별을 특정할 수 없다고 하시더니, 갑자기 이번 시신은 연구실로 뼈들을 가져가기도 전에 소녀라고 하시는 겁니까?"

베이트 박사는 안경을 벗고 눈을 비볐다. "맞습니다. 두 번째 피해자의 성별을 특정하는 건 전혀 망설여지지 않네요, 형사님." 그는 샌드위치 상자를 돌아보며 씁쓸하게 말했다. "이 아가씨는 임신 상태였으니까요."

44

"빌어먹을 하루네요." 브라이언트가 경찰서 뒤쪽에 차를 대며 말했다. 그게 현장을 떠난 이래 처음으로 나온 말이었다. "어째 케빈이 엄청 조용하더라니."

"놀랐습니까?"

케빈은 작은 통에 든 뼈들이 엄마의 뼈 옆에 있는 더 큰 상자에 들어갈 때까지 그 장면에서 눈을 떼지 못했었다.

"집에 가세요, 브라이언트. 나도 우디를 만나고 집에 갈 겁니다."

일곱 시가 막 지난 시간이었다. 그들은 여섯 번째 근무일 열세 번째 시간에 접어들고 있었다. 브라이언트는 킴의 곁을 지키고 싶어 했지만 그에게는 가족이 있었다. 킴은 아니었다.

킴은 4층 계단을 올라가느라 남아 있던 힘을 다 썼다. 그녀는 문을 두드리고 기다렸다. 우디가 들어오라고 소리쳤다. 단 두 마디 말에 그토록 분노를 꾹꾹 눌러 담을 수 있다니 놀라울 정도였다. 킴이 자리에 앉았을 때는 이미 그의 손에 스트레스 볼이 쥐어져 있었다.

"절 보자고 하셨습니까?"

"세 시간 전 전화를 걸었을 때 봤다면 더 적절했겠지." 그가 으르렁거리듯 말했다. 그의 오른손에서 스트레스 볼이 살려 달라며 울부짖는 소리가 들리는 듯했다.

"현장에서 진행된 상황이 있었는데 제가 꼭…."

"스톤, 자네는 트라우마적 사건에 연루됐어."

"브라이언트의 운전 솜씨가 그렇게까지 고약하지는 않습니다." 킴이 약하게나마 빈정거려 보았다. 기나긴 하루였다.

"입 다물게. 자네는 절차를 다 알고 있어. 본부로 돌아와 보고하고 심리 건강 검사를 받아야 한다는 것도."

"전 괜찮았습니다, 브라이언트한테 물어보십…."

"굳이 시간 낭비할 필요 있겠나?" 우디는 의자에 깊숙이 앉아 스트레스 볼을 왼손으로 바꿔 쥐었다. 제기랄, 아직 위기가 끝난 게 아니었다.

"나한텐 임무가, 자네를 살필 의무가 있네. 그런데 자네가 그 의무를 수행하는 걸 거의 불가능하게 만들어. 제기랄, 자네는 지원과 상담을 받았어야 했어."

킴은 눈알을 굴려 댔다. "저한테 이런저런 기분을 느껴야 한다고 말해 줄 사람이 필요해지면 반드시 알려 드리겠습니다."

"자네가 아무것도 느끼지 못한다는 건 당연히 문제가 될 수 있네, 스톤."

"저한테는 문제가 아닙니다, 경감님."

우디는 몸을 숙였다. 두 눈이 그녀에게 파고들었다. "지금 당장은 아니겠지만, 결과적으로는 모든 부정적인 것들이 자네와 자네의 업무 능력에 영향을 줄 걸세."

킴의 생각은 달랐다. 그녀는 항상 이런 방식으로 일을 처리해 왔다. 나쁜 것들은 상자에 담아 밀봉해 치워 버렸다. 비결은 절대 그 상자들을 열어 보지 않는 것이었다. 킴에게 궁금한 점은 왜 더 많은 사람들이 그런 방법을 쓰지 않느냐는 것뿐이었다.

옛사람들도 시간이 모든 것을 치유해 준다는 격언을 남겼다. 그리고 그녀는 시간을 조작하는 기술을 익힌 지 오래였다. 실제 시간으로 보면 그녀는 겨우 일곱 시간 전에 아서 코노프의 목숨을 구하는 데 실패했다. 하지만 그런 시간의 틈새에 행위를 욱여넣자 기억이 멀어졌다. 킴의 마음속에서는 그 사건이 지난주에 일어난 것이나 다름없었다. 그러므로 그녀에게는 그 사건이 우디가 생각하는 것보다 훨씬 오래전에 일어난 셈이었다.

"경감님, 걱정해 주시는 건 감사하지만 전 정말 괜찮습니다. 저는 제가 모든 사람을 구할 수는 없다는 걸 잘 알고 있습니다. 사람들이 죽는다고 해서 자해를 하지도 않고요."

우디는 손을 들어 그녀의 말을 막았다. "스톤, 그만하면 됐어. 난 이미 결정을 내렸으니까. 이 사건이 종료되는 대로 상담을 받지 않으면 정직 처분을 내리겠네."

"하지만⋯."

우디는 고개를 저었다. "그렇게 하지 않으면 망가진 내면이 자넬 망가뜨릴 거야."

내면은 킴의 관심사가 아니었다. 내면은 잠가 두고 밀봉해 둔 지 오래였다. 그녀가 유일하게 두려워하는 것은 내면을 밖으로 꺼내는 것뿐이었다. 그거야말로 거의 확실한 파멸의 시작이 될 테니까.

킴은 무겁게 한숨을 쉬었다. 그건 다른 날에 해야 할 싸움이었다.

"이 문제에 대해서는 더 할 말이 없지만, 가기 전에 한 가지 더 할 말이 있네."

아주 멋지네요, 하고 그녀는 생각했다.

"경정님한테서 전화를 받았네. 경정님은 경무관님한테서 전화를 받았고. 두 분 다 자네를 이 사건에서 빼길 바라시더군." 우디가 의자에 깊숙이 기대앉았다. "자, 오늘은 누구 성질을 돋웠는지 말해 봐."

거짓말해 봐야 소용없었다. 확실히 누군가는 비위가 제대로 상한 모양이었다.

"경감님, 그런 사람들이 한둘입니까? 명단을 작성해 드릴 수는 있겠지만 몇 명 누락이 생길지도 모르겠습니다. 아무튼 제 생각에 오늘 제가 그렇게까지 심하게 화를 돋운 사람은 리처드 크로프트뿐입니다. 그런 영향력이 있는 사람이라고는 상상 못 했습니다만."

두 사람의 시선이 마주치며 짧은 침묵이 흘렀다. "아내 쪽이야." "아내 쪽이군요." 둘은 동시에 말했다.

"그자에게 무슨 말을 한 건가?"

킴은 어깨를 으쓱했다. "여러 가지요." 킴은 크로프트의 아내가 어쨌든 그를 무척 사랑하는가 보다고 생각하며 대답했다.

"증인인가, 용의자인가?"

킴은 얼굴을 찌푸렸다. "둘 다 조금씩 해당합니다."

"제기랄, 스톤. 대체 언제쯤에야 이런 수준의 경찰 업무에는 정치적인 요소가 있다는 걸 이해하겠나?"

"아뇨, 경감님. 경감님 수준에서의 경찰 업무에 정치적인 요소가 있는 겁니다. 제 업무는 여전히 진실을 밝히는 거고요."

우디는 그녀를 노려보았다. 킴도 그런 식으로 말할 의도는 아니었다. 킴은 우디도 자신의 마음을 알 거라고 믿고 굳이 말을 바꾸지는 않기로 했다. 킴은 턱을 쳐들었다. "그래서 지시대로 저를 빼실 겁니까?"

"스톤, 나도 콧대가 멀쩡한 사람이야. 자네가 들볶아 대지 않아도 괜히 굽실거리진 않네. 그 사람들한테는 이미 자네가 계속 이 사건을 지휘하는 게 좋다고 조언했어."

킴은 미소를 지었다. 그럼 그렇지.

"그 의원은 분명 뭔가 숨기고 있습니다. 그게 아니라면 경비견들을 풀어놓지 않았겠죠."

우디는 며칠 만에 처음으로 미소 비슷한 것을 내비쳤다. "그럼 나도 내 개를 풀어놔야겠군."

"네, 경감님." 킴이 미소 지으며 대답했다.

45

킴은 스테이시에게로 눈을 돌렸다. "자, 새로운 하루가 밝았어. 케빈은 곧장 현장으로 갔다. 보고할 게 더 생기면 전화를 걸 거야.

요약해 보자. 신원이 확인된 직원 여섯 명 중에서는 단 두 명만이 남아 있어. 리처드 크로프트와 윌리엄 페인. 리처드 크로프트는 날 별로 좋아하지 않으니까 그 사람한테서 아주 많은 걸 알아내게 될 것 같진 않지만 그자가 뭔가 숨기고 있는 건 분명해."

"대장, 밀튼 교수의 발굴 계획에 대한 이의 중 두 건은 '트래비스, 던 앤 코헨'이라는 로펌에서 제기한 거였어요."

"크로프트의 아내였나?"

스테이시가 고개를 끄덕였다. "결혼 전 성인 코헨이라는 이름으로 일하더라고요.”

“그럼, 뭔진 몰라도 크로프트가 숨기는 걸 아내가 알고 있다는 뜻이겠네.”

“코헨 사무실도 한번 방문해 볼 만하겠는데요, 대장?” 브라이언트가 물었다.

킴이 고개를 저었다. “그 사람은 이미 이 사건에서 날 빼려고 했습니다. 무기를 더 쥐여 줄 생각은 없어요.” 그녀가 어깨를 으쓱했다. “니나 크로프트에게서는 어떤 도움도 받지 못할 겁니다. 리처드가 뭘 숨기고 있는지는 몰라도 아내가 돕고 있어요. 사사건건 우리를 막을 겁니다.”

“그 여자, 어디까지 갈까요?” 스테이시가 물었다.

“얼마나 큰 피해를 입을 수 있느냐에 따라 다르겠지.” 킴은 그녀의 직업과 정문이 따로 있는 집, 여러 대의 자동차를 떠올리며 대답했다.

킴은 두 부분으로 나눠 놓은 칠판 옆에 섰다. 칠판의 앞쪽 반절은 다시 네 구역으로 나뉘어 있었다. 테레사 와이어트와 톰 커티스에 관한 세부 사항이 위의 두 구역을 채우고 있었다. 아래쪽의 칸들은 메리 앤드루스와 아서 코노프가 차지했다.

“아서의 부검 결과는 아직입니까?” 킴이 물었다.

“조수석 헤드라이트에서 나온 유리 파편이랑, 피해자 바짓가랑이에 묻은 흰색 페인트 입자가 좀 있습니다. 지금 샘플을 대조하는 중입니다.”

킴은 칠판의 왼쪽을 뚫어져라 바라보았다. 메리 앤드루스와 아서 코노프가 살해당했음을 증명하는 건 불가능했지만 그녀는 둘의 죽음이 십 년 전에 벌어진 어떤 불길한 일과 연관되어 있다는 걸 알고 있었다.

‘당신들, 대체 뭘 한 겁니까?’ 그녀는 조용히 그들 모두에게 물었다.

칠판의 반대편은 현재 두 구역으로 나뉘어 지금까지 수습된 피해자들을 나타내고 있었다. 킴은 오늘이 끝나기 전에 칠판이 다시 나뉘리라는 걸 알고 있었다.

옆쪽에는 이름 세 개가 적혀 있었다.

멜라니 해리스

트레이시 모건

루이즈 던스턴

"대장, 신원 확인은 어떻게 되어 가고 있어요?" 스테이시가 킴의 시선을 따라가다가 물었다.

킴은 돌아보지 않았다. "이 셋이 가까이 지내는 무리였던 건 분명해. 베이트 박사가 누가 누군지 확인해 볼 테니 단서를 좀 더 달라던데."

"세 명 이상이 있을 거라고 생각하세요, 대장?" 스테이시가 물었다.

킴은 고개를 저었다. 특정한 무리가 표적이 된 데에는 이유가 있을 것이다.

"티 나지 않게 페이스북에서 이 셋에 대해 더 알아볼 수 있을까?"

"아, 네. '나 기억나는 사람?'하고 물어보니까, 어떤 여자가 두꺼운 안경을 끼고 말을 더듬던, 수줍은 흑인 여자애냐고 묻더라고요. 그래서 그렇다고 했어요."

킴이 눈알을 굴려 댔다. "목사에 대해서 알아낸 건?"

"크레스트우드와 어떤 식으로든 연관된 목사는 빅터 윌크스밖에 찾아내지 못했어요. 자선 사업을 하던 사람이에요. 몇몇 포스팅에 이름이 나오더라고요. 아이들은 모두 애정을 담아서 이 사람을 '아버지'라고 불렀어요. 한 달에 한 번씩 크레스트우드에 들러서 아이들을 위해 짧게 예배를 드리곤 했대요."

"배경은?"

"알아내기 어려워요. 지금까지는 브리스틀에서 몇 년, 코번트리에서 2년, 맨체스터에서 1년을 보냈다는 것만 알아냈어요. 미끼를 무는 사람이 있는지 보려고 이메일을 몇 통 보내 놨고요."

"지금은 어디에 살아?"

"더들리요."

"언제부터?"

스테이시가 키보드를 두드렸다. "2년 전이네요."

"주소 있나?"

스테이시는 킴에게 종이를 넘겨주었고 브라이언트는 다시 수화기를 내려놓았다.

"대장, 안내 데스크에서 온 전화인데요. 손님이 있답니다."

킴이 인상을 썼다. 무단 방문객을 위해 모든 걸 중단하기에는 너무 바빴다.

"그럼 안내 데스크에 다시 전화 걸어서…."

"꼼짝도 안 한다는데요, 대장. 베스 애덤슨이라는 손님인데, 엄청 화가 났대요."

46

"무슨 일로 오셨습니까?" 킴이 안내 데스크에서 물었다.

여자가 돌아보자 킴은 즉시 깜짝 놀랐다. 니콜라와 너무 닮아서 놀란 게 아니었다. 그야 둘이 일란성 쌍둥이니까. 놀라운 건 둘이 닮은 구석이 거의 없다는 점이었다.

여자는 손을 내밀지 않았다. "베스 애덤슨이라고 하는데요. 얘기 좀 하고 싶어서."

킴은 복도로 물러나 베스 애덤슨에게 따라오라고 손짓했다. 2번 조사실로 향하는데 뒤쪽에서 규칙적으로 뭔가가 바닥에 닿는 딱딱 소리가 났다. 킴은 비밀번호를 입력하고 나서 문을 열었다. 여자는 오른손에 든 지팡이를 사용해 곧장 그녀를 지나쳐 갔다.

베스의 신발이 눈에 들어왔다. 굽이 없는 실용적인 것으로, 무릎 높이까지 올라오는 긴 장화였다. 무릎에서 허벅지까지 느슨하게 늘어진 검은 청바지는 장화에 넣고 있었다. 두툼한 겨울 재킷이 언니보다 약해 보이는 날씬한 몸을 내리누르는 듯했다.

"시간이 많지는 않습니다, 애덤슨 씨."

"제가 하려는 말도 별로 길지는 않아요, 형사님."

킴은 강한 블랙컨트리 억양에 놀랐다. 그녀는 여자의 외모를 살피면서 계속해 보라고 고갯짓했다. 뭘 몰랐다면 베스가 니콜라보다 훨씬 언니라고 생각했을 것이다.

베스는 금발을 뒤로 바짝 당겨 포니테일로 묶고 있었는데, 묶은 부분은 머리를 감지 않아 기름져 있었다. 얼굴 골격은 니콜라와 비슷했지만 언니보다 야위고 거칠었다. 생기와 매력은 확실히 쌍둥이 중 베스에게 불리하게 분배된 듯했다.

킴은 이 여자가 몸무게 전체를 지팡이에 의지하는 것처럼 보인다는 걸 눈치챘다. 킴은 의자를 손짓했지만 베스가 고개를 저었다. 킴도 서 있었다. 그들은 금속으로 된 취조용 탁자를 사이에 두고 서로를 마주 보았다.

"어제 우리 언니를 만나셨다던데."

킴은 여자의 얼굴에서 보이는 냉혹한 표정에 깜짝 놀랐다. 그녀의 입술은 가늘었고 인상을 쓰느라 두 눈썹이 가까이 붙어 있었다.

킴은 고개를 끄덕였다. "현재 진행 중인 수사 과정에서 두 분 이름이 모두 나왔습니다."

"우린 당신한테 말해 줄 게 아무것도 없어."

킴은 흥미를 느꼈다. "그걸 어떻게 아십니까?"

베스 애덤슨은 킴의 눈을 보았다. 둘의 시선이 한데 얽혔다. 그녀의 눈은 차갑고 무감정했다. 심지어 화가 나 있거나 격앙된 것도 아니었다. 그저 죽은 듯 단호했다. 지난 삶의 경험이 합쳐져 한 사람의 얼굴이 된다면, 이 여자는 살면서 단 한 번도 기쁜 순간을 경험해 본 적이 없는 듯했다.

"그냥 알아."

킴은 팔짱을 꼈다. "언니분은 좀 더 친절하시던데요."

"뭐, 걘 모르잖아?"

"뭘요?"

베스는 무겁게 한숨을 쉬었다. "우린 힘든 어린 시절을 보냈어. 도서 관 책이라도 되는 것처럼 우릴 보육 시설에 맡겼다가 찾아가고 맡겼다 가 찾아가던 약쟁이 창녀한테서 태어났다고. 그나마 우리가 나이를 먹 자 아무도 우릴 원하지 않았고. 그래서 우린 어떤 식으로든 살 가망이 없어졌어. 우리한테 있었던 건 서로뿐이야."

"저도 이해합니다만, 애덤슨 씨…."

"우리한테 크레스트우드 시절은 전혀 행복하지 않았어. 오직 양육 수 당 때문에 아이를 원하는 엄마한테 태어난다는 게 어떤 기분인지 당신 은 절대 이해 못 해."

여자의 시선이 킴을 붙들고 놓아주지 않으려 했다.

"우리 어린 시절에는 사랑이나 안정 같은 건 없었어. 그때를 계속 떠 올리고 싶지 않아, 우리 둘 다."

킴은 인정하기 싫었지만 베스의 말을 이해했다. 여자의 태도와는 상 관없이 킴은 그녀에게 손을 내밀고 싶은 충동을 느꼈다. 그녀는 이런 방 어적인 태도가 어디에서 나오는 것인지 알고 있었다. 하지만 오래된 시 체와 새 시체들이 쌓여 가는 와중에 그럴 수는 없었다.

"크레스트우드에서는 무슨 일이 있었던 겁니까, 베스?" 그녀가 조용 히 물었다.

"미안하지만 애덤슨 씨라고 불러 줬으면 좋겠는데. 그리고 그거야 당 신이 알아낼 일이잖아요, 형사님? 나랑 우리 언니만 끌어들이지 말라 고. 우리 둘 중 누구한테도 좋지 않을 테니까."

"살인자를 잡는 데 도움이 된다고 해도요?"

죽은 듯한 얼굴에서는 어떤 감정도 드러나지 않았다. "설사 그렇다 하더라도. 우리 언니는 너무 예의가 발라서 이런 말 못 하겠지만 난 아냐. 그러니까 우릴 가만히 놔둬."

"수사에 따라서 어쩔 수 없이 두 분 중 한 분이랑 다시 이야기해야 할 수도 있는데…."

"내가 당신이라면 그렇게는 안 할걸. 우리를 가만 놔두지 않으면, 장담하는데 후회하게 될 거야."

베스 애덤슨은 놀라운 속도로 문까지 다가갔다. 킴이 협박을 당했다는 걸 깨닫기도 전에 그녀는 떠나 버렸다.

여자가 한 말은 킴에게 경고가 되기는커녕 정반대 결과를 이끌어 냈다. 이제는 킴의 내면에서 또 하나의 질문이 타올랐다. 니콜라와 베스는 정확히 같은 어린 시절을 경험했지만, 한 명이 여름이라면 한 명은 겨울과도 같았다. 대체 무엇이 베스 애덤슨을 저토록 적대적이고 증오로 가득한 사람으로 만든 걸까?

47

홀리트리 지구는 브라이얼리 힐과 워즐리 사이에 있었다. 70년대에 건설된 공영 주택 단지 전체는 3킬로미터에 이르는 지역에 걸쳐 있었으며 현재는 최소 세 명의 성범죄자들이 이곳에 등록돼 살고 있었다.

그곳에 들어갈 때마다 킴은 언제나 단테가 구역별로 소개한 지옥이 생각났다. 바깥쪽 층은 창문이 깨지거나 널빤지 혹은 철창으로 막혀 있는 잿빛 조립식 가옥으로 이루어져 있었다. 주택들을 서로 나누는 울타리는 사라진 지 오래였다. 빈집들의 정원이 지역 사회의 이익을 위해서인지 적당히 쓰레기장으로 사용되고 있었다. 서로 맞지 않는 외부 패널을 조립해 놓은 낡은 자동차들이 길가를 어지럽혔다.

안쪽 층은 한 블록당 열두 가구짜리 작은 아파트들로 이루어져 있었다. 모든 외벽은 스프레이로 휘갈긴 욕설 경연장이자 교과 과정에서 가르치는 것보다 상세한 성교육을 제공하는 현장이었다. 시의회에서는 이곳을 어떻게든 해 보려고 일종의 전쟁을 치렀다가 패배했다. 어지간한 약국보다 많은 약을 파는 골목에서는 굳이 차에서 내리지 않아도 맡을 수 있는 강한 악취가 났다.

주택 단지 중앙에는 나머지 구역을 내려다보며 감시하는 고층 빌딩 세 채가 있었다. 시의회에서는 부인했지만, 이곳은 이 지역의 다른 공영 주택 단지에서 퇴거당한 가족들의 집이었다. 그 가족들이 퇴거당하기 전에 살던 집의 목록을 작성하면 아마 빙하기까지도 거슬러 올라갈 수 있을 터였다.

"있잖아요, 대장. 톨킨이 블랙컨트리를 따서 모르도르의 암흑 지대 이름을 지었다는 얘기를 들었는데요. 그게 사실이라면 이 동네를 보고 지은 게 분명해요."

킴도 같은 의견이었다. 이곳은 희망이 사라진 땅이었다. 그녀는 예전부터 알고 있었다. 홀리트리는 6년간 그녀의 집이었으니까.

브라이언트는 한때 공동체에 도움이 되는 가게들이 있던, 줄지어 늘어선 건물들 앞에 차를 댔다. 마지막으로 문을 닫은 가게는 칼을 든 열두 살짜리 소년들에게 강도를 당한 구멍가게였다. 예전에 튀김 음식을 팔던 중앙의 건물은 한 주에 한 번 아침마다 문을 여는, 동네 청소년들의 모임 장소가 되었다.

십 대 중반의 여자아이 열 명이 입구 주변에 어정거렸다. 몸으로도, 태도로도 들어가는 길을 막고 있었다. 브라이언트가 돌아보자 킴이 대답 대신 미소를 지었다.

"너무 못살게 굴지는 마세요. 아셨죠, 대장?"

"물론입니다."

킴이 소녀들의 우두머리 앞에 서자 브라이언트는 뒤로 물러섰다. 소녀의 머리카락은 세 가지 다른 색조의 보라색으로 염색되어 있었으며 주름 하나 없는 어린 얼굴에는 금속이 여기저기 박혀 있었다. 그 아이가 손을 내밀었다. "입장료."

킴은 소녀와 눈을 마주치며 애써 미소를 참았다. "얼마?"

"백 파운드?"

킴은 고개를 저었다. "아니, 그건 너무 많은데. 너도 알겠지만 경기가 안 좋잖아."

소녀는 히죽거리며 팔짱을 꼈다. "그래서 가격을 높게 받는 거야."

패거리들이 낄낄거리며 서로 옆구리를 찔러 댔다.

"좋아, 간단한 질문에 대답해 주면 거래해 줄게."

"질문 따위엔 대답할 생각 없어. 널 들여보내 줄 생각이 없으니까, 쌍년아."

킴은 어깨를 으쓱하더니 돌아서려 했다. "좋아, 그냥 갈게. 근데 최소한 내 방식으로는 너한테 기회를 준 거야."

1초 정도는 망설이는 기색이 보였다. "그냥 간다고?"

킴은 다시 돌아서 돈에 굶주린 그 얼굴을 바라보았다.

"내가 15퍼센트 할인해 달라고 하면 얼마를 내야 하는지 말해 줄래?"

소녀는 어리둥절한 표정을 짓느라 얼굴에 주름이 잡혔다. "씨발, 내가 그걸 어떻게…."

"그것 봐, 학교에 다녔으면 얼마나 돈을 더 뽑아낼 수 있었겠어?" 킴은 몸을 숙이며 소녀와 겨우 몇 센티미터 차이를 두고 얼굴을 맞댔다. "코걸이 잡혀서 끌려 나가기 싫으면 비켜라."

킴은 목소리를 깔고 시선을 고정했다. 소녀는 1분을 꽉 채워서 그녀를 마주 쏘아보았다. 킴은 눈을 깜빡이지 않았다.

"비켜 줘, 얘들아. 이 년은 굳이 밟아 줄 가치도 없어." 소녀가 왼쪽으로 비켜서며 말했다. 패거리가 뒤를 따랐다.

일단 문 앞이 트이자 킴이 돌아보았다. "어이, 아가씨. 우리 자동차 좀 지켜봐 주면 10파운드 줄게."

소녀는 망설였지만 두 번째 아이가 뒤에서 그녀를 쿡 찔렀다. "좋아." 그녀가 부루퉁하게 말했다.

브라이언트는 킴을 따라 건물 외부 구조물로 들어갔다. 천장 타일을 포함해 조금이라도 값이 나가는 건 전부 뜯겨 나갔다. 길이가 2미터는 되는 균열이 오른쪽 구석에서 뒤쪽 벽 한가운데까지 이어졌다.

세 남자가 맞은편 구석에 서 있었다. 모두가 돌아보았다. 그중 둘은 즉시 당황한 표정으로 킴과 브라이언트를 지나쳐 문으로 향했다. 직업적인 범죄자들은 사냥개와도 같아서 경찰이 옆 동네에만 들어와도 알아차린다.

"우리가 뭐라 했냐?" 브라이언트가 물었다.

그들 중 한 명이 모욕의 뜻으로 이 사이로 공기를 빨아들였고 킴은 고개를 저었다. 감정이야 이쪽도 마찬가지였다. 킴이 보니, 남아 있는 남자는 메리 앤드루스를 따라 화장터까지 간 날에 본 사람이었다.

"월크스 목사님, 그런 옷을 입고 계시니 몰라뵙겠네요." 브라이언트가 비꼬듯이 말했다.

빅터 월크스는 여러 번 들었을 게 분명한 말에 인내심을 발휘하는 기색을 굳이 감추지도 않고 미소를 지었다.

브라이언트의 말이 그리 틀린 건 아니었다. 목사복을 입었을 때의 월크스는 즉시 경의와 존경, 친숙함을 불러일으키는 인물이었다. 하지만 일상적인 환경에 있으니 그저 평범하고 평균적인 사람으로만 보였다. 화장터에서 처음 보았을 때 킴은 그를 50대 후반이라고 생각했으나 목사복을 벗은 그는 10년은 젊어 보였다. 밝은색 청바지에 파란색 운동복을 걸친 모습이 뚱뚱하다기보다는 근육질인 체격을 강조해 보여 주었다.

"마실 거라도 좀 드릴까요?" 월크스가 은주전자를 가리키며 물었다.

킴은 갈고리처럼 아래쪽으로 말려 있는 그의 오른손 손가락 두 개를 눈여겨보았다. 맨손 격투가들에게서 본 적이 있는 부상이었다. 여기에 평균 이상의 키도 고려하면, 그가 살면서 어느 시점에는 권투를 했을 거라는 생각이 들었다.

킴은 주전자를 보고 브라이언트의 옆구리를 쿡 찔렀다. 브라이언트가 대답했다. "아뇨, 괜찮습니다. 신부님…. 아니 목사님…."

"빅터라고 불러 주세요."

"대체 여기서 뭘 하시는 겁니까?" 킴이 물었다. 제정신인 사람이라면 이곳에 들어오고 싶어 할 리 없었다.

그가 미소를 지었다. "희망을 주려는 중입니다, 형사님. 이 구역은 우리 고장에서 가장 빈곤한 곳에 속합니다. 저는 사람들에게 다른 길이 있다는 걸 보여 주려는 중입니다. 누구든 타인을 성급하게 재단하기는 쉽지만, 일단 자세히 들여다보면 모든 사람 안에는 좋은 면이 있거든요."

아, 나왔네. 그의 목소리가 설교 조로 변하자 킴은 생각했다.

"성공률은 어떠십니까?" 킴은 짜증이 나서 물었다. "몇 명이나 구원하셨어요?"

"저는 숫자를 다루는 사람이 아닙니다."

"다행이네요." 그녀가 그곳을 둘러보며 말했다.

브라이언트가 수사 얘기를 꺼냈다. "크레스트우드를 정기적으로 방문하신 것으로 알고 있습니다. 아이들과 이야기를 나누고, 짧게 예배도 드리고요."

"맞습니다."

"가끔은 윌리엄 페인 대신 교대 근무를 해 주셨다고도 알고 있습니다만?"

"그것도 맞는 말입니다. 모두가 이따금 페인 대신 교대 근무를 해 줬지요. 페인의 상황은 별로 부러울 만한 게 아니니까요. 분명 형사님들도 동의하실 겁니다. 딸에 대한 그 사람의 헌신은 존경할 만합니다. 페인은 루시가 살아난 걸 계속 감사히 여기며 지치지 않고 그 애를 돌보지요. 직원 모두가 그를 도와주려고 최선을 다했습니다." 그는 잠시 생각하더니 덧붙였다. "뭐, 대부분의 직원은요."

킴은 그 공간을 다 돌아보고 나서 브라이언트 옆에 섰다. "직원 얘기가 나와서 말씀입니다만, 크레스트우드에서 일하시던 시절에 또 누가 있었는지 말씀해 주실 수 있습니까?"

빅터는 주전자 쪽으로 갔다. 킴은 금속으로 된 그 도구가 아직 좀도둑질을 당하지 않고 있다는 게 놀라웠다.

빅터는 플라스틱 컵에 티백을 하나 넣었다. "당시에 리처드 크로프트는 막 원장으로 임명된 사람이었습니다. 역할은 주로 행정 쪽이었던 것 같고요. 제 생각에는 예산을 아끼고 효율성을 높이는 일을 했던 것 같네요. 크로프트는 아이들과 접촉하는 경우가 거의 없었고 본인도 그편을 좋아했습니다. 저는 항상 그가 크레스트우드에 정말로 합류한 건 아니라는 느낌을 받았습니다. 그냥 일 처리를 하고, 목표를 달성하고, 다른 곳으로 서둘러 가려는 것 같았습니다."

"테레사 와이어트는요?"

"글쎄요, 당연한 일이지만 크로프트와 와이어트 사이에는 마찰이 있었습니다. 테레사는 원장 자리에서 밀려난 셈이었고 리처드가 그 자리를 차지한 걸 억울하게 여겼죠." 윌크스는 맛이 우러나게 하려고 티백을 이리저리 움직였다. "테레사도 딱히 따뜻한 여자는 아니라서요. 즉시 리처드와 충돌했습니다. 둘은 서로를 증오했고 모두가 그 사실을 알았어요."

킴은 그 모든 게 아주 흥미롭기는 하지만 부지에 죽은 소녀가 둘, 어쩌면 셋 있다는 사실에 대한 설명이 되지는 않는다고 생각했다.

"저희는 테레사가 좀 다혈질이었다고 보고 있습니다."

빅터는 어깨를 으쓱했을 뿐 아무 말도 하지 않았다.

"그렇게 볼 만한 근거를 목격하신 적이 있습니까?"

"직접 본 건 아닙니다."

"다른 사람이 봤다는 말씀이십니까?" 킴이 밀어붙였다.

빅터는 망설이다가 두 손을 펼쳤다. "이제 와서 얘기해 봐야 해로울 건 없겠죠. 테레사가 한번은 제게 자기가 곧 소송을 당하게 될 거라더군요. 테레사가 가끔 답답한 마음을 못 참고 아이들 따귀를 때리거나 밀친다는 얘기가 은근히 들려온 적은 있었지만, 그때는 달랐습니다. 그 여자가 어떤 아이의 배를 너무 세게 때려서 아이가 피를 토한 겁니다."

킴은 자기도 모르게 발로 땅을 탁탁 치기 시작했다. 그걸 멈추려고 그녀는 무릎에 손을 얹었다. "그게 고발의 내용이었습니까?"

빅터가 고개를 저었다. "아뇨, 테레사는 문제의 폭행보다는 고발장에 담길 내용을 더 걱정했습니다."

"무슨 내용이었습니까?"

"테레사 와이어트가 그 아이를 때린 이유가 자기와의 섹스를 거부했기 때문이라는 거였습니다."

"그건 사실이었습니까?"

빅터는 확신이 없는 표정이었다. "제 생각엔 아닌 것 같습니다. 테레사는 제게 그 폭행에 관해 솔직히 이야기했습니다. 자기가 한 행동은 정확하게 인정했지만 섹스 문제는 아니라고 맹세했습니다. 테레사는 그런 식의 의혹이 자기를 파멸시키리라는 걸 알고 있었습니다. 그런 비방은 평생 테레사의 이름에 거머리처럼 들러붙게 될 테니까요."

킴은 눈을 감고 고개를 저었다. 비밀들이 계속해서 밝혀졌다.

"고발인은 누구였습니까?" 킴이 물었다. 그게 세 아이 중 한 명이라는 데에 오토바이와 집, 직업까지 모두 걸 수 있었다.

"테레사는 말해 주지 않았습니다, 형사님. 저희가 나눈 대화는 오직 테레사에게 도움을 주기 위한 것이었습니다. 테레사는 머릿속 생각을 정리하기 위해서 마음을 털어놓고 싶어 했던 겁니다."

어련하실까. 테레사 와이어트가 진실을 말할 생각을 한 번이라도 해 봤다니 가당치 않은 얘기였다.

"톰 커티스는 어떻습니까?" 브라이언트가 물었다.

빅터는 잠시 생각해본 뒤에야 말했다. "아, 주방 요리사 말씀인가요? 그 사람은 좀 조용했죠. 사실 누구와도 문제를 일으키지 않았어요. 순둥이라고 부르면 맞겠네요. 여자애들하고 지나치게 친하게 지낸다고 두어 번 꾸중을 듣긴 했지만요."

"그렇습니까?" 킴이 물었다.

"20대였거든요. 직원 중 가장 나이가 어렸죠. 그래서 애들하고 더 잘 통했어요. 몇몇 사람들은 좀 지나치게 잘 통한다고 생각했죠…. 하지만 소문이니까 이 이상은 말하지 않겠습니다."

"그래도 의견은 있으실 거 아닙니까?"

오른손을 드는 빅터의 얼굴이 딱딱하게 굳었다. "부적절한 행위가 있었다는 증거를 직접 본 것도 아닌데 죽은 사람의 이름을 더럽히지는 않을 겁니다."

"그 말은, 다른 사람들은 봤다는 뜻입니까?" 킴이 밀어붙였다.

"제가 할 얘기는 아닌 것 같군요. 추측하고 싶지도 않고요."

"알겠습니다, 빅터." 브라이언트가 그를 진정시켰다. "계속 말씀해 주세요."

"메리 앤드루스는 헛짓거리 따위는 하지 않는 여자였습니다. 아마 관심사라고 해 봐야 애들이 거의 전부였을 거예요. 단호하긴 했지만, 사랑을 베풀 줄도 알았고 아이들이 찾으면 시간을 내줄 줄도 알았어요. 메리한테는 크레스트우드 일이 단순한 직업이 아니었습니다."

"아서는요?"

빅터가 웃었다. "아, 아서 코노프요. 그 사람은 거의 잊어버렸네요. 좀 불운한 사람이라고 늘 생각했습니다. 사람이 살면서 무슨 일을 겪었기에 그렇게 한이 많고 공격적인 건지 자주 궁금했죠. 이상한 사람이었어요, 본인도 딱히 누굴 좋아하지 않았습니다."

"특히 윌리엄 페인을 좋아하지 않았죠?" 브라이언트가 물었다.

빅터는 코를 찡긋했다. "아, 개인적인 문제가 있었을 것 같지는 않습니다. 페인은 싫어하기 힘든 사람이에요. 제 생각에 아서는 나머지 직원들이 때때로 페인을 도와주었다는 사실에 화가 났던 것 같아요. 아서는 자기가 가지지 못한 것을 남들이 갖는 걸 싫어했거든요."

"아이들과 사이는 어땠나요?"

"누구, 아서요? 아예 어울리지 않았어요. 애들을 하나하나 다 싫어했죠. 그 사람은 성격 때문에 아이들에게 손쉬운 먹잇감이 되었거든요. 애들은 아서에게 장난을 쳤어요. 공구를 숨겨 놓거나, 뭐 그런 거죠."

"윌리엄 페인에게도 장난을 쳤나요?"

빅터는 잠시 생각했다. 뭔가가 그의 얼굴을 스치고 지나갔지만 그는 고개를 저었다.

"딱히요. 페인은 야간 근무를 했으니까 아이들과 접촉했다고 해 봐야 최소한이었습니다."

킴은 앞으로 나와 앉았다. 빅터는 뭔가를 숨기고 있었다.

"그곳 아이들에 대해서는 어떻게 생각하십니까?"

빅터가 물러나 앉았다. "나쁜 애들은 아니었어요. 몇 명은 집안 사정 때문에 일시적으로만 머물러 있는 거였죠. 몇몇 애들은 아동 학대 혐의가 있어서 보호를 받는 중이었고요. 다른 애들은 가족이 찾아가겠다고 할 때까지 머물렀고 몇 명은 아예 가족이 없었습니다."

"니콜라와 베스라는 쌍둥이를 기억하십니까?"

빅터의 눈가에 미소가 떠올랐다. "아, 그럼요. 아주 예쁜 애들이었습니다. 제 기억이 맞는다면 둘 중에서는 니콜라가 좀 더 외향적이었지요. 베스는 자주 언니 뒤에 숨어서 언니가 대신 말하게 하곤 했어요. 걔들은 다른 애들하고 잘 어울리지 않았습니다. 아마 서로가 있어서였겠죠."

"그래서, 문제아는 없었다는 건가요?" 킴이 물었다. 얘기만 들으면 크레스트우드는 그녀가 지냈던 어떤 보육원과도 다른 듯했다.

"당연히 비교적 거친 애들도 있었죠. 아무래도 마음을 열지 않는 아가씨들이요. 특히 세 명이 그랬는데…. 죄송합니다, 이름은 기억나지 않네요. 하나씩 따로 있어도 골칫거리들이었는데, 일단 어울리기 시작하더니 자기들끼리 아주 똘똘 뭉쳤어요. 서로 영향을 주고받으면서 온갖 말썽을 일으켰죠. 도둑질에, 담배에, 남자에…." 그는 눈을 돌렸다. "다른 일도 좀 있었고요."

"무슨 다른 일이요?" 브라이언트가 물었다.

"제가 말할 건 아니고요."

"걔들이 누굴 다치게 했습니까?" 킴이 끼어들었다.

빅터가 일어나 창가에 섰다. "딱히 몸을 다치게 한 건 아닙니다, 형사님."

"그럼 어떻게?" 킴이 브라이언트 쪽을 보며 물었다.

빅터가 무겁게 한숨을 쉬었다. "걔들은 대부분의 애들보다 잔인했어요. 셋이 함께 있을 때는 특히 그랬고요."

"그 애들이 뭘 어쨌다는 겁니까?" 킴이 밀어붙였다.

빅터는 창가에 머물렀다. "아이들 중 한 명이 그 동네 출신이라 루시를 알고 있었어요. 어느 날은 페인이 잡일을 하는 동안 걔들 셋이 루시와 놀아 주겠다고 했죠. 페인은 사람을 완전히 믿는 성격이라 그걸 슈퍼마켓에 갈 기회로 삼았어요. 겨우 한 시간 뒤에 돌아왔는데, 아이들은 어디에도 보이지 않았고 루시도 마찬가지였죠. 페인은 집을 샅샅이 뒤졌습니다."

빅터는 돌아서서 그들에게 다시 돌아왔다. "어디서 찾았는지 아세요?"

킴은 아래턱이 딱딱하게 굳는 것을 느꼈다.

"세 아이는 루시를 발가벗기고 그 작은 몸을 쓰레기통에 억지로 구겨 넣었어요. 루시는 근육이 약해서 빠져나올 수 없었죠." 그가 침을 삼켰다. "루시는 한 시간 넘게 거기 갇혀 있었습니다. 쓰레기와 음식과 더러워진 자기 기저귀를 뒤집어쓰고요. 그 가엾은 아이는 겨우 세 살이었어요."

킴은 구역질이 치미는 것을 느꼈다. 이 사건의 고무줄은 아무리 늘여 놓아도 윌리엄과 루시 페인의 집 문 앞으로 되돌아오는 듯했다. 다시 얘기해 볼 시간이었다.

48

"여긴 대체 무슨 일이야?" 페인의 집 앞에 자동차가 멈춰 서자 킴이 소리쳤다. 신고를 받고 온 순찰 차량과 구급차가 밖에 주차되어 있었다. 구급차 뒷문이 활짝 열려 있었다.

그녀가 자동차들을 돌아 달려가는데 구급대원들이 들것을 들고 집에서 빠져나왔다. 루시의 작고 약한 몸이 좁다란 임시 침대를 간신히 채우고 있었다. 그들은 루시가 아기라도 되는 듯 그녀를 데려갔다. 의자에서 내려오니 루시의 움직이지 못하는 팔다리가 더욱 눈에 띄었다. 그 애의 작은 얼굴은 산소마스크로 가려져 있었다. 하지만 킴은 루시의 두 눈과 그 눈에서 뿜어져 나오는 공포를 볼 수 있었다. 킴은 루시의 팔을 가볍게 건드렸지만 구급대원들이 긴급하게 움직여 루시를 구급차 뒤쪽에 실었다.

윌리엄 페인이 집에서 달려 나왔다. 얼굴에 핏기가 없었다. 두 눈은 휘둥그렇게 겁에 질려 있었다.

"무슨 일입니까?" 킴이 물었다.

"밤에 애가 숨을 못 쉬었어요. 아침에는 괜찮아 보였는데…. 저는 위층에서 이불을 갈고 있었어요. 그때 루시한테 다시 호흡 곤란이 왔습니다. 아이가 소리를 내지 못했어요. 저한테 알려 주지 못했어요…."

그들은 구급대원들이 들것을 자리에 고정하는 동안 구급차 뒤에 서있었다.

눈물을 삼키느라 윌리엄의 두 눈이 붉어졌다. "루시는 목걸이의 버튼을 간신히 눌렀고 저는 멀리서 사이렌 소리를 들었어요. 내려와 보니까 애가 퍼렇게 질려 있었고요." 그는 고개를 저었다. 눈물이 흘러넘쳤다. 목소리가 쉬고 겁에 질려 있었다. "애가 도와달라고 외치는데도 듣지 못했어요. 나 때문에 루시가 죽을지도 몰라요."

킴은 그를 위로하려고 입을 열었으나 구급대원 한 명이 구급차에서 뛰어내렸다.

"선생님, 보호자가…."

"가 봐야겠습니다. 죄송해요…."

킴은 기다리고 있던 구급차 뒤쪽으로 그를 데려갔다. 윌리엄이 타고 문이 닫히자 구급차는 사이렌을 켜고 빠르게 멀어져 갔다. 구급차가 시야에서 사라지는 것을 지켜보던 킴의 목구멍이 따끔거렸다.

"별로 좋아 보이진 않는데요, 대장?"

킴은 고개를 저은 다음 길을 건너 발굴 현장으로 갔다.

그녀는 2번 희생자의 천막으로 들어갔다. 구덩이 속에 무릎을 꿇고 있던 세리스가 돌아보며 미소 지었다. 킴이 손을 내밀었다. 세리스는 라텍스 장갑을 벗은 뒤 킴의 손을 잡고 구덩이에서 나왔다. 손은 따뜻하고 부드러웠으며 장갑 안에 묻어 있던 탤컴 파우더로 뒤덮여 있었다.

세리스가 구덩이 가장 앞쪽으로 걸어왔다. "사이렌 소리가 나던데요. 무슨 문제가 있나요?"

킴은 어깨를 으쓱했다. 루시 얘기를 해 봐야 별로 의미가 없었다. 세리스는 그쪽 방면의 수사와는 아무 상관이 없기도 했고, 어린 여자아이에 대한 킴 자신의 감정적 반응은 타인에게 설명하는 건 둘째 치고 킴 자신에게도 말이 되지 않았다.

"그럼 1번 현장은 끝난 겁니까?" 킴이 물었다. 첫 번째 무덤이 다시 메워지고 맨 위에는 뗏장도 놓였다. 형편없는 솜씨로 모발 이식을 한 것처럼 보였다. 1번 천막은 해체되고 대신 다른 천막이 세워져 있었다.

"저쪽에 뭐가 있던가요?"

"목표물에 가까워지고 있어요. 수치를 보면 어떤 덩어리가 60센티미터도 안 되는 곳에 묻혀 있는 것 같아요."

뼈를 직접 보기까지는 시신이 발견됐다고 추정하지 않는 과학자 세리스와 달리, 킴은 이미 직감적으로 그것이 세 번째 소녀라는 걸 알고 있었다. 이제는 어떤 게 누구의 시신인지를 밝히는 문제만 남아 있었다.

"이쪽 현장은 이따가 결재를 받고 오후에 메울 거예요."

"더 나온 건 없습니까?"

"구슬이 여러 개 나왔어요." 세리스가 접이식 탁자 쪽으로 움직이며 말했다. "열한 개요. 그리고 이것도." 세리스가 비닐봉지를 들어 올렸다. 킴은 그녀에게서 봉지를 받아 들고 섬유의 두께를 느껴 보았다.

"플란넬 천인 것 같아요." 세리스가 말했다.

"잠옷일까요?"

"아마도요. 하지만 웃옷밖에 없어요."

"하의가 없다고요?"

세리스가 고개를 끄덕였다. 킴은 아무 말도 하지 않았다. 하의가 없다는 말을 듣자 머릿속에 어떤 그림이 떠올라 저절로 이가 갈렸다.

"다른 섬유로 된 잠옷을 입은 걸 수도 있죠. 잠옷을 맞춰 입지 않았다거나. 하의의 소재가 이미 분해된 것일 수도 있고요."

킴은 고개를 끄덕였다. 그런 희망이야 품을 수 있었다.

"다른 건 없습니까?"

세리스는 진흙으로 뒤덮인 파편이 가득한 락앤락 통을 내밀었다.

"작은 금속 조각인데, 제 생각엔 살인과 연결되는 건 아니에요."

"다음 일정은 뭡니까?"

세리스는 청바지에 손을 문질러 닦았다. "3번 현장으로 올라가야죠. 같이 가실래요?"

킴은 마지막 천막으로 따라갔다.

"딱 맞춰 오셨네요, 대장." 킴이 들어가자 케빈이 말했다.

킴은 짙은 색 흙에서 뻗어 나온 형체를 내려다보았다. 사람 발이 틀림 없었다. 천막 안에 있던 일곱 사람은 얕은 무덤을 내려다보았다. 다들 이 시신을 발견하게 될 거라고 예상하긴 했지만 그 점은 중요하지 않았다. 모든 시신은 잠시 묵념을 받아 마땅했다. 모두 각자 맡은 바 임무를 충실히 수행하겠다고, 그래서 범인이 법의 심판을 받게 하겠다고 조용히 맹세했다.

세리스가 돌아서서 킴을 마주 보았다. 킴은 그녀와 눈을 마주쳤다. 뭔가에 홀린 듯하지만 단호한 눈길이었다. 주변 모든 사람이 생각하고 있는 것을 입 밖으로 내어 말하는 그녀의 목소리는 낮고 꽉 막힌 듯했다.

"킴, 이런 짓을 한 개자식을 꼭 잡아 주셔야 해요."

킴은 고개를 끄덕이고 천막을 빠져나왔다. 지금 당장이라도 그렇게 하고 싶은 마음이 굴뚝같았다.

49

"대장, 문자가 왔습니다." 그들이 천막에서 나왔을 때 브라이언트가 말했다. "베이트 박사가 보여 주고 싶은 게 있다네요."

킴은 다시 언덕을 내려가며 아무 말도 하지 않았다. 브라이언트는 자동차에 시동을 걸고 러셀 홀 병원으로 출발했다. 그는 언제 킴을 혼자 두어야 하는지 알고 있었다.

그녀의 마음속에서 분노가 쌓여 가고 있었다. 아무리 나쁜 짓을 했다지만 이 소녀들은 죽어 마땅한 아이들이 아니었다. 누군가는 그들의 목숨을 없애 버려도 되는 것으로 생각했다니 역겨웠다. 그녀가 바로 이런 소녀 중 한 명이었다. 그들 모두에게는 싸워 볼 기회가 주어져야 했다.

삶을 시작할 때 형편없었다는 이유만으로 미래가 결정되는 것은 아니다. 킴이 그 사실에 대한 생생한 증거였다. 그녀의 유년 시절은 범죄와 마약, 자살 시도, 어쩌면 그보다도 나쁜 것들로 이루어진 삶을 약속하는 것만 같았다. 모든 표지판이 삶을 파괴하는 길을 가리켰다. 킴 자신의 삶이든, 다른 사람의 삶이든. 그러나 킴은 미리 결정된 존재 방식에 엿을 먹였다. 세 피해자라고 해서 같은 일을 해내지 못했을 이유는 하나도 없었다.

브라이언트가 병원의 주요 출입구 앞에 차를 세우자 킴은 뛰어내려 걷기 시작했다. 엘리베이터 여러 대가 늘어선 공간에 도착했을 때쯤 브라이언트가 그녀를 따라잡았다.

"세상에, 천천히 좀 해요, 대장. 럭비는 어찌어찌하겠는데, 대장하고

276

보조를 맞추는 건 완전히 다른 문제라고요."

킴이 고개를 저었다. "어서 오세요, 할아버지. 빨리빨리 다니셔야죠."

킴은 영안실에 들어갔다. 2번 피해자의 뼈가 1번 피해자 옆의 탁자에 놓여 있는 것이 보였다. 죽기는 했지만, 킴은 1번 피해자가 더는 실험실의 삭막하고 냉혹한 차가움 속에 혼자 있지 않다는 것에 안도감을 느꼈다. 이제는 살아서 친구였던 둘이 함께였다.

킴이 느낀 모든 안도감은 그리 오래 가지 않았다. 두 번째 피해자 옆에 모아 둔 작은 뼈들이 보였던 것이다.

"아기입니까?" 그녀가 물었다.

베이트 박사가 고개를 끄덕였다. 둘 중 누구도 인사나 안부를 주고받지 않았다.

킴은 가까이 다가가 살펴보았지만, 뼈들은 너무 작아 실제 형태를 전혀 짐작할 수 없었다. 그것이 더욱 슬프게 느껴졌다.

베이트 박사의 직업은 이 뼈들이 아기의 몸이라는 걸 모르는 척하며 단서를 찾는 것이었다. 과학적 객관성이야 그들 모두에게 요구됐다. 수사를 할 때도 감정을 배제해야 하는 건 마찬가지였다. 하지만 박사의 일은 차원이 달랐다. 그는 한 번도 살아 본 적 없는 목숨을 해부해 단서를 찾아야 했다. 킴은 할 수 없는 일이었다. 오늘은 입씨름 따위 하지 않을 것이다.

"몇 살입니까?" 킴이 물었다.

"뼈는 13주부터 발달하기 시작합니다. 출생 시에 신생아에게는 대략 300개의 뼈가 있죠. 이 가엾은 아기는 20주와 25주 사이였을 것으로 추정됩니다."

거의 사람이 되었던 거라고, 킴은 생각했다. 윤리적으로든 법적으로든. 어머니에게 심각한 위험이 있지 않은 한 보통 임신 12주 이후로는 낙태가 시행되지 않았다.

"그럼 이중 살인인가요, 대장? 어머니와 아이 모두를⋯."

킴은 고개를 끄덕였다. 그녀의 손이 뼈 쪽으로 이끌렸다. 왠지는 알 수 없지만 그것들을 덮어 주고 싶었다.

베이트 박사가 탁자를 돌아와 두 소녀 사이에 섰다. "도움이 될지는 모르겠지만, 1번 피해자의 배경에 관한 정보가 더 나왔습니다. 키가 대략 162센티미터 정도였고 먹는 게 부실했어요. 영양실조였다는 생각이 듭니다."

브라이언트가 공책을 꺼냈다.

"치아도 관리가 되지 않았어요. 아래쪽 가운데 앞니는 부정 교합이더군요. 어느 단계에선가 왼손 손가락 두 개가 부러졌고 오른쪽 정강이뼈가 부러졌습니다. 이런 상처는 죽음에 임박해서 입은 게 아닙니다."

"아동학대인가요?"

"가능성이 아주 크죠." 베이트 박사는 그렇게 말하며 돌아섰지만, 그 전에 킴은 그의 목이 울컥하는 것을 보았다.

박사는 2번 피해자에게로 돌아섰다. "두 번째 피해자에 대해서는 그만큼 자세한 정보가 없습니다만 형사님이 아셔야 할 게 있습니다." 그는 탁자 머리 쪽으로 가서 1번 피해자의 아래턱을 가만히 움직였다. "치아 안쪽을 자세히 보세요."

킴은 가까이 허리를 숙였다. 대니얼이 부정교합이라고 지적했던 아랫니가 보일 뿐 붙어 있는 잇몸이나 살이 없다는 것을 제외하면 치아는 상대적으로 정상으로 보였다.

"이번엔 2번 피해자를 보십시오."

킴은 돌아서서 두 번째 소녀의 두개골 위로 허리를 숙였다. 치아는 상당히 곧았고 두드러지는 상처는 보이지 않았으나 전반적인 법랑질의 색깔이 뭔가 달랐다.

"1번 피해자는 치아를 세척한 겁니까?" 그녀가 물었다.

베이트 박사가 고개를 저었다. "둘 다 세척하지 않았습니다."

킴은 추리 게임을 더 이상 하고 싶지 않았다. "그냥 말씀하시죠, 박사님."

"1번 피해자의 경우, 살이 분해된 뒤 오랜 시간에 걸쳐 흙이 구강으로 들어간 겁니다. 아마 사망 후 5-6년이 걸렸겠지요. 반면 2번 피해자의 치아 안쪽에 있는 흙은 피해자가 땅에 묻힌 날부터 거기 있었습니다."

킴은 베이트 박사가 흩뿌려 놓은 점들을 빠르게 연결했다. 흙이 그토록 빠르게 치아 안쪽에 자리를 잡는 방법은 한 가지뿐이었다.

소녀는 생매장당했다.

50

처음으로 '도망간' 아이는 트레이시였어. 가끔은 나도 그 애가 도망치지 않았기를 바랐지. 이후 내가 느낀 찌르는 듯한 후회는 너무도 놀랍고도 알 수 없는 것이라 대체 무슨 감정인지 이름을 붙이기가 힘들었어.

계획이 잘못되지 않는 한 사이코패스는 원래 반성이라는 걸 하지 못해. 그런 반성이라고 해봐야 감정적인 게 아니라 분석적인 것일 뿐이고.

침입자를 몸싸움으로 땅에 쓰러뜨리는데 세상의 축이 약간 기우뚱하더군. 아이가 항복하자마자 나는 후회의 근원이 내가 저지른 짓이 아니라 앞으로는 이 아이를 영영 못 보게 된다는 사실이라는 걸 깨달았어. 앞으로는 그 애가 방을 돌아다니며 엉덩이를 흔들어 대는 모습을 보지 못할 테니까.

그러니까 후회란 내가 뭔가를 잃었기 때문에 느껴진 거야.

그렇게 생각하니까 세상이 바로잡히더라고.

그렇긴 해도, 난 트레이시는 좀 다르다는 걸 알고 있었어. 여자들 중에는 어릴 때부터 두드러지는 것들이 있지. 그런 여자가 방에 들어오면 모두가 쳐다봐. 눈을 두리번거리지. 꼭 그 여자가 아름다워서 그런 것만은 아니야. 오히려 내면의 어떤 힘 때문이지. 절대 망가지지 않을 어떤 영혼 같은 것. 마음먹은 것은 뭐든 성취할 수 있게 해 주는 결단력. 그런 건 날 매혹시키고 흥분하게 만들어.

난 트레이시의 어머니인 디나가 그 애의 아홉 살짜리 몸을 35파운드에 팔았다는 걸 알고 있었어. 한 주 뒤, 디나가 시장 가격을 더 잘 알게 된 다음에는 훨씬 큰돈에 팔았지. 두 달 뒤에는 디나가 그 업계에서 완전히 물러났어. 트레이시의 열네 번째 생일이 이틀 지난 날, 사회 복지국이 그 애를 디나한테서 격리시켰거든. 트레이시는 크레스트우드로 이송되어 맞고 강간당하고 방치된 다른 학대받은 아이들과 함께 있게 됐어.

트레이시는 전혀 고마워하지 않았어. 그 애는 피해자가 아니었고 자기가 있던 바로 그곳에서 계속 지내고 싶어 했거든. 세상 누구도 믿어서는 안 된다는 사실을 어렵사리 배운 트레이시는 벌어들인 돈을 디나에게서 2년 동안 감춰 왔어. 트레이시는 삶이 돌을 던져도 불평하지 않았지. 그냥 그것들을 자신에게 유리한 방식으로 이용했을 뿐이야.

트레이시는 내게 자기 어린 시절 이야기를 모조리 해 줬어. 그걸 들으니 누가 책에 실린 실화를 읽어 주는 것 같더군. 한 번이나 두 번쯤은 그 애도 목소리가 떨렸을지 몰라. 하지만 그 애는 재빨리 자세를 가다듬고 이야기를 이어 나갔어. 나는 귀 기울이고 고개를 끄덕이고 응원의 뜻을 전했지.

그러고 나서 우리는 섹스했어. 아니지…. 내가 섹스를 했고, 그 애는 몸부림쳤어. 강간이라는 말은 쓰기 싫어. 우리 사이에 벌어진 일을 제대로 설명하는 것도 아니고.

그다음, 트레이시가 일어서서 내 눈을 들여다봤어. 시선이 차갑고 계산적인데다 그런 어린 얼굴과는 어울리지도 않았지.

"당신, 엄청난 대가를 치르게 될 거야." 그 애가 말했어.

나는 트레이시가 우리 사이에 일어난 일을 누구한테 말할지 모른다는 걱정은 전혀 하지 않았어. 그 애는 자기 자신밖에 믿지 않았거든. 그 애는 이 일을 내게는 불리하게, 자신에게는 유리하게 써먹을 방법을 찾아낼 속셈이었어. 난 그 치기 어린 낙관주의가 감탄스러웠지. 몇 달 뒤 그 애가 나를 구석에 몰아넣었을 때도 전혀 놀라지 않았고.

"임신했어. 당신 아이야." 그 애가 승리감에 차서 말했어.

그 애의 말은 세 마디 다 의심스러웠지만, 그래도 난 기뻤어. 내가 트레이시한테서 가장 마음에 들었던 점 중 하나는 어떤 상황이든 자기한테 유리하게 조작해 내는 그 능력이었거든.

"그래서?" 내가 물었어. 우리 둘 다 협상이 시작됐다는 걸 알고 있었지.

"돈이 필요해." 그 애가 말했어.

나는 미소를 지었어. 당연히 그렇겠지. 진짜 문제는 액수였어. 과거에도 거래한 적이 있으니 내 머릿속에는 숫자가 떠올랐고. 낙태 비용에 조금 더해 주는 정도였어. 이 일을 하는 데 따르는 통상적인 비용이지.

나는 침묵을 지켰어. 내가 쓸 수 있는 가장 강력한 협상의 도구였으니까.

트레이시는 고개를 한쪽으로 기울이고 기다렸어. 그 애도 협상하는 방법을 알더군.

"얼마나?" 내가 다 받아 주겠다는 식으로 물었어. 그 여자애한테는 뭔가 있었거든.

"충분히."

나는 고개를 끄덕였어. 당연히 그렇겠지. 나도 충분히 줄 생각이었어.

"500파운드면…."

"턱도 없어." 그 아이가 눈을 가늘게 뜨면서 말했어.

처음에는 낮은 가격을 부르는 것도 해 볼 만한 일이야. 어떻게 될지 모르는 거거든. 전에는 두 번 통했던 방법인데….

"생각하는 금액이 있니?"

"5천 파운드. 아니면 다 불어 버릴 거야."

나는 큰소리로 웃었어. 그건 좀 더 쳐주는 정도가 아니지. "낙태 비용이 그런…."

"좋까. 낙태는 무슨. 어림도 없어. 난 돈을 받아서 떠날 거야." 그 애가 배를 두드렸어. "다시 시작할 거라고."

그렇게는 안 되지. 나는 합리적인 사람이니까. 나는 그 애가 지금 당장 혐의를 제기한다면 아무도 그 애의 말을 믿지 않을 거라는 걸 알고 있었어. 하지만 걸어 다니는 DNA 증거가 생기면 난 절대 자유로워질 수 없었지. 아기의 출생 도장이 나한테는 지속적인 위협이 될 거란 말이야.

그 아기는 태어나서는 안 됐어.

나는 알겠다는 뜻으로 고개를 끄덕였어. 생각할 시간이 필요했거든. 준비할 시간이 말이야.

그날 밤늦게 준비가 끝났어.

"술 한잔하고 헤어지는 게 좋겠다." 나는 콜라 조금에 보드카를 넘치게 부으면서 말했어.

"돈은?" 그 애가 잔을 들며 물었어.

나는 고개를 끄덕이고 윗주머니를 두드렸어. "앞으로 어떻게 할 계획이니?"

"런던에 가서 아파트를 구하고 취직한 다음, 다시 학교에 다니면서 자격증을 몇 개 딸 거야."

그 애는 계속 말을 해 댔고 나는 계속 술을 따라 줬어. 20분 뒤에는 트레이시의 눈이 슬슬 감겼고 말에는 혀 꼬부라지는 소리가 섞였지.

"같이 가자. 보여 주고 싶은 게 있어." 나는 손을 내밀었어. 트레이시는 그 손을 모른 체하고 일어섰다가 다시 넘어지더군. 다시 일어서려고 노력하는 데만도 시간이 좀 걸리더라고. 이번에는 그 애가 장애물 경주에라도 나온 개처럼 문 쪽으로 비틀비틀 움직였어. 내가 먼저 가서 뒷문을 열어 줬지. 갑자기 신선한 공기가 들이쳐서 그 애가 나한테 넘어졌어. 나는 그 애를 붙잡아 줬지만 그 애는 두 다리가 앞으로 꺾이면서 땅에 주저앉았어.

그 애는 바닥을 짚고 일어나려고 하면서 웃어 댔어. 나도 그 애의 위 팔을 잡고 풀밭 건너로 그 애를 데려가면서 함께 웃었지.

나는 북서쪽으로 스물다섯 걸음을 가서 그 애를 내려놓았어. 트레이시 는 구덩이에 떨어져 드러누웠지. 그 애가 다시 낄낄거렸어. 나도 그랬고.

나는 그 애 옆 구덩이에 무릎을 꿇고 앉아 그 애의 목에 두 손을 올렸 어. 손바닥에 닿는 그 애의 피부 감촉 때문에 흥분되더군. 그 애가 내 손 을 쳐 내려고 할 때조차 말이야. 그 애는 두 눈을 감고 있었고 반쯤 의식 을 잃은 채 내 몸 아래에서 몸부림쳤어. 그 애의 엉덩이 움직임이나 부 풀어 오른 가슴은 최면이라도 거는 듯했지. 모른 체할 수가 없었어. 조 잡한 반바지는 단 한 번의 빠른 동작으로 찢겨 나갔고 나는 곧바로 그 애 의 몸에 들어갔지.

의식을 잃었다가 되찾곤 하는 그 애의 몸은 내 손 안에서 고분고분해 졌어. 그 애는 꿈을 꾸는 것처럼 움직였지. 처음 같은 저항은 없었어.

내가 일어서 보니 그 애의 눈이 뒤로 돌아가 있더군. 나는 그 비좁은 공간에서 트레이시 옆에 웅크리고 앉아 찢긴 반바지로 손을 뻗었어. 내 가 영원히 가질 내 물건이었으니까. 그게 있으면 기억하는 데 도움이 될 테니까.

내 손이 다시 한번 그 애의 목에 닿았어. 내 두 손 엄지가 그 애의 후두 근처를 맴돌았지만 누를 수가 없더군. 트레이시의 예쁜 얼굴은 취해서 여전히 미소 짓고 있었어.

나는 불만스럽게 구덩이에서 뛰어나왔어. 첫 삽으로 떠낸 흙이 그 애 의 몸통에 내려앉았어. 그래도 트레이시는 눈을 뜨지 않았지.

나는 미친 사람처럼 작업을 지속해 몇 분 만에 구덩이를 메웠어. 이런 식으로 일 처리를 하다니, 나한테는 새로운 방법이었던 거야.

나는 땅을 밟아 다지고 풀을 다시 덮었어.

한 시간 반 동안 그 애와 함께 있었지. 그 애가 혼자 있는 건 싫었거든.

나는 무덤 옆에 앉아서 이런 짓을 할 수밖에 없도록 만든 그 애를 욕했어. 그렇게까지 욕심을 부리지만 않았어도. 그냥 낙태에 필요한 돈만 받았더라면 모든 게 괜찮았을 텐데. 하지만 그 아기가 태어나도록 놔둘 수는 없는 거잖아.

51

브라이언트는 박하사탕을 하나 까 입에 넣으면서 깊이 한숨을 쉬었다. 흡연 금지 구역을 떠날 때마다 보이는 반사적인 반응이었다.

"산 채로 묻히는 것보다 나쁜 게 있을까요?" 차에 다다랐을 때 그가 물었다.

"네. 경사님이랑 같이 산 채로 묻히는 거요." 킴은 자기 기분을 달래 보려고 말했다.

"고맙습니다, 대장. 하지만 제 말은, 그게 상상이나 되냐는 거예요."

킴은 고개를 저었다. 너무 끔찍해 이해하기도 힘든 죽음의 방식이었다. 죽는 순간이 오면, 아마 대부분의 사람은 조용히 잠들기를 바랄 것이다. 킴 자신은 언제나 총에 맞아 죽는 편이 좋겠다고 생각해 왔지만.

2번 피해자는 구덩이에 들어갔을 때 어떤 식으로든 의식을 잃었거나 항거 불능 상태였다가 땅속에서 밀도 높은 어둠에 둘러싸인 채 의식을 되찾았을 것이다. 보거나 듣거나 손가락 하나 까딱할 수 없었겠지. 참담한 공포에 대한 자연스러운 반응으로 비명을 지르려고도 해 보았을 것이다. 입은 흙으로 가득 차고 애써 들이쉰 숨은 매번 코와 목구멍을 더욱 틀어막았을 것이다. 헐떡이는 입이 오직 흙만을 빨아들였을 테고 숨결은 천천히 그녀의 몸을 떠났을 것이다.

킴은 눈을 감고 그 공포를 상상해 보려 했다. 옷을 절반만 걸친 열다섯 살짜리 소녀를 마비시켰을 그 순전한 두려움을 말이다. 킴으로서는 이해조차 할 수 없는 암흑이었다.

"사람이 어떻게 이렇게까지 사악해질 수 있을까요? 제 말은, 씨앗이 뭐냐는 거죠."

킴은 어깨를 으쓱했다. "에드먼드 버크가 한 말이 맞습니다. 악의 승리에 필요한 것은 선한 사람이 아무것도 하지 않는 것뿐이죠."

"무슨 뜻입니까, 대장?"

"이 애들이 그자의 첫 번째 피해자일 리 없다는 말을 하는 겁니다. 사악한 인간이 처음부터 냉혹한 살인을 저지르는 경우는 거의 없습니다. 사람들이 봐주거나 무시해 버린 초기의 징후가 틀림없이 있었을 겁니다."

브라이언트는 고개를 끄덕이고 킴을 돌아보았다. "숨이 끊어지기까지는 얼마나 걸렸을까요?"

"오래는 아니겠죠." 킴이 말했다. 하지만 마음속으로는 아이에게 그 시간이 평생처럼 느껴졌을 거라는 말을 덧붙였다.

"천만다행이네요."

"근데 말입니다, 브라이언트. 더는 못하겠습니다." 그녀가 고개를 저으며 말했다.

"뭘요?"

"더는 이 피해자들을 번호로 부를 수가 없습니다. 1번 피해자, 2번 피해자. 이 아이들은 살아 있을 때도 그런 일을 충분히 당했습니다. 시신이 세 구, 이름이 세 개 있으니 그 셋을 짝지어 줘야죠."

킴은 창밖을 내다보았다. 문득 어떤 기억이 불쑥 떠올랐다. 위탁 가정 5번에서 6번으로 넘어가기 전의 언젠가, 킴은 열다섯 번째 생일을 맞았다. 생일 이틀 전에 보육 시설 직원이 그녀에게 다가왔다.

"내일이 킴의 생일이라 선물을 모으고 있어. 너도 줄래?" 그가 킴에게 물었다.

킴은 1분을 꽉 채워서 그를 똑바로 바라보았다. 선물을 받을 당사자가 바로 그녀라는 사실을 그가 조금이라도 알아차리는지 보려고 말이다. 직원의 얼굴은 멍하기만 했다.

"어디로 갈까요, 대장?" 브라이언트가 병원 출구에 다가가며 물었다.

대니얼 베이트에게서 얻은 정보가 있는 지금, 킴은 도움을 줄 수 있는 사람이 단 한 명뿐이라는 것을 알고 있었다. 그날 이른 시각에 그 사람에게서 협박을 받긴 했지만 상관없었다.

"브린들리플레이스로 가야 할 것 같습니다, 브라이언트. 가서 쌍둥이를 만나 볼 시간입니다."

그녀는 눈앞의 길에 집중했다. "아이들의 이름을 알아야겠습니다."

52

니콜라 애덤슨은 두 번째 노크 소리를 듣고 문을 열었다. 공단으로 만든 잠옷 차림에 머리카락은 헝클어져 있었다. 그녀는 그들에게 인사 대신 입을 쩍 벌리고 하품을 했다.

"저희 때문에 깨셨다면 죄송합니다." 브라이언트가 말했다.

이미 점심시간이 한참 지난 뒤였지만, 니콜라 애덤슨은 그때까지 자고 있었던 게 분명했다. '깨셨다면'이라는 말이 무색할 정도였다. 그녀는 다시 하품을 하고 눈을 비볐다. "클럽 일이 밤늦게 끝났거든요. 오늘 아침 다섯 시쯤에 들어왔어요. …어젯밤이라고 해야 하나, 아무튼."

니콜라는 문을 닫고 곧장 부엌으로 갔다. 킴도 서른넷밖에 되지 않았지만 저렇게 환상적인 모습으로 침대에서 일어나 본 적은 없었던 것 같았다.

"저도 기꺼이 얘기하고 싶은데, 먼저 커피 한 잔만 마시게 해 주세요."

킴은 핸드백을 옆으로 밀치고 소파에 앉았다. "오늘 아침 동생분이 절 만나러 왔습니다."

니콜라가 홱 고개를 돌렸다. "뭘 어쨌다고요?"

"동생분은 니콜라 씨가 저희를 도와주는 걸 별로 탐탁지 않아 했습니다."

니콜라는 고개를 젓고 시선을 돌렸다. 즉석커피 통이 쿵 하면서 다시 찬장에 내려앉았다. 킴은 베스가 니콜라의 인생에 끼어든 게 지금이 처음은 아닐 거라는 인상을 받았다.

"뭐라고 하던가요?"

"저더러 두 분을 그냥 놔두고, 옛 상처를 후벼 파지 말라더군요."

니콜라는 고개를 끄덕였다. 몸에서 긴장이 풀리는 게 보였다.

"그냥 제가 걱정되어서 그러나 봐요. 애가 사나워 보이는 건 저도 알지만, 그냥 절 지켜 주고 싶은 마음이 지나쳐서 그런 거예요." 그녀가 자리에 앉으며 어깨를 으쓱했다. "쌍둥이라는 게 으레 그렇거든요."

그래, 그렇지. 킴은 그렇게 생각했다.

"하지만 전 성인이고, 제가 도와드리기로 한 거니까 물어보실 게 있다면 물어보세요." 그녀가 미소 지었다. "지금은 커피도 있으니까요."

"동생이 최근에 다리를 다쳤습니까?" 킴이 물었다. 다리 상처가 베스의 못된 성미에 대한 단서가 될지 궁금했다.

"아뇨, 어렸을 때 입은 상처예요. 여덟 살 때 사과나무에 올라갔다가 잘못 떨어졌거든요. 무릎뼈가 박살 났어요. 결국 낫기는 했지만 날씨가 추울 때는 그 상처 때문에 아파해요. 아무튼, 뭘 도와드리면 될까요?"

브라이언트가 공책을 꺼냈다. "피해자들에 대한 정보가 더 생겨서 니콜라 씨가 신원 확인에 도움을 주실 수 있을지도 모른다고 생각했습니다."

"그럼요, 할 수만 있다면야."

"첫 번째 피해자가 아마 가장 키가 클 겁니다. 말랐을 가능성이 있고, 아랫니가 부정 교합인데…."

"멜라니 해리스요." 니콜라가 확실하게 말했다.

"확실합니까?"

니콜라가 고개를 끄덕였다. "그럼요. 그 이 때문에 엄청 고생했거든요. 다른 두 아이랑 어울리기 전까지는 학교 애들한테 무지 괴롭힘을 당했어요. 하지만 무리가 생긴 이후로는 아무도 걜 못살게 굴지 않았죠.

다른 둘과 함께 있으면 멜라니는 항상 약간 튀어 보였어요. 너무 키가 커서요, 경호원처럼." 니콜라가 진지해졌다. "보육원 애들은 걔가 도망 쳤다고 알고 있는데요."

킴과 브라이언트는 아무 말도 하지 않았다.

니콜라가 고개를 저었다. "누가 멜라니를 해치고 싶어 했을까요?"

"저희가 알아내려는 게 그겁니다."

"두 번째 피해자도 있습니다, 니콜라." 킴이 조용히 말했다. "이 피해 자는 임신하고 있었어요."

니콜라는 테이블 너머로 몸을 숙이더니 킴이 옮겨 둔 핸드백으로 손 을 뻗었다. 그녀는 담배 한 갑과 일회용 라이터를 꺼냈다. 킴이 전날 이 집에 들렀을 때는 누가 담배를 피운 흔적이 전혀 없었는데 말이다.

니콜라는 담배를 입에 물었지만, 라이터를 만지작거리는 엄지손가락 은 서툴렀다. 그녀는 세 번째로 돌을 튕겨서야 불을 켰다.

"트레이시 모건이요." 니콜라가 속삭였다.

브라이언트가 눈썹을 치켜떴다. 킴이 그와 눈길을 주고받았다.

"확실합니까?"

"네, 확실해요. 딱히 자랑이라고는 할 수 없지만, 어렸을 때 제가 좀 오 지랖이 넓었거든요. 생활 기록부에는 항상 '다른 사람들 일만큼 자기 일 에도 관심을 가지면 좋겠다'는 식의 얘기가 적혀 있었죠."

브라이언트가 낄낄거렸다. "네, 저희 집에도 딱 그런 생활 기록부가 있습니다."

니콜라가 어깨를 으쓱했다. "뭐, 저는 살금살금 돌아다니면서 문 앞에 서 사람들 얘기를 엿듣곤 했어요. 트레이시가 다른 둘에게, 걔가 쓴 말대로라면 '애를 뺐다'고 말하는 걸 들은 게 기억나요."

"트레이시가 누굴 만나고 있었는지 아십니까?" 킴이 물었다. 또 다른 실마리가 될 수도 있었다.

"아뇨, 아버지랑 얘기를 해 볼 거라고 말하는 건 들었지만 들킬까 봐 오래 듣진 못했어요." 니콜라는 담배를 피우다가 뭔가 깨달은 듯했다. "세 번째도 있는 거죠?"

그들은 아무 말도 하지 않고 그녀가 이 소식을 충분히 이해할 시간을 주었다.

"혹시 저희에게 말해 주실 내용이…."

"다른 한 명은 루이즈였어요. 성은 기억이 안 나지만 걔가 대장이었어요. 가장 거친 애였죠. 아무도 루이즈한테는 까불지 못했어요. 다른 둘이 도망친 다음에도…. 죄송해요, 다른 둘이 사라진 다음에도…. 아무도 감히 루이즈한테는 장난 못 쳤어요." 그녀가 잠시 말을 멈추었다. "있잖아요, 지금 생각해 보니 루이즈는 자기 친구들이 도망친 게 아니라고 계속 고집을 부렸어요."

"루이즈의 신원 확인에 도움이 될 만한 이야기가 있습니까?"

니콜라는 커트 글라스 재떨이에 담배를 눌러 껐다. "그럼요. 루이즈는 의치를 했어요. 다른 학교 여자애들이랑 싸우다가 이가 세 개 빠졌거든요. 의치를 뺀 자기 모습을 아주 싫어했어요. 어느 날 밤에는 크레스트 우드의 한 여자애가 장난삼아서 그걸 숨겼죠. 루이즈는 걔 코를 부러뜨렸고요."

"윌리엄 페인의 딸에 관한 사고는 알고 계십니까?"

니콜라가 인상을 썼다. "아, 야간 경비원 말씀하시는 거죠?" 그녀는 고개를 저었다. "우린 그 사람을 별로 못 봤어요. 특별한 얘기는 들은 게 없지만 무슨 이유에서인가 걔들이 한 달 동안 제재를 받았다는 건 기억나요. 하지만 걔들은 언제나 무슨 장난을 꾸미고 있었으니까요. 아무리 그래도…. 이런 일을 당해도 싼 건 아니죠."

브라이언트가 공책 페이지를 휙 넘겼다. "톰 커티스는 잘 기억나십니까?"

니콜라는 눈을 가늘게 떴다. "다른 직원들보다 젊었어요. 약간 수줍어 보였고 그 사람한테 반한 애들도 꽤 많았죠." 니콜라가 문득 손으로 입을 막았다. "설마, 그 사람이 애 아빠일지도 모른다고 생각하시는 건…." 생각을 맺을 수도 없다는 듯 그녀가 말꼬리를 흐렸다.

킴도 그런 생각이 들었지만 반응을 보이지 않는 편을 택했다. 이 시점에서는 니콜라가 뭐든 더 얘기해 줄 수 있을 것 같지 않았다. 킴은 자리에서 일어섰다. "시간 내주셔서 감사합니다, 니콜라 씨. 피해자들 신원이 공식적으로 확인되기 전까지는 이 정보를 누구와도 공유하지 마십시오."

"물론이죠."

킴은 문으로 가서 돌아섰다. "누가 제일 먼저 떠났습니까?"

"무슨 말씀이신지…."

"누가 먼저 사라졌습니까? 멜라니였나요, 트레이시였나요?" 킴이 물었다. 루이즈가 마지막으로 사라졌다는 얘기는 니콜라가 이미 해 주었다.

니콜라는 생각에 잠겨 얼굴을 구겼다. "트레이시가 제일 먼저였어요. 멜라니랑 루이즈는 걔가 임신을 해서 사라진 거라고 생각했죠."

킴은 고개를 끄덕이고 반쯤 문을 나섰다.

"형사님…."

292

킴이 돌아보았다.

"제 동생이 뭐라고 했는지는 모르지만 저는 할 수 있는 한 기꺼이 도와드릴게요."

킴은 고맙다는 뜻으로 고개를 끄덕이고 떠났다.

"어디로 갈까요, 대장?" 브라이언트가 물었다.

킴의 손목시계는 세 시를 가리키고 있었다. "서로 돌아갑시다."

그녀는 핸드폰을 꺼내 케빈에게 전화를 걸었다.

"네, 대장." 케빈이 전화를 받았다.

"현장 상황은 어때, 케빈?"

"두 번째 무덤을 메우고 있고 세리스가 세 번째 시신을 반쯤 수습했어요. 베이트 박사가 오는 중입니다. 그렇게 깊이 묻혀 있는 게 아니라서 오늘 밤쯤에는 꺼낼 수 있었으면 좋겠다네요."

킴은 자신이 팀원들을 얼마나 힘들게 굴리고 있었는지 새삼 깨달았다. "박사가 도착하는 대로 하루 쉬어. 무슨 소식이든 아침이 되자마자 들으면 될 테니까."

"대장, 그냥 있을게요. 대장이 허락해 준다면요."

케빈이 쉬라는 제안을 받고도 쉬지 않은 건 이번이 처음이었다.

"케빈, 괜찮아?"

케빈의 목소리를 잘 알고 있던 킴은 그의 목이 갑자기 잠겼다는 걸 알아차렸다.

"대장, 전 지금까지 이 땅에서 여자애 두 명의 시신을 수습하는 걸 봤어요. 대장만 괜찮으시다면 끝까지 다 보고 싶습니다."

가끔 케빈은 그녀를 매우 놀라게 했다.

"알았어, 케빈. 나중에 전화할게."

킴은 전화를 끊고 고개를 저었다.

"정말 그렇게까지 놀라신 거예요?" 브라이언트가 물었다.

"아닙니다. 케빈은 좋은 녀석이죠. 시시때때로 판단력이 떨어지지만."

"그래도 저라면 언제든 케빈과 한 팀에서 일할 겁니다." 브라이언트가 결론을 내렸다.

브라이언트와 케빈은 장단이 잘 맞는 한 쌍이 아니었다. 하지만 브라이언트는 객관적으로 행동할 필요가 있을 때는 그렇게 할 줄 아는 사람이었다.

킴이 차에서 내리자 브라이언트가 문을 잠갔다.

"가서 스테이시 좀 확인해 보십시오. 칠판에 피해자들 이름도 써 두시고요."

킴은 가능한 한 빨리 아이들의 익명성을 지워 주고 싶었다. "그런 다음에는 집에 가세요." 그렇게 말한 그녀는 오토바이로 가 헬멧을 풀면서 잠시 멈추어 섰다. 니콜라의 집에서 일어난 일이 어딘지 꺼림칙했다. 뭔가 그녀의 직감에 거슬리는 것이, 알아차렸어야만 하는 것이 있었다. 눈으로는 무언가를 보았는데 뇌가 이해하지 못한 것만 같은 기분이었다.

53

킴은 그날 두 번째로 러셀 홀 병원의 출입구를 보았다. 그녀는 딱지를 떼일 걸 감수하고 인도로 오토바이를 끌고 올라갔다. 병원에 들어간 그녀는 환자들과 문병객들이 뒤섞여 담배를 뻐끔거리는 "금연" 팻말 밑을 지나 왼쪽의 접수대로 향했다. 브렌다라는 명찰을 달고 있는 한 여자가 그녀를 올려다보며 미소 지었다.

"루시 페인을 만나러 왔습니다. 오늘 이른 시간에 입원했습니다만?"

"친척이신가요?"

킴이 고개를 끄덕였다. "사촌입니다."

브렌다는 컴퓨터 자판을 몇 개 두드렸다. "병동 C5호실이에요."

킴은 카페를 지나며 안내판을 확인했다. 엘리베이터를 타고 3층으로 올라가 서쪽 건물로 간 다음 수술실에서 나오는 바퀴 달린 침대를 따라 병동에 들어갔다. 그곳에서는 기계가 나직하게 윙윙거리는 소리와 낮은 목소리들이 들려왔다. 처방 약 수레가 6인실을 가로질러 다른 6인실로 가고 있었다.

킴은 면회 시간이 끝날 무렵에 아슬아슬하게 들어왔다는 걸 알 수 있었다. 다른 환자의 친척들은 떠올릴 수 있는 모든 말을 다 했기에 조용히 앉아 시계가 떠날 시간을 알리기만 기다리고 있었다.

킴은 간호사실로 다가갔다. "루시 페인을 만나러 왔습니다."

"옆쪽 병실이에요. 두 번째 문으로 들어가세요."

킴은 작은 주방이 있는 첫 번째 문을 지나친 뒤 두 번째 문에 이르러 노크를 하려고 손을 들었다가 나무에 닿기 직전 멈추었다.

루시가 커다란 침대에 평화롭게 잠들어 있었다. 머리에는 베개가 다섯 개 괴어져 있고 오른쪽 검지에는 클립으로 모니터가 연결되어 있었다. 그녀의 오른쪽에서 기계가 박자에 따라 삐삐 소리를 냈다. 높은 침대 옆 보관장 위에는 "빨리 나아"라고 적힌 카드 한 장과 회색 곰 인형이 놓여 있었다.

킴은 병실에 들어가, 구석의 간이 의자에서 가볍게 코를 골던 윌리엄 페인을 지나쳤다. 그녀는 침대 옆에 서서 잠든 두 사람을 내려다보았다.

루시는 열다섯이라는 나이에 비해 훨씬 어려 보였다. 그런데도 너무 많은 고통을 겪었다. 이 아이는 본인이 원해서 힘과 움직임을 서서히 앗아가는 잔인한 질병에 걸린 것이 아니었고, 자신을 버릴 어머니도 직접 선택한 것이 아니었다. 멍청한 여자애 셋의 손에 들려 쓰레기통에 처박히기를 원한 것도 물론 아니었다.

오늘 루시는 거의 죽을 뻔했다. 그녀는 비명을 지르려 했지만 나온 것은 침묵뿐이었다. 그런 삶을 살고 있는데도 이 용감하고 결단력 있는 아이는 맞서 싸웠다. 벼랑 끝에 손끝으로 매달려 기어 올라왔다. 그저 살고 싶었기에. 그녀가 목걸이의 비상 버튼을 누르는 데 성공했다는 것이 그 사실에 대한 증거였다.

홀리트리의 고층 아파트에서 실려 나왔을 때는 킴도 별로 생존 가능성이 크지 않았다. 조용히 고개를 젓는 사람들과 깊은 한숨이 병원으로 가는 내내 그녀와 함께했다. 병원에서는 그녀에게 링거로 영양 주사를 놔주었지만 아무도 그녀가 나아지리라고 기대하지 않았다. 여섯 살 그녀의 몸무게는 9.5킬로그램이었다. 머리카락도 뭉텅뭉텅 빠졌으며 말도 못 했다. 하지만 셋째 날에, 그녀는 일어나 앉았다.

킴은 휴지를 한 장 뽑아 루시의 아래턱으로 흘러내리는 가느다란 침 방울을 닦았다.

그제야 킴은 겨우 며칠 전에 알게 된 이 어린아이가 왜 친밀하게 느껴지는지 이해했다. 루시는 투사였다. 운명이 나눠 준 카드에 굴복하지 않으려 들었다. 매일매일 자신에게 우호적이지 않은 확률과 맞서 싸웠다.

그날 이른 시각, 루시는 비상 버튼을 누르지 않기로 선택할 수도 있었다. 질병에 굴복하고 궁극적인 평화로 가는 길을 선택할 수도 있었다. 하지만 그러지 않았다. 루시를 막은 것은 단 한 가지뿐이었다. 희망.

이 어린 아가씨가 지금보다 더 나은 삶을 살 수 있을지 킴은 의심스러웠다. 과연 루시가 더욱 안전해지고 즐거워질 수 있을까? 전혀 알 수 없었다. 다만 한 가지 분명한 것은 이 조그마한 소녀의 마음속에 킴 자신이 존경할 수밖에 없는 힘과 결단력이 깃들어 있다는 점이었다.

킴이 휴지를 옆의 찬장에 놓았을 때 등 뒤의 부드러운 코 고는 소리가 멈추었다. 킴은 그 변화를 알아차렸지만 뒤를 돌아보지는 않았다.

"우리끼리 할 얘기가 있다는 건 알고 계시지요?" 그녀가 조용히 물었다.

"네, 형사님. 알고 있습니다." 윌리엄 페인이 목멘 소리로 대답했다.

킴은 고개를 끄덕이고 병실을 떠났다. 집에 갈 시간이었다. 해야 할 일이 있었다.

54

베스가 잡지를 휙휙 넘겨 보았다. 뭔지는 몰라도 할 말이 있었다.

니콜라의 불안이 느껴졌다. 언니는 베스가 돌아온 이래 한마디도 하지 않았다. 베스는 언니를 잘 알았다. 니콜라는 뭐가 문제냐고 묻고 싶어 하면서도 그 대답을 두려워하고 있었다. 진실은, 그녀가 답을 듣는 걸 버틸 수 없었다는 것이다.

니콜라는 옛날부터 사람들이 자기에게 화내는 상황을 끔찍이도 싫어했다. 그녀는 사람들의 비위를 맞추는 성격이었다. 모두가 행복하기를 바랐다. 그리고 그런 성격 때문에 대가를 치러야 했었다. 그녀와 베스, 둘 모두가. 이번에도 사람들을 기쁘게 해 주려는 니콜라의 열정 탓에 둘이 또 한 번 대가를 치를 참이었다.

베스는 너무 화가 나서 고개도 들지 않았다. 그녀는 페이지를 빤히 내려다보았다. 니콜라도 아주 오랫동안 침묵을 지키지는 못할 것이다. 베스는 무심하게 페이지를 넘겼다.

"어제 마이라가 나한테 그러더라." 니콜라가 말했다. "네가 마이라한테 아주 무례하게 굴었다던데."

"맞아." 베스가 말했다. 언니가 둘 사이의 진짜 문제에 대처하기보다 사소한 문제에 관해 이야기하기로 했다면, 그것도 괜찮았다. 결국 니콜라는 무너질 테니까.

"꼭 그렇게 못되게 굴어야 해? 그 사람은 너한테 아무 짓도 안 했잖아."

베스는 어깨를 으쓱했다. "그년은 동네방네 간섭하고 싶어 하는 오지

랗 넓은 할망구일 뿐이야. 그 여자가 뭐라 생각하든 왜 신경 쓰는 건데?"

"그 사람은 내 이웃이고 난 여기 살아야만 하니까." 니콜라가 잠시 말을 멈추었다. "네가 마이라한테 너도 같이 살게 됐다고 했어?"

베스는 혼자 미소를 지었다. 이 조그만 사실이 저 망할 년을 몇 시간이나 잠 못 들게 했을까.

"그래, 내가 말했어."

"여기 있으면서 날 곤란하게 하려는 거야?"

"있지, 니콜라. 언니가 먼저 내 부탁을 무시했잖아. 그래서 나도 그 마귀할멈한테 착하게 굴어 달라는 언니 부탁을 무시한 거야. 뭐가 다른데?"

"세상에, 베스. 네가 나한테 화가 난 건 알아. 이유라도 좀 말해 줄래?"

베스는 속으로 미소 지었다. 그녀는 언니를 너무 잘 알았다. 언제나 그랬다.

베스는 페이지를 한 번 더 넘겼다. "어떤 이유를 원하는데?"

"네가 말하는 이유면 뭐든. 이렇게 꿍하고 있지만 않는다면 뭐든 괜찮아. 너도 알겠지만, 난 네가 화내는 게 싫어."

그래, 베스는 아주 잘 알고 있었다.

"내가 그 여자랑 얘기하지 말랬잖아."

"누구?" 니콜라가 물었다. 잘 모르겠다는 말투는 억지로 연기한 것이었다. 니콜라는 그녀가 누구를 얘기하는 건지 아주 잘 알고 있었다.

베스는 페이지를 한 장 더 넘겼다. 그렇게 하면 언니를 더욱더 답답하게 만들 수 있다는 걸 알고 있었으니까. 니콜라는 베스의 온전한 관심을 원했다. 그녀는 베스가 자신과 같은 자리에 앉은 채로도 분위기에 압도당하지 않고 다른 무언가에 집중할 수 있다는 걸 아주 싫어했다. 자기는 그러지 못했으니까.

"형사님 말이야?" 니콜라가 물었다.

"그래."

"세상에, 베스. 어떻게 그렇게 냉정할 수가 있어? 그분들은 우리가 살았던 곳에 묻힌 시신을 찾는 중이야."

"근데?"

"우리가 아는 애들이라고. 걔들하고 이야기도 했고 함께 식사도 했어. 어떻게 신경을 안 쓸 수가 있어?"

"걔들은 나한테 아무것도 아니니까. 난 걔들이 마음에 들지도 않았어. 이제 와서 왜 신경 써야 하는 건데?"

"걔들이 죽었으니까. 무슨 잘못을 저질렀든 죽어도 싼 사람은 없으니까. 웬 괴물이 걔들을 땅속에 묻어 놓고 잊히게 만들었어. 난 도울 수밖에 없어."

"나보다 걔들을 더 신경 쓰는구나."

"무슨 소리야?"

이번의 어리둥절함은 진짜였다. 그래, 그랬다. 니콜라가 자신이 저지른 일을 인정하기 전까지 그들은 앞으로 나아갈 수 없었다.

"언닌 그 사람들이 나한테 무슨 짓을 저질렀는지 알잖아. 알면서도 전부 망쳐 버렸어."

"베스, 너한테 누가 뭘 했다는 건지 모르겠어. 말해 줘."

베스는 잡지를 한 장 더 넘기고 고개를 저었다. "형사한테 물어봐. 그 여자가 언니가 저지른 짓을 말해 줄지도 모르니까. 언니는 결과가 어떻게 되든 이 일에 낄 작정인 것 같은데."

300

"그건 그냥 이 일이 어떻게든 우리랑 관련되어 있다는 걸 알기 때문이야."

베스의 손이 허공에서 멈추었다. 그녀의 손에서 페이지가 떨어져 내렸다. 언니가 관련성을 떠올렸다는 것 자체가 한 걸음 나아간 셈이었다. 그녀는 니콜라가 기억하기를 바랐다. 그녀가 사과하기를 원했다. 10년 동안 기다려 온 그 말을 듣고 싶었다.

하지만 아직은 아니었다.

"확실히 말하는데, 니콜라, 그 일에 끼지 마."

"하지만 난 그 일을 모두 끄집어내고 싶어." 베스는 언니의 목소리에 깃든 감정을 알아들었지만 그녀를 보지 않았다. 도저히 볼 수가 없었다.

"베스, 내가 무슨 짓을 했기에 그렇게 상처를 받은 건지 알려 줘. 내가 어쩌다 널 그렇게 끔찍하게 실망시켰는지 말이야. 넌 내 동생이야. 그런데도 우리 사이에는 비밀이 너무 많아. 난 널 사랑해. 진실이 알고 싶어."

베스는 잡지를 옆에 던지고 일어섰다.

"니콜라, 뭔가 바랄 때는 조심해야지. 그러다가 소원이 이루어지면 어쩌려고."

55

킴은 일부러 평소보다 늦은 시간에 브리핑 회의를 소집했다. 이 사건의 강렬함이 모두에게 영향을 미치고 있었다. 팀원들이 한두 시간이라도 더 잘 수 있도록 해 주는 것이 그녀가 할 수 있는 최선이었다.

킴이 우디에게 사건과 관련된 소식을 다 전해 주었을 때쯤 브라이언트와 스테이시, 케빈은 자기 자리에 있었다.

"모두들 좋은 아침입니다. 다들 분명 알고 있겠지만, 우리 사건에 대한 언론의 관심이 더 높아졌습니다. 세 번째 천막이 세워진 걸 보고 미쳐 날뛰고들 있던데요. 이제는 이 사건이 모든 신문의 1면 기사이고, 어젯밤에는 스카이 뉴스에 인터뷰 영상까지 떴습니다."

"네, 저도 봤어요, 대장." 브라이언트가 신음했다.

"아무리 설득력 있는 말을 듣더라도 언론 쪽 사람과는 한마디도 해서는 안 된다는 얘기를 굳이 다시 할 필요는 없을 거라고 믿습니다. 이 사건은 너무 민감해서, 우리 중 누구라도 말을 잘못 전달해 엉뚱한 일이 벌어지는 상황은 없어야 합니다."

킴은 자신도 이 경고를 마음에 새겨야 할 사람 중 한 명이라고 생각했다. 그녀는 언론의 자극에 대한 자신의 한계를 알고 있었다. 지금 현명하게 언론과 거리를 두고 있는 이유가 그것이었다.

"그리고 여러분 중 우리가 얼마나 거지같이 일을 처리하고 있는지 다시 깨달아야 할 필요가 있는 사람은 얼마든지 우디 방에 들어가서 기사를 하나하나 읽어 보세요."

조금 전 만남에서 우디는 신문 가판대처럼 보이는 책상에 앉아 그녀에게 모든 기사를 설명해 주었다.

"진심이세요, 대장?" 케빈이 물었다.

킴은 고개를 끄덕였다. 그들은 공격당하고 있었다. 아는 게 나았다.

"왜 이래, 케빈. 한두 번 겪는 일도 아닌데. 원래대로라면 사흘만 지나도 전부 우리 잘못이 될 텐데, 우리는 첫 번째 유해를 발굴한 이후 닷새까지 버텼으니 꽤 잘하고 있는 편이야."

킴은 부정적인 기운이 한차례 방을 휩쓸고 지나가는 것을 느꼈다.

킴은 한숨을 쉬었다. "언론의 호의가 그렇게 중요하면 다들 연예계에서 경력을 쌓았어야지. 우리는 경찰이야. 아무도 우릴 좋아하지 않아."

"그래도 좀 상처가 되네요, 대장. 열의가 꺾인달까요." 스테이시가 말했다.

킴은 격려 연설이 자기 강점은 아니라는 걸 깨달았다.

"모두 저 벽을 봐. 열심히."

킴은 소녀들에게 이름이 붙어 있는 지금의 화이트보드를 보기가 훨씬 쉬웠다. 보드는 세 단으로 나뉘어 있었다.

1번 피해자 – 멜라니 해리스

나이 – 15세

평균보다 키가 큼, 영양실조, 부정 교합, 나비 무늬 양말

머리가 잘림

2번 피해자 – 트레이시 모건

나이 – 15세

임신, 잠옷 하의가 없어짐

생매장당함

3번 피해자 – 루이즈 던스턴 – ?

나이 – 15세

윗니 세 개가 의치

"저 세 아이는 괴물에게 목숨을 잃었어. 그러기까지 강간당하고, 구타당하고, 질식당하고, 생매장당했고. 이 아이들에게는 이게 신문에 실린 이야기가 아니라 삶이고 현실이었어. 우리는 이런 범죄를 저지르고도 빠져나갈 수 있다고 생각하는 사람을 찾으러 자다가도 일어나는 거야.

며칠 전만 해도 이 아이들은 이름도 모르는, 잊힌 채 침묵하는 존재들이었지만 더는 아니야. 멜라니, 트레이시, 루이즈는 이제 우리 덕분에 목소리를 갖게 될 테니까. 명심해. 우리는 반드시 이런 짓을 한 개자식을 잡을 거야." 킴은 잠시 말을 멈추고 방을 둘러보았다. "이보다 더 큰 동기가 필요한 사람은 엉뚱한 직업을 가진 거다."

"알겠습니다, 대장." 브라이언트가 고개를 끄덕하며 말했다.

"해 보죠." 스테이시가 미소 지으며 덧붙였다.

"아자." 케빈이 추임새를 넣었다.

킴은 남는 책상 모서리에 평소 자세대로 앉았다. "좋아, 케빈. 현장 쪽 진행 상황은?"

"베이트 박사가 오늘 새벽 두 시쯤에 시신을 옮겼습니다. 세리스가 무덤을 한 차례 살펴보긴 했지만 오늘 아침에 체로 흙을 걸러 본다고 합니다."

"의치 얘기는 안 해?"

"뭐에 대해서든 별말 안 했어요. 그 사람 아주 이상한 성격이에요, 대장."

"세리스한테 의치 얘기를 전해 줘. 아마 아직 무덤에 있을 거야. 그리고 스테이시, 뭔가 찾았어?"

"톰 커티스의 핸드폰을 확보했어요. 죽기 전 두 시간 동안 부재중 통화가 50통 넘게 걸려 왔더라고요."

킴은 앞으로 몸을 숙였다. "계속해 봐."

"전부 크로프트의 핸드폰에서 온 거였습니다."

"빌어먹을." 킴은 열이 올랐다. "다른 건?"

"요양 병원에서 가져온 비디오테이프는 쓸모가 없어서, 메리 앤드루스의 사망에 관한 범죄 증거는 전혀 찾지 못했습니다."

"현장 출동 경찰은 아서 코노프에 대해서 아무 얘기 안 하고?"

"페인트 조각을 분석해 보니까 99.9999퍼센트 확률로 아우디 TT에서 떨어진 거래요."

"다른 사항은?"

"의회에서 보내 준 크레스트우드 기록은 엉망진창이에요. 지금도 비공식적으로 페이스북을 모니터링하고 크레스트우드의 옛 원생들에게 공식적으로 전화를 돌리고 있어요. 가출했다고 적혀 있는 사람 중에는 사실 사건 당일에 그곳에 있었던 사람들도 있고, 그날 있었던 사람 명단에 올라 있는 인물들 중에는 몇 주 전에 떠난 경우도 있더라고요."

"흠…." 킴은 생각했다. 의회 쪽에서 끔찍한 무능을 보여 준 것이거나 누군가가 의도적으로 원생들의 마지막 기록을 어지럽힌 것일 텐데 이 시점에서는 둘 모두 가능성이 있었다. 킴은 스테이시가 페이스북을 이용하는 게 아주 마음에 들지는 않았지만 그쪽으로 수사하는 방식이 유용한 정보를 찾아내는 데에는 공식 기록보다 많은 성과를 올리는 듯했다.

"스테이시, 톰 커티스에 대해서 좀 물어봐. 그 사람이 아이들하고 얼마나 가까웠는지 알아봐야 해. 부적절한 행동에 대한 소문이 있었는지 알아봐 줘.”

“네, 대장.”

“좋아, 케빈은 현장으로 돌아가고, 브라이언트 경사님은 저랑 같이 크로프트 의원을 한 번 더 만나 봐야 할 것 같습니다.”

“음⋯. 대장, 한 가지 더 있어요.” 스테이시가 말했다.

“말해.” 킴이 재킷으로 손을 뻗으며 말했다.

“주소를 세 개 찾았어요. 우리 피해자들이 각자 마지막으로 지냈던 곳이에요.”

킴은 브라이언트와 눈빛을 주고받았다. 이건 형사라면 누구나 싫어하는 일이었다. 아이들을 보육 시설에 맡기게 된 상황은 알 수 없지만 킴은 그 아이들이 죽었다는 것을 알면 슬퍼할 유족들이 남아 있을 거라고 확신했다.

브라이언트는 스테이시의 책상을 지나가며 주소록을 받아 들었다. 일단은 산 자들을 확인한 뒤 죽은 자들의 일을 하기로 했다.

56

킴은 정문 앞에 주차된 순찰차를 턱짓으로 가리켰다. 웨스트미들랜드 경찰이 리처드 크로프트에 대한 24시간 감시를 승인해 준 건 아니겠지만, 순찰차들은 이 구역에 있을 때면 인터폰을 통해 이따금 그의 안부를 확인하라는 지시를 받았다.

브라이언트는 스피커 버튼을 누르고 정문이 열리기를 기다렸다. 그는 10초를 기다렸다가 다시 버튼을 눌렀다.

브라이언트와 킴은 서로를 보았다. 지난번 들렀을 때는 즉각 반응이 있었다.

"계속 누르세요." 킴이 차에서 내리며 말하고 순찰차로 걸어갔다. 경찰관이 창문을 내렸다.

"마지막으로 확인한 게 언제입니까?"

"약 20분 전입니다. 오늘 아침에는 집에서 일하고 나중에 사무실로 간다고 했습니다. 몇 분 있다가 자동차가 나왔고요. 유모였던 것 같습니다."

킴은 브라이언트에게로 다시 달려갔다. 리처드 크로프트는 최소 20분 동안 집안에 혼자 있었다. "반응 있습니까?"

브라이언트가 고개를 저었다.

"좋습니다. 들어가죠."

킴은 잠시 서서 정문을 지나갈 방법을 궁리했다. 정문은 정교한 꽃과 소용돌이, 잎사귀 무늬가 새겨진 연철로 만들어져 있었다. 킴은 왼쪽 벽 가까운 곳에서 발을 둘 만한 곳을 발견했다. 그녀는 두 손을 모두 써서 정문을 흔들었다. 정문은 꼼짝도 하지 않았다.

킴은 키스 아저씨가 해 주었던 말이 기억났다. 여러 해 전, 지역의 주물공이 용광로에 고철 더미를 쏟아 넣다가 외바퀴 손수레에 끼어 그 쇳덩어리들과 함께 용광로로 들어갔다는 얘기였다. 지역 교구 사제가 호출되어 녹은 액체가 틀에 부어지는 동안 기도했다. 킴은 그 주물공이 뭔가 멋진 것으로 만들어졌으면 좋겠다고 생각했던 기억이 났다.

'명복을 빕니다.' 그녀는 정문을 오르기 시작하며 그렇게 생각했다. 그녀는 오른쪽 다리를 정문 맨 위를 장식하고 있는 30센티미터 높이의 뾰족한 못 너머로 넘겼다.

"저는 절대 못 합니다." 브라이언트가 아래쪽에서 말했다.

"얼른 와요, 다 컸잖아요." 킴이 말했다.

"그런 동작을 하다가는 묵사발이 될걸요."

킴은 반대편으로 2.4미터가량을 내려가면서 리처드 크로프트가 아무 대답을 하지 않는 건 그저 너무 먼 데서 음악을 듣느라 인터폰 소리를 못들었기 때문일 거라는 헛된 기대를 품었다. 아니면 최첨단 출입 시스템이 망가져서 리처드가 그들을 들여보내 주려고 진입로로 내려오고 있는지도 몰랐다. 킴은 죽은 사람보다는 약간 짜증 난 채 살아 있는 사람이 더 좋았다.

킴은 진입로를 달려 올라갔다. 두 다리로 걸으니 차를 타고 있을 때는 두드러지게 느껴지지 않던 경사가 실감 났다. 건물로 다가가는 동안 뭔가 움직이는 기색은 전혀 느껴지지 않았다.

그녀는 문을 두드리며 동시에 초인종을 누르고, CCTV 카메라가 가리키는 곳을 보려고 뒤로 물러섰다. 카메라는 한 대가 정문을, 다른 한 대가 빌어먹을 자동차들을 가리키고 있었다. 집 뒤쪽을 찍는 카메라는 하나도 없었다.

"계속 두드리세요." 킴은 멀쩡한 모습으로 자신을 따라잡은 브라이언트에게 지시한 뒤 집 옆쪽으로 돌아가다가 벽에 기대어 있던 삽에 걸려 비틀거렸다. 그녀는 발밑에서 뭔가 와작 부서지는 것을 느끼고 아래를 보았다. 유리판이 깨져 있었다.

킴은 최대한 목청을 높여 브라이언트를 소리쳐 불렀다. 그가 다른 쪽에서 나타났다.

집과 나란히 뻗어 있는 오렌지 나무 온실의 출입구가 박살 나 있었다. 킴은 거의 그 안으로 들어갈 뻔했다가 발을 내려놓기 직전에 멈추었다.

"따라오십시오." 그녀가 부지의 정면으로 다시 달려가며 말했다. 가는 길에 그녀는 아까 발에 걸렸던 삽을 집어 들고 브라이언트에게 건넸다. "저 창문을 깨세요. 현장 출동 경찰이 도착하기 전에 뒷문이 오염되어서는 안 됩니다."

브라이언트는 할 수 있는 한 뒤로 멀리 물러나 삽을 휘둘렀다. 충격에 유리판이 박살 났다. 킴은 벽돌을 집어 들고 그 구멍으로 들어가도 안전하도록 들쭉날쭉한 유리 모서리들을 뭉갰다.

그녀는 테라코타 화분을 밟고 서서 브라이언트의 어깨를 짚었다. 발이 창문 아래의 단단한 물체에 닿았다. 킴은 그곳에 몸무게를 실어 보았다. 물체가 버텨 주었다. 그녀는 안에 들어간 뒤에야 그것이 고가구 책상이며 자기가 서재로 들어왔다는 것을 알게 되었다.

킴은 단단한 땅을 딛고 서자마자 한 손을 내밀어 따라 들어오는 브라이언트를 받쳐 주었다. 무거운 참나무 문이 로비로 이어져 있었다. 브라이언트가 계단을 오르자 킴은 왼쪽으로 돌았다. 그녀가 다음으로 들어간 방은 지난번 방문했을 때 보았던 거실이었다. 그녀는 그곳을 빠르게 훑었다.

"거실, 이상 무." 그녀는 다시 로비로 들어가며 외쳤다. 안방도 이상이 없다고 외치는 브라이언트의 목소리가 들렸다.

그녀는 도서관 문으로 들어섰다가 우뚝 멈추었다. 깔개 한가운데에 쭉 뻗어 있는 사람은 리처드 크로프트였다. 등에는 30센티미터 정도 되는 부엌칼이 박혀 있었다. 킴은 브라이언트를 소리쳐 부르고 아무것도 건드리지 않도록 주의하며 무릎을 꿇었다. 피 웅덩이가 크로프트의 양옆으로 카펫에 스며들어 있었다.

브라이언트가 옆에 나타났다. "제기랄."

킴은 크로프트의 목에 두 손가락을 대 보았다. "아직 살아 있습니다."

브라이언트는 핸드폰을 꺼내 구급차를 불렀다. 킴은 인터콤 수신기를 찾다가 그것이 지나치게 큰 스멕 냉장고 옆 벽에 걸려 있는 것을 보았다.

그녀는 문 열림 버튼을 누르고 무쇠 정문이 움직이기 시작하자 모니터를 지켜보았다. 이제 보니 경보 시스템이 설정되어 있지 않았다. 집을 비울 때는 물건을 도둑맞지 않으려고 침입 방지 경보를 사용하는 사람이 자기 목숨을 지키기 위해서는 경보 장치를 켜 놓지 않는다니 놀라운 일이었다. 크로프트의 옛 동료들이 부자연스러운 속도로 죽어 가고 있는 지금은 더더욱.

킴은 고개를 젓고 현관으로 달려가 문을 활짝 열고 구급대원들이 바로 건물에 진입할 수 있도록 했다. 그런 다음 집 옆쪽을 돌며 가볍게 달려, 침입 지점에서 2.5미터 떨어진 곳에 멈추었다.

그녀는 돌아서서 뒤쪽 정원을 살폈다. 처음 살폈을 때는 눈에 띄는 취약점이 보이지 않았다. 부지 뒤쪽은 벽이 아니라 2.5미터 높이의 울타리로 에워싸여 있었다. 장식적인 격자 구조물이 그 높이를 45센티미터 더 높여 주고 있었다. 울타리의 모든 널빤지는 온전해 보였다.

"좋아, 이 개자식. 넘어온 게 아니라면 뚫고 왔겠지."

킴은 맨 위쪽 널빤지부터 시작해 왼쪽으로 걸으며 울타리 널빤지를 하나하나 밀어 보았다. 기둥은 나무로 되어 있었으나 단단했다. 왼쪽의 모든 널빤지는 관목에 가려지지 않고 깔끔했다. 낮은 높이의 허브 텃밭이 울타리를 따라 뻗어 있었다. 누군가 옆쪽 울타리를 뚫고 들어오려 했다면 집 뒤편에 있는 사람에게 즉시 노출되었을 것이다.

킴은 부지의 가장 아래쪽 경계를 이루고 있는 울타리를 자세히 살펴보았다. 3미터마다 4.5미터짜리 침엽수가 솟아 있었다. 나무 대부분은 널빤지 가운데에 위치해 있었는데, 넷째 나무만 예외였다. 1미터는 되는 그 나무의 폭이 울타리와 기둥을 가리고 있었다.

킴은 정원의 가장 아래쪽으로 30미터를 성큼성큼 걸어가 검지를 사용해 널빤지를 가볍게 밀었다. 킴의 손가락이 닿자 널빤지가 더는 기둥에 붙어 있지 않고 움직였다.

킴은 집 옆쪽으로 달려오는 발소리를 들었다.

"경위님?" 경찰관이 외쳤다.

킴은 나무 뒤쪽에서 나왔다. 경찰관이 그녀의 위치를 전혀 눈치채지 못한 것을 보면 진입 지점이자 은신처였을지 모르는 이곳이 얼마나 교묘한지 입증된 셈이었다.

"어떻게 할까요, 경위님?"

"뒷문을 지키십시오. 아무도 가까이 오지 못하게 하세요."

경찰관은 고개를 끄덕이고 바깥쪽을 내다보며 문 앞에 섰다.

킴은 침엽수 뒤로 돌아가 다시 울타리를 밀었다. 울타리는 쉽게 움직여 틈새를 드러냈다. 그곳을 통하면 수월하게 슬쩍 빠져나갈 수 있었다.

"젠장." 킴이 말했다. 이 개자식은 영리했다. 킴은 증거 수집에 더 이상 방해가 되지 않도록 정원으로 돌아갔다.

킴이 그네에 올라갔을 때쯤 사이렌이 속력을 높이며 진입로로 들어와 현관에 멈추는 소리가 들렸다. 킴은 울타리를 내다보았다. 울타리 너머의 땅이 무역 센터 뒤쪽을 향해 아래쪽으로 가파른 경사를 이루고 있는 것이 보였다. 그 뒤는 골목과 배수로와 막다른 길이 토끼 사육장처럼 모여 있는 주거지였다.

이 빌어먹을 사건처럼 복잡하네. 킴은 땅으로 다시 내려서며 생각했다. 그녀는 좌우를 살피며 망가진 울타리 널빤지에서 뒷문까지 천천히 선을 따라 걷다가 경찰관에게서 1미터쯤 떨어진 곳에 멈추었다.

"안녕하십니까, 경위님?"

요전번에 브라이언트가 이야기를 나누었던 순경이었다. 킴은 염병할, 안녕하겠느냐고 물으려고 입을 열었다가 다물었다. 순경은 브라이언트에게서 지시받은 그대로 킴에게 말을 건 것뿐이었다.

킴은 눈알을 굴려 대고 고개를 저은 다음 건물 앞쪽으로 향했다. 브라이언트는 구급차 뒷문이 닫히는 걸 지켜보며 서 있었다.

"어떻습니까?"

"숨은 쉬고 있습니다, 대장. 아직 칼이 몸속에 있고요. 구급대원들 말로는 칼이 뭘 막고 있는 건지 살펴보기 전에는 칼을 빼지 않는 게 좋겠다더군요. 이상한 일이지만, 지금 리처드 크로프트가 살아 있는 건 바로 살인 도구 덕분일 수 있다는 겁니다."

"아, 대단히 공교롭네요." 킴이 돌계단에 주저앉으며 말했다.

"저기 도움의 손길이 옵니다." 브라이언트가 말했다. 복스홀 코르사가 자갈밭에 끼익하며 멈추어 섰다. 마르타라는 여자가 차에서 내렸다.

얼굴이 창백했다.

"무슨…. 이게 무슨…."

킴은 계속 앉아 있었지만 브라이언트는 젊은 여자에게로 다가갔다.

"크로프트 씨가 심각한 상처를 입었어요. 그분 아내에게 연락해서 할 수 있는 한 빠르게 병원으로 가라고 하세요."

마르타는 고개를 끄덕이고 비틀거리며 들어갔다. 순찰차 두 대가 더 끼익하며 진입로로 들어왔고 뒤이어 현장 출동 경찰 밴도 들어왔다.

"이것 참." 킴이 자리에서 일어나자 브라이언트가 말했다. "경찰이랑 버스랑 비슷하네요. 한 대도 없다가, 갑자기 우르르…."

"브라이언트 경사님." 방탄조끼 안에 두 손을 넣고 있던 건장한 경찰관이 말했다. 브라이언트는 그를 데려가 현장에 관해 설명했고 그러는 동안 킴은 밴에서 내리는 첫 현장 출동 경찰 수사관에게 말을 걸었다.

"따라오십시오." 킴이 자기소개도 없이 말했다. 그녀는 집 옆을 돌아가, 키가 큰 금발 남자를 정원 가장 아래쪽으로 데려간 다음 나무 뒤를 가리켰다.

"망가진 울타리가 경계선이 끊긴 곳입니다." 그녀가 뒷문을 가리켰다. "저기가 침입 지점입니다."

"알겠습니다, 경위님."

킴은 집 앞쪽으로 돌아갔다. 마르타가 핸드폰을 내밀며 그녀를 맞이했다.

"크로프트 부인이 통화하고 싶으시대요."

킴은 핸드폰을 받아 들었다. "네."

"형사님, 마르타한테 우리 집에 상당한 피해가 있었다는 얘기를 들었는데요."

"남편분이 입은 피해가 더 심합니다."

"형사님이 우리 집에서 하시는 일에 대해 더 설명해 주셨으면 좋겠습니다. 제가 형사님을 수사에서 배제해 달라고 구체적으로 요구했는데…."

"러셀 홀 병원입니다, 관심이 있으실지 모르겠지만." 킴은 그렇게 말하고 핸드폰을 꺼 버린 뒤 핸드폰을 다시 마르타에게 돌려주었다. 그때 브라이언트가 집에서 나왔다.

"준비되셨습니까?" 그가 물었다.

킴은 고개를 끄덕였고 그들은 진입로 끝에 있는 자동차로 돌아갔다.

"크로프트 부인과 친하게 지내실 생각인가 봐요, 대장?"

"아, 우리야 늘 조금씩 가까워지고 있죠." 킴이 뚱하게 말했다.

"이젠 어디로 갈까요?"

"홀리트리 지구요." 킴이 조용히 말했다. 더는 회피해서는 안 되는 임무였다. "한 가족의 하루를 망쳐 봐야죠."

57

브라이언트는 요리조리 자동차를 몰고 작은 골목으로 이루어진 미로를 통과해 중심부의 삼각형 고층 빌딩에 이르렀다. 그 빌딩은 도합

540개의 집으로 이루어져 있었는데, 주거지는 모두 주민들에게 필요 수준의 공포를 불어넣는 두 패거리의 갱들로 가득했다. 갱단 중 "델타"는 더들리 쪽 주소를 쓰는 젊은 남자들의 패거리였고, "비 보이즈"는 그로부터 두 거리 떨어진 곳인 샌드웰 출신이었다.

브라이언트는 놀이터 옆에 차를 댔다. 그네와 시소, 벤치 몇 개가 있지만 수십 년째 아이들이 들른 적은 없는 그 놀이터는 "구덩이"로 알려져 있었으며 각 갱단의 대표자들이 만나 "사업" 얘기를 하는 곳이었다. 지난 2년간 구덩이에서는 킴이 아는 것만도 시체 두 구가 발견되었고 두 사건 다 목격자는 없었다. 킴이 세어 보기로는 대략 70가구가 이 구역을 곧장 볼 수 있는데도 뭔가를 본 사람이 아무도 없었다는 것이다.

킴과 브라이언트는 아무 제한을 받지 않고 스왈로우 코트로 들어갔다. 사람들은 경찰의 출입을 달가워하지는 않으나 제한하지도 않았다. 이 지역은 외부 세계와 단절되어 있었으며 이 폐쇄된 공동체 안에서 벌어지는 범죄는 그 안에서 해결되었다. 갱단의 지도자들은 평범한 시민이라면 절대 경찰에게 대놓고 입을 나불거리지 않으리라는 걸 확실히 알고 있었다.

"아, 세상에." 브라이언트가 손을 코에 대며 말했다. 킴은 블록 한가운데로 들어가기 전에 이미 깊이 심호흡을 한 뒤였다. 현관은 어두웠고 지린내가 났다. 이 구역은 작고 창문도 없었다. 깨진 전구 두 개는 갈아 끼우지도 않았으며 조명이라고 해 봐야 네모난 격자 천장 속 누레진 형광등에서 나오는 빛뿐이었다.

"몇 층입니까?" 킴이 물었다.

"8층이요. 계단으로 갈까요?"

킴은 고개를 끄덕이고 계단 맨 밑으로 향했다. 이런 구역의 엘리베이터는 고장이 잦기로 악명이 높았고, 그들이 층과 층 사이에 끼어 버린다면 아무도 도와주러 오지 않을 가능성이 컸다. 지칠 것이냐, 방치되어 있다가 죽을 것이냐? 쉬운 선택이었다.

4층쯤에 이르렀을 때 브라이언트는 주사기 일곱 개, 깨진 맥주병 세 개, 다 쓴 콘돔 두 개를 헤아린 뒤였다. "로맨스가 죽기는 무슨." 8층 로비로 접어들면서 그가 중얼거렸다. "바로 저기예요, 대장." 브라이언트가 28C호를 가리키며 말했다.

세 살이나 네 살쯤 되어 보이는 소녀가 문을 열었다. 한가운데에 주먹 자국이 선명한 문이었다. 아이는 미소 짓거나 말을 하지 않고 아기용 병에 담긴 주스만 빨아먹었다.

"리아나, 문에서 비키라고, 염병." 웬 여자가 소리쳤다.

브라이언트가 아이를 물러서게 하며 앞으로 나섰다. 킴이 아이 옆으로 돌아가 문을 닫았다.

"실례합니다." 브라이언트가 우중충한 집안 통로에 서서 소리쳤다. "경찰인데요. 혹시…."

"빌어먹을…." 소란스럽게 움직이는 소리 사이로 누군가가 말했다.

"벌써 냄새 맡았습니다." 킴은 브라이언트를 지나 거실로 들어가며 소리쳤다. 커튼이 닫혀 있었으나 가운데에 틈이 벌어져 있었다. 말발굽 모양 귀고리를 찬 창백한 얼굴의 소녀가 일어나 두 손으로 공기를 흩어 댔다. 공기는 대마초 냄새로 탁했다.

"씨발, 여기서 뭐 하는 거야? 당신들한테는 이럴 권리가…."

"리아나가 들여보내 줬습니다." 킴이 하마터면 신생아가 들어 있는 아기 침대에 발이 걸려 넘어질 뻔하며 말했다. "브라이언 해리스 씨를 만나러 왔는데요."

"우리 아빤데. 지금 자고 있어."

11시 30분이 지난 시간이었다.

"그럼, 그쪽이 멜라니의 여동생인가요?" 브라이언트가 물었다.

"누구라고?" 그녀가 빈정거리듯 물었다.

킴은 저쪽 복도에서 문이 열리는 소리를 들었다. 옷을 반만 걸친 남자가 화를 내며 다가왔다. "쌍, 뭔 짓이야?"

"해리스 씨." 브라이언트가 킴 앞에 서며 붙임성 있게 말하더니 경찰관 신분증을 보여 주며 둘 모두를 소개했다. "그냥 멜라니 얘기를 하러 온 겁니다."

해리스는 우뚝 멈추어 서서 인상을 찌푸렸다.

킴은 집을 잘못 찾았나 하는 생각을 할 뻔했지만 멜라니는 분명 아버지에게서 키를 물려받은 게 틀림없었다. 해리스는 183센티미터가 넘었다. 갈비뼈가 하나하나 두드러졌고 청바지 허리춤은 그 앙상한 엉덩이에 걸쳐져 있었다. 비쩍 마른 두 팔이 직접 한 문신으로 어지러웠다.

"그 잡년이 이번엔 또 뭘 했기에?" 해리스가 소파 뒤쪽을 건너다보며 말했다. 킴은 그의 눈길을 좇았다. 짙은 갈색 스태퍼드셔 불테리어가 큰 요크셔테리어나 들어가면 좋을 듯한 우리 안에서 헐떡이고 있었다. 젖이 불어 벌겠다. 우리 옆에 놓인 판지 상자에는 강아지 네 마리가 가까이 붙어 웅크리고 있었다. 킴은 강아지들이 이미 눈을 떴는지 알 수 없었지만, 어미에게서 떼어 놓은 데에는 이유가 있었을 것이다.

너무 일찍 어미에게서 분리된 새끼는 나중에 행동 문제를 겪는다. "델

타"라는 신분을 상징할 만한 행동 문제들을. 킴은 기회가 생기는 대로 다시 새끼를 낳을 나이 든 개의 눈을 들여다보고 브라이언트를 보았다. 브라이언트의 눈 역시 개들에게 머물러 있었다. 그들은 눈길을 주고받았다.

"그년이 뭘 했든 간에, 씨발 나랑은 상관없어. 몇 년 전에 쫓아냈으니까."

아기가 울기 시작했다. 여자가 앉아서 오른발을 아기 침대 뒤쪽에 올려놓았다. 그녀는 아이폰을 꺼내 들고 한 손으로 문자를 보내기 시작했다. 해리스가 딸 옆에 앉더니 딸의 옆구리를 세게 쿡 찔렀다.

"주전자 데워, 티나."

"직접 해, 이 게으른 새끼야."

"시키는 대로 해, 아니면 애새끼들 데리고 썩 꺼지든지."

티나는 그에게 고약한 눈길을 던졌지만 부엌으로 향했다. 리아나가 그녀를 바짝 따랐다. 해리스는 앞으로 몸을 숙이고 담배에 불을 붙인 뒤 아기의 머리 위쪽으로 연기를 뱉었다. 브라이언트는 반대쪽 소파에 앉으며 억지로 목소리를 가라앉혔다. 킴은 계속 서 있었다.

"마지막으로 따님을 본 게 언제인지 말해 주시겠습니까, 해리스 씨?"

그가 어깨를 으쓱했다. "정확히는 몰라. 어릴 때였어."

"보육원으로 보내 버린 건 몇 살 때였습니까?" 킴이 물었다.

해리스는 이렇게 직접적으로 찔러 봤음에도 아무 감정을 보이지 않았다. "기억 안 나, 꽤 된 일이니까."

"문제아였습니까?"

"아니, 그냥 많이 먹었을 뿐이지. 멍청한 게 기운만 좋아서." 해리스는 자기 농담이 우스운지 입꼬리를 씰룩거렸다. 브라이언트도, 킴도 아무 말도 하지 않았다.

"이봐, 창녀 같은 애미년이 집을 나가는 바람에 난 애새끼 둘을 돌봐야 했어. 할 수 있는 한 최선을 다했다고."

그는 '올해의 아버지' 상이 눈앞에 다가왔다는 듯 어깨를 으쓱했다.

"그러니까, 애가 그냥 운이 없었다는 겁니까?" 킴이 물었다.

해리스는 누레진 이를 드러내며 얼굴을 구겼다. "생긴 게 웃긴 년이었어. 팔다리만 있는 것처럼 보이고 비쩍 말랐었지. 그림 같은 생김새는 아니었다, 이 말이야."

브라이언트가 앞으로 나와 앉았다. "보육원에 아이를 맡긴 뒤 한 번이라도 보러 가셨습니까?"

그가 고개를 저었다. "그래 봐야 애만 더 힘들어지지. 정을 떼려면 딱 끊어야 해. 난 놈들이 딸년을 어디다 집어넣었는지도 몰라. 지금 발굴하고 있는 거기에 처넣었을지도 모르지." 그가 담배를 빨아들이며 말했다.

"그런데도 경찰에 연락해 크레스트우드 피해자 중 한 명이 딸인지 확인해 보지 않으셨단 말씀입니까?" 킴은 화가 나서 말했다. 단 한 줄기의 감정만 보였더라도 인류에 대한 그녀의 믿음이 회복되었을 것이다.

해리스가 앞으로 나와 앉았다. "죽은 애들 중에 멜라니가 있다고?"

이제야 15년 전에 버린 딸의 상태에 대한 아주 작은 흥미가 생긴 모양이었다.

해리스의 표정이 구겨졌다. "그것 때문에 내가 무슨 대가를 치러야 하는 건 아니겠지?"

킴은 주머니 깊숙한 곳에서 두 손을 꽉 쥐었다. 가끔은 자신을 위해서라도 주먹을 주머니 속에 가둬 놓을 수 있었으면 좋겠다는 생각이 들었다.

티나가 돌아와 아버지에게 김이 나는 음료를 건넸다. 그녀의 표정을 본 킴은 그 머그잔에 들어 있는 건 절대 마시지 말아야겠다고 생각했다.

"해리스 씨, 공식 신원 확인은 아직 이루어지지 않았습니다만, 유감스럽게도 저희는 멜라니가 최근 발견된 소녀 중 한 명이라고 생각하고 있음을 알려 드립니다."

브라이언 해리스는 엄숙한 표정을 지어 보려 했지만 눈에 깃든 이기심까지 지울 수는 없었다. "이봐, 난 몇 년 전에 그 애를 포기했어. 이 일은 사실 나랑 아무 상관이 없다, 이 말이지."

킴은 리아나가 소파를 돌아 개 우리까지 가는 모습을 지켜보았다. 그녀는 철창 사이로 손가락을 집어넣더니 개의 아래턱을 잡아당기기 시작했다. 개는 갈 곳이 없었다. 킴은 옆으로 움직여 아이를 오른발로 쿡 찔러 비키게 했다. 아이는 강아지 상자 쪽으로 움직였다. 하지만 킴은 굳이 그 애를 막을 필요가 없었다.

"티나, 애 치워."

티나가 다시 구시렁대더니 일어섰다. 그녀는 손을 뻗어 딸의 손을 잡더니 아이를 침실로 데려갔다. 아이가 방에서 나가자 킴은 더 이상 참을 수 없었다. 주먹은 쓸 수 없었으나 쓸 수 있는 다른 도구들이 있었다.

"해리스 씨, 머릿속에 한 가지 그림을 남겨 드리고 떠나야겠습니다. 원하신다면 최후의 기억이라고 해도 좋겠군요. 당신의 열다섯 살짜리 딸은 처참하게 살해당했습니다. 아이는 웬 역겨운 개자식이 머리를 베는 동안 도망가지 못하도록 발뼈가 뭉개졌습니다. 그 개자식이 몸을 조각조각 낼 때 아이는 몸부림치고 울부짖었어요. 아마 당신을 부르며 비명을 질렀을지도 모릅니다." 킴은 허리를 숙여 아버지라고 하기에도 역겨운 자의 얼굴을 내려다보며 말했다. "하지만 이런 얘기를 해 봐야 조금도 괴롭지 않으신가 보군요."

킴이 브라이언트를 보았다. "갑시다."

킴은 브라이언트를 지나 문으로 갔다. 브라이언트는 따라오다가 문을 닫고 나가기 전 잠시 망설였다. "잠깐 기다려 주세요. 한 가지만 더 물어보고 싶습니다."

킴은 기다리면서, 방금 일이 유족에게 사랑하는 사람의 사망 소식을 알리는 교과서적인 사례는 아니었다는 걸 깨달았다. 하지만 단 1그램의 사랑이나 애착, 심지어 후회라도 보였다면 킴도 규칙을 철저히 지켰을 것이다. 그녀는 다른 가족들에게 이 소식을 알려 주는 일은 다른 사람에게 맡기기로 했다. 이렇게까지 무관심한 유족을 또 한 번 마주하면 냉정을 유지할 수 없을 것만 같았다.

아파트 문이 다시 열렸고, 킴은 그곳에서 나오는 동료를 놀라서 바라보았다.

"브라이언트, 지금 장난하는 겁니까?"

58

"여기요, 경위님이 강아지들을 데려가세요. 제가 어미를 데려가죠."

브라이언트가 킴의 품에 상자를 떠안겼다. 강아지 네 마리가 꼬물거렸다. 이제 보니 강아지들은 막 눈을 뜬 상태였다.

"도대체 이게 무슨….."

"개들을 내주면 이번만큼은 해리스의 집에서 본 범죄 행위를 기꺼이 눈감아 주겠다고 했습니다." 브라이언트가 그녀를 따라 계단을 내려갔다. "하지만 사회 복지국에 연락하지 않겠다는 말은 안 했죠."

킴은 남은 계단을 서둘러 내려가 자동차에 잠깐 멈췄다. "음…. 이제 어쩌실 셈입니까, 개들의 왕 전하?"

브라이언트는 어미를 자동차 뒷자리에 놓고 상자는 개의 바로 옆에 놓았다. "경위님이 운전하시죠."

"어디로요?" 킴이 차에 오르며 물었다.

"어디긴요, 대장. 제가 어디 사는지는 아시잖아요."

"세상에." 킴은 그렇게 소리치고 자동차에 시동을 걸었다. 그녀는 솜씨 좋게 건물에서 빠져나온 다음 한 차례 뒤를 돌아보았다. 어미 개가 상자 안을 들여다보고 있었다. 강아지 한 마리가 어미 개의 코에 닿으려고 몸을 늘였다.

"다시는 나한테 충동적이라고 하지 마십시오, 브라이언트. 이걸 보면 아내가 뭐라고 하겠습니까?"

브라이언트가 어깨를 으쓱했다. "달리 무슨 선택지가 있었는지 말씀해 주시든지요."

킴은 아무 말도 하지 않았다. 그들은 아무리 마음이 굴뚝같아도 자신들에게 온 세상을 구할 능력 같은 건 없다는 사실을 알고 있었다. 하지만 가끔은 눈앞에 닥친 옳은 일을 해야만 하는 법이다.

킴은 신호등에서 멈추었다.

"대장, 보세요." 브라이언트가 말했다.

킴은 다시 뒤를 돌아보았다. 어미 개가 주둥이에 닿는 강아지를 핥아주고 있었다. 다른 강아지들은 상자 옆쪽을 긁어 대려 했다. 5분 뒤, 킴은 롬슬리에 있는 브라이언트의 방 세 개짜리 집에 도착했다.

브라이언트가 차에서 내렸다. "자, 조금만 거들어 주시면…."

"절대 안 됩니다." 킴이 말했다. "혼자 하세요."

"겁쟁이." 브라이언트가 말했다.

"맞는 말이네요."

브라이언트가 어미 개의 목줄을 잡았다. 어미 개는 알아서 차에서 내리더니 가만히 서 있었다. 브라이언트는 왼팔에 상자를 끼고 현관으로 향했다.

킴은 조용히 기도했다. 브라이언트의 아내가 기분이 나쁠 때 어떻게 변하는지 본 적이 있었으므로 다시는 동료를 볼 수 없게 될지도 모른다는 생각이 들었다. 그녀는 브라이언트에게 10분을 주고 제 갈 길을 갈 생각이었다.

킴은 핸드폰을 꺼내 사회 복지국에 전화를 걸었다. 잠시 통화를 하고 대화를 마쳤다. 경찰관의 "위험" 신고는 즉각적인 반응을 일으킬 테고, 사회 복지 상담원이 한 시간 안에 그 집 문을 두드릴 것이다. 킴이 보기에 티나는 이미 늦었지만 리아나와 아기에게는 기회가 있을 것 같았다.

현관이 열리고 브라이언트가 나왔다. 확신할 수는 없었지만 팔다리가 온전해 보였다.

"아직 유부남입니까?" 킴이 조수석으로 움직이며 물었다.

"어미와 강아지들이 부엌 라디에이터 옆 담요에서 다시 함께 살게 됐습니다. 닭고기를 넣은 밥을 가스레인지에 올려놨고, 우리 마님은 인터넷에서 강아지 돌보는 법을 찾고 계십니다."

"키우는 겁니까?"

브라이언트가 고개를 끄덕였다. "지금은요. 충분히 자랄 때까지는."

"어떻게 해낸 겁니까?"

브라이언트가 어깨를 으쓱했다. "진실을 말했습니다, 대장." 그가 가볍게 말했다.

킴은 브라이언트의 집에서 오냐오냐 대접을 받다가 응석받이가 될 개들을 떠올리고 절망에 빠져 고개를 저었다. "알겠습니다. 이제 나를 서에 내려 준 다음 병원으로 가세요. 우리 둘 중 한 명은 기회가 생길 때 크로프트를 심문해야 합니다."

"대장은 안 가세요?"

킴은 고개를 저었다. "아마 좋은 생각이 아닐 겁니다. 내가 과대망상을 하는 걸지도 모르겠지만, 크로프트 부인이 날 별로 안 좋아하는 것 같다는 느낌이 들어서요."

59

킴이 흙길에 접어들자 닌자의 굉음이 잦아들었다. 그녀는 헬멧을 벗어 오른쪽 핸들에 걸쳐 놓고 언덕 꼭대기에서 현장을 훑어보았다. 1번과 2번 현장은 일상적인 풍경으로 돌아갔고 장비 보관용 천막은 철거되었다. 주변에 처 두었던 울타리도 더는 없었고 기자들도 떠났다. 경찰은 사라졌고 장비 일부만 현장 위쪽 구석에 남아 있었다. 부지는 다시 공영 주택 단지의 남는 땅으로 돌아왔다. 이전처럼 1년에 한 번씩 이동식 놀이공원이 들러 지역민을 즐겁게 해줄 것이다. 언덕 맨 아래쪽에 놓인 곰 인형 몇 개와 비바람에 시달린 꽃 몇 송이만이 최근 며칠의 사건에 대한 단서를 조금이나마 남겨 놓고 있었다.

이쪽의 수사는 끝났다. 죽은 자들이 남긴 단서가 밝혀졌으니 이제 그 모든 단서를 끼워 맞추는 것은 킴과 그녀의 팀원들에게 달린 일이었다.

언젠가는 세 소녀의 이름이 위키피디아의 한 페이지를 장식하게 될 것이다. 블랙컨트리의 역사를 설명하는 주요 기사의 링크 페이지에 삼중 살인은 블랙컨트리의 영원한 오명으로 남을 것이다. 독자들은 타이태닉호의 닻과 사슬을 만들어 냈던 네더튼 사슬 제조공들의 업적이나 100톤이나 되는 무게를 끌고 마을을 가로질렀던 샤이어의 말 20마리를 설명한 부분은 스치고 지나갈 것이다. 16세기까지 거슬러 올라가는 금속 제조업은 이토록 선정적인 헤드라인에 묻혀 잊히게 될 것이다. 블랙컨트리의 자랑스러운 역사라고는 할 수 없었다.

"대장이실 줄 알았어요." 케빈이 천막에서 나오며 말했다.

케빈은 다크서클 때문에 눈이 튀어나와 보였다. 청바지는 더러웠고 스웨터는 주름져 있었지만 현장에 머문 시간이나 이 사건에 쏟은 노력을 보면 케빈에게도 약간은 지쳐 보일 권리가 있었다.

킴은 케빈을 칭찬하고 싶었지만 어째서인지 말이 목에 걸려 나오지 않았다. 보통 케빈은 등을 토닥여 준 바로 다음 날에 그녀의 부아를 돋울 새로운 방법을 찾아내곤 했다.

"케빈, 할 수 없이 말하는 건데 너 때문에 답답해서 죽을 것 같다. 너는 아주 훌륭한 형사이지만 가끔은 세 살짜리처럼 굴어." 킴이 말을 끊었다. 이런 말을 하려던 게 아닌데. "그러니까, 이번 주가 힘들었다는 건 알겠지만, 그래도, 에이씨, 인마."

케빈은 머리를 뒤로 젖히고 웃었다. "감사합니다, 대장. 대장이 그렇게 말하다니 의미가 크네요."

"진심이다, 케빈."

그들은 눈을 마주쳤다. 케빈도 알고 있었다.

"잘 들어. 내일은 쉬어. 우리 모두 8일 내내 일했어. 토요일 아침에는 머핀에 커피를 마시면서 몇 시간을 보내고 브라이언트의 브리핑을 들은 다음, 우리가 가진 것들을 분석하면서 다음 주의 행동 계획을 세울 거야."

"벌써 1주일이 지났어요, 대장. 아직도 절 못 믿으시는 거예요?"

킴은 고개를 저었다. "아니, 이 일에는 브라이언트가 더 적합하다고 생각하는 것뿐이야."

킴은 마지막으로 남은 천막에 들어가 혼자 무덤 옆의 접이식 탁자에 있는 세리스를 보았다.

"친구를 다 잃은 겁니까, 세리스?" 킴이 물었다.

세리스가 돌아서서 미소 지었다. "직원들은 호텔에 가서 짐을 싸고 떠날 준비를 하고 있어요. 한 주 내내 바빴으니까요."

킴은 동의한다는 뜻으로 고개를 끄덕였다. "당신은요?"

세리스는 깊이 한숨을 쉬었다. "저는 딱히. 이 무덤도 두어 시간 후면 발굴이 마무리될 거예요. 더 찾을 게 남아 있을 것 같지는 않아요. 세 번째 피해자는 다른 피해자들만큼 깊이 묻혀 있지 않았지만, 철저하게 하고 싶어서요."

"그러니까, 더 오래 계실 거란 말씀입니까?" 킴이 물었다.

세리스는 고개를 저었다. "그건 아니지만 오늘은 꽤 늦게까지 남아서 서류 작업을 마무리해야겠죠." 그녀는 작은 락앤락 통으로 손을 뻗었다. "또 구슬이 나왔어요, 이미 아시겠지만. 시신에 붙어 있던 의류의 잔해도 있었는데, 그건 베이트 박사가 실험실로 도로 가져갔어요. 현장에서 수습하기에는 재질이 너무 약했거든요."

"다른 건요?"

세리스는 손바닥만 한 무덤의 한구석을 가리켰다. 축 늘어진 얼굴이 지쳐 보였다. "유감이지만 저게 전부예요."

"의치는 찾으셨습니까?"

세리스가 인상을 썼다. "아뇨. 찾았어야 하는 건가요?"

"그걸로 최종적인 신원 확인을 하려 했습니다."

"시신에서는 확실히 나오지 않았어요, 애초에 있었는지도 모르겠고요."

제기랄. 그 마지막 조각이 없다면 니콜라가 해 준 신원 확인이 얼마나 정확한지 확신할 수 없었다. 킴은 알겠다는 뜻으로 고개를 끄덕이고 천막에서 나왔다가 문득 멈추고는 다시 들어갔다.

"세리스, 괜찮습니까?"

세리스는 돌아섰다. 질문 때문에, 어쩌면 그 질문을 던진 사람이 킴이라는 사실에 놀란 모습이었다. 세리스는 미소를 지었으나 억지웃음에 온기라고는 없었다.

"그게 말이죠, 킴. 솔직히 잘 모르겠어요. 온몸에 분노가 가득 차서 떨치기가 힘들어요. 있잖아요, 전 이 애들이 뭘 했든, 하지 않았든 관심 없어요. 제가 아는 건 이 애들이 인간 이하의 취급을 받았다는 것뿐이에요. 이 애들은 고문을 당하고 땅에 파묻히고 버려져서 썩어 갔어요. 그냥, 그냥 애들이었는데. 형사님이 이런 짓을 한 개자식을 잡을 때 저도 그 자리에 있었으면 좋겠어요. 그 자식에게 정확히 똑같은 일을 해 주고 싶어요. 걱정스러운 건 정말로 똑같이 잔인한 짓을 저지를 수 있을 것 같다는 느낌이 들어서예요."

킴은 세리스의 몸에서 서서히 바람이 빠지는 모습을 지켜보았다. 그때에야 킴은 세리스에게 현장에서 일해 본 경험이 별로 없다는 사실을 떠올렸다. 이처럼 비참한 현장은 초심자에게 지옥 같은 곳이리라는 것도.

세리스는 킴을 보며 고개를 저었다. "어떻게 하는 거예요, 킴? 어떻게 매일 이런 일들을 보고도 미치지 않을 수 있죠?"

킴은 그 질문을 생각해 보았다. "저는 뭔가를 만듭니다. 녹슨 것과 먼지 낀 것을 잔뜩 가져다가 뭔가 아름다운 걸 만드는 거죠. 우리가 하는 일의 추한 부분에 균형을 맞춰 줄 뭔가를 만드는 거예요. 그럼 도움이 됩니다. 하지만 진짜 나아지는 건 왜인지 아십니까?"

"뭔데요?"

"그놈을 잡게 되리라는 확신이 있기 때문입니다."

"그렇게 생각하세요?"

킴은 미소 지었다. "그럼요. 놈을 잡으려는 제 집요함이, 놈이 저를 따돌리기 위해 필요한 에너지를 훨씬 넘어서니까요. 저는 놈이 합당한 처벌을 받을 때까지 멈추지 않을 겁니다. 그리고 당신이 여기서 해 준 모든 일이 도움이 될 겁니다. 박사님이 발견한 모든 단서와 수습한 모든 유골이요. 더럽게 힘든 일이지만, 세리스, 보람이 있습니다."

세리스는 고개를 끄덕이고 미소 지었다. "알아요. 그리고 형사님을 믿어요. 형사님은 놈을 잡으실 거예요."

"그럼요. 그리고 그때가 되면 놈에게 당신의 인사를 전해 주겠습니다."

둘 사이에 침묵이 내려앉았다. 킴은 세리스에게 더 물을 것이 없었다. 세리스는 신체적으로든, 감정적으로든 엄청난 대가를 치러 가며 여러 날 동안 지치지 않고 일해 왔다. 킴은 가까이 다가가 손을 내밀었다. 피부는 군데군데 거칠었지만 손길은 부드럽고 따뜻했다.

"전부 고맙습니다, 세리스. 안전히 돌아가십시오. 다시 만났으면 좋겠습니다."

세리스가 미소를 지었다. "저도요, 형사님."

킴은 고개를 끄덕이고 천막을 떠났다.

의치를 찾아야 했다.

60

킴이 들어가 보니 베이트 박사와 키츠가 탁자에 놓인 파일 주변에 모여 있었다. 베이트 박사가 뒤로 물러섰고 키츠가 돌아보았다. "아, 형사 양반. 이렇게 반가울 데가."

킴이 그를 노려보았다.

"아니, 진심이야. 떨어져 있으니까 확실히 정이 깊어지던데. 시간이 내 민감하고도 섬세한 본성조차 킴 경위의 신랄한 말버릇을 견딜 수 있게 만들어 주는 것 같더군."

"네, 1주일이 편하셨나 봅니다." 킴은 눈을 치뜨며 물었다.

"그럴 리가." 키츠는 손가락을 꼽아가며 헤아리기 시작했다. "더들리에서 발생한 이중 도검 살인, 85세 생일 파티에 저녁 식사를 하다가 쓰러진 남성 노인 한 명, 의학적 이유가 불분명한 사망 사건이 두 건 있었어. 아, 그리고 킴 경위가 남겨 놓고 간 시신들도 있고."

"시간 때우는 데 도움을 드렸다니 다행입니다만, 조금이라도 쓸모 있는 걸 알아내시는 데는 성공했습니까?"

키츠는 잠시 생각하더니 고개를 저었다. "아니, 생각을 바꿨어. 이제야 알겠네. 난 킴 경위가 조금도 그립지 않았어."

"키츠." 킴이 이를 악물고 말했다.

"부검 보고서를 오늘 아침에 형사 양반 사무실로 보냈어. 알다시피 테레사 와이어트는 누군가가 물속에 밀어 넣은 거야. 피해자가 이미 물에 잠겨 있었기 때문에 대단한 싸움은 없었어. 시신에서 다른 흔적은 발견되지 않았고 성폭행 흔적도 없었지. 나이치고 상당히 건강 상태가 좋더군.

커티스의 사망에도 의문의 여지는 없는 듯하네. 내가 말할 수 있는 건 피해자가 위스키 때문에 죽은 게 거의 확실하다는 것뿐이야. 커티스의 심장은 상태가 아주 나빠서 마흔다섯 살까지 생존했을 확률이 별로 없더군. 아, 그리고 커티스가 마지막으로 먹은 음식은 샐러드와 스테이크였네. 내 생각에는 허벅지살이었던 것 같아."

킴은 불만스럽게 눈알을 굴려 댔다.

"메리 앤드루스의 경우에는 킴 경위가 장례식장에 간 시간이 너무 늦었지. 사망에 관해 뭐든 합리적인 추정을 하려면 보통 시신이 필요하거든.

아서 코노프는 심각한 교통사고 내상으로 사망했어. 간은 오늘내일 하는 상태였지만, 다른 주요 장기는 코노프의 나이를 고려했을 때 상당히 건강했네."

키츠가 '그게 전부야'라고 말하듯 두 손을 들었다.

"아무 증거도, 흔적도, 그 무엇도 없다는 겁니까?"

"그래, 우리가 무슨 TV 프로그램 촬영을 하는 것도 아니잖아. 흥겨운 한 시간짜리 오락 프로그램을 만들 거였다면 테레사 와이어트가 용의자에 집에 있는 것과 일치하는 카펫 섬유를 삼켰다는 걸 내가 갑자기 알게 되겠지. 심지어 살인자에게서 기적적으로 떨어진, 모근까지 달린 머리카락을 톰 커티스의 시신에서 발견할지도 모르고. 하지만 난 방송용 미니 시리즈 출연자가 아니라서."

킴은 신음했다. 예전에는 키츠가 지껄여 대는 말도 이렇게까지 신경에 거슬리지는 않았다. 하지만 키츠의 찌푸린 얼굴을 보니 킴에게 할 말이 아직 끝나지 않은 모양이었다. 킴은 스테인리스 작업대에 기대 팔짱을 꼈다.

"요크셔 리퍼*가 죽인 여자가 몇 명인가?" 키츠가 물었다.

"열셋이요." 베이트 박사가 대답했다.

---

* 영국의 연쇄살인범 피터 윌리엄 쿠넌. 13명의 여성을 살해하고 7명에 대해 살인미수를 저지른 혐의로 1981년에 유죄 판결을 받았다.

"어쩌다 잡혔지?"

"가짜 번호판을 달고 운전 중이라는 혐의로 경찰관 두 명에게 체포당했습니다." 킴이 대답했다.

"그러니까, 시신 열세 구가 나왔는데도 그자는 빠진 머리카락이나 카펫 섬유로는 잡히지 않은 거야. 따라서 나도 시신이 내게 말해 주는 것만을 전할 수 있네. 어떤 법의학적 증거도 제대로, 정통으로 일하는 경찰을 대체할 수는 없어. 추리, 직감, 지능, 실용적 사고. 그렇게 말하니 생각나는데, 브라이언트는 어디 있나?"

킴이 눈짓하자 키츠가 돌아서서 작업대를 보았다. 킴은 목깃 너머로 삐죽 나와 있는 키츠의 가운 이름표를 보고 손을 뻗어 검지로 다시 집어넣었다. 키츠가 돌아보았다. 킴은 한쪽 눈썹을 치켜올렸다. 키츠가 피식 웃으며 다시 돌아섰다.

킴이 베이트 박사를 돌아보았다. "박사님, 의치가 나왔나요?"

베이트 박사는 그녀와 눈을 마주쳤고, 킴은 그의 두 눈에 어린 피로에 깜짝 놀랐다. 킴은 그가 세 번째 피해자의 시신을 수습하느라 늦게까지 현장에서 일했다는 걸 알고 있었다. 그녀라도 그랬겠지만 말이다.

베이트 박사가 말했다. "아니, 욕도 안 하고, 비꼬지도 않고, 쏘아붙이지도 않는 겁니까?"

킴은 베이트 박사도 자신과 같은 종류의 인간이라는 걸 느꼈다. 그 역시 문제가 있으면 답을 요구했고 그 답을 얻을 때까지 멈추지 않았다. 이번 같은 사건에는 근무 당번표도, 정시 퇴근과 휴식도 없었다. 그저 알고자 하는 욕구만 있었을 뿐이다. 그녀는 이해했다.

킴이 고개를 살짝 기울이고 미소 지었다. "아뇨, 박사님. 오늘은 아닙니다.”

베이트 박사는 그녀와 눈을 마주친 채 같이 미소 지었다. 키츠가 작업 대로 다시 관심을 돌려 증거품 장부의 페이지를 획획 넘겼다.

“의치는 없습니다.” 베이트 박사가 말했다.

“제기랄.”

“하지만 있어야만 합니다. 앞니 세 개가 빠져 있었거든요.”

킴은 깊이 한숨을 쉬었다. 이제 그녀는 소녀 셋의 이름을 모두 알고 있었다. 이것은 루이즈의 시신이 틀림없었다.

“세리스한테는 확인해 보셨어요?” 베이트 박사가 물었다.

“거기도 없습니다.”

“이것 좀 봐.” 키츠가 조용히 말했다.

베이트 박사가 작업 공간을 따라 움직이며 키츠가 검지로 짚었던 곳을 보았다. 박사는 천천히 고개를 끄덕였다.

“뭡니까?” 킴이 물었다.

키츠가 차마 입을 열지 못하고 그녀를 돌아보았다. 킴은 즉시 불안해졌다. 이 사람은 썩어 문드러진 최악의 시신들도 본 인물이었다. 섬뜩한 범죄 현장과 부패, 그 이후의 형태까지도 본 사람. 킴은 베이트 박사가 구더기를 “우리 친구들”이라고 부르며 시신을 검시하는 것도 보았다. 대체 무엇이 인제 와서 그에게 공포감을 불어넣을 수 있단 말인가?

“이쪽을 보세요.” 베이트 박사가 치골을 가리키며 말했다.

뼈 한가운데를 가로지르는 금이 보였다. 킴이 머리를 들었다. “골반이 부러진 겁니까?”

“더 자세히 보십시오.”

킴은 할 수 있는 한 허리를 숙이고 뼈 가장자리의 뭔가 새겨진 자국들을 보았다. 세어 보니 모두 일곱 개였다. 가운데 자국이 다른 것들보다 깊었다. 갈라진 뼈의 양옆으로 지그재그 무늬가 선명하게 보였다. 톱니 모양의 선이 거의 3센티미터나 이어지다가 뼈에 난 더 긴 금을 만나 끊겼다.

킴은 베이트 박사에게서 키츠에게로, 다시 베이트 박사에게로 시선을 돌리며 끔찍한 마음에 물러섰다. 눈앞에 보이는 것을 이해할 수가 없었다.

"맞아, 형사 양반." 키츠가 쉰 목소리로 말했다. "그 개자식은 이 애를 톱으로 썰어서 반 토막 내려 했네."

모두가 한때 어린 소녀였던 유골을 바라보았다. 침묵이 내려앉았다. 천사도 아니었고 잘못이 없는 아이라고도 할 수 없겠지만, 어쨌든 그냥 어린애였는데.

킴은 옆으로 한 걸음 물러서다가 하마터면 베이트 박사에게 넘어질 뻔했다. 박사가 두 팔로 그녀를 붙잡았다. "괜찮으세요?"

킴은 물러나며 고개를 끄덕였다. 역겨움이 가실 때까지는 마음 놓고 입을 열 수 없었다.

킴의 핸드폰이 울렸다. 모두가 움찔했다. 누군가 일시 정지 버튼을 눌러 놨던 것처럼 그 소리가 방을 다시 움직이게 했다. 브라이언트였다. 그는 어느 건물에서 전화를 걸고 있었다. 전화를 받는 킴의 입이 말라들어갔다.

"대장, 저는 병원에서 시간 죽이는 중입니다."

"크로프트는 아직 수술 중입니까?" 킴이 손목시계를 보며 물었다. 만일 그렇다면, 리처드 크로프트는 전망이 그리 밝지 않은 듯했다.

"아뇨, 크로프트 씨는 한 시간 전에 들것에 실려 병실로 갔습니다. 칼은 뽑았고, 제가 챙겨 뒀습니다. 크로프트 씨는 의식이 오락가락하는 상태인데 부인이 근처에 절대 못 가게 하네요."

"지금 가겠습니다." 킴이 그렇게 말하고 전화를 끊었다.

"이젠 어디로 가나?" 키츠가 물었다.

킴은 3번 시신을 힐끗 내려다보고 심호흡을 했다. "칼춤 한 번 추려고요."

61

나는 그 루이즈라는 아이가 나에 대해 뭔가 눈치챘다는 걸 느꼈어. 그 애는 다른 두 아이와는 달랐지. 멜라니는 수줍음이 많고 의존적이었어. 애정과 남들의 인정을 갈구했지. 트레이시는 물정이 밝고 관능적이었어. 반면 루이즈에게는 온몸을 타고 흐르는 납덩이 같은, 악의적인 구석이 있었어.

루이즈는 다른 두 아이와 달랐어. 그 애는 학대를 당하거나 유기되거나 방치된 것도 아니었어. 그냥 새아버지와 새로 태어난 아기와 함께 찾아온 새로운 규칙들이 마음에 들지 않았을 뿐이야.

루이즈는 대장 노릇을 하고 싶어 했어. 어느 침대를 쓸지 결정하던 그 첫날에 난 그 사실을 알아봤지. 이미 그 침대를 쓰고 있던 여자애가 감히 싫다고 말했지만, 용기를 낸 대가로는 손목이 부러졌을 뿐이었거든.

루이즈가 7개월 된 남동생에게 저지른 폭력이 아주 심각했다는 걸 믿기는 별로 어렵지 않았어. 루이즈는 그 일로 집에서 떠나게 된 거였어.

트레이시와 달리 루이즈에게는 균형 감각이라는 게 없었어. 그냥 잔인하기만 했거든. 성적인 매력도, 유머 감각도 전혀 없어서 난 그 애를 보는 것만으로도 견딜 수가 없었어. 루이즈에게는 아무도 덤비지 못했지. 그 애의 몸속에는 풀려나고 싶어 안달하는 분노가 깃들어 있었어. 그게 상처와 억울한 마음 사이에서 부글부글 끓었단 말이야.

하지만 나는 다른 사람들은 전혀 모르던 그 애의 비밀을 알고 있었어. 루이즈는 못됐고 폭력적이었지. 게다가 그때까지도 침대에 오줌을 쌌어. 루이즈는 새벽 네 시마다 손목시계 진동 알람이 울리면 따뜻한 침대에서 나와 화장실로 가곤 했어. 그리고 오줌보가 다 빌 때까지 돌아가지 않았지.

"안녕, 루이즈." 어느 날 밤, 그 애가 화장실에서 나올 때 내가 말을 걸었어.

"뭐야?" 루이즈가 입을 막으며 물었지.

"대화가 좀 필요할 것 같구나. 요즘 불안해 보이던데."

"그런 것 같지?" 루이즈는 엉덩이에 손을 얹으며 물었어. "내 친구들이 파리 새끼처럼 죽어 가고 있으니까."

난 어깨를 으쓱했어. "확실히, 네 곁에 계속 머물 만큼 널 좋아하지는 않는가 보다."

눈을 가늘게 뜨고 입을 오므리자 그 애의 얼굴이 가운데로 몰리는 것처럼 보였어. "글쎄, 떠나고 싶어서 떠난 게 아닐 수도 있지."

아, 내 생각이 맞았어. 사이코패스만이 사이코패스를 알아볼 수 있는 법이거든. 루이즈랑은 굳이 장난을 할 필요가 없었어. 그 애의 운명은 정해져 있었으니까. 하지만 나는 조금 즐기려고 시간을 끌었지.

"왜 그렇게 생각하지?" 내가 물었어.

"난 당신이 이 일하고 어떻게든 얽혀 있다는 걸 알아. 당신은 우리 모두에게 친절한 척하지만, 뭔가 잘못된 구석이 있어."

나는 속으로 루이즈의 예민한 감각을 칭찬했어.

"네가 할 말은 아닌 것 같은데. 그 누가 일부러 갓난아기 동생을 해치냐는 말이야. 네 안에는 나쁜 성질이 있어. 그것 때문에 모두가 떠나는 거야. 네 친구들도 더는 너를 견딜 수 없어서 떠난 게 확실해. 네 가족조차도 지금은 널 싫어하지."

루이즈가 턱을 쑥 내밀었어. "뭐 어쩌라고."

"정말로 그렇게 신경을 안 쓴다면, 왜 아직까지 침대에 오줌을 싸는 거지?"

루이즈는 내게 덤벼들었어. 꽉 쥔 주먹으로 내 얼굴을 치려 했지. 하지만 나는 대비하고 있었어. 나는 루이즈의 손목을 잡고 그 애의 몸을 돌려 내 품에 뒤로 넘어지도록 했지. 내 아래팔로 루이즈의 목을 꽉 감았어. 루이즈는 고개를 마구 저었지만 나는 그 애의 정수리에 턱을 찍어 넣었어. 내 왼손이 비명을 지르려는 그 애의 입을 막았지.

루이즈는 내 손가락을 물어뜯으려 했지만 나는 그 애를 앞으로 걷게 했어. 루이즈가 두 팔을 마구 휘둘렀지만 나한테는 아무 피해가 없었지.

내가 밖으로 데리고 나가자 살겠다는 그 애의 노력은 점점 약해졌어. 나는 루이즈의 어깨에 오른손을 얹고 손아귀에 힘을 주었어. 루이즈가 인형이라도 되는 것처럼 그 애의 마지막 숨결을 거둬들였어. 누가 뼈를 모조리 빨아내기라도 한 것처럼 루이즈의 몸이 내 몸에 늘어졌기에 나는 그 애의 생명이 끝났다는 걸 느꼈지.

나는 루이즈의 어깨에서 목으로 손을 옮겼어. 확인은 해야 하니까.

내 손가락이 닿아도 루이즈의 살갗은 조용하기만 하더군.

나는 그 애를 어깨에 걸치고 기다리고 있던 구덩이로 데리고 나갔어.

다른 두 아이를 땅에 묻을 때와는 달리 나는 땅에 그 고깃덩어리를 떨어뜨리면서도 아무것도 느끼지 못했어. 멜라니의 의존성에는 구역질이 느껴졌어. 그 아부하는 듯한 얼굴을 보면 소름이 끼쳤지. 트레이시는 내 안의 성욕을 끓어오르게 했고. 트레이시가 죽음에 이른 건 탐욕 때문이었어.

하지만 루이즈한테는 아무것도 없었어. 루이즈는 어떤 목적을 위한 수단이었을 뿐이야. 보험 같은 것. 난 이 애를 죽여서 수사에 혼선을 줄 생각이었거든.

그래서 나는 그 애의 두 다리를 벌리고 톱으로 손을 뻗었어.

62

킴은 이틀 만에 두 번째로 러셀 홀 병원의 복도에 접어들었다. 면회 시간이 아니었기 때문에 그녀는 인터폰에 대고 경찰관 신분을 밝혔다.

의료 요원이 가장 우선시해야 할 사항은 환자를 돌보는 것이지만, 어쨌든 그들은 경찰에게 트집 잡히는 것도 싫어할 테니까.

킴은 병실 가장 위쪽에 있는 작은 대기실을 지났다. 그녀를 본 브라이언트가 일어서자 킴은 그에게 다시 앉으라고 손짓하며 간호사실 앞에서 잠시 멈추었다. "리처드 크로프트는요?"

짙은 파란색 옷을 입은 간호사는 키가 작고 동글동글했다. 그녀는 허리가 있는 곳을 표시하려는 듯 고무줄 허리띠를 유니폼 가운데쯤에 두르고 있었지만 별 효과는 없었다.

"형사님, 그분은 심문받을 상태가 아니에요."

킴은 알겠다는 뜻으로 고개를 끄덕였지만 물러설 수는 없었다. 그녀는 몸을 숙이고 조용히 말했다. "간호사님, 이번 주에 제가 담당하는 시신이 여섯 구입니다. 그 시신이 모두 답을 요구하고 있어요. 리처드 크로프트는 하마터면 7번 시신이 될 뻔했고요. 그 사람이 사건 해결에 도움을 줄 수 있을지도 모릅니다."

여자의 얼굴이 더욱 찌푸려졌다.

킴은 손을 들었다. "장담하는데, 환자 상태를 나쁘게 할 일은 아무것도 하지 않겠습니다."

거짓말은 아니었다. 킴은 아무것도 할 생각이 없었으니까.

간호사는 열려 있는 세 번째 병실 문을 고갯짓했다. "몇 분만이에요. 아셨죠?"

킴은 고개를 끄덕이고 조용히 복도를 따라가다가 멈춰 섰다. 그녀는 꼼짝 않고 침대에 누워 있는 크로프트가 아니라 간이 의자에 앉아 있는 그의 아내를 보았다. 그녀는 핸드폰에 몰입해 있었다.

킴이 문틀에 몸을 기대자 반짝이는 검은 머리카락을 가진 니나 크로프트가 고개를 들었다. 그녀의 굳어진 표정은 예의상 인내심을 발휘하는 듯했다. 병원 직원들을 위해 아껴 놓은 표정인 게 틀림없었다. 그녀의 눈길이 킴에게 닿자 인내심과 예의의 흔적은 모두 사라졌다.

킴은 그 매력적인 얼굴이 순식간에 그토록 망가질 수 있다는 사실에 잠시 놀랐다. 아름다움은 희미해지고 가느다랗게 뜬 두 눈과 가늘고 비열한 입술이 그 자리를 대신했다.

"대체 여기서 뭐 하시는 거죠?"

"크로프트 부인, 저는 남편분을 심문해야 합니다."

"지금은 안 됩니다, 스톤 형사. 당신이 심문할 거라면 앞으로도 절대 안 되고요."

니나 크로프트가 일어섰다. 킴이 바라던 그대로였다. 리처드 크로프트가 침대에서 신음했다. 킴은 그에게 한발 다가갔고 니나는 즉시 그녀의 앞길을 막았다.

"나가." 그녀가 내뱉었다.

킴은 그녀를 돌아가려 했으나 니나가 그녀의 팔을 거칠게 잡고 문 쪽으로 끌고 갔다. 현역 경찰 신분만 아니었어도 킴은 니나의 입을 그대로 쳐 버렸을 것이다. 하지만 가끔은, 굳이 경찰 자리까지 날리면서 그런 행동을 할 가치가 없을 때도 있다.

"이 방에서 나가. 내 남편 앞에서 당장 사라져."

니나는 킴을 병동의 정문으로 데려갔다. 킴은 대기실을 지나가며 힐끗 안을 보고 브라이언트와 눈을 마주쳤다. 그녀는 지키는 사람이 아무도 없는 병실을 다시 고갯짓했다. 병실 밖으로 나오자마자 니나는 킴의 팔을 쳐 냈다. 그 팔이 문드러진 흉터로 가득하기라도 한 것처럼.

"난 당신 방식이 마음에 들지 않아요, 형사님. 당신 자체도 그렇고."

"분명히 말씀드리지만, 안 무섭네요."

니나는 다시 병실에 들어가려고 돌아섰다.

"그리고 사실, 당신이 싫어하는 건 제 방식이 아니지요. 안 그렇습니까, 크로프트 부인?"

니나는 킴을 돌아보며 한 발 물러섰다. 좋았어.

"당신은 어리석은 사람이 아닙니다. 사건에서 저를 배제하려고 전화를 걸기 전에 저에 관해 조사를 해 봤겠지요. 당신 마음에 들지 않는 건 분명 제 성공률일 겁니다."

니나가 가까이 다가왔다. "아니, 내가 당신을 경멸하는 건 당신이 내 남편에게 용의자가 된 듯한 기분을 느끼게 했기 때문이야. 그건 나한테 당신에게는 이 수사를 다룰 만한 능력이 없다는 걸 알려 주는 사실이거든. 당신은 틀림없이 서툴고…."

"시간이 좀 걸리더라도 제가 언젠가 이 사건을 해결하리라는 걸 아주 잘 알고 있었다면, 왜 저를 사건에서 배제하려 하셨을까요?"

니나 크로프트는 계속 킴을 노려보았다.

"특히 당신 남편이 위험에 처해 있다는 걸 알고 있었는데 말입니다. 보통의 아내라면 사랑하는 사람을 보호하기 위해 가능한 한 빨리 살인자가 잡히기를 바랄 겁니다."

"말조심해, 스톤 형사."

"뭐가 두려우신 겁니까, 크로프트 부인? 제가 해답을 찾아내는 것이 왜 그렇게 무서운 겁니까? 당신 남편이 그 당시에 무슨 짓을 했기에?"

니나는 물러나 팔짱을 꼈다. "당신은 그 사람이 문제가 될 만한 일을 저질렀다는 걸 절대 증명할 수 없어."

"남편이 나쁜 짓을 하지 않았다고 말하지 않으신다니 흥미롭습니다. 그냥 제가 증명하지 못할 거라고만 하시는군요."

"말장난하지 마."

"당신 남편은 크레스트우드에서 10년 전에 벌어진 일에 관해 뭔가 알고 있습니다. 지금 그분은 간신히 목숨줄을 붙잡고 있죠. 하지만 당신 남편만큼 운이 좋지 못했던 사람들도 있습니다."

니나는 전혀 마음이 움직이지 않는 눈치였다. 니나 크로프트보다 공감 능력이 떨어지는 사람을 만나 본 게 언제인지 의문이었다.

킴은 못 믿겠다는 듯 고개를 저었다. "당신은 모든 단계에서 이 수사를 방해해 왔습니다. 실패로 돌아가긴 했지만, 저를 이 사건에서 배제하려고도 했지요. 당신의 법적 영향력을 활용해 발굴에 대한 이의를 제기하려고도 했고…."

진실을 서서히 깨달으면서 킴의 말이 흐려졌다. "당신이 교수의 개를 죽인 거로군요! 법적인 이의가 먹히지 않자 그 발굴이 이루어지는 걸 막기 위해 뭐든 하기로 한 겁니다. 세상에, 당신 대체 뭐가 문젭니까?"

니나가 어깨를 으쓱했다. "스테이플러를 부적절하게 사용했다는 혐의로 날 체포하겠다면 마음대로 하세요, 형사님."

니나 크로프트의 머리 너머에서 어떤 움직임이 보였다. 킴은 브라이언트가 옆 방에서 빠져나왔다는 걸 알아차렸다.

킴은 앞으로 한 걸음 나서 여자에게 얼굴을 들이댔다. "당신은 무자비하고 냉정하고 끔찍한 여자야. 그 누구에게도, 그 어떤 것에도 관심이 없지. 난 당신이 그 시절에 일어났던 일을 정확히 알고 있고, 당신이 보호하는 데 관심이 있는 건 당신 자신뿐이라고 생각해. 그리고 이것 하나만은 약속하지. 머잖아 내가 당신을 다시 찾을 날이 올 거야. 그때는 사법 절차를 방해한 데 대한 아주 공적인 체포가 이루어질 거다."

브라이언트가 첫 번째 이중문을 건너오자 킴은 말을 멈추었다.

"자, 이제 진짜로 민원을 넣을 이유가 생기셨군요. 그럼, 최선을 다해 보시죠."

브라이언트가 다가와 킴 곁에 섰다.

"원하는 건 얻으셨습니까?" 킴이 물었다.

브라이언트가 고개를 끄덕이며 니나를 돌아보았다. "남편분이 찾으시던데요."

니나는 둘을 번갈아 보다가 자신이 속임수에 당했다는 걸 깨달았다. 그녀의 얼굴이 훅 달아올랐다. 니나 크로프트는 지는 것을 싫어했다.

"이 교활한 년 같으니…."

킴은 돌아서서 멀어져 갔다.

"저분과 마음을 나누셨나 보죠, 대장?"

"이젠 죽고 못 사는 사이가 됐습니다. 뭘 알아내셨습니까?"

"아무것도 없습니다."

킴은 걷다 말고 멈췄다. "장난합니까?"

브라이언트는 고개를 저었다. "아뇨."

"살아 있는 피해자가 생겼습니다. 최소 두 명을 죽인 개자식의 유일한 생존자인데, 크로프트가 우리에게 아무도 알려 주지 않겠다고요?"

"대장, 저 사람은 거의 두 마디도 못 합니다. 하지만 네, 아니오 방식을 통해서 저는 크로프트가 당시에 서 있었고, 칼이 등에 꽂혔을 때는 문에서 얼굴을 돌리고 있었다는 걸 알아냈습니다. 크로프트는 앞으로 넘어지면서 즉시 의식을 잃었습니다."

킴은 입술 사이로 훅 숨을 뿜었다. "잠시만요, 브라이언트. 우리는 놈을 겨우 몇 분 차이로 놓친 게 틀림없습니다. 누군지는 모르지만, 놈은 마르타가 쇼핑을 하러 나가 있는 동안 아주 작은 기회가 있다는 것을 알고 있었던 거예요. 눈에 띄지 않고 그 집에 드나들 방법도 알았고요."

병원에서 나와 보니 날이 어두워져 있었다.

"브라이언트, 케빈한테는 미리 말했습니다. 내일은 쉬십시오. 토요일에 모든 조각을 맞춰 볼 겁니다. 지옥 같은 한 주였습니다."

이번만큼은 브라이언트도 말대꾸하지 않았다. 킴은 병원 옆을 지나 오토바이를 세워 둔 곳으로 간 다음 모퉁이를 돌아 어둠 속으로 접어들었다. 바퀴에 매달아 두었던 헬멧으로 손을 뻗었을 때 핸드폰이 울리기 시작했다.

63

킴은 통화 버튼을 눌렀다. 배터리에 빨간 불이 들어왔다.

"무슨 일이야, 스테이시?"

"대장, 페이스북 옛날 포스팅을 계속 살펴보다가 알려 드려야 할 게 생겨서요."

"말해 봐."

"약 8개월 전에, 여자애들 중 한 명이 가족과 함께 더들리 동물원에 온 톰 커티스를 발견했어요. 그 애가 톰 커티스의 몸무게 얘기를 하면서, 예전엔 대체 그의 어느 부분에 매력을 느꼈던 건지 궁금하다는 얘기를 썼더라고요. 톰 커티스가 자기 소시지를 누구 빵에 넣었네, 어쩌네 하는 쓰레기 같은 유치한 농담이 몇 마디 오가더니 다들 우리 피해자 세 명을 얘기하기 시작했어요."

킴은 이런 일이 닥칠 줄 알고 있었다. 그녀는 눈을 감았다.

"톰 커티스가 그 아이들 중 한 명과 성 관계를 가진 게 분명해요, 대장."

킴은 임신한 열다섯 살짜리 소녀를 생각했다. "트레이시 이름을 언급한 사람도 있었어?"

"아뇨, 대장. 그게 문제예요. 톰 커티스는 루이즈랑 잤답니다."

킴은 분노가 차올라 말을 잃었다.

"괜찮아요, 대장?"

"난 멀쩡해, 스테이시. 잘했어, 이제…."

핸드폰 배터리가 다 떨어지자 그녀의 목소리가 끊겼다. 킴은 핸드폰을 주머니에 넣고 벽을 걷어찼다.

"젠장, 젠장, 젠장!" 킴이 이를 악물었다.

그녀의 핏줄을 산산이 찢어발기는 듯한 분노는 아무 데도 갈 곳이 없었다. 소녀들의 안전을 책임졌어야 하는 이 개자식들은 그들 모두를 더 심하게 망가뜨렸다. 놈들은 하나하나 이 아이들을 더욱 학대할 방법을 어떻게든 찾아낸 것 같았다.

아동학대는 네 개의 주요 분야로 나뉘었다. 신체적 학대, 성적 학대, 감정적 학대, 그리고 방임. 킴이 헤아리기로는, 크레스트우드 직원들은 네 가지 항목 모두에서 스트라이크를 기록한 듯했다. 공교로운 점은 크레스트우드 아이들 대부분이 학대로부터 보호받기 위해 그곳에 배치되었다는 것이다.

어떤 아이도 자기가 원해서 크레스트우드에 간 것은 아니었다. 킴은 자신의 경험을 통해 이런 보육원들이 쓰레기장이라는 걸 알고 있었다. 매립지 같은 도시의 편의 시설 말이다. 누구도 원하지 않는 망가진 사람들을 위한 곳. 최선의 경우에는 아이들이 비인격화되고 정체성을 잃으며 최악의 경우에는 더욱 심한 학대를 당하는 곳.

킴은 직접 그런 모습을 보아 왔다. 형편없는 대우는 으레 예상할 만한 것이었다. 망치로 말뚝을 계속 두드리면 땅에 박히고 말듯 사람도 계속 그런 취급을 당하다 보면 고개를 들고 서 있을 수 없게 된다.

킴은 오토바이 주변을 빙빙 돌며 혈관에 흐르는 열기를 내보내려 했다. 차오르는 긴장을 해소하려고 두 손을 쥐었다 폈다. 아이들은 저마다 다양한 이유로 크레스트우드에 갔다. 그중 마땅한 이유는 하나도 없었다.

멜라니는 아버지에게 너무도 쉽게 버려졌다. 먹여 살릴 입을 하나 덜기 위해 나라에 선물로 주어 버렸다. 선택 기준은 그녀가 가장 못생긴 아이라는 것이었다. 아무리 멜라니라도 어떻게 그걸 모를 수 있었을까? 어떻게 그 사실을 이해할 수 있었을까? 그녀를 돌보았어야 할 사람에게서 내버려지다니, 그저 못생겼다는 이유만으로 말이다.

아이는 조금의 관심이라도 얻어 보려고 애걸복걸했다. 자신도 애정을 받을 가치가 있는 사람이라는 일말의 확인을 받고 싶어 했다. 심지어 자기 자리를 찾으려고 돈을 주고 우정을 사기도 했다. 무리가 받아 주기만 한다면, 그 무리의 가장 못난 새끼 오리라도 기꺼이 되고 싶어 했다.

그것이 멜라니의 이야기였다. 하지만 그 이야기만이 전부가 아니었다. 보육 시스템의 모든 아이들에게는 이야기가 있었다. 킴 자신에게도 이야기가 있었다. 하지만 킴의 사연에서, 그녀는 처음부터 혼자이지는 않았다.

마이키의 환상이 그녀의 눈앞을 흘러다녔다. 킴이 원하지 않아도 언제나 보이는 형상. 감정이 목구멍에 탁하게 맺히자 킴은 어두운 구석으로 향했다.

3주 조숙아였던 킴과 마이키는 둘 다 건강이 위험한 채로 태어났다. 머잖아 킴은 건강이 나아져 몸무게가 늘고 뼈도 튼튼해졌다. 하지만 마이키는 그렇지 않았다.

남매의 어머니 패티는 둘이 6주가 되었을 때 그들을 홀리트리의 고층 아파트에 있는 집으로 데려갔다.

킴의 첫 번째 기억은 네 번째 생일로부터 사흘이 지났을 때로 거슬러 올라갔다. 어머니가 쌍둥이 동생의 얼굴을 베개로 꽉 누르는 모습. 동생의 폐가 공기를 빨아들이려고 애쓰는 가운데 그 짧은 두 다리가 침대에서 버둥거렸다. 킴은 어머니를 떼어 내려 했지만 어머니의 손아귀는 힘이 셌다.

킴은 바닥에 몸을 던져 입을 크게 벌리고 광견병에 걸린 개처럼 어머니의 종아리에 이를 박아넣었다. 끌어올릴 수 있는 모든 힘을 다해 꽉 물고 놓지 않았다. 어머니가 빙글 돌자 베개가 침대에서 떨어졌지만, 그래도 킴은 놓지 않았다. 어머니는 비틀비틀 방을 돌아다니면서 비명을 지르고 발길질을 해 그녀를 떼어 놓으려 했지만 킴은 어머니가 충분히 침대에서 떨어져 이 정도면 안전하겠다는 생각이 든 뒤에야 아래턱의 힘을 풀었다.

킴은 침대로 달려가 마이키를 흔들어 깨웠던 기억이 났다. 마이키는 침을 튀기고 기침을 하며 공기를 꿀꺽꿀꺽 삼켰다. 킴은 마이키를 자기 뒤로 오게 하고 어머니를 뚫어지게 쳐다보았다. 그들을 낳은 여자의 두 눈에는 증오가 깃들어 있었다. 그걸 보자 킴은 숨을 쉴 수 없었다. 그녀는 마이키를 계속 등 뒤에 둔 채 뒷걸음질 쳐 침대로 다가갔다.

어머니가 더 가까이 왔다. "이 모자란 년. 저 새끼가 망할 악마 새끼라는 걸 모르겠어? 저놈 새끼는 뒈져야 해. 그래야 목소리가 멈출 거야. 씨발, 알겠냐고!"

킴은 고개를 저었다. 그녀는 몰랐다. 마이키는 악마가 아니었다. 그녀의 동생이었다.

"내가 죽여 버릴 거야. 장담하는데, 내가 죽이고 말 거야."

그 시점부터 킴은 어느 순간에든 어머니보다 한 걸음 빨라야 했다. 그다음 해에도 몇 차례 더 마이키를 죽이려는 시도가 있었으나 킴은 절대 마이키의 곁을 떠나지 않았다. 낮이면, 킴은 주머니에 옷핀 달린 배지를 넣어 두고 경계심을 늦추지 않으려고 아래팔을 찔렀다. 밤에는 유리병에서 커피를 한 줌 꺼내 와 입에 집어넣고 그 쓸쓸한 알갱이들을 혀끝으로 빨았다.

어머니가 코를 고는 일정한 소리가 들려야 그녀는 겨우 쉴 수 있었다.

가끔은 사회 복지국에서 찾아오기도 했다. 과로에 시달리는 사람이 머릿속에 외워 둔 서류를 가지고 10분짜리 짧은 조사를 했다. 이유는 알수 없지만 어머니는 그 시험들을 통과했다. 킴은 어머니의 손에 그와 마이키가 계속 맡겨질 수 있다니 통과 점수가 대체 얼마나 낮은 것인지 여러 차례 궁금해했다.

크랙 코카인 사용 증거 … 없음.
부모가 비틀거리거나 취한 모습을 보인 증거 … 없음.
아이들에게 남은 눈에 띄는 흉터 … 없음.

여섯 번째 생일이 지나고 1주일 후, 킴은 화장실에서 나오다 동생이 라디에이터에 수갑으로 묶여 있는 것을 보았다.

킴은 겁에 질려 어머니를 보았다. 몇 초 동안은 혼란스러웠다. 어머니에게 필요한 시간은 그것뿐이었다. 킴은 어머니가 뒤쪽에서 그녀의 머리채를 잡아채 그러쥐는 것을 느꼈다. 킴도 라디에이터로 끌려가 동생에게 수갑으로 묶였다.

"널 죽여야 저 새끼를 해치울 수 있는 거라면 어쩔 수 없어."

킴이 어머니에게서 들은 마지막 말이 그거였다.

그날이 끝날 때쯤 킴은 간신히 오른발을 꿈지럭거려 침대 밑으로 넣고 크림 크래커 다섯 개가 든 상자 하나와 반쯤 차 있는 콜라 한 병을 꺼낼 수 있었다. 그녀는 이틀 동안 어머니가 돌아올 거라고 확신했다. 별로 없는 경우이긴 하지만, 어머니의 정신이 맑아지는 순간이 찾아와 그들이 풀려나게 될 것이라고 말이다.

사흘째에 킴은 어머니가 돌아오지 않을 것이며 그들을 죽도록 내버려 두었다는 것을 깨달았다. 크래커 두 개와 콜라 두어 모금밖에 남지 않은 상태에서, 킴은 음식 먹기를 완전히 멈추었다. 그녀는 마지막 남은 크래커 두 개를 반으로, 또 반으로 쪼개 마이키가 먹을 여덟 조각으로 만들었다.

킴은 몇 시간에 한 번씩 억지로 손을 수갑에서 빼내려 했다. 그때마다 피부가 조금씩 벗겨졌다.

닷새째 날이 끝날 때쯤에는 크래커가 모두 없어졌다. 딱 한 모금 마실 만큼이 콜라병에 남아 있었다.

마이키가 그녀 쪽으로 얼굴을 돌렸다. 너무 야위고 창백한 얼굴이었다. "키미, 나 또 오줌 쌌어." 그가 속삭였다.

그녀는 마이키의 눈을 들여다보았다. 동생은 몸 아래쪽의 오물에 웅덩이 하나를 더하게 되어 무척 마음이 불편한 듯했다. 마이키의 진실한 표정에 킴은 큰 소리로 웃음이 나왔다. 그리고 일단 웃기 시작하자 멈출 수가 없었다. 이유는 몰랐으나 마이키도 같이 웃음을 터뜨렸고 결국에는 눈물이 그들의 뺨을 따라 흘러내렸다.

눈물이 더 이상 흐르지 않게 되자 킴은 마이키를 꼭 끌어안았다. 이미 알고 있었으니까. 킴은 마이키의 귀에 엄마가 먹을 것을 가지고 오고 있으니 그냥 기다리기만 하면 된다고 속삭였다. 마이키의 머리 한쪽에 입을 맞추며 사랑한다고 말했다.

두 시간 뒤, 마이키는 킴의 품에서 숨졌다.

"잘 자, 마이키. 사랑해." 마이키의 엉망진창이 된 약한 몸에서 마지막 숨결이 떠날 때 그녀는 그렇게 속삭였다.

몇 시간, 혹은 며칠 후에 시끄러운 소리가 들리더니 사람들이 보였다. 아주 많은 사람들. 너무 많은 사람들. 그들은 마이키를 데려가고 싶어

했고 킴은 너무 약해서 그들을 떨쳐 내지 못했다. 킴은 마이키를 보내 줄 수밖에 없었다. 이번에도.

병원에서 지낸 14일에 대해서는 호스와 바늘, 흰 가운들만 흐릿하게 기억났다. 여러 날이 하나로 녹아들었다. 열닷새째 날은 훨씬 선명했다. 그녀는 병원에서 보육원으로 보내져 19번 침대를 배정받았다.

"실례지만, 괜찮으신가요?" 위쪽에서 어떤 목소리가 물었다.

킴은 자신이 벽에서 미끄러져 내려 이제는 땅에 앉아 있다는 것을 깨닫고 깜짝 놀랐다.

그녀는 눈물을 닦아 내고 펄쩍 뛰어 일어섰다. "괜찮습니다. 감사합니다. 전 괜찮습니다."

구급차 기사는 잠시 머뭇거렸지만 고개를 끄덕이고 멀어져 갔다.

킴은 압도적인 슬픔을 떨쳐 버리는 한편 기억들을 다시 상자 속에 집어넣느라 가만히 서서 심호흡했다. 그녀는 동생을 지켜 주지 못한 자신의 실패를 결코 용서하지 않을 것이다.

킴은 바퀴에서 헬멧을 풀어냈다. 이제는 몸이 투지와 결단력으로 가득 차 있었다.

그래, 이대로 당하지는 않을 것이다. 킴은 이 소녀들을 실망시키지 않을 것이다. 왜냐하면, 젠장할, 그 애들도 누군가에게는 중요한 사람이니까. 그들은, 제기랄, 그녀에게 중요한 사람들이었다.

64

스테이시는 의자에 기대 기지개를 켰다. 목을 따라 열기가 번졌다. 그녀는 고개를 왼쪽으로, 다시 오른쪽으로 돌렸다. 오른쪽 날개뼈에서 뚜둑 하는 소리가 났다.

대장은 집에 가라고 말했고 스테이시도 그럴 생각이었다. 그녀는 페이스북 페이지와 그 아래 창에 띄워 두었던 자신의 이메일을 닫았다. 맨 위에는 아직 볼드체로 표시되는 읽지 않은 이메일이 몇 통 있었지만 토요일에 읽을 생각이었다. 지금 그녀가 무척이나 하고 싶은 일은 뜨거운 욕조에 몸을 담그고 거품 목욕을 한 뒤 포장해 온 피자를 먹으며 〈리얼 하우스와이프〉●를 보는 것이었다. 몇 시즌인지는 상관없었다. 컴퓨터의 윙윙대는 소리가 멈추며 사무실을 침묵에 빠뜨렸다.

그녀의 두 발이 책상 밑의 신발로 미끄러져 들어갔다. 스테이시는 재킷을 걸치고 문으로 걸어갔다. 그녀의 왼손이 조명 스위치에서 잠시 머물렀지만 뭔가 찜찜했다. 조금 전까지만 해도 의미를 알아낼 수 없었던 무언가가 마음에 걸렸다.

그녀는 책상으로 돌아가며 툴툴거렸다. 부하가 심하게 걸린 듯 윙윙거리는 소리가 더 커진 것만 같았다. 스테이시는 자기가 컴퓨터에 마음을 투사하고 있는 모양이라고 생각했다.

그녀는 보지도 않고 키보드를 두드려 곧장 이메일을 열었다. 그녀의

● 미국의 리얼리티 쇼.

심장을 빠르게 뛰도록 한 것은 두 번째 읽지 않은 메일이었다. 그녀는 처음부터 읽어 나갔다. 두 눈이 크게 뜨였다. 글의 마지막 줄에 이르렀을 때는 입이 바짝 말랐다.

스테이시는 떨리는 손가락을 핸드폰 쪽으로 뻗었다.

65

킴은 울타리를 쳐 놓은 건물 옆에 오토바이를 세운 뒤 건물 옆면으로 걸어갔다.

겨우 오후 여덟 시 정각이었지만 훨씬 늦은 시간처럼 느껴졌다. 차가운 밤공기는 온도가 이미 어는점 이하로 떨어졌고 그 바람에 이웃 가족들은 문을 잠그고 커튼을 치고 깜빡이는 주황색 불빛과 야간에 방영되는 영화 앞에 옹송그리고 있었다.

지난주 동안 거의 본 적도 없고, 어차피 쉴 수도 없었을 집에 잠시 들렀을 때였다. 킴은 문득 어떤 생각이 들었다. 안개 속에서 해답이 불거져 나오는 듯했다. 하지만 아직 그녀를 괴롭히는 사라진 조각이 하나 있었다.

발굴 현장은 이제 비어 있었다. 모든 작업의 흔적이 사라졌다. 현장이 폐쇄되는 걸 지켜본다는 건 음산한 일이었다. 흰 천막들이 다음번 피해자를 기다리며 다시 창고로 들어갔다. 장비는 철거되었고 다음 날이면 사라질 것이었다. 세리스와 함께.

맨눈으로, 그것도 어둠 속에서 보니 땅이 마치 아무것도 발견되지 않았던 한 주 전의 모습처럼 보였다. 몇 안 되는 꽃다발과 곰인형들도 이제는 사라졌다. 하지만 킴은 그 모든 무덤의 자리를 정확히 알고 있었다. 풍경의 흉터가 다 나은 뒤에도 오랫동안 그럴 것이다.

교수가 땅에 묻힌 금화를 찾아내겠다는 결심을 불태우지 않았다면 아이들은 또 얼마나 오랫동안 실종된 상태로 남아 있었을까? 그의 고집 덕분에, 그리 될 것도 없는 이 땅에 누워 있던 세 소녀가 이제는 제대로 매장될 수 있었다. 킴은 모든 장례에 참여할 생각이었다.

그녀는 이 사건이 그들 모두에게 영향을 주었다는 걸 알고 있었다. 세리스는 땅에서 시신들을 수습했다. 베이트 박사는 사망의 원인을 밝히기 위해 아이들을 살펴보았다. 이제는 그 모든 조각을 맞추는 일이 그녀에게 달려 있었다.

킴은 가운데 집을 바라보았다. 안에서 움직임이 있었다. 루시와 윌리엄이 병원에서 돌아와 있었고 함께하는 그들의 삶은 평소대로 계속될 것이었다. 당분간은.

킴은 밝은 창문에서 시선을 돌렸다. 윌리엄 페인과 아주 어려운 대화를 해야 할 시간이 왔다. 하지만 그는 어디에도 가지 않을 테고 그녀는 먼저 사라진 퍼즐 조각을 찾아야 했다.

의치가 이곳 어딘가에 있었다. 왠지는 몰라도 중요한 물건이었다. 의치가 시신에도, 무덤에도 없다면 아직 건물 안에 있을 게 틀림없었다. 의치가 숨겨진 장소가 그녀에게 모든 것을 말해 줄 것이다. 그리고 이번에는 킴도 제대로 준비를 하고 있었다.

그녀는 오토바이 안장주머니에 손을 넣어 장도리를 꺼냈다. 그녀는 울타리의 널빤지 두 개를 떼어 내면 그 틈새로 들어갈 수 있을 거라고 생각했다. 킴은 검은 가죽 장갑을 벗고 작은 손전등을 입에 문 다음 장도리의 쇠지레를 써서 세로 버팀목에 못 박혀 있는 거친 나무판자를 뜯어 냈다.

첫 번째 두 못은 쉽게 뽑혔다. 그녀는 기둥에서 널빤지를 뜯어내려 했으나 다른 편에 고정된 두 못이 단단히 버텼다. 위쪽 못은 쉽게 헐거워졌지만 아래쪽 못은 꼼짝도 하지 않았다. 하지만 그 못에 고정된 채 세로로 매달려 있도록 널빤지를 아래쪽으로 휙 돌릴 수는 있었다. 10년 전에는 실력 좋은 목수에게 줄 돈은 있어도 질 좋은 자재에 쓸 예산은 모자랐던 모양이다.

킴은 같은 과정을 두 번째 널빤지에도 반복하며 들어갈 공간을 확보했다. 일단 진입하고 나자 그녀는 두 손을 털어 입에 가져다 댔다. 드러난 손에 닿는 으스스한 바람에 손끝이 얼얼했다.

그녀는 일부러 브라이언트나 다른 팀원들에게는 자신의 계획을 알리지 않았다. 그녀에게는 건물에 들어올 법적 권리가 없었으며 영장을 받으려면 시간이 너무 오래 걸렸을 테니까. 그녀는 팀원들의 충성심에 관한 우디의 메시지를 아주 분명하게 이해하고 있었다.

킴은 햇빛의 도움을 받지 못한 채 기억 속의 건물 뒤쪽 평면도를 떠올렸다. 손전등으로 바닥을 비춰보니 땅에는 잡초가 웃자라 있었으며 벽돌과 다른 잔해들이 흩어져 있었다.

킴은 지난번에 건물로 들어갈 때 썼던 열린 창문에 손전등을 비추었다. 그녀는 A 지점부터 B 지점까지 직선으로 가려고 해 보았지만 벽돌에 발이 걸렸다. 그녀는 욕을 하면서도 계속 나아갔다.

그녀는 창문에 이르러서야 자신이 울타리를 다시 넘어가기 위해 쓰레기통을 사용했었다는 사실을 떠올렸다. 그녀는 벽돌을 피하려고 주의하면서 돌아갔다가 쓰레기통을 집어 들고 깨진 창 아래에 내려놓았다.

킴은 유리 파편이 있을 만한 곳이 어디인지 파악하느라 창문의 바깥쪽 가장자리 근처에 손전등을 비춰 본 다음 손전등을 입에 물고 양손을 모두 사용해 깨진 창문 너머로 몸을 집어넣었다.

그렇게, 들어갔다.

66

그 여자를 처음 봤을 때부터 알았어. 그 여자의 부지런함과 고집이 유용했던 거지. 어쩌면 지나치게 말이야.

그래서 나한테 다시 돌아오게 됐으니까.

처음에는 우리가 다시 만날 일 따위는 없을 거라고 생각했어. 하지만 더는 아니야. 내 보험, 수사에 혼선을 주려는 영리한 계획으로는 부족했던 거지. 그것만으로도 누군가에겐 충분했겠지만 그 여자한테는 아니었어.

이제 그 여자가 왔어. 혼자서, 밤늦게, 해답을 찾아 버려진 건물에 들어왔지. 비밀을, 모든 비밀을 밝혀내기 전까지 저 여자는 쉬지 않을 거야.

저 여자의 꼼꼼한 추론이 내게 이르는 건 그저 시간문제야. 그런 위험을 감수할 수는 없지. 저 여자가 그렇게까지 영리하지 않았더라면 살려줄 수도 있었을 텐데.

사람은 자기 행동에 책임을 져야 해. 열두 살 때 급식실에서 있었던 일이 생각나네. 로비는 치킨샐러드 샌드위치를 먹었어. 내 햄 치즈 샌드위치보다 훨씬 맛있어 보이더라고. 내가 바꾸자고 했더니 로비가 실컷 비웃었지. 로비의 갈비뼈가 부러지고 눈에 멍이 들고 손가락이 부러지고 나서야 나는 그 샌드위치를 갖게 됐어. 맛있더라.

내 말은, 이런 일이 꼭 일어날 필요는 없다는 거야. 바꾸자고 했을 때 바꾸기만 했어도 로비는 괜찮았을 테니까. 나는 선생들에게 이 점을 설명하려 했지만 이해를 못 하더라고. 다들 내가 반성하지 않는 이유를 나름대로 설명했어. 나야 상관없었지. 누구 관심을 받겠다고 한 일도 아니니까. 할머니가 죽어서 그 충격으로 그런 것도 아니었고. 난 그냥 샌드위치를 먹고 싶었을 뿐이야.

형사가 죽을 수밖에 없다니 유감이야. 그 예리한 정신과 흔들림 없는 추진력이 그립겠지. 하지만 그 여자가 자초한 일이라고. 내 잘못이 아니야.

내 잘못이라고는 몇 년 전에 저지른 실수뿐이지만 이후로는 같은 실수를 하지 않았어. 하긴, 가장 위대한 사람들도 가끔 실수를 하곤 하지.

나는 그 여자가 울타리를 넘어 들어오는 걸 보면서 형사가 종말을 맞게 됐다는 걸 알았어.

67

킴의 두 발이 합성수지 조리대 상판 위에 내려서자 유리가 장화 밑에
서 자갈처럼 와작거렸다. 어두운 침묵 속에서는 그 소리가 고막을 찢을
것처럼 들렸다.

킴은 살살 땅으로 내려서 손전등으로 주방을 두루 비추었다. 무단으
로 침입했던 지난번 이후로 며칠이 지났지만 바뀐 것은 아무것도 없었
다. 어쨌든 이곳은 그녀가 관심을 둔 구역도 아니었다.

그래도 킴은 잠시 멈추어서 아무도 없을 때 아이들이 과자 한 봉지나
음료수를 가지러 몰래 들어오는 모습을 상상했다. 멜라니는 그토록 잔
혹하게 목이 잘리기 전까지 이곳을 얼마나 여러 번 드나들었을까?

킴은 부엌을 가로질러 앞으로 나아가다가 뭔가가 얼굴에 내려앉자 흠
칫했다. 그녀는 손가락으로 두 뺨을 움키며 부드러운 실오리를 떼어냈
다. 손전등을 들어보니 문에 걸린 거미줄에 사람 머리 모양 구멍이 나
있었다. 그녀는 고개를 젓고 얼굴과 머리카락을 문질렀다. 거미줄 한 가
닥이 귀를 간지럽혔다.

킴이 부엌 통로에서 복도로 접어들었을 때 위쪽에서 울부짖는 듯한
바람 소리가 들렸다. 깨진 창문으로 바람이 들이치고 있었다. 머리 위에
서 서까래가 삐걱거렸다. 킴은 잠시 혼자서 한밤중에 이 건물에 들어오
기로 한 자신의 분별력에 의문을 품었지만 곤충이나 바람 때문에 겁을
먹지는 않기로 했다.

그녀는 복도를 따라 움직였다. 건물 앞쪽 방들을 지날 때는 문이 열려

있을 때마다 주의를 기울여 손전등을 껐다. 건물이 울타리로 둘러싸여 있긴 했지만, 그녀는 손전등 불빛이 길가에서나 맞은편 집에서 보이는 위험을 감수할 수 없었다.

킴은 왼쪽에 다용도실, 오른쪽에 휴게실이 있는 공간을 지났다. 그녀는 휴게실에서 왕처럼 굴며 자기 패거리들을 집합시키는 루이즈를 상상했다. …웬 개자식이 그녀를 톱으로 썰어 반 토막 내기 전까지의 일이겠지만.

킴은 복도 가장 끝에 있는 방으로 향했다. 화재가 시작된 방이었다. 원장실. 그녀는 방으로 들어가면서 손전등을 껐다. 버스 정류장 옆의 가로등이 방 안으로 그림자를 드리웠다.

여기에 서서 그 사람한테 도움을 요청한 거야? 킴은 조용히 트레이시에게 물었다. *생매장당하기 전에 리처드 크로프트한테 와서 조언을 구했어?* 도저히 그랬을 것 같지는 않았다.

킴은 그 생각을 떨쳐 버리고 방을 살폈다. 서류 보관함 두 개가 열린 문 뒤에 서 있었다. 그녀는 서랍을 하나하나 열어 보았다. 가로등 불빛이 방 깊은 곳까지는 들어오지 않아 하나하나 손으로 뒤져야 했다.

아무것도 없었다.

킴은 문 건너편에 있는 책장으로 향했다. 책장은 묵직한 목재 구조물로 천장에서 20센티미터 정도 떨어진 곳까지 이어져 있었다. 그녀는 빈 선반을 하나하나 손으로 훑었다. 가장 위 선반을 살피기 위해 두 번째 선반에 올라섰다. 검고 칙칙한 재로 손만 새까매졌을 뿐 찾는 물건은 없었다. 그녀는 풀풀 날리는 검은 가루를 불어 내고 남은 것은 청바지에 닦았다.

킴은 창문과 가장 가까운 책상으로 가서 서랍을 하나하나 열었다. 가장 아래쪽 서랍에서 작고 보잘것없는 깡통 저금통을 발견했다. 가볍게 흔들어 보았으나 비어 있었다.

킴은 일어서서 방을 살펴보았다. 의치는 여기 있었다. 느껴졌다. 의치를 꼭 없애 버려야 하는 사람이라면, 그걸 어디에 두었을까?

킴의 두 눈은 문과 가장 가까운 곳에 있는 책장으로 다시 향했다. 화재는 사무실 문 앞의 통로에서 시작됐다. 아이들의 침실에서 가장 먼 지점이었다. 어째서인지 불길은 알아서 번질 방향을 선택한 것처럼 크로프트의 사무실만 온전하게 남겨 두고 통로 아래쪽으로 향했다.

그녀는 손전등을 주머니에 넣고 책장 앞에 섰다. 이번에 그녀는 모든 선반을 맨 위부터 아래까지 꼼꼼히 살피고 옆의 널빤지도 살펴보았다. 무릎을 꿇고 앉아 가장 아래쪽 선반 밑의 틈도 찾아보았다.

아무것도 없었다.

방금 만진 자리에서 먼지와 재가 풀썩거렸다. 킴은 재채기를 했다.

그녀는 책장 앞에 서서 두 팔을 벌렸다. 두 팔을 있는 대로 벌려 책장 전체를 간신히 끌어안을 수 있었다. 그녀는 한쪽을, 그다음에는 다른 쪽을 당기며 책장을 한 번에 3센티미터 정도씩 앞으로 움직였다. 몇 번의 시도 끝에 책장과 벽이 25센티미터 정도 떨어졌다. 그렇게 넓은 건 아니었지만 뒤쪽에 손을 집어넣기에는 충분했다.

킴은 합판으로 된 책장 뒤쪽으로 손을 넣어 양옆을 훑기 시작했다. 가장 먼 쪽으로 손을 뻗자 얼굴이 옆쪽 널빤지에 바짝 붙었다.

손가락 끝이 거친 합판과 달리 매끄러운 표면을 스쳤다. 그녀는 어깨에 힘을 주며 가능한 한 멀리까지 손을 밀어 넣었다. 그것이 다시 만져졌다. 테이프였다. 손가락이 셀로판테이프 귀퉁이에 닿은 것이다. 킴은 한차례 아주 세게 손을 뻗어 억지로 구석에 몸을 집어넣었다.

그녀는 즉시 3번 위탁 가정이 생각났다. 그들은 고약한 집 한쪽 구석을 처벌에 활용했었다. 킴은 그 집에 머물렀던 다섯 달의 대략 3분의 1을 그 구석에서 보낸 것만 같았다. 항상 그녀의 잘못 때문은 아니었다. 가끔 그녀의 잘못은 그저 핑계일 뿐이었다.

킴은 얼어붙었다. 손이 틀림없는 치아 모양의 물건에 닿았다.

처벌이라는 단어가 머릿속을 떠다녔다. 그녀는 눈을 감고 믿을 수 없다는 마음에 고개를 저었다. 왜 더 일찍 알아차리지 못했을까? 정답은 화이트보드에서 그녀를 빤히 바라보고 있었다. 참수, 생매장, 톱질에 의한 사망. 모두 사형을 집행하는 방식이었다.

킴은 책장 뒤에서 팔을 움츠렸다. 의치는 잠시 후에 찾으면 됐다. 더는 의치가 예전처럼 중요하지 않았다. 지원을 요청해야 했다. 이제 그녀는 마침내 이 사건을 풀 조각을 가지고 있었다. 마지막 방문 한 번이면 소녀들은 평화로이 쉴 수 있을 것이다.

너무 늦은 걸까?

가로등이 통로에 그림자를 드리웠다.

그리고 킴은 아무것도 보지 못했다.

68

킴은 눈을 떴다.

입에 재갈이 물려 뒤통수에 매듭지어져 있었다. 그녀는 옆으로 눕혀져 있었고 두 손과 발은 한 다발이라도 된 것처럼 묶여 있었다. 두 무릎이 턱에 닿아 있었다.

온몸이 아팠지만 욱신거리는 머리에 비하면 그 통증은 상대적으로 희미하게 느껴졌다. 머리의 통증은 정수리에서부터 나와 촉수처럼 관자놀이와 두 귀, 턱뼈까지 번져 갔다. 콘크리트 바닥의 얼음장 같은 한기가 옷을 넘어 뼛속까지 스며들었다.

킴은 잠시 자기가 어디에 있는지, 왜 이곳에 있는지 떠오르지 않았다. 그날의 기억 조각들이 점차 돌아오기 시작했지만 찢어 붙인 조각들인 것만 같았다. 리처드 크로프트가 얼굴을 아래로 해 바닥의 피 웅덩이 속에 누워 있는 환상이 보였다. 브리핑이 희미하게 기억났지만, 그게 어제 일인지는 잘 기억나지 않았다. 현장으로 돌아가 세리스와 이야기를 나누었던 일도 그랬다. 기억났다기보다는 느껴졌다.

장면들이 시간 순서로 맞춰지기 시작하자 킴은 자신이 의치를 찾으러 크레스트우드로 돌아왔다는 것이 떠올랐다. 어렴풋하게나마 자신이 의치를 찾았다는 것도 생각났다. 그런 다음, 이 암흑이 찾아왔다.

킴은 자신이 얼마나 오래 의식을 잃고 있었는지 전혀 알 수 없었지만 자기가 원장실에 와 있다는 건 알 수 있었다. 먼지와 재가 피부에 엉겨 있었다.

시야가 맑아지기 시작하고 두 눈은 빛에 적응했다. 방은 바뀐 게 없었고 바깥의 가로등은 방 안으로 부연 빛을 드리웠다. 침묵을 깨는 것은 멀리 어디선가 똑똑 떨어지는 물소리뿐이었다. 끊임없이 규칙적으로 들려오는 그 소리가 분위기를 더욱 음산하게 만들었다.

킴은 매듭을 당겼다. 끈이 단단히 버티며 살에 날카롭게 파고들었다. 그녀는 통증을 무시하고 다시 시도해 보았으나 끈이 찢어진 피부 속으로 파고드는 듯했다.

그녀는 이 방에서 도움이 될 만한 물건을 봤는지 기억을 떠올려 보았다. 아무것도 떠오르지 않았지만 가만히 누워서 기다릴 수만은 없다는 건 분명했다.

뭔가가 머리 뒤를 빠르게 지나갔다. 그것이 킴을 움직이게 했다. 그녀는 불에 그을린 지렁이처럼 꿈틀거리며 앞으로 조금 나아가 보려고 했다. 그렇게 힘을 쓴 것만으로도 두개골에서부터 나오는 통증이 여러 차례 몸을 휩쓸었다. 목구멍에서는 신물이 올라와 살을 태우는 듯했다. 그녀는 구토하다 질식하는 일이 없게 해 달라고 기도했다.

문득 킴은 어떤 소리를 듣고 움찔거리기를 멈추었다. 감각이 또렷하고 예민했다. 목을 쭉 빼고 문 쪽을 보니 어떤 형체가 나타났다. 익숙한 모습이었다.

킴은 습격자가 방을 밝히는 한 조각 빛 속으로 들어서자 어둠 너머를 보려고 눈을 깜빡였다.

그녀의 시선이 발에서 다리로, 몸통과 어깨를 타고 올라갔다. 윌리엄 페인의 두 눈까지.

69

윌리엄 페인이 천천히 다가왔다. 그의 두 눈에는 아무 표정이 없었다. 킴은 자기도 모르게 고개를 저었다. 아니, 이럴 리 없어. 눈앞에 펼쳐진 장면에 속이 울렁거렸다. 이 사람은 킴이 예상한 인물이 아니었다.

윌리엄 페인은 그녀의 옆쪽으로 와 허리를 숙이더니 그녀를 소라도 되는 것처럼 묶어 놓았던 매듭을 풀기 시작했다. 손가락은 빨랐지만 서툴렀다. 킴은 말을 하려고 했으나 입 속의 재갈 때문에 무슨 질문을 해도 알아들을 수 없는 소리만 나왔다.

페인이 고개를 저었다. "시간이 별로 없어요." 그가 속삭였다.

그는 입을 열어 더 많은 말을 하려 했지만 복도 저쪽에서 낮은 휘파람 소리가 들렸다. 페인은 입술에 손가락을 대고 방의 그림자 속으로 물러났다. 재갈 때문에 소리를 낼 수 없었던 그녀는 그가 자신의 위치를 드러내지 말라고 말하는 것이라 추측했다.

노랫소리가 계속해서 점점 커졌다. 방문자의 걸음걸이는 윌리엄 페인과 달랐다. 확실하고 단호했으며 목적 의식을 담고 있었다.

이번에도 문이 그림자로 가득 찼다. 킴은 그 주인이 한 줄기 빛 속으로 들어오기도 전에 그의 정체를 알아차렸다.

이 사람은 그녀가 예상한 인물이었다.

70

"브라이언트, 대장을 찾아야 해요." 스테이시가 수화기에 대고 소리쳤다. "목사예요. 월크스요. 그자가 아이들을 죽였는데, 대장한테 통화 연결이 안 돼요."

"천천히, 스테이시." 브라이언트가 말했다. 전화기 너머로 작아지는 텔레비전 소리가 들렸다. 그녀는 브라이언트가 핸드폰을 다른 방으로 가져가는 중이라고 생각했다. "무슨 소리야?"

"제가 도박하는 심정으로 여기저기 보냈던 그 이메일 말이에요. 12년 전, 브리스틀에 대마초 소굴이 있었어요. 어떤 가족이 친척의 유해에서 금속 핀을 발견했다면서 시신이 바뀌었다고 화장터에 민원을 넣었더라고요. 그런데 그 사건 이후 월크스가 서둘러 그곳을 떠났어요."

"스테이시, 기분 나쁘게 듣지는 마. 그게 목사가 유죄라는 뜻은…."

스테이시는 답답했지만 그 마음은 나중에 터뜨리기로 했다. 시간이 없었다. "문서 보관소를 확인해 봤는데 그로부터 2주 전에 레베카 쇼라는 아이가 클리프튼 보육원에서 도망친 일이 있었어요…."

"그런 일이 왜 신문에 실렸지?" 브라이언트가 물었다.

"애가 차에 치여서 신문에 난 적이 있었거든요. 그때 무릎에 심한 부상을 입었고요."

"그랬다면 핀을 꽂아야 했겠네." 브라이언트가 말을 마쳤다.

스테이시는 조각들이 제자리에 맞아들어가는 소리가 들리는 듯했다.

"예전에는 그렇게 처리했던 거예요." 스테이시가 말했다. "하지만 다시 그런 위험을 무릅쓸 수는 없었겠죠."

그녀는 브라이언트가 깊이 한숨을 내쉬는 소리를 들었다. "세상에, 스테이시, 대체 몇 명이나…."

"브라이언트, 대장을 찾아야 해요. 방금 대장과 통화를 하다가 대장 핸드폰이 꺼졌는데 목소리가 좋지 않았어요."

"무슨 뜻이야?"

"모르겠어요. 딴 데 정신이 가 있다고 해야 하나, 괴로워했어요. 집에 가고 있었던 것 같지가 않아요. 제가 걱정하는 건…."

"스테이시, 대장이 실종됐다고 무전을 돌려. 아무 일도 없는 거라면 내가 책임질게."

"그럴게요, 그리고 브라이언트…."

"응?"

"꼭 찾아요."

둘 중 누구도 '너무 늦기 전에'라는 말은 하지 않았다.

"그럴게, 스테이시. 약속해."

스테이시가 수화기를 다시 내려놓았다. 그녀는 브라이언트를 믿었다. 브라이언트라면 킴을 찾아낼 것이다. 부디 너무 늦지만 않았으면.

71

그는 방에 들어서 삽을 벽에 기대 놓았다.

킴은 그의 두 발이 다가오는 모습을 지켜보았다. 간절히 위를 보고 싶었지만 목이 잘 움직여지지 않았다. 킴은 한 소녀를 톱질해 반 토막 내려 했던 사악한 개자식의 눈을 똑바로 보고 싶었다.

그의 목소리는 낮고 쾌활했다. 마치 그날 저녁 외식할 장소를 이야기하는 것 같았다. "동료들이 참 친절하시더군요. 저 대신 구멍을 파 주다니. 마지막 구멍은 다시 파기가 아주 쉬웠어요. 형사님도 거기서라면 아주 행복하게 지낼 수 있을 겁니다."

킴은 죄어 오는 끈에 힘을 주며 재갈을 뱉어 내려 했다. 오른쪽 손목의 매듭이 약간 느슨해지는 것이 느껴졌지만 충분하지는 않았다.

빅터 윌크스가 큰소리로 웃었다. "새로운 경험이겠는데요, 형사님. 보통은 주도권을 쥐고 있는 쪽이 형사님일 텐데 더는 그렇지 않으니."

킴은 답답한 마음이 점점 커지는 것을 느꼈다. 정상적인 상황에서라면 놈은 쉬운 상대였다. 킴은 놈을 두들겨 패 산 채로 똥을 줄줄 지리도록 만들 수도 있었다. 놈이 킴을 통제할 수 있는 유일한 방법은 그녀를 빌어먹을 칠면조처럼 묶어 놓는 것뿐이었다.

빅터는 킴 옆에 무릎을 꿇고 앉았다. 마침내 킴은 그의 눈을 들여다볼 수 있었다. 승리감으로 달아오른 그 눈.

"제가 형사님에 관해 사전 조사를 꽤 했습니다. 형사님의 열정을 이해해요. 형사님의 동기가 이해되더군요. 심지어 어린 피해자들을 향해 형사님이 느꼈을지 모르는 내적 친밀감까지도 말입니다."

그의 목소리는 최근 사망한 사람을 위한 예배라도 올리는 듯 음악적이었다. "네가 바로 그 애들 중 한 명이었잖니, 애야? 하지만 걔들과는 달리 넌 괜찮은 인간이 되는 데 성공했구나."

킴은 밧줄에 힘을 주었다. 윌크스의 목을 비틀고 얼굴을 주먹으로 쳐서 그 의기양양한 표정을 뭉개 버리고 싶은 마음이 굴뚝같았다.

그는 한 걸음 물러나 웃었다. "아, 킴. 너라면 싸울 줄 알았어. 처음 봤을 때부터 네 영혼이 느껴졌거든."

킴은 재갈을 문 채 그르렁대는 소리를 냈다. 빅터가 고개를 기울이더니 그녀의 눈에 깃든 분노를 읽어 냈다. "이런 짓을 하고도 빠져나가지는 못할 거라고?"

킴은 고개를 끄덕이고 다시 그르렁거렸다.

"글쎄, 빠져나가게 될 거란다, 애야. 있잖아, 이 부지에는 누구도 다시 손을 대지 않을 거거든. 내가 살아 있는 동안에는 확실히 그렇지." 그가 낄낄거렸다. "네가 살아있는 동안에야 틀림없는 일이고. 이제 이 땅은 살해당한 십 대 소녀 세 명의 최초 매장지가 됐어. 다시는 누구도 이곳을 건드려도 된다는 허가를 받지 못할 거라는 얘기야. 자, 네가 여기 와 있다는 걸 누가 안다고 했지?"

킴은 그를 향해 꿈틀거리며 기어갔다. 열린 문 뒤에 서 있는 윌리엄 페인의 그림자가 보였다. 킴은 목사가 몸을 돌리게 만들어야 했다. 그래야 놈이 빛의 왜곡을 알아차리지 못할 것이다.

하지만 킴의 동작에도 윌크스는 짝다리를 바꿔 짚을 뿐이었다. 그는 아직도 문 옆에 서 있었다.

"그리고 넌 한 가지 치명적인 내용을 잊었단다, 얘야. 난 이 일을 전에도 해 봤다는 거지. 최소한 세 번…. 그러니까, 너도 내가 비교적 솜씨가 좋다는 걸 알게 될…."

월크스의 왼쪽에서 그림자가 튀어나오자 그의 말이 흐려졌다.

킴은 공기가 휙 스치는 소리를 듣고 신음했다. 그녀는 윌리엄 페인이 너무 일찍 움직였다는 걸 알았다. 빅터 월크스에게 가는 데에는 세 걸음이 필요했고, 그 걸음을 딛는 데 든 시간은 목사에게 일어서서 발을 디딜 틈을 주었다.

그는 페인의 첫 공격을 쉽게 피했다. 페인이 더 젊었고 키도 컸지만 빅터 월크스는 두툼한 허리둘레 뒤에 엄청난 힘을 감추고 있었다. 월크스는 페인이 뒤쪽으로 비틀거리는 관성을 활용해 순식간에 그에게 달려들더니 주먹을 들어 페인의 머리 옆쪽을 쳤다. 페인의 머리가 옆으로 휙 돌아갔다.

그런 다음 빅터는 페인에게 레프트 훅을 날려 그의 머리를 반대 방향으로 날려 버렸다. 목사의 자세를 보고, 킴은 그가 권투 선수로 뛰었을 거라던 생각이 맞았다는 걸 깨달았다. 페인에게는 승산이 없었다.

킴은 방 가운데로 기어가려 했다. 자기 몸을 빅터 월크스가 밟고 넘어질 장애물로 만들어 페인을 유리하게 만들어 주려는 생각이었다. 지금까지 살면서 이렇게까지 쓸모없는 존재가 된 기분은 한 번도 느껴 본 적이 없었다.

"넌 내가 한 일에 고마워해야지, 한심한 등신 새끼야." 윌리엄 페인이 벽에 부딪혀 미끄러지자 월크스가 말했다. "그 개년들이 네 딸한테 저지른 짓이 있는데. 너는, 썅, 나한테 고마워해야 한다고."

윌리엄 페인은 벽을 반쯤 미끄러져 내려가다가 앞으로 몸을 날렸다. 손으로 윌크스의 성기를 잡으려 했다. 그 동작에 윌크스는 손이 닿지 않는 뒤쪽으로 물러났다. 윌크스의 오른발이 킴의 머리를 걸어찼다. 킴은 눈에 불꽃이 번쩍였다.

킴이 눈을 깜빡여 그 별빛들을 가시게 만드는 데에는 몇 초가 걸렸다. 그녀는 윌크스가 페인의 목을 움켜쥐고 다시 일으켜 세우는 모습을 보았다. 윌크스는 왼손을 페인의 목에 대고 그를 벽에 꼼짝 못 하게 고정했다. 킴의 눈에 윌리엄 페인의 눈이 빙글 돌아가는 모습이 보였다. 킴은 경악했다.

윌크스는 윌리엄 페인의 머리에 최후의 일격을 가하기 위해 일단 그를 놓아주었다.

윌리엄 페인이 가슴을 그러쥐고 땅으로 쓰러졌다. 킴이 고함을 질렀다.

72

윌크스의 일격에 쓰러진 페인의 얼굴이 킴의 얼굴에서 한 뼘쯤 떨어진 곳에 있었다. 킴은 재빨리 생명의 징후를 찾았으나 주위가 어두워서 알 수가 없었다.

빅터 윌크스가 둘 사이로 허리를 숙이더니 페인의 움직이지 않는 몸뚱어리를 감자 자루라도 되는 양 킴에게서 멀리 끌어갔다. 킴은 그가 두 손가락을 페인의 목에 대는 것을 지켜보았다. "살아 있어. 지금은."

킴은 안도의 한숨을 쉬었다. 윌크스가 다가와 그녀의 곁에 무릎을 꿇었다. 그는 주머니에서 칼을 꺼내 그녀의 목에 칼날을 댔다.

"네 마지막 소원은 나랑 대화하는 거겠지, 형사…. 그 소원은 들어줄게. 하지만 비명을 지른다면 저놈 목을 자를 거야. 알아들어?"

킴은 움직이지 않고 영혼이 없는 그의 눈을 계속 들여다보았다. 그는 더 이상 애도하는 신도들에게 잔잔히 이야기하는, 기꺼이 위로를 건네주는 사근사근한 목사가 아니었다. 의기양양한 승리감은 사라지고 그 자리에는 살인자의 시커먼 영혼만 남았다.

윌크스가 킴의 입에서 재갈을 빼냈다. 재갈이 떨어져 그녀의 목 주변에 놓였다.

"대가를 치르게 될 거다, 이 개자식아." 킴이 내뱉었다. 말이 목구멍에 걸려 쇳소리처럼 나왔다. 재갈이 목 안쪽을 사포처럼 말려 놓았다. 킴은 메마른 입에 물기를 더하려고 세 차례 침을 삼켰다.

윌크스는 윌리엄 페인 옆에 무릎을 꿇었다. 칼날이 페인의 경동맥 위에 놓여 있었다.

"글쎄, 내 생각은 좀 다르구나, 얘야. 나를 눈곱만큼이라도 의심할 사람은 너뿐이야. 지난번에 네 얼굴에서 의심의 표정을 보았지. 너 자신은 몰랐을지 모르지만. 난 네가 조각들을 전부 꿰맞추기까지 별로 오래 걸리지 않으리라는 걸 알았어."

"네가 아무 죄 없는 세 아이를 죽였지?"

"나라면 그 애들을 아무 죄가 없다고 하지는 않을 텐데."

킴은 가능한 한 오랫동안 시간을 끌어야 한다는 걸 알았다. 그녀가 있는 곳을 아는 사람은 아무도 없었다. 그녀를 도우러 올 사람이 아무도 없다는 놈의 말은 사실이었다. 탈출을 가능하게 해 줄 유일한 사람은 2미터 떨어진 곳에 의식을 잃고 쓰러져 있었다. 킴은 놈이 계속 말을 하도록 잡아 두어야 했다. 그가 말을 하는 동안에는 살아 있을 수 있었다.

킴은 더 빨리 조각들을 끼워 맞추지 못한 자신을 저주했다. 니콜라가 했던 말이 왠지 진실이 아닌 것처럼 들렸었다. 트레이시 모건에 대한 이야기가. 니콜라는 트레이시가 "아버지랑 얘기해 보겠다"는 말을 했다고 했다. 하지만 진짜 트레이시라면 그렇게 말하지 않았을 것이다. "애 아빠"라고 하거나 남자의 이름을 불렀을 가능성이 컸다. 트레이시가 말한 "아버지"는 크레스트우드의 아이들이 목사를 부르던 이름이었다. 월크스에게서 돈을 받겠다는 뜻이었다.

"트레이시의 아이가 당신 아이였어?"

"당연히 내 아이였지. 그 멍청한 년은 나를 협박할 수 있을 거라고 생각했어. 심지어 아이를 낳아서 새 삶을 살고 싶어 하더군."

"강간한 건가?"

"그냥, 애가 좀 비싸게 굴었다고 해 두지."

칼을 집어 놈의 두 눈 사이에 깊숙이 쑤셔 박고 싶은 마음에 온몸의 세포가 아플 지경이었다.

"사악한 새끼. 어떻게 그런 짓을 해?"

"걘 아무것도 아니었으니까. 수많은 애들이 그랬듯 걔한테도 아무도 없었거든. 걔 인생에는 아무 목적이 없었어."

"트레이시가 널 신고하지 않은 이유가 뭐지?"

킴은 이 문장을 입 밖으로 내기 전부터 이미 이유를 알고 있었다.

"자기야 그런 취급을 당해도 싸다고 느꼈으니까. 마음속 깊은 곳에서는 그 애도 자기가 아무것도 아니라는 걸 알고 있었던 거야. 그 애 인생, 아니, 인생의 부재라고 해야 할까…. 아무튼 그건 누구에게도 영향을 주지 않았어. 그 애의 존재는 그 어느 것에도 영향을 끼치지 않았지. 아무도 울지 않았고 아무도 슬퍼하지 않았어. 그 애는 아무 가치가 없었다고."

킴은 분노가 쌓이기 시작했다. 그녀는 그 느낌을 이해했다. 곁에 있는 사람들이 그저 돈을 받으려고 그 자리를 지키고 있을 뿐이라는 사실을 알면 사람의 영혼은 녹슬기 시작한다. 자신이 쓸모없다는 느낌은 일단 흡수되면 절대 가시지 않는다. 매일매일 사건이 일어나 그 믿음을 강화한다.

"그래서, 트레이시가 처음이었어?" 킴이 물었다. 킴은 풀려날 방법을 생각하는 동안 월크스가 계속 말하도록 만들어야 했다.

"그래, 트레이시가 처음이었지. 트레이시 패거리의 다른 애들은 그렇게 고집스럽게 굴지만 않았어도 괜찮았을 거야. 그년들이 트레이시는 도망친 게 아니라고 계속 우겼거든."

"넌 그 아일 산 채로 묻어 버렸어." 킴이 믿을 수 없다는 듯 말했다.

월크스는 어깨를 으쓱했지만 킴은 그의 눈빛에 뭔가 스치는 것을 알아보았다.

"직접 죽일 수는 없었구나?" 그녀가 놀라서 물었다. "그 애를 산 채로 묻은 게 고의는 아니었던 거야. 트레이시를 죽이려고 마음먹었는데 실제로는 죽일 수가 없었어. 세상에, 정말로 그 애한테 감정이 있었던 거로군."

"헛소리." 그가 소리쳤다. "그 애한테는 아무 감정이 없었어. 그냥 애를 다루기 쉽게 만들려고 보드카를 줬을 뿐이야. 나는 이미 어떤 행동을 할지 결정해 두었고."

킴은 목구멍에 신물이 솟구치는 것을 느꼈다. 트레이시 모건의 모습이 눈앞에 흘러 다녔다. 잔뜩 취해 다루기 쉬워진 모습. 그 모습이 망할 개자식에게는 너무 매력적이어서 저항할 수 없는 유혹이었을 게 틀림없었다.

"다시 강간했군."

윌크스가 미소 지었다. "역시 너에 대해서는 내가 맞았다니까. 넌 정말 머리 쓰는 방법을 잘 알아."

"신을 섬긴다는 인간이…."

"주님께서는 그 누구보다도 나를 잘 아시지. 그런데도 내게 이런 기회를 주셨어. 어떤 식으로든 내가 틀렸다고 생각하셨다면 나를 막으셨을 텐데 말이야.

다른 두 아이는 트레이시가 도망쳤다고 믿지 않았어. 다른 사람들은 안 그랬는데. 트레이시가 임신했다는 소문이 퍼져 있어서 다들 그 애가 아이 아버지와 함께 도망을 쳤거나 그 문제를 처리하러 어딘가로 갔을 거라고 생각했거든."

"하지만 트레이시의 친구들은 달랐군?"

"그래, 그 걸레 같은 년들은 끈질기게도 그 문제를 물고 늘어졌어."

"윌리엄 페인은 일부러 엮어 넣은 건가?"

"트레이시랑 엮은 건 아니지. 난 트레이시가 사라지기만을 바랐으니까. 하지만 결국은 나를 골치 아프게 하던 그 세 아이가 윌리엄 페인의 딸에게도 경멸할 만한 짓을 저질렀다는 걸 알게 됐고 조금 보험을 들어

뒤야겠다고 생각한 거야."

킴은 이해했다. 그 순간부터 월크스는 영리하게도 페인의 야간 교대 시간에 그를 찾아가 딸과 조금 더 시간을 보내라고 제안한 것이다. 정규 직 직원들은 그 사실을 알더라도 루시가 아프다는 사정을 알고 있었으므로 모르는 척했다. 월크스는 그렇게 하면 처음으로 의심받는 이가 윌리엄 페인이 될 거라는 걸 알고 있었다.

"의치를 발견한 사람은?" 킴이 물었다.

"테레사 와이어트. 그 여자는 루이즈가 그 의치 없이는 아무 데도 자발적으로 가지 않으리라는 걸 알고 있었어. 루이즈는 잠을 잘 때만 의치를 뺐거든. 그래서 테레사 와이어트는 간단한 산수를 해 보고 내가 의도한 바로 그 답을 얻었지. 그 여자는 야간 근무자 명단을 확인하고 세 아이가 모두 페인이 당번이던 날에 실종되었다는 걸 알아냈어. 물론 다들 루시 사건은 알고 있었지. 페인이 범죄를 저질렀다고 믿는 건 별로 어려운 일도 아니었어."

"그래서 그 사람들이 일을 덮은 건가?"

월크스가 낄낄거렸다. "그래, 형사. 바로 그렇게 했어."

"윌리엄 페인을 보호하려고?"

"설마 그럴 리가. 아, 표면적으로는 다들 윌리엄을 가엾게 여겼지. 그의 인생이라는 게 부러워할 만한 건 아니었으니까. 페인은 자기 아이가 매일 시들어 가는 걸 지켜보고 있을 뿐 딱히 할 수 있는 일이 없었거든. 페인이 없으면 루시에게는 아무도 없게 돼. 하지만 그 사람들이 그 짓을 한 건 자기 이익 때문이었어."

킴은 그가 윌리엄 페인에 대해 과거 시제로 말하는 것이 마음에 들지 않았다. 기왕 무덤에 들어가야 한다면 이 자를 함께 끌고 들어가고 싶었다.

"분명 너는 ㅗ사들의 비밀을 이미 알고 있겠지. 공식 조사가 조금만 이루어졌다면 놈들은 전부 파멸했을 거야. 리처드는 횡령, 테레사는 멜라니에 대한 폭행과 성추행 혐의를 받게 됐겠지. 톰은 루이즈와 자던 게 드러났을 테고. 그게 서로 합의된 관계라고 누가 믿었겠어? 게다가 아서는 진심으로 그 셋을 증오했어. 그 애들이 아서의 인생을 엉망진창으로 만들어 놨으니까. 이미 애들은 죽었는데 이 모든 걸 밝혀 봐야 얻을 것도 없었지."

킴은 멀찍이서 사이렌 소리를 들었으나 그게 자신을 구하러 오는 소리가 아닐 수도 있다는 걸 알았다. 그녀는 머릿속으로 이 상황을 활용해 살아남을 방법이 있을지 고민했다. 그녀는 억지로 다시 대화에 집중했다.

"주동자는?"

"모두들 경찰을 찾아가 봐야 얻을 건 하나도 없다는 데 의견을 모았어. 남아 있는 아이들은 가능한 한 빨리 퇴소시키기로 했고 혐의를 남길 만한 기록은 파괴됐지."

"화재 말인가?"

"그래, 그런 혼란에 아이들까지 재배치해야 한다면 공무원들 혼이 쏙 빠질 테니까."

"윌리엄 페인한테 이야기해 본 사람은 없나?"

"그럴 필요도 없었지. 그의 정신 상태에 대한 내 말 몇 마디와 아이들에 대한 윌리엄의 분노로 충분히 설명됐거든."

"그래서, 화재는 방화였다?"

"당연하지. 하지만 아이들은 절대 위험하지 않았어. 불은 침실에서 가장 먼 곳에서부터 시작됐거든. 즉시 경보가 울렸고 아서 코노프가 아이들을 즉시 건물 밖으로 내보내려고 대기하고 있었어."

"그러니까 네 말은 세 아이가 목숨을 잃었고 페인은 일자리를 잃었으며 직원 몇 명은 거의 제정신을 잃었지만 너는 아무것도 잃지 않고 빠져나갔다는 거야?"

"아까도 말했지만 주님이 내 편에 계시니까."

"맨체스터든, 브리스틀이든, 빌어먹을 어느 곳에 가든 주님이 항상 네 곁에 계셨나?"

"그분은 항상 나와 함께 계셔." 윌크스가 미소 지으며 말했다.

"정말 그럴까?" 킴이 물었다.

킴은 사이렌 소리가 커지면서 윌크스의 얼굴에 의구심이 스치는 것을 보았다. 그녀는 살아날 기회가 또 한 번 오지는 않으리라는 걸 알았다. 눈 깜짝할 사이에 윌크스는 저 칼을 그녀에게 돌리고 그녀를 피해자 중 한 명의 옛 무덤에 파묻을 것이다.

킴은 윌크스를 당황하게 하여 뭔가 멍청한 짓을 하도록 해야 했다.

사이렌이 점점 시끄러워졌다. 킴은 어떤 생각이 났다.

"하지만 네가 잊은 중요한 사실이 하나 있어, 윌크스." 그녀가 활짝 웃었다. "그게 네 파멸이 될 거야."

윌크스가 사이렌 소리 너머로 그녀의 목소리를 들으려고 허리를 숙였을 때 페인이 신음하며 돌아누웠다. 킴은 루시의 비상벨이 그의 목에 걸려 있는 것을 보았다. 결국 그가 쥐고 있던 것은 가슴이 아니었던 셈이다.

사이렌이 더욱 커졌다. 킴의 두 손과 발은 서로 묶여 있었다.

"정확히 뭘 잊어버렸다는 거지, 형사?"

윌크스의 얼굴이 그녀의 얼굴 바로 옆에 있었다. 그는 사이렌이 그들을 찾아온 것이 아니라고 확신했으며 자기가 숨기지 못한 자취가 무엇인지 알고 싶어 했다. 이제 킴은 묶여 있는 상태에서도 자기가 주도권을 쥐었다는 것을 알았다.

"내가 머리 쓰는 방법을 잘 안다는 얘기는 네가 이미 했지."

킴은 머리를 뒤로 쭉 뺀 다음 앞으로 세게 숙였다. 이마가 놈의 콧등에 부딪혔다. 머리에서 불꽃이 튀었다. 킴은 잠시 뼈 부러지는 소리가 자신에게서 난 것인지, 놈에게서 난 것인지 알 수 없었지만 윌크스의 입에서 나온 고통에 찬 비명이 확실히 그에게서 난 소리라는 걸 알려 주었다.

그의 두 손이 본능적으로 얼굴로 향했다. 칼은 킴의 묶인 손에서 15센티미터 정도 떨어진 곳에 떨어졌다. 그는 비틀거리며 일어났고 그녀는 몸을 움찔거려 칼 쪽으로 향했다.

"이 쌍년이?!" 윌크스는 그렇게 외치며 비틀거렸다.

킴이 묶인 손으로 칼 손잡이를 잡았을 때 윌크스는 자기가 더 이상 칼을 쥐고 있지 않다는 걸 깨달은 듯했다. 그는 여전히 얼굴을 감싼 채로 문 앞에 놓아 둔 삽으로 향했다.

놈의 코를 부러뜨린 덕에 1분을 벌긴 했지만 아직 몸이 묶여 있었다. 윌크스가 삽을 휘둘러 머리를 한 번 맞추기만 해도 킴은 끝장이었다.

사이렌 소리는 이제 귀가 먹을 것처럼 시끄럽게 들려왔다.

킴은 칼끝을 자기에게 돌리고 페인이 간신히 헐겁게 만들어 준 밧줄을 난도질했다. 칼은 밧줄을 관통했지만 팔다리는 2~3센티미터쯤 더 움직일 수 있게 되었을 뿐 자유로워지지 않았다.

킴의 손이 빠르게 움직였다. 윌크스와 그녀의 거리는 두 걸음뿐이었다. 페인의 오른손이 쏘아져 나와 윌크스의 발목을 잡았다. 윌크스는 비틀거리며 넘어질 뻔했지만 재빨리 다시 발을 디뎠다.

킴은 가운뎃손가락을 써서 끈 한 줄을 더욱 팽팽하게 잡아당겼다. 그 줄이 그녀의 팔다리 전체를 팽팽하게 감아왔다. 그것이 두 손과 발을 연결한 끈이었다. 킴은 더욱 애를 썼다. 모든 힘을 그 하나의 연결선을 끊는 데 썼기에 이제 숨이 헐떡헐떡 끊어져 나왔다.

윌크스가 그녀를 내려다보고 섰다. 코에서 피가 뚝뚝 떨어지자 그의 두 눈에서 분노가 타올랐다. 가로등 불빛에 비친 그 피가 콧수염과 턱수염처럼 보였다. 놈이 삽을 높이 들어 올렸다가 내리쳤다. 킴은 왼쪽으로 몸을 굴렸다. 삽이 겨우 2센티미터 차이로 그녀의 머리를 비껴 나가 땅에 꽂혔다. 그 소리가 킴의 귓속에서 폭발하는 듯했다.

킴은 밧줄이 칼날에 닿아 느슨해지는 게 느껴졌다. 마음의 눈으로, 그녀는 밧줄이 칼날의 압력을 받아 해지는 모습을 그릴 수 있었다.

하지만 느렸다.

이번에도 삽이 그의 머리 위 높이 들렸다. 윌크스의 두 눈에 깃든 분노는 살인적이었다. 그녀는 다음번 공격은 빗나가지 않으리라는 걸 알았다.

사이렌은 멈추었고 갑작스러운 침묵은 불길했다.

윌크스는 눈에 승리감이 가득한 빛을 띠고 삽을 고쳐 잡았다.

킴은 삽날이 그녀의 머리를 향해 내려오는 것을 보았다.

시간이 없었다. 그녀는 칼을 떨어뜨리고 모든 힘을 실어 두 손을 당겼다. 맞는 끈을 해지게 만든 것이길 기도하면서.

두 손과 다리가 터지듯 서로 떨어졌다. 킴은 놈의 무릎으로 몸을 날렸다. 하지만 아래를 향하던 삽의 움직임을 막을 수는 없었다. 삽이 그녀의 허리를 세게 찍었다.

킴은 월크스의 몸통을 떠받치고 있던 그의 두 다리를 밀어 내며 고통으로 소리를 질렀다. 그는 비틀거리며 뒤로 물러나다가 땅에 쓰러졌다. 넘어지면서 놈의 오른쪽 팔꿈치가 벽에 쾅 부딪혔다.

킴은 등의 통증을 무시했다. 그녀는 이 기회를 최대한 활용해야 한다는 걸 알고 있었다. 그녀가 입힌 상처는 놈을 오랫동안 제압해 둘 만한 게 아니었다.

킴은 놈의 다리에 뛰어올라 그의 몸을 타고 기어올랐다. 그는 상체를 일으키려고 애썼지만 킴이 훨씬 빨랐다. 킴은 몸을 일으켜 놈에게 올라타 앉았다. 놈은 킴에게 깔린 채로 구르며 몸을 비틀려고 했지만 그녀의 두 무릎이 그의 갈비뼈를 꽉 조였다.

킴은 부엌 쪽에서 뭔가 움직이는 소리를 들었다. 사람들이 깨진 유리를 밟는 소리였다.

"여기!" 그녀가 외쳤다.

킴은 오직 자기 안위만을 걱정하는 월크스의 눈을 들여다보았다. 그녀는 그를 내려다보며 미소 지었다. "주님께서도 네 범죄에 질리신 것 같은데."

이번에도 월크스는 체중을 활용해 그녀를 떨쳐 내려 했다.

킴은 주먹을 말아쥐고 머리로 들이받았던 코를 정면으로 내려찍었다. 그가 고통으로 비명을 질렀다.

"걔들은 그냥 애들이었어, 이 개자식아."

킴이 그를 다시 후려쳤다. "그리고 이건 세리스가 전하는 인사다."

손전등 빛이 그녀의 오른쪽에 닿았다. 남자 구급 요원이 방을 비춰 보고 있었다.

"음…. 경찰이 오고 있습니다." 그가 앞으로 나서지 않으며 말했다. 정확히 무슨 일이 일어난 건지 확신할 수 없는 게 분명했다.

"그거 잘 됐습니다." 그녀가 경찰 신분증을 내밀며 말했다.

그가 신분증을 힐끗 보았다. "어, 대체 무슨…."

킴은 신음하며 옆에 누워 있는 윌리엄 페인을 가리켰다. "저 사람부터 돌보세요. 머리에 부상을 입었어요, 양옆에 모두."

"경찰관님은…."

"전 괜찮습니다. 저분을 먼저 봐주십시오."

윌크스가 그녀의 밑에 깔려 움찔거렸다. "아, 가만히 있어." 그녀가 오른쪽 무릎을 그의 갈비뼈에 박아 넣으며 말했다. 두 번째 구급 요원이 쿵쾅거리며 들어왔다.

"경찰이 오고 있어요." 그가 알쏭달쏭한 표정으로 그녀를 보며 말했다.

왜 둘 다 한 치의 망설임도 없이 킴을 나쁜 사람이라고 생각하는 걸까?

"저분이 경찰이야, 믹." 첫 번째 구급 요원이 약간 못미덥다는 기색으로 말했다.

믹은 어깨를 으쓱하더니 윌리엄의 머리 반대편 바닥에 무릎을 꿇고 앉았다. 그녀는 두 번째 구급 요원이 루시가 최근 발작을 했을 때 봤던 사람이라는 걸 알아차렸다. 문득 이 사람들이 몇 번이나 그 가엾은 아이에게 호출되었는지 궁금해졌다.

"루시." 페인이 간신히 말했다.

"루시는 괜찮아요. 그 애가 아버님이 어디 있는지 얘기해 준 거예요." 믹이 말했다.

대단한 녀석인데. 킴은 생각했다.

"넌…. 절대로…. 증명할 수…." 윌크스가 중얼거리기 시작했다.

"닥쳐." 킴은 다시 무릎에 힘을 주며 말했다.

멀리서 더 많은 사이렌 소리가 들렸다. 다들 빠르게 움직이고 있었다. 사이렌이 멈추자 몇 초 만에 복도를 따라 발소리가 우레처럼 밀려들었다. 브라이언트와 케빈이 벌컥 방으로 들어왔다가 우뚝 멈추었다.

킴이 미소 지었다. "안녕, 꼬마들. 와 줘서 고맙다. 10분쯤 먼저 와 줬으면 더 좋았겠지만."

브라이언트는 손을 내밀어 그녀가 일어나도록 도와주었고 케빈은 윌크스의 두 팔을 머리 위로 들게 했다.

킴은 브라이언트의 손을 무시하고 땅을 짚고 일어섰다. 뇌로 통증 신호를 보내지 않는 신체 부위는 한 군데도 찾을 수 없었지만 등의 고통이 아마 그중 제일일 것이었다. 그녀는 몸을 펴면서 인상을 찌푸렸다.

"어떻게 알았습니까?" 킴이 물었다.

"스테이시가 브리스틀의 목사에게서 이메일을 받았습니다. 자세한 내용은 나중에 알려 드리겠지만, 대장, 다른 아이들도 있을 겁니다. 피해자를 매장하는 건 이 사람이 보통 쓰는 수법이 아니었습니다. 그전에는 화장을 했어요."

킴은 놀라지 않았다. 그녀는 눈을 감고 영원히 발견되지 않을 아이들을 위해 조용히 기도했다. 그녀는 심호흡했다. "일으켜, 케빈."

케빈과 브라이언트는 놈의 팔을 한 쪽씩 잡고 들어 올렸다.

월크스의 눈길에 담긴 적의가 그녀의 피부를 파고드는 듯했다. 그렇게 해서 킴을 겁줄 수 있다고 생각했다면 생각을 고쳐먹어야 할 것이다. 진짜로 화났을 때의 우디를 본 적이 한 번도 없는 것일 테니까. 우디는 아주 다른 문제였다.

"빅터 월크스, 당신을 트레이시 모건과 태아, 멜라니 해리스와 루이즈 던스턴 살해 혐의로 체포합니다. 당신은 묵비권을 행사할 수 있으며 당신이 하는 말은 증거로 활용될 수 있습니다, 이 악랄한 살인마 새끼야."

킴은 월크스가 자신을 보는 눈길을, 그 눈에 담긴 절대적인 증오를 즐겼다. "내 눈앞에서 저것 좀 치워 줘, 친구들."

브라이언트가 망설였다. "대장…."

킴이 손을 들었다. "난 괜찮아요. 그냥 이 자식이나 경찰서로 안전하게 데려가세요. 나도 오래 걸리지는 않을 겁니다."

그녀는 동료의 눈에 담긴 걱정이 보였다. 너무 오래 여기 머물게 두면 브라이언트는 팔을 틀어쥐고서라도 그녀를 병원으로 데려갈 터였다. 하지만 지금 당장은 그럴 시간이 없었다.

킴은 페인에게 허리를 숙이며 인상을 썼다. 그녀와 가장 가까운 곳의 구급대원이 고개를 돌렸다. "형사님, 처치를 받으셔야…."

킴은 그의 말을 무시하고 페인 쪽을 고갯짓했다. "이분은 어떠십니까?"

"심각한 뇌진탕입니다. 제가 한 손으로 여덟 손가락을 펼쳐 보인다고 생각하시는 걸 보면 병원으로 모셔야 합니다."

"루시." 페인이 다시 말했다.

킴이 그의 손을 가볍게 어루만졌다. "제가 꼭 루시를 보살피겠습니다."

킴은 구급대원들에게 고맙다고 인사한 뒤 건물을 빠져나갔다. 온몸의 뼈가 비명을 질러 댔다. 그녀는 겨우 늦지 않게 빠져나가 빅터 월크스가 차에 실려 호송되는 모습을 볼 수 있었다. 킴은 그가 몇 사람의 목숨을 해쳤는지 궁금해졌다. 놈은 얼마나 많은 소중하고도 상처 입은 아이들을 학대했을까…. 대체 그걸 누가 알 수 있을까.

"하지만 더는 안 돼, 빅터." 킴은 자동차가 사라지는 모습을 보며 말했다. "더는 그러지 못할 거다."

73

킴은 쏜살같이 길을 건너 문손잡이를 돌려 보았다. 열려 있었다. 그녀는 문을 닫고 들어가 거실에 접어들었다.

"세상에, 안 돼." 킴은 방으로 달려 들어가며 소리쳤다. 루시가 얼굴을 아래로 한 채 휠체어 앞쪽 바닥에 사지를 쭉 뻗고 엎드려 있었다.

킴은 허리를 숙였다. 통증이 허리 전체에 번졌다.

"루시, 괜찮을 거야." 그녀가 아이의 머리카락을 어루만지며 말했다. 그녀는 일어서서 재빨리 아이를 일으킬 가장 빠른 방법을 생각했다. 킴은 다시 무릎을 꿇고 부드럽게 루시를 뒤집어 바로 눕혔다. 어린 두 눈이 공포로 가득했다.

"괜찮아, 루시. 네, 라는 신호를 보내 줄 수 있겠니?"

루시는 두 번 눈을 깜빡였다.

"내가 겨드랑이를 받쳐서 널 일으켜 줄 거야. 괜찮아?"

두 번 깜빡.

킴은 허리를 숙이고 루시의 목 아래에 손을 댄 뒤 그녀의 상체를 받쳐 앉아 있는 자세로 만들었다. 그녀는 루시가 근육으로 자신의 체중을 버틸 수 없다는 것을 알고 있었기에 뒤로 넘어지지 않도록 아이의 몸을 당겨 자신의 몸에 기대게 했다.

킴은 루시의 겨드랑이 양쪽에 각기 한 손을 대고 그녀를 일으켜 세웠다. 몸은 축 늘어져 조금도 저항하지 않았다. 일반적인 열다섯 살짜리의 체중은 아니었지만 다친 허리에 힘이 들어가자 아파서 비명이 나올 뻔했다.

"그게 말이지, 이번 춤에서는 내가 리드할게." 킴은 루시를 돌려 부드럽게 의자에 앉히며 말했다.

킴은 발 받침대를 가져와 루시 앞에 앉아서 그 애의 오른손을 잡았다.

"괜찮아? 다친 데 없어?"

루시는 눈을 깜빡이지 않았다. 킴은 그녀가 두 질문을 동시에 던졌다는 걸 빠르게 깨달았다.

"미안. 괜찮아?"

두 번 깜빡.

"아빠한테 가려고 했어?"

두 번 깜빡.

킴은 손을 더욱 꽉 쥐었다. 용감한 아이였다.

"아빠는 괜찮으실 거야. 머리를 맞아서 검사를 받으러 병원에 가셨지만 괜찮으실 거야."

소녀의 눈에 안도감이 차올랐다. 그런 뒤에 루시는 머리를 킴 쪽으로 약간 움직였다.

"루시, 미안. 무슨 말인지 잘 모르겠네."

킴은 그녀의 얼굴에 떠오른 짜증스러운 표정을 보았다. 루시는 동작을 반복하면서, 이번에는 좀 더 힘을 실었다.

"우우우우우우." 그녀가 간신히 소리를 냈다.

킴은 이 가엾은 아이가 질병으로 얼마나 답답해하는지 느낄 수 있었다. 루시는 뇌가 완벽하게 기능했지만 그 생각을 전달하는 능력이 없었다. 킴으로서는 상상할 수조차 없는 감옥에 갇혀 있는 셈이었다.

루시는 동작을 반복했다. 킴은 그 소리와 시선의 강렬함을 더해 답을 얻을 수 있었다. 감정이 북받쳐 목이 막혔다. "내가 괜찮은지 알고 싶은 거야?"

두 번 깜빡.

킴은 자신이 잡고 있던 약한 손을 내려다보았다. 눈이 잠시 흐려졌지만 헛기침을 해 눈물을 떨쳤다.

"난 괜찮아, 루시. 너희 아빠 덕분이야." 킴은 윌리엄 페인이 윌크스의 발목을 잡아 몇 초를 벌어 주었던 것을 떠올렸다. "그분이 내 목숨을 구해 주신 거나 마찬가지야."

표현력이 뛰어난 두 눈에서 자부심이 반짝였다.

"이제 난 가 봐야 해. 널 돌봐 줄 만한 분을 부르고 싶은데, 누가 있을까?"

루시는 현관이 열리자 눈을 깜빡이기 시작했다. 어떤 여자의 목소리가 통로에서 들려왔다.

"음, 거기서 무슨 서커스를 하고 계시는지는 모르겠지만…." 통통한

50대 후반 여성이 문 앞에 멈추어 팔짱을 꼈다. "혹시 누구이실까요?"

"스톤 경위입니다."

"흠…. 그렇군요."

그녀는 루시를 잘 보려고 킴 앞에 섰다. "괜찮니, 루시?"

루시가 확실하게 괜찮다는 신호를 보냈는지 여자가 비켜섰다. 하지만 그녀의 두 눈은 킴에게 붙박여 있었다.

"페인 씨는 어디 있나요?"

"병원에 가셨습니다." 킴이 빠르게 대답했다.

"대체 그분한테 무슨 짓을 한 거죠?" 그녀가 엄하게 물었다. "그분은 괜찮으신 건가요?"

"괜찮으시긴 하지만, 아마 거의 밤새 병원에 계실 겁니다."

"뭐, 그럼 제가 확인하러 오길 잘했네요. 그렇죠? 그래, 루시. 내가 가서 주전자를 얹어 놓을 테니 그다음에 맛있는 걸 배달해 먹자꾸나. 네가 가장 좋아하는 피자를 주문할게."

여자는 부엌으로 향했지만 그녀의 목소리는 계속 들려왔다.

"당신들이 저기서 무슨 짓을 하는 건지 모르겠어요. 경찰에, 구급차에, 기계에, 천막에…. 전부 끝난 일인 줄 알았는데, 그럴 리가. 오늘 밤 다시 전부 새로 시작해야 한다니…."

킴은 미소를 숨기다가 루시를 보았고 루시는 눈알을 굴렸다. 킴의 입에서 웃음이 터져 나왔다.

"난 가 봐야 해, 루시. 알았지?"

두 번 깜빡.

"필요한 거 있어?"

두 번 깜빡.

킴은 상황을 헤아려 보았다. 쩌렁쩌렁한 목소리가 부엌에서 여전히 들려왔다. 킴은 이해하고 오른쪽 귀에 손을 댔다.

두 번 깜빡.

킴은 일어서서 창틀에 놓인 아이팟으로 손을 뻗었다. 그녀는 루시의 양쪽 귀에 이어폰을 꽂고 루시의 오른손 근처 의자 팔걸이에 조절 장치를 두었다.

"됐어?"

두 번 깜빡임과 까부는 듯한 눈빛. 킴은 어쩔 수 없이 키득거렸다.

킴이 문을 가리켰다. "나는⋯."

두 번 깜빡.

킴은 그녀의 팔을 가볍게 건드리고 문으로 향했다.

구급차가 막 떠나려는 순간 두 번째 순찰차가 들어왔다. 킴은 길을 건너 소녀들의 집으로 돌아갔다. 구급대원들이 부수고 들어온 울타리에는 빠진 이처럼 시커먼 구멍이 뚫려 있었다.

"여러분, 통로 끝 사무실에 보면 문 근처에 책장이 있습니다. 그 뒤에 의치가 있어요. 그걸 봉투에 담아 기록하고 실험실로 보내십시오."

그들은 고개를 끄덕이고 건물로 들어갔다. 갑자기 현장이 다시 조용해졌다. 방금 무슨 일이 벌어졌는지 알려 줄 만한 건 전혀 없었다. 킴이 목숨을 잃을 뻔한 곳이 바로 이곳이라는 걸 알려 주는 흔적 또한.

그리고 그녀가 목숨을 잃지 않은 이유는 비상 도움 펜던트 덕분이었다. 루시가 매일을 살아갈 수 있게 해 주는 단순한 도구가 그녀를 살렸다.

킴은 자신이 놓친 것이 무엇인지 깨닫고 우뚝 멈추어 섰다. 퍼즐의 마지막 조각이 제자리에 들어가면서 역겨움이 그녀를 휩쓸었다.

"이런, 세상에…." 그녀가 어둠 속에서 속삭였다.

"의치 확보했습니다, 경위님." 건물 옆쪽으로 돌아오며 순경 한 명이 말했다.

그녀는 아직 할 일이 남아 있으며 그 일을 도와줄 수 있는 사람은 한 명뿐이라는 걸 깨달았다.

"저기, 핸드폰 좀 빌려주시겠습니까?"

74

오토바이가 우르릉대다가 자갈밭에 멈춰선 순간에야 킴은 자신을 찾은 기분이 들었다. 샤워하고 옷을 갈아입고 트라이엄프에도 광을 내 두었다. 녀석은 박물관에서 가져온 작품처럼 반짝거리며 그녀의 차고에 놓여 있었다.

눈을 감으려 했지만 소용없었다. 그녀라는 존재의 모든 세포가 현장으로 돌아가 이 사건을 마무리하기를 바랐다. 그녀는 하늘이 어두워지기만을 기다리고 있었다.

킴은 몇 시간 전 구급대원들이 부수고 들어간 구멍 바로 바깥에서 세리스를 만났다. 해는 아직 뜨지 않았으나 떠오르는 중이었다.

"그럼, 어제 전화하셨을 때도 누워 계신 게 아니었군요. 정말 우리 둘

뿐인가요?" 세리스가 물었다.

"네." 킴이 대답했다. 지금부터 하려는 일에는 아주 큰 대가가 따를지도 몰랐다. 우디의 말이 귓전에 울렸다. 킴은 추락하더라도 팀원들은 놔두고 혼자 추락할 생각이었다.

"호텔을 나서면서 베이트 박사님을 봤어요. 박사님이 형사님에게 보고서를 보냈다고는 했는데, 형사님이 찾아내신 의치가 확실히 루이즈 던스턴 것이라고 확인해 주더군요."

킴은 고개를 끄덕였다. 세리스는 기계의 버튼들을 누르고 작은 공책에 숫자들을 기록하기 시작했다.

"네, 이제 준비됐어요. 뭔가 찾게 될 가능성이 얼마나 된다고 생각하세요?"

킴은 심호흡을 하고 눈을 감고서 자기 직감을 분석해 보았다. "확신하기 싫을 만큼요."

"뭘 찾아내든 법정에서는 쓸 수 없다는 거 알고 계시죠?"

킴은 고개를 끄덕였다. 그녀의 생각이 옳다면 그것은 절대 법정으로 가지 못할 것이다.

킴은 앞으로 나서 두 손을 내밀었다. "저한테 장비 넘기시고 어떻게 해야 하는지 말해 주세요. 이번 주만 해도 너무 고생하시네요."

"저도 다 컸어요. 제 몸은 제가 돌봐요." 세리스가 쏘아붙였다. "그리고 기분 나빠하시라고 하는 얘기는 아니지만, 이거 형사님한테 맡기기에는 비싼 장비거든요."

킴은 짜증스러워 한숨을 쉬었다. "세리스, 그냥 좀…."

"입 좀 다물어요, 킴. 일단 배낭부터 내놔요."

킴은 배낭을 들어 올려 세리스가 가방끈에 두 팔을 끼워 넣도록 들고 있었다. 세리스는 허리둘레에 모니터를 고정했다. 킴은 가방끈으로 손을 뻗어 금속 막대를 세리스의 어깨 위로 끌어 올렸다.

킴이 물러섰다. "이것보다는 프라다가 어울릴 거라고 생각했는데."

세리스는 고개를 저었다. "아무튼, 주변을 둘러보니 땅에 쓰레기가 많이 있긴 하네요. 전부 치워야 해요."

"그게 제 일이라는 뜻이죠?"

"여기 딴 사람 보이세요?"

"알겠습니다. 어디부터 치울까요?"

"건물 뒤쪽을 가장 먼저 살펴볼 거예요. 건물 앞쪽은 도로와 집들을 마주하고 있으니, 형사님이 생각하는 게 발견되기엔 너무 노출된 셈이 거든요."

"도와드릴까요, 형사님?"

킴이 돌아보니 윌리엄 페인이 울타리 옆쪽으로 돌아와 있었다. 그는 창백하고 지쳐 보였다. 킴이 그에게 다가갔다.

"좀 어떠십니까?"

페인이 미소 지었다. "아픕니다. 그래도 영구적인 손상은 없어요. 몇 시간 전에 퇴원했습니다."

"루시는 어떤가요?"

"한번 보세요."

킴은 울타리 가장자리로 갔다. 걷힌 커튼 너머에서 루시가 창문을 내다보았다.

킴은 손을 흔들고 페인에게 다시 관심을 돌렸다. "제 생각에 페인 씨는 건강이 안 좋으셔서…."

"형사님, 오늘 여기서 뭘 하시려는 건지는 모르겠지만 루시와 제가 어쩌다 보니 이 일에 참여하게 됐다는 건 압니다. 정말 돕고 싶어요."

킴은 쉽게 결정할 수 없었다.

"그 아이들은 그냥 어린애들이었습니다, 형사님. 시달리고 버려지고 방치당한 아이들이요. 그 애들이 루시에게 저지른 일은 잘못된 거예요. 그건 저도 압니다. 걔들도 알았고요. 그 애들은 셋 다 다음 날 자기 발로 찾아와서 자기들이 저지른 짓을 사과했어요."

"그래서 그 사과를 받아 주셨습니까?"

그는 어깨를 으쓱했다. "상관없지요. 루시가 받아줬으니까요."

킴은 놀랍다는 뜻으로 고개를 저었다. "따님이 다른 사람들에게 큰 힘을 준다는 거 아십니까?"

"그럼요." 그가 자랑스럽게 미소 지었다. "제가 매일 아침 침대에서 일어나는 게 루시 덕분입니다."

킴은 고개를 한쪽으로 기울였다. "페인 씨도 그리 나쁘진 않습니다. 어젯밤, 페인 씨가 그 밧줄을 헐겁게 만들거나 윌크스를 잡지 못했더라면…."

"그건 전혀 용감한 일이 아니었습니다, 형사님. 형사님이 건물에 들어가시는 걸 보고 뭐라도 도움이 필요하실까 싶어서 왔던 거예요. 그때 빅터 윌크스가 구덩이를 파는 걸 봤고요…."

페인이 얼굴을 붉히며 말을 흐렸다. 하지만 킴은 페인이 자신의 목숨을 구해 준 영웅이라는 사실을 알고 있었다. 우연이고 아니고는 중요하지 않았다.

"그렇더라도….."

"됐습니다." 페인은 두 손을 들며 말했다. "이젠 뭘 도와드리면 될지 말해 주세요."

킴은 혼자 미소를 지었다. 페인은 인사나 칭찬, 인정을 받기 위해 행동하는 사람이 아니었다.

"알겠습니다. 창문 옆 저 쓰레기통 보이시죠? 기계에 방해가 될 만한 건 모조리 땅에서 걷어 저 안에 채워야 합니다."

페인은 왼쪽에서, 킴은 오른쪽에서 시작했다. 그들은 울타리 주변부에서부터 안쪽으로 들어오며 거치적거리는 모든 것을 주웠다.

"여러분, 풀이 적으면 기계가 훨씬 잘 작동해요." 세리스가 울타리 주변에서 외쳤다.

킴이 주위를 둘러보았다. 어떤 곳은 잡초가 무릎까지 올라와 있었다. 킴은 허리를 숙이고 풀을 뽑기 시작했다.

그때 갑자기 기계에서 소리가 났다. 킴은 허리를 펴고 세리스를 보았다. 세리스는 3미터를 되돌아가 천천히 앞으로 나아갔다. 이번에도 기계가 소리를 냈다.

세리스는 킴을 보았다. "형사님 감이 맞았나 보네요."

75

세리스가 킴에게서 페인에게로, 다시 킴에게로 눈을 돌렸다. 킴은 둘 사이의 땅을 가로질러 그의 손에 들린 잡초를 받아들였다. "페인 씨, 지금 이곳을 떠나 주십시오."

세리스의 관심을 끄는 땅의 한 지점에 시선을 둔 윌리엄은 화가 난 표정이었지만 고개를 끄덕였다. 킴이 그의 오른손을 잡았다. "페인 씨, 이건 전혀 당신 잘못이 아닙니다. 그건 아셔야 합니다. 당신 때문에 죽은 사람은 아무도 없어요. 그저 사악하고 교활하고 양심 없는 인간이 그렇게 보이게 만들었을 뿐입니다."

페인이 그녀와 눈을 마주쳤다. 그녀의 말을 쉽게 믿을 수 없는 듯했다. "형사님한테 맡기겠습니다."

킴은 그의 손을 꽉 잡았다. "제 이름은 킴입니다. 여태 해 주신 모든 일에 감사드립니다."

페인은 당황해 얼굴이 붉어졌다. 킴이 그의 손을 놓아주었다. "이제 멋진 따님에게로 돌아가세요."

그가 활짝 웃었다. "감사합니다, 형사…. 킴. 그렇게 할게요."

킴은 그가 떠나기를 기다렸다가 세리스가 기계를 내려놓은 곳으로 갔다. 세리스가 그녀를 돌아보았다. "저 아래 뭐가 있는지는 몰라도 그렇게 깊지는 않아요."

킴은 고개를 끄덕이고 침을 삼켰다.

세리스가 밴 열쇠를 건넸다. "뒤쪽에 삽 몇 자루가 있어요. 제가 표시를 하는 동안 가서 삽을 가져오세요."

킴은 밴으로 달려가 삽 두 자루를 가지고 다시 언덕을 달려 내려왔다. 아까 먹은 진통제 약효가 떨어지기 시작했다. 허리가 욱신거렸다.

세리스는 구역을 표시해 두었다. 킴은 즉시 그 구역이 다른 곳보다 작다는 것을 알아보았다. 세리스는 자기 탐지기에서 반복적으로 나오는 숫자를 다시 한번 보더니 손가락질을 했다. "저쪽을 파시되, 너무 세게 파지는 마세요."

킴은 삽을 땅에 꽂아 넣었다. 등 전체에 통증이 번졌지만 무시하고 해야 할 일에 집중했다. 두 사람은 다음 30분 동안 한마디도 없이 일했다.

"좋아요, 킴. 그만하고 나오세요." 세리스가 갑자기 말했다.

구덩이는 세로가 거의 150센티미터였지만 가로는 1미터밖에 되지 않았고 깊이는 겨우 30센티미터 정도였다. 반려동물도 그보다는 깊이 묻었다.

세리스가 구덩이 주변을 두 차례 빙빙 돌더니 안으로 들어갔다. 그녀는 작은 도구를 활용해 작은 흙덩이들을 퍼 올려 구덩이 옆에 놓았다. 킴은 말을 하지 않았다. 그녀의 두 눈은 세리스에게 머물러 있었다.

세리스는 계속 파헤쳤다. 흙더미가 작아졌다. 그녀는 작은 흙손의 모서리를 사용해 구덩이 한가운데 부분을 긁어냈다. 세 번째 긁어냈을 때 하얀 무언가가 드러나기 시작했다. 세리스는 부드러운 붓을 가져다가 표면을 훑었다. 더 많은 흰색이 드러났다.

킴은 배 속이 뒤틀렸다. 그녀는 자기가 보고 있는 것이 뼈라는 것을 분명히 알고 있었다.

"이건, 킴, 확실히 사람 팔이네요."

세리스는 계속 흙을 파고 먼지를 털어 낸 끝에 어깨 관절처럼 보이는 것을 드러냈다. 킴은 점점 더 드러나는 뼈를 빤히 바라보았다.

"세리스, 그게 뭡니까?" 킴은 어깨 관절에서 뻗어 나온 무언가를 바라보며 물었다.

세리스는 그것을 붓으로 한 번 털어 냈고 킴은 그게 섬유라는 것을 알 수 있었다. 킴의 심장이 가슴 속에서 두근거리기 시작했다.

"세리스, 한 번 더 붓질해 주세요."

세리스는 그렇게 했고 킴은 욕을 했다. 세리스가 돌아서자 둘의 눈이 마주쳤다.

"찾고 계시던 게 이건가요?"

킴은 고개를 끄덕였다. 두 발이 이미 오토바이를 향해 천천히 움직이고 있었다.

"세리스…. 저는 지금…."

"가세요." 그녀가 핸드폰을 꺼내며 말했다. "제가 신고할게요."

킴은 다리가 허락하는 한 빠르게 언덕을 달려 올라갔다.

76

킴은 문을 두드리고 심호흡을 했다.

문이 열렸다.

"형사님, 안녕하세요. 들어오세요."

"안녕하세요, 니콜라." 킴이 아파트에 들어서며 말했다.

니콜라는 문을 닫고 그 앞에 섰다. "오늘은 혼자 오셨나요?"

킴이 고개를 끄덕였다. "팀원들에게 쉴 시간을 좀 줘야 해서요."

"형사님은 아니고요?"

"저도 곧 쉬겠죠, 니콜라. 얼마 안 남았습니다."

"앉으세요."

킴은 그렇게 했다. 자리에 앉으면서 그녀의 두 눈은 소파 가장자리에 머물렀다. 이제는 지난번 들렀을 때 잠시 보았던 것의 중요성이 완전히 이해됐다.

"어떻게 도와드릴까요?" 니콜라가 물었다.

킴은 잠시 니콜라의 표정을 살폈다. 숨김없이 진실한 얼굴이었다. 기만적인 기색이 전혀 보이지 않았다. 제기랄.

"다른 시신을 발견했습니다."

니콜라의 손이 입으로 휙 날아올랐다. "세상에, 그럴 리가요."

그녀는 정말로 충격을 받은 모습이었다.

"니콜라, 네 번째 피해자가 누구일지 조금이라도 생각나시는 게 있습니까?"

니콜라는 일어나서 소파 뒤를 천천히 오갔다. "아예 상상조차 가지 않는데요…."

"니콜라, 그 무리에 네 번째 아이가 있었습니까?"

니콜라는 얼굴을 찌푸렸다. 눈 움직임을 보니 그녀가 기억을 더듬고 있다는 걸 알 수 있었다.

"아뇨, 형사님. 확실히 세 명뿐이었어요."

킴은 한숨을 쉬고 떠날 것처럼 일어섰다. "아, 어쩌면 베스는 다른 아이를 기억하지 않을까요?" 킴이 기대감을 담아 물었다.

니콜라가 고개를 저었다. "지금 베스는 쇼핑을 하러 나갔어요. 하지만 돌아오면…."

"확실한가요?" 킴이 물었다.

"당연히 확실하죠." 니콜라가 미소 지으며 말했다.

킴은 소파 가장자리를 고갯짓했다. "그럼 저 지팡이는 왜 안 가져간 겁니까?"

니콜라의 두 눈이 소파 등받이에 걸려 있는 보행 보조용 지팡이에 머물렀다. 표정을 보니 정말 혼란스러운 듯했다. 킴은 탄력을 받아 그대로 방 건너편의 첫 번째 문으로 가며 그것이 맞는 문이기만을 바랐다.

"어쩌면 아직 떠나지 않았나 보지요. 어쩌면…."

"형사님, 거기는 들어가지 마세요. 베스가 좋아하지 않…."

킴이 문을 밀어 열자 니콜라의 말꼬리가 흐려졌다. 니콜라는 킴의 옆에 있었고 그들은 함께 방을 살폈다. 싱글베드는 박스 스프링과 매트리스로만 이루어져 있었다. 이불도, 이불보도 없었다. 아무도 쓰지 않은 침대 옆에 서랍 두 개짜리 서랍장이 놓여 있었다. 킴은 구석의 옷장으로 성큼성큼 다가가 그것을 열었다. 텅 빈 옷걸이 일곱 개가 그녀를 멀거니 마주 보았다.

킴은 니콜라를 돌아보았다. 그녀는 경악한 채 문 앞에 서 있었다. 킴은 반응을 기다렸지만 니콜라는 텅 빈 방을 계속 들여다보기만 했다. 눈물 한 방울이 그녀의 뺨에서 흘러내렸다. "떠나 버렸네요…. 작별 인사도 하지 않고요."

킴은 니콜라를 데리고 나오며 문을 닫았다. 그녀는 니콜라를 소파로 데려가 그녀의 곁에 앉았다.

"베스가 전에도 이런 적이 있습니까?" 그녀가 부드럽게 물었다.

니콜라는 고개를 끄덕였다. "크레스트우드를 떠난 이래로 계속 이랬어요." 새로운 눈물이 또 한바탕 그녀의 두 뺨에서 흘러내렸다. 그녀는 스웨터 소매로 눈물을 훔쳤다. "늘 저한테 무척 화가 나 있지만 이유를 말해 주지 않아요. 그냥 이렇게 해 버리는 거죠. 돌아왔다가 그냥 다시 저를 떠나요. 너무 억울해요. 베스는 저한테 다른 사람이 아무도 없다는 걸 아는데."

킴은 주방으로 가서 휴지 몇 장을 가져왔다. 그녀는 앉아서 니콜라에게 휴지를 내밀었다. 눈물은 아직 그치지 않았다.

"베스가 지난번 돌아왔을 때가 기억나십니까?"

니콜라는 울음을 멈추고 생각했다. 그녀는 코를 훌쩍이며 고개를 끄덕였다. "2년 전, 제가 선열에 걸려서 병원으로 이송됐을 때였어요. 깨어 보니까 베스가 침대 곁에 앉아 있었죠."

"그전에는요?"

"작은 자동차 사고가 있었어요, 그냥 추돌 사고요. 심하게 다치지는 않았지만, 그때 아주 많이 놀랐거든요. 아주 오랫동안 운전을 하지 않던 때라서."

"그러니까 베스는 크레스트우드를 떠난 이후로 가끔씩만 니콜라 씨의 삶에 드나들곤 했던 거군요. 베스가 왜 니콜라 씨한테 화가 나 있는지 생각나시는 게 있습니까?"

니콜라는 격하게 고개를 저었다. "그 애는 아무것도 말해 주지 않으려 해요."

킴은 니콜라의 목소리에 깃든 분노를 듣고 이 일이 상상했던 것보다도 어려우리라는 걸 깨달았다.

그녀는 팔을 뻗어 니콜라의 손을 잡았다. "화재가 있던 날 밤을 다시 떠올려 주서야 합니다. 그때 니콜라 씨가 잊어버렸을지도 모르는 뭔가가 있을 것 같습니다. 제가 곁에 있을게요. 그렇게 해 주실 수 있겠습니까?"

"아무것도 생각나지 않아요." 그녀는 혼란스러워하며 말했다.

킴은 그녀의 손을 꽉 쥐었다. "괜찮아요, 니콜라. 제가 여기 있습니다. 그날에 대해 기억나는 일을 차근차근 말하면 어떤 조각을 꿰어 맞춰야 할지 알 수 있을 겁니다."

니콜라는 멍하니 앞을 보았다. 그녀의 두 눈은 맞은편 벽에 초점을 맞추고 있었다. "추운 날이었다는 건 알아요. 베스랑 저는 뭔가를 놓고 말다툼을 했어요. 베스가 삐쳐서 말을 안 하기에 저는 휴게실로 갔죠."

"휴게실엔 누가 있었습니까?" 킴이 조용히 물었다.

니콜라는 고개를 저으며 인상을 썼다. "아무도 없었어요. 다들 밖에 나가서 눈사람을 만들고 있었거든요."

"그래서 어떻게 하셨습니까?"

니콜라는 고개를 한쪽으로 기울였다. "저는 사람들이 소리치는 소리를 들었어요. 크로프트 선생님 사무실에서 나오는 소리였어요."

"무슨 소리를 들으셨죠, 니콜라?"

킴은 니콜리의 손을 잡은 채 엄지를 그녀의 가느다란 팔목에 두었다. 니콜라의 맥박이 빨라지는 게 느껴졌다.

"윌리엄 페인 얘기를 하고 있었어요. 뭔가를 덮겠다는 얘기요. 페인이 곤란해질 거라고, 감옥에 가게 될 거라고도 했어요. 그렇게 되면 루시는 어떻게 되겠냐고들 했죠."

"거기에서 누구 목소리를 들었는지 기억나십니까?"

"크로프트 선생님이랑 와이어트 선생님이 말싸움을 하고 있었어요. 월크스 목사님이 조용히 얘기하고 있었고 톰 커티스와 아서 코노프의 목소리도 배경에서 들렸어요."

다섯 명이로군, 킴은 생각했다. "메리 앤드루스는요?"

니콜라는 고개를 저었다. "메리 앤드루스는 독감에 걸려서 쉬고 있었어요."

"그다음에는 어떻게 됐습니까, 니콜라?"

"월크스 목사님이 문을 열고 저를 보았어요. 화가 난 것처럼 보였어요. 저는 도망쳤어요."

킴은 니콜라의 손바닥이 축축해지는 것이 느껴졌다.

"어디로 가셨습니까?"

"베스를 찾으러 우리 방으로 갔어요. 사람들이 저한테 화를 내는 게 지긋지긋했거든요."

킴의 목소리는 속삭임에 가깝게 낮아졌다. "그래서 어떻게 하셨습니까?"

"제가 베스한테…. 베스한테 말해 준 건….".

킴은 손을 꽉 잡았지만 니콜라는 이미 양옆으로 고개를 젓고 있었다. 그녀의 두 눈이 사방으로 돌아가며 자신의 기억을 더듬어 대고 있었다. 과거를 바꾸기를 바라면서.

"아냐. 아냐. 아냐. 아냐. 아냐."

킴은 손을 계속 잡고 있으려 했지만 니콜라는 쉽게 팔을 빼냈다. 그녀는 우리에 갇힌 채 숨을 곳을 찾는 동물처럼 방을 돌아다녔다. 마음속에서 공포가 치솟는 듯했다. 그녀의 빠른 움직임은 제정신이 아닌 것처럼 보였다.

"아니, 그럴 리가 없어…. 내가 설마….

니콜라의 두 손이 아침 식사 테이블을 쿵 내리쳤다. 그녀는 돌아서서 주먹으로 붙박이장을 두드리기 시작하더니 자기 머리를 때려 댔다. 킴은 달려가서 니콜라를 등 뒤에서 붙잡고는 두 팔을 억지로 몸 양옆에 붙이게 했다. 더 이상 자해하는 것을 막기 위해서였다.

"베스에게 뭐라고 말하셨습니까?"

니콜라는 킴의 손아귀에서 풀려나려고 애썼지만 킴은 양손으로 단단히 깍지를 끼고 있었다. 그녀는 니콜라를 놓아줄 생각이 없었다.

"제발 그만해요, 나는…."

킴의 목소리가 더 커졌다. "니콜라, 기억해야 합니다. 베스에게 뭐라고 하셨습니까?"

니콜라가 마구 고개를 저었다. 킴은 맞지 않으려고 자기 목을 뒤로 빼며 그녀의 귀에 대고 고함을 쳤다. "말해 주세요, 니콜라. 동생에게 뭐라고 하셨습니까?"

"그걸로 기분이 좋아진다면, 그 망할 카디건을 가져도 된다고 했어요." 니콜라가 소리쳤다.

둘 사이에 침묵이 내려앉았다. 갑자기 니콜라의 몸에서 힘이 빠져나갔다. 그녀가 주저앉자 킴도 함께 끌려갔다. 킴은 니콜라를 놓아주지 않을 생각이었다. 그녀는 바닥에 앉아 니콜라를 꽉 끌어안았다. 킴은

10년 전 일이 마침내 그녀의 머릿속에서 펼쳐지고 있다는 걸 알았다.

"베스가 카디건을 받아 갔지요?"

니콜라는 고개를 끄덕였고 킴은 눈물이 자신의 손에 뚝뚝 떨어지는 것이 느껴졌다.

"그래서 다들 베스가 당신이라고 생각한 겁니다. 그 카디건 때문에요. 맞습니까?"

니콜라가 다시 고개를 끄덕였다. "잠깐 밖을 봤을 때는 베스가 다른 애들과 놀고 있었는데 그다음에는 베스를 찾을 수가 없었어요. 저는 사람들에게 계속 물어봤지만 다들 베스는 자기들이랑 같이 있지 않다고 했어요. 결국 저는 방으로 가서 베스를 기다렸어요. 하지만 베스는 결코 돌아오지 않았어요.

나중에, 불이 나기 직전에 저는 주방 창문 너머로 그 사람들을 봤어요. 다들 구덩이 주위에 서 있더군요. 저는 무슨 일이 벌어지고 있는지 알았어요. 뭘 해야 할지는 몰랐지만요. 저는 그 사람들이 저를 다시 잡으러 돌아올까 봐 겁이 났어요. 그래서 불이 났을 땐, 다들 더 이상 저한테 손을 댈 수 없게 되어서 마음이 놓였어요."

킴은 베스가 도망칠 수 없었으리라는 걸 알았다. 날씨가 그렇게 추웠으니 베스의 무릎으로는 도망칠 꿈도 꾸기 힘들었을 것이다.

"베스는 언제 돌아왔습니까, 니콜라?"

"2주쯤 전에요." 그녀가 쉰 목소리로 답했다.

발굴 소식이 발표되었을 때 니콜라는 다시 한번 두려움을 느꼈다.

"이제는 당신이 베스를 다시 불러왔다는 걸 아시지요, 니콜라?"

"아니야…."

동물이 통곡하는 듯한 소리였다. 고통에 몸부림치는, 가엾고 상처받은 영혼. 킴은 니콜라가 머릿속 사건으로부터, 자기가 저지른 일과 이제는 마음을 나눌 베스가 없다는사실로부터 도망치려는 동안 그녀를 꽉 잡고 있었다. 훌륭한 정신과 의사에게 치료받으면 니콜라도 결국 알게 될 것이다.

킴은 가만히 앉아서, 죄책감에 휩싸인 채 망가져 버린 젊은 여자를 토닥여 주었다. 킴은 시간이 아주 많이 흐른 뒤라도 니콜라가 테레사 와이어트, 톰 커티스, 그리고 아서 코노프 살인의 재판에 증인으로 설 수 있을지 의심스러웠다.

몇 분 후, 킴은 조용히 팔을 풀고 물러났다.

이제는 전화를 걸 시간이었다.

77

윌리엄 페인은 차가운 우유 한 방울을 오트밀에 더했다. 그는 새끼손가락을 구부려 손마디를 음식에 살짝 대 보았다. 완벽했다. 그는 미소를 지었다. 루시가 가장 좋아하는 온도였다. 딸은 씻고 옷을 갈아입은 다음 아침 식사를 기다리고 있었다. 그다음에 페인은 욕실 청소를 하고 침대 시트를 갈 터였다. 점심 식사를 한 다음에는 오븐 대청소를 할 것이다.

그는 다시 미소 지었다. 사람들이 그의 인생을 가엾게 여긴다는 건 페인도 알고 있었다. 하지만 그의 생각에는 다들 루시를 몰라서 하는 말이었다. 딸의 영혼은 매일매일 그에게 용기를 주었다. 루시는 그가 여태 알았던 사람 중 가장 용감하고 사려 깊은 인물이었다.

페인은 루시가 가장 답답하게 여기는 것이 말을 할 수 없다는 점이며, 어떤 날에는 머릿속에서 벌어지는 모든 일을 눈동자 움직임으로만 전달하는 것이 루시를 지치게 한다는 걸 알고 있었다.

하지만 그들 사이에는 어떤 약속 하나가 있었다. 더 암울하던 시절에는 페인이 이제 할 만큼 해 본 건 아닌지 루시에게 묻곤 했다. 그는 몇 년 전 루시에게 언제든 그녀가 원하는 것을 존중할 것이며 자신의 이기적인 욕구에 따라 그녀의 목숨을 연장하는 일은 절대 하지 않을 거라고 말해 주었다.

그 시절에 그는 루시에게 그런 질문을 던지고 대답을 기다리며 숨을 참았다. 망설임은 점점 더 길어졌고 가슴 속에서는 숨이 점점 차올랐지만, 지금까지 그는 언제나 단 한 번의 깜빡임만을 돌려받았다.

그는 이 모든 일이 루시에게 견디기 어려운 것이 되고 그가 두 번의 깜빡임을 받게 될 그 날이 두려웠다. 페인은 자신에게 약속을 지킬 힘이 있기만을 바랄 뿐이었다. 루시를 위해서.

페인은 그 생각을 지워 버렸다. 어제는 좋은 날이었다. 루시에게 손님이 있었다.

처음에 페인은 그 손님을 알아보지 못했다. 여자아이는 자신을 폴라 앤드루스라고 소개했고, 그 아이를 잠시 살펴본 윌리엄은 그 애가 할머니를 따라와서 루시와 놀곤 하던 메리 앤드루스의 손녀라는 걸 떠올렸다. 페인은 메리가 최근 사망한 이후로 진정한 슬픔을 느꼈다. 그녀는 크레스트우드 시절 그에게 훌륭한 친구가 되어 주었다. 메리 앤드루스는 며칠 전 땅에 묻혔다. 장례식에 참석하지는 않았지만 그는 침실 창문에서 장례 행렬이 떠나는 모습을 지켜보았다.

루시는 폴라를 즉시 알아보았고 그녀가 방문한 것을 기뻐했다. 몇 분만에 아이들은 자신들만의 의사소통 방식을 만들어 냈다. 페인이 모르는 방식이었다. 페인은 그보다 행복했던 적이 없었다.

높이 쳐줘야 할 것은 폴라가 옛 친구의 신체적 변화에 대해 아무 반응을 보이지 않았다는 것이다.

페인은 주방을 살짝 들여다보았다. 딸이 잘 있을지 걱정됐다. 누가 딸을 만나러 오는 걸 막을 생각은 전혀 없었지만 손님이 다시 돌아오도록 만들 힘이 없다는 점이 걱정스러웠다. 페인은 삶이 주는 온갖 실망으로부터 루시를 지켜 줄 수 없다는 것을 알고 있었다.

어떻게 그랬는지 두 아이는 보드게임을 할 방법을 찾아냈다. 그는 폴라가 외치는 소리를 들었다. "루시 페인, 너 하나도 안 변했구나. 옛날부터 조금씩 속임수를 쓰더라."

페인은 루시가 꾸르륵대는 소리를 들었다. 그는 그게 웃음소리라는 걸 알고 있었다. 심장이 두근거렸다.

페인은 딱 30분만 용기를 내기로 했다. 그는 밖으로 나가서 바닥에 깔아 놓은 돌 사이에 돋은 잡초 몇 포기를 뽑았다. 딸이 괜찮다는 걸 알았기에 안심할 수 있었다. 그는 차가운 아침 공기를 마시며 몇 분을 보내는 것만으로도 그날 하루의 남은 시간을 살아갈 생기를 다시 얻었다.

두 시간 후 폴라가 그에게 다시 와도 되냐고 물었다.

페인은 기꺼이 허락했다.

그는 오트밀을 가지고 거실을 가로질러 발 받침대에 앉았다. 루시의 얼굴은 발그레하고 밝았으며 두 눈은 초롱초롱하고 초점이 또렷했다. 오늘은 좋은 날이었다. 폴라가 온 일이 둘 모두에게 좋은 작용을 했다.

"오트밀이 질리지는 않니?"

한 번 깜빡임.

그는 눈을 굴려 댔다. 그녀도 따라했다. 그가 큰 소리로 웃었다.

그는 오트밀 한 숟가락을 루시의 입에 떠 주었다. 루시는 받아먹고 맛을 보느라 얼굴을 찡그렸다. 두 번째 숟가락을 뜨고 있을 때 초인종이 울렸다.

페인은 그릇을 창틀에 두고 문을 열었다가 즉시 공포를 느꼈다. 눈앞에는 바지 정장을 입은 남녀가 한 명씩 서 있었다. 남자는 서류 가방을 들고 있었지만 여자는 숄더백을 메고 있었다.

바로 떠오른 건 사회 복지국이었다. 하지만 사회 복지국 사람들은 방문 예정이 없었다. 언제나 그에게 미리 방문 일정을 알려 주었는데. 아내가 떠나고 얼마 지나지 않을 때 페인은 딸을 지키기 위해 어쩔 수 없이 당국과 싸워야 했다. 그는 당국에서 시키는 모든 일을 다 하며 자신에게 딸을 양육할 능력이 있다는 것을 보여 주기 위해 서커스 동물처럼 굴었다. 그의 결의를 느낀 사회 복지국에서는 페인과 루시가 함께 있을 수 있도록 그와 협력하기 시작했고 크레스트우드에서의 일자리로 그 거래를 마무리 지었다. 하지만 언젠가는 아이를 잃을 거라는 두려움이 페인의 마음속에 남아 있었다.

"페인 씨, 윌리엄 페인 씨이신가요?"

그가 고개를 끄덕였다.

여자는 활짝 미소 지으며 주머니에서 명함을 꺼냈다. "저는 엔터프라이즈 전자의 해너 에번스예요. 루시를 만나러 왔습니다."

"하지만…. 잘 이해가…. 무슨…?"

그녀는 손을 한데 모아 비비며 그 안에 입김을 불었다. "페인 씨, 들어가도 될까요?"

페인은 옆으로 비켜섰다. 해너 에번스는 거실로 들어와 그의 딸 앞에 섰다. 남자가 자리에 앉아 서류 가방을 열었다.

"안녕, 루시. 내 이름은 해너야. 만나서 참 반갑구나."

그녀의 미소는 개방적이고 따뜻했으며 말투는 친근하고 차분했다. 대부분 어른들이 쓰는 은근히 무시하는 투와는 달랐다.

"오늘 몸은 괜찮니?"

루시는 눈을 깜빡였다.

"그렇다는 뜻입니다." 페인이 말했다.

해너는 자리에서 움직이지 않고 페인 쪽을 보며 미소 지었다. "저도 알아요, 페인 씨. 눈을 깜빡이는 언어는 의사소통에 제약이 있는 사람들 사이에서 상당히 흔하답니다."

해너 에번스는 그의 딸에게로 눈을 돌렸다. 루시가 대답으로 꾸르륵대는 소리를 냈던 것이다.

"음…. 실례지만." 윌리엄이 당황해서 말했다. "저는 그쪽이 누구인지, 여기에서 뭘 하시는 건지 잘 모르겠습니다."

"그리 대단한 일은 아니랍니다, 페인 씨. 저희는 최소한의 신체적 활동만으로 작동할 수 있는 최첨단 기술 시스템을 전문적으로 다뤄요. 저희 회사는 신체적 제약이 있는 사람들의 삶을 훨씬 더 신나고 재미있는 것으로 만드는 걸 사명으로 삼고 있죠."

페인의 머리가 핑핑 돌아갔다. "하지만 이해가 안 됩니다. 제가 신청을 한 것도 아니고…. 전 그런 돈이 없는데…."

"제가 알기로, 비용 문제는 해결됐어요." 그녀가 두 손을 들었다. "그쪽은 제 업무 분야가 아닙니다. 저는 지시를 받고 여기에 왔어요."

페인은 평행 우주로 옮겨진 것만 같은 기분이 들었다. 그의 머리가 답을 찾아 허둥거렸지만 아무런 답도 떠오르지 않았다. 해너는 그의 딸에게 다시 관심을 돌렸다.

"루시, 질문이 딱 하나 있어. 손가락을 최소 한 개 움직일 수 있니?"

두 번 깜빡.

해너가 페인에게 활짝 웃었다. "그럼 우리가 할 수 있는 일이 꽤 많을 것 같네요."

78

킴은 눈앞의 음식을 보고 베시 이모*는 빌어먹을 거짓말쟁이라는 판단을 내렸다. 그녀는 재료가 들어 있던 상자를 자신이 방금 오븐에서 꺼낸 음식 옆에 놓고 비교해 보았다. 안 된다, 아무리 아이싱이나 반짝이

* 영국의 포장음식 브랜드 '앤트 베시'를 말함

는 꾸밈 장식을 더해도 이걸 살릴 수는 없었다. 킴은 재료 상자를 쓰레기통에 버렸다. 배신당한 기분이었다.

그녀는 천장 쪽으로 눈을 치떴다. "노력하고 있어요, 에리카. 진짜요, 노력 중이에요."

누군가 현관문을 두드렸다.

"열려 있습니다." 그녀가 외쳤다.

브라이언트가 청바지에 운동복을 입고 피자 한 상자를 들고 들어왔다.

"오늘 경찰서에 안 오셨길래요. 보고 싶었습니다." 그가 조리대에 상자를 내려놓으며 말했다.

킴이 눈알을 굴려 댔다. "우디 명령입니다. '목숨이 하나밖에 남지 않은 고양이'로서는 무시할 수 없었습니다."

"고양이 얘기는 우디가 한 겁니까?"

킴은 고개를 끄덕이고 손가락을 꼽았다. "제가 근무 태도에 관한 공식 민원 두 건을 받는 성과를 올렸나 봅니다. 세 차례 직접적인 지시를 무시했고, 적절한 업무 절차를 따르지도 못했고…." 그녀는 마지막 손가락을 꼽았다. "…뭐, 최소한 그 정도는 되네요."

브라이언트는 기다렸다는 듯 두 손으로 얼굴을 감쌌다. "이런, 세상에. 끔찍했죠?"

킴은 잠시 생각하다가 고개를 끄덕였다. "네. 우디가 할 말이 꽤 많더군요."

"그래서 뭐라고 하셨어요?"

"우디가 가지고 있는 모형은 뒤 차축에 캔틸레버가 빠져 있다고 했습니다."

브라이언트는 웃음을 터뜨렸고 그녀도 함께 웃었다. 지나고 나서 생각해 보니 웃긴 일이었다. 그건 감사를 표현하는 킴 나름의 방식이었다. 킴은 자신이 일자리를 잃었어야 마땅하다는 걸 알고 있었고 아무런 헛된 기대도 품지 않았다. 그리고 우디는 그녀를 구해 준 것이 오직 성과뿐이라는 것을 분명히 밝혔다.

킴의 예감이 하나라도 틀렸다면 사무실의 어항은 지금쯤 다른 사람의 것이 되었을 것이다. 이번 사건으로 그녀는 하마터면 인생에서 가장 중요한 것을 잃을 뻔했다. 그래도 그만한 가치가 있었다.

"다른 건에 대해서는 며칠이나?"

킴은 찬장에서 머그잔 두 개를 꺼내며 툴툴거렸다. "한 달입니다."

"세상에, 거기서는 어떻게 빠져나오시려고요?"

킴은 어깨를 으쓱했다. 그녀는 정신과 의사와 4주 동안 상담을 해야 했다. 그러지 않으면 정직이었다.

"우디가 정말로 그걸 다 시킬 생각은 아니겠죠?"

킴은 우디의 얼굴에 떠올랐던 단호한 표정을 떠올렸다. "아니, 맞을 걸요."

"뭐, 좋은 소식도 있어요. 얼마 전에 리처드 크로프트를 찾아갔는데 훨씬 나아진 것 같더군요."

"그랬습니까?"

"그게, 제가 미란다 원칙을 고지하기 전까지는요."

킴도 그 자리에 있었으면 좋았을 텐데 말이다. "아, 부탁이니까 크로프트 부인도 그 자리에 있었다고 말해 주세요."

"당연히 있었죠. 몇 초 동안은 변비에 걸린 낙타 같은 표정이었지만 재빨리 정신을 차리고 노트북과 서류를 챙기며 곧 자기 변호사를 통해 연락할 거라고 하더군요."

"우리한테요?"

"리처드한테요. 리처드의 가까운 미래에서 이혼 냄새가 납니다."

"리처드는 뭐라고 했습니까?"

"아, 베스를 죽인 사람은 빅터라고 확인해 줬습니다. 나머지는 그냥 시신을 묻는 데에만 도움을 주었다고요. 불을 질러서 기록물이나 실종 아동이나 다른 곳으로 배치된 아이들에 대한 혼란을 일으키자는 생각은 테레사 와이어트가 낸 것이었다고 했습니다."

"그 말을 믿으십니까?"

"모르겠어요. 그렇게 중요한 문제도 아니고요. 리처드는 괜찮은 변호 사를 선임하겠지만 징역을 살게 될 건 의심의 여지가 없습니다. 더 중요 한 건 그가 지금까지 살아온 삶이 끝났다는 거지요. 아내도, 집도, 경력 도, 아마 아이들까지도 사라져 버릴 테니까요."

킴은 아무 말도 하지 않았다. 할 말이 없었다. 그녀는 리처드 크로프 트가 그저 역겹게 느껴질 뿐이었다. 놈은 살아서 빠져나갔다.

브라이언트는 생각에 잠긴 듯했다. "빅터 월크스가 나쁘기만 한 사람 이라고 생각하세요? 그자가 저지른 일이야 저도 알고 있지만, 봉사 활 동도 했으니 아마 마음속에 선량함이 조금은 있지 않을까 해서요."

가끔 브라이언트는 나이에 비해 어려 보였다. 그녀는 브라이언트에 게 산타 할아버지는 진짜가 아니라고 말해 주어야 하는 사람이 자신이 라는 게 안타까웠다.

킴이 고개를 저었다. "아뇨, 브라이언트. 그자는 희망이 없고 절망으로 가득한 공간에 끌렸을 뿐입니다. 자신을 그 비참함 속에 빛나는 희망의 신호로 제시할 수 있는 곳 말입니다. 거기서 만족감을 얻고 권력을 과시한 거예요. 두려움에 떨고 있는 약하고 어린 소녀들과의 성관계가 그의 내면에 있는 육체적인 욕구를 충족했습니다. 그는 강간 혐의를 증명하기가 훨씬 어려운 곳, 문제가 생긴 사람이면 누구나 버려지는 곳에 갔을 뿐입니다.

그자는 아이들을 죽였고 그걸 즐겼어요. 그런 일을 저지른 이유는 그렇게 할 수 있었기 때문이고, 자신에게 방해가 되는 사람의 목숨을 끝장낸 것도 자신이 정당하다고 느꼈기 때문입니다. 홀리트리 아이들 중에도 윌크스의 피해자들이 있을 거예요. 받아들이기는 무척 힘들겠지만 우리는 아마 영영 그 사람들을 전부 발견하지 못할 겁니다.”

2년 전, 윌크스가 돌아온 이후로 점점 뻗어 가던 공영 주택 지구는 실종 청소년 18명을 배출했다. 아이가 사라졌다는 걸 알아채지 못한 가족들, 혹은 사라지든 말든 관심을 두지 않은 가족들이 신고하지 않은 소녀들까지 더하면 그 숫자는 두 배가 될지도 몰랐다.

“개자식.” 브라이언트가 웅얼거렸다.

킴도 같은 생각이었지만 윌크스가 다시는 풀려나지 못하리라는 생각이 위로가 됐다.

“자동차는 찾으셨습니까?” 그녀가 물었다.

브라이언트가 고개를 끄덕였다. “아파트 뒤쪽의 차고가 니콜라 애덤슨 앞으로 등록되어 있었습니다. 프런트윙이 약간 우그러진 흰색 아우디가 있더군요.”

킴은 고개를 저었다. 아무리 노력해도 테레사 와이어트, 톰 커티스,

리처드 크로프트, 아서 코노프에게는 동정심이 생기지 않았다. 그들은 빅터 윌크스와 공모해 세 소녀의 죽음을 은폐하고 10년 동안이나 정의가 실현되는 것을 막았다. 그저 자신들의 추악한 비밀을 감추기 위해서. 그들은 하나하나 어떤 식으로든 아이들을 학대할 방식을 찾아냈다.

더 나쁜 것은, 지은 죄라고는 언니의 핑크색 카디건을 입고 싶어 했을 뿐인 또 다른 결백한 아이의 죽음을 가져오는 데 그들이 중요한 역할을 했다는 것이다.

"궁금한 게 있는데요, 킴. 살인자가 두 명이라고 생각하게 된 이유가 뭐예요?"

"살해 방식이요." 그녀가 대답했다. "발굴 현장의 아이들은 분명 엄청난 신체적 힘을 통해 살해되었습니다. 하지만 현재의 살인은 그렇지 않았죠. 테레사 와이어트를 물속에 밀어 넣는 데에는 별다른 힘이 필요 없었습니다. 톰은 뒤에서 목이 잘렸고 아서는 차에 치였으며 리처드는 등이 찔렸어요. 모두 영리함과 인내심과 은신이 필요한 방법들이지 신체적 힘이 필요한 방법들은 아니었습니다."

"테레사의 집에서 일어난 화재는요? 그건 무슨 의미였습니까?"

"땅에는 눈이 아주 얇게 덮여 있었습니다, 브라이언트. 발자국에, 심지어 지팡이 자국까지 법의학적 증거가 많았을 거예요. 하지만 소방관 여덟 명과 구급대원 두 명, 고압 호스 때문에 그것들이 금방 망가졌습니다."

"영리하네요."

"바로 그겁니다. 그래서 범인은 여자일 수밖에 없었어요."

"뭐, 그래 봤자 잡혔잖아요."

"네, 잡은 사람도 여자죠."

브라이언트는 눈알을 굴려 대며 끙 소리를 내다가 문득 정신을 차리고 말했다. "진실을 깨달으면 니콜라는 어떻게 반응할까요?"

킴은 어깨를 으쓱했다. "그건 사실 니콜라가 저지른 일이 아닙니다. 베스가 저지른 일이죠."

브라이언트는 의심스럽다는 눈치였다. "정말 그 말을 믿으세요?"

가엾기도 하지, 브라이언트만큼 눈치 없는 사람도 없을 것이다.

"네, 브라이언트. 믿습니다."

"저한테는 전부 약간 〈엑스파일〉 같아요."

킴은 한숨을 쉬었다. "베스는 니콜라에게 필요할 때만 돌아왔습니다. 니콜라가 아프거나 겁에 질려 있을 때 말이죠. 니콜라의 무의식이 베스를 애착 인형처럼 사용한 겁니다. 니콜라는 여동생이 죽었다는 걸 절대 완전히 받아들이지 않았습니다. 그녀의 무의식이, 그녀가 살아갈 수 있도록 기억을 차단했어요. 그것이 니콜라를 죄책감으로부터 지켜 주었습니다.

이제 생각해 보세요. 베스는 니콜라의 기억에 쉽게 접근할 수 있었습니다. 사무실에서 엿들은 대화에도 접근할 수 있었고 무슨 일이 벌어졌는지에 대한 정보에도 접근할 수 있었죠. 니콜라는 그 기억에 접근할 수 없었어도 그녀의 또 다른 자아는 접근할 수 있었던 겁니다."

킴은 무의식이 베스를 데리고 돌아왔다는 사실을 니콜라의 의식이 잊고 있었다는 얘기를 완전히 믿었다. '베스'를 만난 이후부터 킴은 그것이 연기가 아니라는 점을 의심하지 않았다.

킴은 브라이언트를 돌아보았다. "정신이 반으로 쪼개진다고 상상해보십시오. 니콜라는 매일의 일상을 통제했습니다. 그녀는 충분히 제 역할을 다할 수 있었지만 다른 누군가가 그녀의 무의식을 통제하고 있었죠."

그는 고개를 저었다. "에이, 아직도 못 믿겠어요. 배심원들도 마찬가지일걸요."

킴은 브라이언트의 말이 맞을 거라고 생각했지만 니콜라가 재판을 받을 수 있는 상태로 밝혀질 일은 없을 것 같았다. 킴이 보기에는 니콜라와 베스의 내면적 싸움이 테레사와 톰의 범죄 현장에 모두 명백하게 드러나 있었다. 두 경우에 모두 누군가가 경찰을 끌어들였다. 분열된 심리의 일부는 살인을 멈추고 싶어 했던 것이다. 니콜라는 나쁘거나 사악한 사람이 아니었다. 그녀의 처벌은 기억이 돌아오는 대로 이루어질 것이다.

킴은 살아남은 자의 죄책감이 인간의 정신에 엄청난 영향을 끼친다는 것을 직접 경험해 알고 있었다. 그것이, 그녀가 자신의 상자들은 절대 열리지 않기를 기도하는 이유였다.

"윌크스는 어떻게 살아남았던 걸까요?"

"판단력이 좋아서라기보다는 운이 따라 줬던 거겠죠." 킴이 말했다. "윌크스가 다음 차례였을 겁니다. 베스가 윌크스를 죽였을 거예요."

브라이언트는 고개를 저었다. "한 가지 이해가 안 가는 점은, 쌍둥이 중에 오직 한 명만 있다는 점을 왜 아무도 눈치채지 못했느냐는 겁니다."

"기록이 엉망진창이었잖아요, 브라이언트. 기억해 보세요. 크레스트우드는 이미 비어 가는 중이었습니다. 도망친 아이들에 대한 기록은 최신이 아니었고, 화재가 일어난 밤에는 거의 모두가 서로 다른 명단을 제시하고 있었어요. 구급차가 아이들을 병원으로 데려가 검진을 받게 하는 중이었습니다. 대혼란이었어요. 그게 바로 범인의 의도였고요. 그날 나온 명단 중 서로 일치하는 건 하나도 없습니다."

"하지만 니콜라는 왜 이야기하지 않았을까요?"

"그 아이는 겁에 질려 있었습니다. 놈들이 카디건과 관련된 실수를 알아차리고 자기를 찾으러 올 거라 확신한 겁니다."

"메리 앤드루스는요? 메리 앤드루스 사건도 니콜라든 베스든, 아무튼 둘 중 하나가 저지른 일일까요?"

킴은 고개를 저었다. "메리 앤드루스는 질병이 아닌 다른 이유로 사망했다고 볼 만한 증거가 전혀 없습니다. 메리는 그날 자리에 없었고 다른 사람들 입에도 오르지 않은 유일한 사람이었으니 니콜라로서는 메리를 표적으로 삼을 이유가 없었을 거예요." 킴이 깊이 한숨을 쉬었다. "제생각에 메리 앤드루스는 그중 유일하게 믿을 만한 인물이었던 것 같습니다. 야간 근무를 했던 윌리엄 페인을 제외하면, 그자들은 하나하나 이 아이들을 더 심하게 착취할 어떤 방법을 찾아냈습니다. 그 애들이 모범생이 되지 않은 게 놀라운 일일까요?"

"모범생이 아니다…. 너그러운 표현이네요." 브라이언트가 말했다.

킴은 자기 뜻을 강하게 말하려고 입을 열었으나 다시 다물었다. 브라이언트는 모든 사람이 태어날 때부터 도덕적인 양심을 가지고 있다고 믿었다. 도덕심이란 눈동자 색깔이나 키처럼 유전적인 것이라고 말이다.

하지만 킴은 그렇지 않다는 걸 알고 있었다. 양심과 양심을 사용하는 행위는 학습되는 행동이었다. 양심은 모범이 될 만한 강한 역할 모델에게서 오는 것이었다. 옳고 그른 것의 본질적 차이는 삶을 살아가면서 익히는 것이지 뇌 속에 미리 인쇄되는 것이 아니었다. 트레이시, 멜라니, 루이즈의 사회적 배경은 그런 도덕심이 영원히 왜곡될 수밖에 없도록 했다. 학대당한 아이들이 종종 자라서 학대를 하게 되듯이 말이다.

브라이언트는 절대 설득되지 않겠지만 킴은 알고 있었다. 그녀가 바로 그런 처지였으니까. 학대당하지 않았던 3년간의 휴식기가 구해 준 것은 그녀의 목숨만이 아니었다.

브라이언트는 커피를 홀짝였다. "그래서, 대장하고 박사님 사이는 어떻게 되어 가던 겁니까? 확실히 정신적 교류가 있는 것 같던데요."

"브라이언트." 그녀가 경고했다.

"아, 왜 이러세요, 킴. 시간만 좀 더 있었으면 불꽃이 튈 것 같던데."

"불꽃이 튀면 어떻게 됩니까?"

"불이 나겠죠." 그는 눈을 크게 뜨며 말했다.

"아무 피해를 주지 않는 불 얘기를 들어 본 적 있습니까?"

브라이언트는 입을 열고 잠시 생각해 보더니 다시 입을 다물었다. "그 말에는 사실 답이 없습니다."

"바로 그겁니다."

"어쩌면 좋은 거겠죠." 브라이언트가 생각에 잠겨 말했다. "박사는 약간, 대장하고 너무 닮았어요." 그가 히죽거렸다. "세상에, 둘이서 낳을 아이들을 상상만 해도…."

"브라이언트, 망할 본인 일에나 신경 쓰시죠." 그녀가 쏘아붙였다. 가끔 그는 그녀를 너무 잘 알았다. 하긴, 나중에 다시 만난다면 또 누가 알겠는가?

"네, 그러는 편이 좋을지도 모르겠지만, 가능성이 클 것 같지는 않네요."

킴이 미소 지었다. "개들의 테레사 수녀와 함께 하는 삶은 어떻습니까?"

"강아지들은 잘 지내요. 다들 새 주인이 데려갔어요. 페블스는 조카가 데려갔고요. 밤밤은 이웃한테 갈 거고요. 요기라는 녀석은 제 딸의 가장 친한 친구가 예약해 두었고 부부는 스테이시의 여동생이 데려갈 거래요."

"그 불쌍한 것들에게 평생 그런 이름으로 살아가는 굴레를 씌운 건 아니죠?"

브라이언트는 고개를 저었다. "아뇨, 당분간 서로 구분하려고 그러는 거예요."

"어미는요?"

"그 녀석은 제가 키우려고요. 아직 네 살밖에 안 됐는데, 수의사 생각에는 벌써 세 번이나 새끼를 낳았을 거래요. 그 녀석은 할 일을 다 한 겁니다."

잠깐, 아주 잠깐, 킴은 이 곰 같은 남자를 세상에서 가장 따뜻한 마음으로 끌어안고 싶은 충동을 느꼈다. 브라이언트는 킴의 동료이자 진정한 친구였다. 하지만 킴은 그 순간이 그냥 지나가도록 놔두었다.

브라이언트가 그녀의 스툴에서 내려섰다. "그럼, 이곳에 온 진짜 이유를 말씀드리겠습니다. 완성됐죠?"

"네, 브라이언트. 완성됐습니다."

브라이언트가 두 손을 비벼 댔다. "봐도 돼요? 봐도 될까요? 예?"

킴은 어린애처럼 신나 하는 그의 모습에 웃었다. 브라이언트는 차고로 통하는 문을 열고 쏜살같이 나갔다. 킴은 케이크를 쓰레기통에 털어 낸 다음 케이크 통을 비누 거품이 나는 뜨거운 물에 집어넣었다.

브라이언트가 문 앞에 다시 나타났다. "음…. 킴, 없는데요."

"아, 그렇습니까?"

그는 팔짱을 끼고 문틀에 기댔다. "파셨군요?"

킴은 아무 말도 하지 않았다.

브라이언트는 혼란스러운 듯 힘이 쭉 빠졌다. "하지만 어린애처럼 그 오토바이를 좋아하셨잖아요. 그 빌어먹을 걸 한번 타 보겠다고 몇 달이나 작업을 했잖습니까? 전 그냥 이해가 안 가요. 그 오토바이는 킴한테 아주 의미가 큰 물건이었는데."

"있잖아요, 브라이언트. 그냥, 그보다 더 의미가 큰 것들이 있는 겁니다."

킴은 케이크 통을 닦아 내고 정리했다. 브라이언트는 알쏭달쏭한 표정이었다. 그는 이해하지 못했다.

하지만 킴은 알고 있었고…. 중요한 건 그것뿐이었다.

감사의 말

만드는 과정에서 〈킴 스톤: 소리 없는 비명〉은 여러 번 변화를 거쳤다. 킴 스톤이라는 캐릭터가 내게 다가와 아무래도 떠나려 하지 않았다. 내 머릿속을 거쳐 이 책의 페이지에 들어온 그녀는 항상 완벽하지는 않지만 열정적이고 집요하며 내 편으로 두고 싶은, 강하고 지적인 여성이 됐다.

킴 스톤과 그녀의 이야기에 대한 내 열정에 함께해 준 북쿠튀르 출판사 편집부에 감사를 전한다. 이들의 격려와 열정, 믿음에 나는 용기를 얻기도 했고 때로는 압도당하기도 했다. 올리버, 클레어, 킴에 대한 고마운 마음은 끝이 없으며 나는 북쿠튀르 소속 작가로 불리는 것이 자랑스럽고 영예롭다.

특히 훌륭한 편집자이자 내겐 동화 속 요정님과도 같은 케시니 나이두에게 감사한다. 처음 대화를 나눈 순간부터 그녀는 나와 함께 아주 긴 여행을 하며 격려와 믿음, 조언을 전해 주었고 북쿠튀르 편집부와 함께 내 꿈을 현실로 만들어 줬다.

북쿠튀르의 모든 작가에게도 북쿠튀르 가족이 될 수 있도록 따뜻하게 환영해 준 데 대한 감사를 전한다. 이들의 응원은 진심으로 놀라웠다. 여기에 캐롤린 미첼까지 합류했으니, 북쿠튀르 범죄 특공대

(#bookouturecrimesquad)가 진정으로 결성됐다고 할 수 있다.

마지막으로, 내 글과 꿈을 믿고 지지해 준 가족과 친구들에게 고맙다.

특히 계속 응원해 준 아만다 니콜과 앤드루 하이드에게 소리 높여 감사를 전한다.

모두에게 진심으로 고맙다.

옮긴이 **강동혁**

서울대학교에서 사회학과 영문학을 전공하고 동대학원에서 영문학 석사학위를 받았다. 대중적으로 널리 읽히면서도 새로운 생각거리를 제공해주는 책들을 쓰거나 소개하겠다는 목표를 갖고 있다. 번역서로는 『해리 포터』(1-7권, 새번역) 등 다수의 대중소설 등이 있다.

킴 스톤1: 소리 없는 비명

초판 1쇄 발행 2023년 7월 3일
초판 2쇄 발행 2024년 7월 10일

지은이   안젤라 마슨즈
옮긴이   강동혁
펴낸이   강동혁, 윤선영
편집   김은진
디자인   북디자인 경놈
펴낸곳   품스토리
출판등록   제409-2018-000044호
주소   경기도 김포시 걸포2로 74
전화   031-984-2016
이메일   poomstory@poomstory.com
ISBN   979-11-6761-234-2   03840